Stefan Melneczuk

GEISTERSTUNDEN VOR HALLOWEEN

STEFAN MELNECZUK

Geisterstunden vor HALLOWEEN

BLITZ

Redaktion: Jörg Kaegelmann
Lektorats-Mitarbeit: Monika Wunderlich, VirPriv-Verlag
Umschlaggestaltung und Satz: Mark Freier
Druck und Bindung: Drogowiec, EU

www.BLITZ-Verlag.de
ISBN 978-3-89840-284-2

Vorwort

DER GEIST UND DIE SCHREIBMASCHINE

Glauben Sie an Geister?
Mehr als zwanzig Jahre liegen zwischen mir und meinen ersten dunklen Storys. Sie entstanden damals auf einer elektrischen Schreibmaschine, die mein Vater bei einem Arbeitskollegen in Wuppertal besorgt hatte. Dass sein Junge wie besessen an Kurzgeschichten arbeitete und Taschengeld in Stephen-King-Bücher investierte, erfüllte ihn mit einer Mischung aus Sorge und Stolz. Mit jener Schreibmaschine verbrachte ich fortan viel Zeit. Bei gutem Wetter besorgte ich mir Papas Zwanzig-Meter-Kabeltrommel mit Wackelkontakt, einen alten Gartentisch und einen Stuhl, um draußen im Sonnenschein zu schreiben – gleich hinter unserem Haus in Stüter, neben dem Rosenbeet meiner Mutter, während im Wohnzimmer der Fernseher lief und ein junger Mann namens Boris Becker in Wimbledon Tennisgeschichte schrieb. Ich höre noch heute den tosenden Jubel von der anderen Seite des Fensters beim Finale. Und ich weiß, dass ich mir Beifall dieser Art insgeheim auch für meine Arbeit gewünscht habe – damals, als ich noch *ganz* sicher war, dass einem Verfasser unheimlicher Geschichten die Welt offen steht.

Mittlerweile arbeite ich an einem Computer, dessen Leistung der eines Großrechners der 80er Jahre entspricht, und ich schreibe in einer Zeit, in der Kinder mit USB-Anschluss und Handy-Schnittstelle zur Welt zu kommen scheinen. Eine Kabeltrommel brauche ich schon lange nicht mehr, um draußen zu schreiben. Boris Becker gibt es nach wie vor, aber er spielt nur noch selten Tennis. Und meine elektrische Schreibmaschine ruht in einem Schrank, der auf dem Dachboden meiner Eltern steht – immer noch funktionstüchtig, wie ich hoffe. Mein Lehrgeld als Verfasser unheimlicher Geschichten habe ich bezahlt und weiß heute, dass mir die Welt in meinem Genre alles andere als offen steht. Nach wie vor schreibe ich wie besessen und investiere mein Geld in Bücher von Stephen King – nur mit dem Unterschied, dass meinem Vater dies keine Sorgen mehr macht. Einige Storys, die in den ersten Jahren entstanden sind, haben den Weg in dieses Buch gefunden. Sie ließen sich durch Formbriefe von Verlagen ebenso wenig bezwingen wie durch Niederlagen an anderer Stelle. Bei der Arbeit an diesem Buch sind viele dieser Geschichten und Erinnerungen heimgekehrt – alte Freunde, die man eine Zeit lang aus den Augen verloren hat. So folgt meinem Roman „Marterpfahl“ eine Sammlung einunddreißig dunkler Short Storys und ein Dankeschön an all jene, die ihren Teil dazu beigetragen haben, dass die Geschichte um Marc, David, Sonja, Thomas und Roland Beachtung und Leser gefunden hat. Allen voran Monika Wunderlich, die mir auch bei diesem Projekt, diesmal als Lektorin, eine sehr große Hilfe war. Das werde ich nicht vergessen.

Draußen ist es inzwischen dunkel, und im Licht meiner kleinen 40-Watt-Schreibtischlampe schreibe ich diese Zeilen. Ihr Schein fällt auf meinen Computer und eine Halloween-Schneekugel auf einem schwarzen Sockel, in der ein Nachtgespenst unter leichenweißen Bettlaken seine Arme nach mir ausstreckt. Und ob Sie es glauben oder nicht: Mir ist, als säße ich wieder an meiner alten Schreibmaschine, hoffend, dass das Farbband durchhält, weil das Taschengeld zur Neige geht. Seit einer Stunde höre ich auf dem Dachboden über mir beunruhigende Geräusche. Ein leises Klappern im Schrank, Anschlag um Anschlag, Zeile für Zeile. Ich höre, dass jemand ein Blatt Papier von der Andruckrolle zieht und sich zu mir auf den Weg nach unten macht, mit schweren Schritten. Der Geist vom Dachboden kommt näher und näher. Nur ich kann ihn hören. Jetzt steht er auf der anderen Seite der Zimmertür. Gleich wird er klopfen. Dann stehe ich auf und öffne die Tür. Das 40-Watt-Licht wird auf eine elektrische Schreibmaschine fallen, die vor mir auf den Dielen steht, versehen mit einem Blatt Papier, dessen Inhalt ich kenne: „Der Geist und die Schreibmaschine" wird der Titel sein, und wenn ich den Blick hebe, werde ich dem Verfasser dieser Zeilen gegenüber stehen. Von Angesicht zu Angesicht.

Bevor es soweit ist, entlasse ich Sie, liebe Leser, hinaus in die Nacht. Ihnen zur Seite stelle ich einunddreißig Geschichten aus zwei Jahrzehnten und einen Dank dafür, dass Sie sich auf sie einlassen. Ich wünsche Ihnen, dass Sie beim Lesen immer den Heimweg finden – ohne das Klopfen an der Zimmertür zu hören. Lauter und lauter. Hoffen wir, dass auf der anderen Seite nur meine Schreibmaschine wartet – und nichts anderes. Die Schneekugel vor mir ist leer, das Nachtgespenst daraus verschwunden. Jetzt höre ich es hinter mir, das Rascheln alter Bettlaken. Glauben Sie an Geister?

1. Oktober

HUNGRY HILL

Im Jahr des großen Hungers war der Prediger ihre letzte Hoffnung. Die Menschen lauschten seinen Worten, als draußen auf den Feldern die Ernte im Boden verfaulte und das Schicksal an der Bantry Bay seinen Lauf nahm, weil auch die Netze der Fischer leer blieben. Der Tod kam ohne Warnung. Bald schon starben die ersten Dorfbewohner, weil es nichts zu essen gab. Jene, die kräftig genug waren, suchten Tag um Tag Zuflucht im Gebet. Die Kapelle des Predigers füllte sich mit Menschen und Verzweiflung. Als die Not größer und größer wurde, fasste der Mann einen Entschluss: Er rief die Gemeinde in einer stürmischen Oktobernacht zu sich. Gott werde ein Zeichen geben, hoch oben, auf dem Berg jenseits der Bucht. Dort, so versprach es der Prediger, werde der Vater aller Dinge das Flehen seiner Kinder erhören und Brot vom Himmel regnen lassen. Ein Wunder werde sich ereignen, jetzt, im Angesicht des größten Hungers, den Irland jemals erlitten hat. Fünfzig Männer, vierzig Frauen und fünfzehn Kinder folgten dem Prediger auf seinem Weg zum Gipfel, sechshundertundvierundachtzig Meter über dem Spiegel des Meeres, in der Hoffnung, dass Gott ihren Hunger stillen werde.

Am Ziel, mit Blick auf die Bucht, faltete die Gemeinde ihre Hände und betete, solange im Sturm die Kraft dazu blieb. Doch der Vater aller Dinge schwieg. Kein Brot – nur Regen, Kälte und die Gewissheit, dass niemand diesen Berg hier jemals verlassen würde. Sie starben mit Blick zum Himmel, sie starben mit Blick auf den Atlantik. Die einen an Fieber, die anderen an Hunger und Schwermut. Die Kinder holte sich der Tod zuerst, hoch oben über der Bucht, und zu den Letzten, die auf dem Berg ausharrten, gehörte der Prediger. Kein Gebet konnte die Menschen retten, kein Vaterunser sie vor ihrem Schicksal bewahren. Nicht einer kehrte in das Dorf zurück – so geschehen im Herbst des Jahres 1845, als die Braunfäule das Land mit harter Hand regierte und Tausende in den Tod trieb.

Selbst heute noch, viele Jahrzehnte später, erzählt man sich die Geschichte im Süden der Grünen Insel. In Herbst- und Winternächten, so sagt man, wenn der Wind landeinwärts zieht, kann man die Todgeweihten auf dem Hungerberg hören. Fünfzig Männer, vierzig Frauen und fünfzehn Kinder, die keinen Frieden finden. Der Wind trägt ihre Gebete und Lieder hinab in die Stadt. Sie dringen durch Türen und Fenster, wie ein Fluss, der kein Ende nimmt und die Torffeuer von Geisterhand erstickt. Der Gesang der Toten verstummt erst bei Sonnenaufgang, wenn in der Kapelle am Hungry Hill die Glocke läutet. Sie sind immer noch da oben, an der Seite des Predigers, und warten auf ein Wunder. Niemand weiß, wie lange noch. Gott hat Geduld mit ihnen.

2. Oktober

SCHACHT DER TOTEN

„Für kein Geld der Welt." An diese Worte kann ich mich noch gut erinnern. Sie haben mir damals das Leben gerettet. Der Steiger, sein Name war Paul, starrte mich sprachlos an. „Ich gehe für kein Geld der Welt da runter. Hast du mich verstanden?"

So wandte der Mann sich ab, schüttelte den Kopf und suchte sein Glück woanders. Am Ende dieses verfluchten Tages, es war der 2. Oktober 1928, sollte Paul bekommen, was er wollte: Zehn Namen standen auf der Liste, die er hinauf in die Büros trug – zu jenen Leuten, die ihren Tag in schweren Ledersesseln verbringen und sich nur selten zu uns verirren. Zu jenen Leuten, denen wir hier unten egal sind, es sei denn, einer wird verschüttet und macht Zahlungen an eine Witwe erforderlich. Zehn Namen, zehn Schicksale. Wir haben mit jedem der Freiwilligen gesprochen und bis zuletzt versucht, die Männer davon abzubringen – ohne Erfolg. Zehn unserer besten Leute sind damals in Schacht 23 geblieben.

Das Verhängnis nahm seinen Lauf, als die Besitzer der Zeche einen englischen Ingenieur zu uns unter Tage schickten. Thompson hieß er, und die Sorgenfalten auf seiner Stirn waren tiefer als viele der Stollen, in die man uns damals brachte. Thompson hatte die Männer in den Ledersesseln von der Notwendigkeit seiner Arbeit überzeugt. Sein krankhafter Ehrgeiz richtete sich auf Schacht 23, benannt nach jenem Jahr, in dem er dem Felsgestein tief unter uns abgerungen worden war. Als einer der ersten Schächte in diesem Teil der Anlage. Ich habe niemals einen Fuß in ihn gesetzt, und es gibt gute Gründe dafür. Keiner von uns, zumindest jene, die vernünftig genug waren, hat ihn jemals aus der Nähe gesehen. Der Schacht war den Plänen nach fast achtzig Meter lang, aber wir alle ahnten, dass er tiefer in den Berg reichte. Viel tiefer. Wir haben ihn gemieden wie die Pest, und es gab keinen Anlass, etwas daran zu ändern. Bis der Engländer aufkreuzte. Wir alle wussten, dass Schacht 23 mit altem Holz abgesichert war, und wir wussten auch, dass die Stützen da unten erneuert werden mussten, sollte eines Tages nicht der ganze Berg einbrechen. Insgeheim hatten wir immer gehofft, dass dieser Tag niemals kommen würde.

„Wenn wir den Schacht nicht in Ordnung bringen, verlieren wir unsere Arbeit." Wilhelm, mein alter Freund, hatte mit dieser Meinung einen schweren Stand. Wahrscheinlich war das der Grund dafür, dass er einer der Ersten war, die sich beim Steiger meldeten, um da runter zu gehen – für eine stattliche Gefahrenzulage, versteht sich. Ohne zu wissen, wie es dort wirklich aussah. Übel genommen haben wir es Wilhelm und den neun anderen nicht. Sie brauchten das Geld für ihre Familien. Und wer konnte ahnen, dass sie einen so hohen Preis dafür zahlen würden? Ich habe damals nicht jede Geschichte geglaubt, die man sich über Schacht 23 erzählte. Das sollte sich ändern.

Angeblich war die Zahl der toten Bergleute, die noch immer dort unten lagen, nicht bekannt. Die Männer in den Ledersesseln sprachen von insgesamt sieben. Die Aufzeichnungen vom Unglückstag wurden seit jeher unter Verschluss gehalten. Wir wussten nur, dass ein Schlagwetter die armen Teufel im letzten Drittel des Schachtes erwischt hatte, im Dezember 1924. Nur drei Männer hatte man damals geborgen. Die anderen lagen noch immer unter Tonnen von Gestein – hinter einer Wand aus Holz, die den Schacht nach etwa fünfzig Metern abriegelt. Angeblich hat ein Pfarrer nach dem Unglück ein Eisenkreuz auf den Verschlag nageln lassen, um den Toten auf der anderen Seite Frieden zu geben.

Beim Gang durch unsere Reihen wurde der Steiger nicht müde, zwei Dinge zu beteuern: „Ich gehe selbst mit runter." Das war die Wahrheit. „In drei Tagen ist die Arbeit erledigt."

Das dagegen war eine Lüge.

Für die neun Freiwilligen, die es am 4. Oktober 1928 gemeinsam mit Paul in den Schacht der Toten verschlug, sollte der Einsatz weitaus länger dauern. Damit wir uns verstehen: Ich schreibe diese Zeilen ohne Neid und Argwohn. Spott ist mir fremd. Mich quält nur Mitleid und unbändige Wut darüber, dass wir die Freiwilligen nicht davon abbrachten, in den Schacht zu gehen. Das Unglück des Jahres 1924 war Warnung genug.

Ob ich der Legende glaube, dass in Schacht 23 jede Uhr stehen bleibt, sobald man sich länger als fünf Minuten dort aufhält? Ob ich was auf das Gerücht gebe, dass es dort kälter ist als anderswo in dieser gottlosen Grube? Ob ich glaube, dass da unten ein Kind weint? Dass jenseits der Holzwand das Stöhnen und Rufen der Verschütteten zu hören ist, wenn man lauscht? Dass es da unten nach Angst riecht? Dass es dort dunkler ist als in anderen Schächten? Ob ich glaube, dass man das Gefühl hat, auf Schritt und Tritt verfolgt zu werden? Dass der Schacht böse ist? Keine Ahnung.

Ich weiß nur, was ich sah, als die Freiwilligen am letzten Tag ihres Einsatzes schreiend aus dem Förderkorb hasteten. Auch der Steiger war sich seiner Sache nach der Rückkehr aus der Tiefe nicht mehr sicher: Das einzige, was Paul bis heute von sich gibt, sind Kinderlieder in einem Tonfall, bei dem sich mir die Nackenhaare sträuben. Er hat da unten den Verstand verloren, ebenso wie die neun anderen. Mein Freund Wilhelm läuft nur noch im Kreis und schlägt sich mit den Händen gegen die Stirn. Seine Frau hat der arme Teufel ebenso wenig wieder erkannt wie seine beiden Söhne. Und das beruht auf Gegenseitigkeit. Von den Freiwilligen aus Schacht 23 hat nicht einer jemals wieder ein vernünftiges Wort gesprochen. Ihre Haare sind ergraut. Drei der Männer starben eine Woche später. Sie wachten einfach nicht mehr auf. Ihre Herzen waren wie Uhren stehen geblieben.

Wir wissen bis heute nicht, ob es Paul und seinen Leuten damals gelungen ist, alle Stützen da unten auszutauschen. Wir wissen nur, dass ihnen etwas Furchtbares zugestoßen ist. In Pauls Taschen wurden Knochen gefunden. Einer der Unglücklichen trug ein rostiges Kreuz aus Eisen bei sich, in dem blutige Nägel steckten. Haben die Männer hinter die Holzwand am Ende des Schachtes geblickt? Und wenn – was haben sie gesehen?

Sie sind ohne Verstand ans Tageslicht zurückgekehrt.

Eine Woche später wurde die Zeche geschlossen. Der Ingenieur aus England starb am Tag darauf bei einem Eisenbahnunglück auf dem Heimweg nach London. Der Zug soll – so berichteten es Augenzeugen – auf gerader Strecke entgleist sein und 23 Menschen in den Tod gerissen haben.

Die Leute in den Ledersesseln faselten unterdessen etwas von Grubengas und tödlicher Gefahr, sollte der Schacht nicht vollständig abgesichert worden sein und einstürzen. Aber niemand wagte es, noch mehr Freiwillige hinab zu schicken, um das zu überprüfen. Von uns hätte sich nicht ein Mann gemeldet. So beließ man es dabei, den Zugang zum Schacht der Toten mit

Stahlplatten zu verschließen. Die Herren aus den oberen Etagen zahlten damals ein Heidengeld dafür, dass die Zeitungen nichts über den Zwischenfall unter Tage schrieben. Uns Bergleute verteilte man ohne Aufsehen auf andere Zechen. Ich selbst bin seit jenem Tag im Oktober niemals wieder in eine Grube eingefahren.

Doch was nutzt das den Unglücklichen? Die zehn Männer, die für einhundert Prozent Zulage ihre Seele verkauft haben, können wir nicht mehr fragen. Wir haben vergeblich versucht, an den Fotoapparat zu gelangen, den einer der Männer bei sich trug, als es hinab in den Schacht der Toten ging. Wo sind seine Bilder geblieben? Was hat man mit ihnen gemacht? Warum sagt man uns nicht, was den armen Teufeln zugestoßen ist? Jene, die überlebt haben, hocken in Gummizellen, Krankenzimmern oder sind an Betten geschnallt – und schreien den ganzen Tag lang, wenn sie gerade einmal nicht versuchen, sich die Augen auszureißen. Gott allein weiß, was in Schacht 23 geschehen ist. Und bis er mir dieses Geheimnis in einer stillen Stunde offenbart, bleiben mir nur fünf Worte: Für kein Geld der Welt.

3. Oktober

GEISTERNACHT

Es gibt gute Ideen, und es gibt weniger gute Ideen. Das hier war eine weniger gute Idee, fand Frederic. Vor ihm auf dem Boden lag ein abgetrennter Kopf, so groß wie zwei Fußbälle. Mit dreieckigen Augen, die ihn durch die Dunkelheit hasserfüllt anstarrten. In ihren Höhlen flackerte Kerzenlicht. Sein Schein kroch durch einen gezackten Mund, vorbei an steilen, scharfen Zahnreihen. Die Nase im Zentrum der Fratze war ein tiefes Loch, mit einem Taschenmesser mitten ins Gesicht geschnitten. Die Haut des Schädels war orangerot, verblichen und faul.

„Alte Kürbisse sind die besten“, hörte Frederic seinen Bruder Kai sagen. Und Kai musste es wissen mit seinen fast dreizehn Jahren. Der Bitte ihrer Eltern, in diesem Jahr auch den kleinen Frederic am Halloween-Fest teilhaben zu lassen, war er nur murrend gefolgt. „Wenn es sein muss. Fred macht sich ja doch nur in die Hosen, wenn es ernst wird.“

„Mach' ich nicht“, rief Frederic in das Halbdunkel – nur sein Bruder nannte ihn abfällig bei seinen ersten vier Buchstaben. Er fragte sich, was ihre Eltern dazu sagen würden, dass man ihn auf dem Dachboden eingesperrt hatte, kurz nachdem sie zum Cousinen- und Vetternabend gegangen waren. So kam es, dass Frederic an jenem 31. Oktober alleine in der Dachkammer hockte, umgeben von alten Schränken, Kisten und besagtem Kürbiskopf, der vor seinen Füßen lag und ihn wild angrinste.

Und da war sie wieder, die Stimme seines Bruders: „*Hey Fred*", hörte er sie durch das Flackern der Kerze sagen, „*wenn du heute Nacht mit uns kommen willst, musst du eine Mutprobe ablegen. Zwei Stunden lang wirst du mit dem Kürbis da alleine auf dem Dachboden sitzen und abwarten, bis das Licht ausgeht. Wenn die Gespenster dich dann immer noch nicht geholt haben, darfst du mitkommen, okay?*"

Nur durch eine schmale Luke war der Dachboden zu erreichen. Auf der anderen Seite hing eine Treppe, und genau die hatten Kai und seine Freunde mit Gelächter eingezogen, nachdem sie den Einstieg mit dem schweren Messingschloss verriegelt hatten.

„*Zwei Stunden*", hörte er seinen Bruder noch rufen. Das war jetzt drei Stunden her. „*Dann holen wir dich raus. Ehrenwort. Vorausgesetzt, die Gespenster haben dich nicht mitgenommen. Das machen sie gerne mit Kindern, wenn es dunkel wird. Deswegen solltest du hoffen, dass diese Kerze hier lange brennt. Gib Acht, dass sie nicht ausgeht.*"

Das Teelicht, das die Jungs in den ausgehöhlten Kürbis gesteckt hatten, brannte immer noch.

Kai und die anderen waren dann ohne ihn losgezogen, um mit Bettlaken auf ihren Köpfen von Haus zu Haus zu gehen und kistenweise Schokolade einzukassieren.

„Pass auf dich auf", hatte einer von Kais Freunden durch die Luke gerufen. „Heute ist die Nacht der bösen Geister."

Frederic lauschte dem Pfeifen des Herbstwindes, der entschlossen um das Haus schlich. Hin und wieder kratzten Laub und Äste über die andere Seite der Dachziegel – es klang so, als würde ein Tier darüber hinweg laufen. Eine Maus vielleicht, oder sogar eine Ratte.

Es war für diese Jahreszeit ungewöhnlich kalt, und das sprach für einen strengen Winter. Eigentlich mochte Frederic den

Herbst. Er liebte es, in Bergen aus goldgelben Blättern zu spielen, und die schönsten, die er draußen fand, benutzte er als Lesezeichen für seine Comics. Mit ihrer Hilfe hatte Frederic schneller lesen gelernt als manche seiner Schulkameraden.

Ab und zu brachte seine Mutter ihm auch **Gespenstergeschichten** mit. *Seltsam? Aber so steht es geschrieben.* Mit diesem Satz endeten sie alle. Viele Storys erzählten von Vampiren, Werwölfen und anderen Seelen, die keinen Frieden fanden. Wie kam sein Bruder also dazu, dass er sich vor Geistern fürchtete?

Frederic konzentrierte sich auf den Kürbis. Er wagte es nicht, sich umzusehen. Hin und wieder glaubte er jenseits der Kisten, in denen seine Eltern Gerümpel lagerten, Schritte zu hören. Sie ließen den staubigen Holzfußboden knirschen wie das Deck eines alten Schiffs auf hoher See. *Die Geister sind längst hier,* flüsterte es von allen Seiten, doch Frederic wusste, dass er sich das nur einbildete. *Sie haben dich umzingelt und warten nur auf ihre Gelegenheit.* Je schwächer das Licht im Hals des Kürbisses schien, umso länger wurden die Schatten, die ihre Umrisse auf die Schrägen des Dachbodens warfen. Manche sahen aus wie tanzende Phantome, mit ausgestreckten Händen und gekrümmten Fingern, die nur ein Ziel hatten. *„Pass auf, dass sie dich nicht erwischen. Die Würgegeister sind die Schlimmsten."*

Frederic hatte Angst.

Wenn es sie wirklich gab, dann hatten die Geister hier oben ein leichtes Spiel mit ihm. Er war ganz allein heute Nacht. Natürlich hatte Frederic den Dachboden nach Kerzen abgesucht. Selbst Kartons hatte er geöffnet, in der Hoffnung, etwas Brennbares zu finden, mit dem er nicht gleich das ganze Haus anstecken würde.

Unter die Kommode zu blicken, die einst seiner Großmutter gehört hatte – sie war seit zwei Jahren im Himmel – vergaß Frederic. Dort lief ein verstecktes Tonbandgerät, das auf Aufnahme gestellt war, um seinen Bruder und dessen Freunde morgen ein wenig zu erheitern, wenn sie in ihrem Baumhaus über Playboy-Heften hockten, die sie aus Containern für Altpapier gezogen hatten. Das Schluchzen, das Frederic über die Lippen gekommen war, hatte das Gerät bereits aufgezeichnet – ebenso wie andere Dinge, die der Junge auf dem Holzfußboden nicht hören konnte.

Keine Kerze, kein Feuerzeug und keine Lampe.

Frederic dachte an seine Eltern, als das Kerzenlicht mit einem Mal erlosch und den Kürbis in der Dunkelheit verschwinden ließ. Es roch nach Kerzenrauch, und das Herz des Jungen begann noch aufgeregter zu schlagen als ohnehin schon.

„Die Würgegeister kommen alle zwanzig Jahre für eine Nacht zurück auf die Erde, um sich Kinder zu holen. Am liebsten zu Halloween, weil sie dann niemandem auffallen. Jeder hält ihre Leichentücher für Verkleidungen. Sie mischen sich unters Volk und spionieren Siedlungen aus, in denen Kinder zu Hause sind. Erwachsene interessieren sie nicht. Es geht ihnen um frische Seelen, unverbraucht und sauber, ohne den Ballast, den große Menschen mit sich herumtragen. Sie lieben Kinder, die sich aus Angst in die Hosen machen. Zuletzt waren sie 1984 in unserer Stadt. Damals holten sie sich den kleinen Benjamin aus dem Eulenweg. Seine Eltern haben wochenlang nach ihm gesucht. Würgegeister kennen keine Angst. Liebe ist ihnen ebenso fremd wie Mitleid. Ihnen reicht die Kraft ihrer eiskalten Hände.“

Die Stimme in Frederics Kopf wollte nicht verstummen. Sein Bruder war schon immer ein großer Erzähler gewesen, doch dieses Mal hatte er sein Meisterstück abgeliefert. Kai hatte sich viel Zeit genommen, um Fred das alles zu erzählen, und die anderen Jungs hatten voller Ehrfurcht genickt. Sie ließen Kai reden, ohne zu wissen, dass sie damit sein Schicksal besiegelten.

„Würgegeister können durch Wände gehen, Fred, und sie riechen ein Kind, das sich vor Angst in die Hosen macht, schon aus tausend Metern Entfernung. Sie können dich wittern, wenn du nicht vorsichtig bist. Dein Duft lässt ihnen das Wasser im Mund zusammenlaufen. Sie wissen, wie man an Dachrinnen entlang klettert und durch Schornsteine in Wohnzimmer steigt. Auf Dachböden schlagen sie am liebsten zu, denn dort ist ihre Beute in der Regel allein.

Sie lieben es, kleine Jungs aus dem Hinterhalt zu überraschen, wenn sie heimlich nach Gerümpel suchen oder nach Comic-Heften, die irgendjemand weggesteckt hat, weil sie im Kinderzimmer doch nur in der Ecke herumliegen. Hin und wieder erwischen sie auch Kinder, die gerade eine Mutprobe ablegen und sich einreden, dass es keine Würgegeister gibt. Sie warten, bis die Kerze erloschen ist.

Zuerst holen sie sich den Kürbis. Sie verschlingen ihn und hoffen, auf Kerzenwachs zu stoßen. Wenn sie könnten, würden sie kiloweise Kerzen essen. Du wirst ihr Schmatzen hören. Und wenn sie mit dem Kürbis fertig sind, dann holen sie dich."

Frederic hoffte, dass Kai ein Lügner war. Er streckte die Arme aus und ließ seine Finger über den Holzfußboden wandern. Er wollte sich vergewissern, dass der Kürbis immer noch an seinem Platz lag. Er wollte einfach nur die raue Haut berühren, die Augen ertasten und durch den Mundschlitz das Teelicht zu fassen bekommen. Vielleicht brannte der Docht ja noch. Aber der Kürbis war nicht mehr da.

Anstatt noch größere Angst zu bekommen, bemühte Frederic sich um Ruhe. Es gab zwei Möglichkeiten: Entweder hatten Kai und seine Freunde es geschafft, sich auf den Dachboden zu schleichen, um ihn zu erschrecken. Oder es gab die Würgegeister wirklich.

„Es ist ihnen gestattet, bei jeder Wiederkunft zehn Kinder zu holen. Fünf Jungen, fünf Mädchen. Das ist abgemacht nach zähen Verhandlungen zwischen Gott und dem Teufel. Die Würger bevorzugen Jagdreviere in Amerika und Europa."

„Ist da jemand?"

Diese Frage erübrigte sich angesichts der furchtbaren Geräusche auf dem Dachboden. Jetzt machte Frederic sich wirklich in die Hosen, ganz so, wie sein Bruder es vorausgesehen hatte. Panik und Scham machten sich in ihm breit, und er schnappte nach Luft. Vielleicht sollte er um Hilfe rufen. Aber wer würde ihn hören? Der Junge starrte auf das Dachfenster, hinter dem der fahle Mond schien. Irgendwo weiter hinten glaubte er ein leises Lachen zu hören.

„Ist da jemand?", fragte Frederic noch einmal, obwohl er nur zu gut wusste, dass das sinnlos war. Er rutschte ein Stück rückwärts, bis seine Schultern gegen etwas Hartes stießen. Das Lachen verwandelte sich in ein Kichern, und jetzt kam es von allen Seiten auf ihn zu. Der Junge spürte, wie sich sein Hals zuschnürte vor lauter Verzweiflung. Das hässliche Kichern ging ihm nicht mehr aus dem Kopf. Es sollte das Letzte sein, was Frederic in seinem Leben zu hören bekam. Ihm blieben nur noch Sekunden.

Drei Monate später stellte die Polizei ihre Suche nach Frederic als ergebnislos ein, und die Ermittlungsakte wurde geschlossen. Selbst unter den Dielenbrettern des Dachbodens hatte man nach dem Jungen gesucht. In der Kammer wurden DNA-Spuren gesichert: Vier Haare, die mit denen aus Frederics Kamm verglichen wurden, etwas Urin auf dem Parkett, und das war alles. Der Umstand, dass die Luke des Dachbodens ebenso fest verschlossen vorgefunden wurde wie das Fenster, machte das Verschwinden des Jungen noch rätselhafter. Es dauerte nicht lange, bis ein Sensationsreporter Parallelen zu einem ähnlichen Fall herstellte, der sich auf den Tag genau vor zwanzig Jahren nur ein paar Straßen weiter ereignet hatte. Auf den Gedanken, in den Archiven vierzig, sechzig und achtzig Jahre zurück zu blättern, kam niemand – auch wenn sich dabei eine erschütternde Lektüre ergeben hätte.

In zwei Gottesdiensten, einer evangelisch und einer katholisch, wurde an den verschwundenen Jungen erinnert. Freunde und Bekannte legten vor dem Haus am Finkenweg Blumen nieder. Vernehmungen brachten die Ermittler ebenso wenig weiter wie das Eingeständnis des Bruders, Frederic in der Tatnacht auf dem Dachboden allein gelassen zu haben. Kai konnte nicht erklären, wer den Spiegel der Kommode zerschlagen hatte. Und er verschwieg den Beamten, dass er an das Tonbandgerät gelangt war und sich die Aufnahmen gemeinsam mit seinen Freunden angehört hatte. Keiner der Jungs sollte diese vierzig Minuten jemals wieder vergessen.

Kai war angesichts der entsetzlichen Geräusche, die auf dem Band zu hören waren, bis die Aufnahme aussetzte, in Tränen ausgebrochen.

„Macht das aus! Macht das sofort aus!“

Die Jungs beschlossen, den Inhalt des Tonbands für sich zu behalten, und sie sollten sich bis ans Ende ihrer Tage vor jedem 31. Oktober fürchten. Noch am selben Abend verbrannten sie die Kassette auf einer Lichtung und vergruben die verkohlten Überreste im Wald. Dann eilten die Jungs nach Hause, als sei der Leibhaftige hinter ihnen her. Das Tonband vom Dachboden wurde zu ihrem Alptraum, ein Würgegeist, der ihnen keine Ruhe mehr ließ. Ihre Freundschaft zerbrach ebenso daran wie ihre Fähigkeit, ruhig zu schlafen oder unbefangen in einen Spiegel zu sehen. Fest stand nur eines: Frederic blieb wie vom Erdboden verschluckt, ebenso der Gespensterkürbis, der ihm in den letzten Minuten seines Lebens Licht gegeben hatte.

4. Oktober

LOCH NESS

Dass die beiden jungen Männer, die uns gegenüber saßen, dem Tod geweiht waren, ahnten wir an diesem Abend nicht. Dreißig Jahre liegt die unheilvolle Begegnung inzwischen zurück. Mir ist, als sei es gestern gewesen. Ich sehe sie noch vor mir, in teuren Maßanzügen, Bier trinkend, klug daher schwatzend, eine Arroganz ausstrahlend, der Barnes und ich niemals zuvor begegnet waren.

John Lethbridge war ihr Wortführer. Eine Erscheinung wie in Stein gemeißelt, hellwach, distinguiert, weit gereist und felsenfest davon überzeugt, sich mit Geld alles kaufen zu können. Einer seiner Vorfahren hatte mit der „Diving Engine" das Tauchen in großen Tiefen ermöglicht, irgendwann zu Beginn des 18. Jahrhunderts, und nun war es an ihm, diese Tradition mit *Anstand* fortzusetzen. Seine britischen Wurzeln lägen ihm am Herzen, dozierte Lethbridge, sein Bierglas in einer Art und Weise haltend, wie es nur Amerikaner zu tun vermögen. Als Mitglied der Historical Diving Society verstand er sich als Abenteurer. Er benutze, und das wiederholte Lethbridge an diesem Abend gleich mehrfach, ausschließlich historische Ausrüstungsstücke – sofern es ihre Technik zuließ. Durch eine Erbschaft war er zu Geld gekommen, und als Teilhaber zweier Erdölfelder in Texas konnte der Mann sich Extravaganz leisten. Der Amerikaner ließ uns nicht eine Sekunde daran zweifeln, dass er allen überlegen war.

Sein Partner hieß Jankins. Lethbridge vermied es, ihn beim Vornamen zu nennen. Der Mann war zurückhaltend und begleitete den unerträglichen Amerikaner seit einigen Jahren. Er stammte aus Nevada, trug stets eine teure Kamera bei sich und hatte sein Talent früher in den Dienst französischer Hochglanzmagazine gestellt. Als persönlicher Fotograf von John Lethbridge erfüllte ihn die Hoffnung, eines Tages wenigstens halb so viel Geld auf dem Konto zu haben wie sein Auftraggeber. Jankins verbrachte den Abend damit, uns reserviert zu beobachten, hin und wieder seine hohe, braungebrannte Stirn zu runzeln und nachzudenken. Lethbridge offenbarte uns, dass sein Begleiter plante, die besten Fotos, die er bei ihren Expeditionen rund um den Erdball schoss, eines Tages zu Geld zu machen. Jankins war unberechenbar. Wortkarg trank er sein Bier, sich nach der hübschen Bedienung umsehend, die uns später mit Malt Whisky versorgte und die Blicke der US-Snobs demonstrativ gelangweilt erwiderte.

So saßen Lethbridge und Jankins uns einander in einem verrauchten Pub in Inverness gegenüber und besiegelten ihr Schicksal. Ein Mittelsmann, sein Name war Rowlins, hatte sich mit uns in Verbindung gesetzt – über den Hafenmeister aus Aberdeen, den wir gut kannten. Lethbridge suchte zwei erfahrene Seeleute, die etwas Geld verdienen wollten, ohne daraus einen Staatsakt zu machen. Barnes und ich zögerten nicht lange, den Vertrag zu unterschreiben. Zwei Tage sollte der Job in Anspruch nehmen. Die einzige Verpflichtung bestand in Stillschweigen – kein Wort zu unseren Familien, kein Wort zu unseren Freunden und vor allen Dingen kein Wort zur Presse. Andernfalls drohte uns die Rückzahlung des Zehnfachen der vereinbarten Summe.

Nach Unterzeichnung des Vertrages bei einem Notar wurden wir mit einem Vorschuss bedacht. Der Kahn, den Lethbridge über den Hafenmeister hatte chartern lassen, hieß „Maid of Moray“, war gut in Schuss und lag startbereit an einem Ausleger am Loch Ness. Das roch nach leicht verdientem Geld. Wir sollten die „Maid“ hinaus auf den See steuern und den beiden Amerikanern bei ihrem Tauchgang zur Hand gehen.

Lethbridge zeigte sich mit Blick auf das bevorstehende Abenteuer euphorisch und war kaum zu bremsen, was Jankins sichtlich unangenehm war. So erzählte der Amerikaner uns nach seinem dritten Bier von einer Himalaya-Expedition auf den Spuren des Yeti und von den *wundervollen Fotos*, die Jankins von den Überresten eines solchen geschossen hatte – hinter den verschwiegenen Mauern eines tibetanischen Klosters, darauf bedacht, die drei Jahrhunderte alten Fundstücke nicht durch Blitzlicht zu zerstören. An der Echtheit des Fundes bestehe kein Zweifel, beteuerte Lethbridge. Ähnliches gab es über Bigfoot zu berichten, dem die beiden Männer vor zwei Jahren in den Rocky Mountains über den Weg gelaufen waren. Das behaupteten sie zumindest.

Das Ungeheuer von Loch Ness fehle ihm noch in der Sammlung, tönte Lethbridge. Er hoffe, das Untier beim Tauchgang mit Jankins vor die Linse zu bekommen – ein Relikt aus der Urzeit, das unten im See die Jahrtausende überdauert hatte.

Ich fragte mich, wann Lethbridge uns wohl von seinem Besuch in der Area 51 erzählen würde. Und von den Fotos der vier außerirdischen Leichen, die seit dem Absturz von Roswell dort aufbewahrt wurden. Möglicherweise war John Lethbridge auch im Besitz des Heiligen Grals und der Bundeslade, die er in einer Frachthalle seiner texanischen Heimat bei konstanter Temperatur und Luftfeuchtigkeit aufbewahren ließ, um sie eines Tages der staunenden Welt zu präsentieren.

Unser Auftrag: Mit Seilwinden und Galgen am Heck der „Maid“ sollten wir Lethbridge und Jankins in die Tiefe befördern. Jeder der Männer verfügte über eine beheizbare Helmtauch-Ausrüstung, von der Sorte, wie man sie aus Schatzsucher-Geschichten kennt. Dreißig Meter tief, das sollte reichen, um einen Blick in den See zu werfen. Lethbridge legte Wert auf einen *stilechten Tauchgang*. Er hatte eigens für dieses Unternehmen zwei Tiefseetauchanzüge aus den 40er Jahren generalüberholen, abdichten und bei einer Spezialfirma auf den neuesten Stand der Technik bringen lassen. Lediglich die Unterwasser-Scheinwerfer und die Kameras, welche die Männer mit nach unten zu nehmen gedachten, waren hochmodern und das Beste, was es auf dem Markt gab.

Der Zeitpunkt war ideal: Vor drei Wochen hatte es Meldungen über Sichtungen an der Westseite des Loch Ness gegeben. Diesen wollten Lethbridge und Jankins nachgehen, notfalls mit Tauchgängen an verschiedenen Stellen. Augenzeugen hatten – pünktlich zu Beginn der Saison – zudem von riesenhaften Umrissen im See berichtet, einer Schlange gleich, fast zehn Meter lang und sehr, sehr schnell.

In der Überzeugung, den ersten echten Beweis für die Existenz des Ungeheuers zu liefern, waren Lethbridge und Jankins nach Schottland gekommen. Das berühmte Nessie-Foto aus dem Jahr 1934 sei eine Fälschung, ließ Jankins uns wissen, und wir könnten stolz sein, diesen Tauchgang hier gemeinsam mit ihnen zum Erfolg zu führen. Nach dem Loch Ness werde man im Oktober den Lake Okanagan in Kanada betauchen, wo ebenfalls Berichte über ein Seeungeheuer für Schlagzeilen sorgten. Jankins beruhigte sich erst, als die Bedienung – eine gälische Schönheit mit feuerroter Mähne – Nachschub auf unsere Bierdeckel setzte.

Das Geld, das die Amerikaner uns in den Rachen warfen, hatte Barnes und mich überzeugt, zumal wir mit Kähnen wie der „Maid“ vertraut waren. So ließen wir uns auf das Abenteuer ein, das John Lethbridge sich – unter *Zuhilfenahme monetärer Mittel*, wie er es nannte – bei den schottischen Behörden hatte absegnen lassen. Mit der Maßgabe, bei einer Sichtung und bei Vorliegen eindeutiger Fotos sofort die Regierung zu informieren. Um den Reiz der Mission zu vergrößern, hatten die Amerikaner es sich auch noch in den Kopf gesetzt, nachts zu tauchen. Sie waren durch nichts davon abzubringen. Mit Aufnahmen unter solchen Bedingungen sei er bestens vertraut, sagte Jankins, und er betonte, dass die Chancen, auf das Ungeheuer zu treffen, dann größer waren. Alles lasse darauf schließen, dass es erst in den Nachtstunden sein Versteck verlässt und auf der Suche nach Fischen in höhere Wasserschichten vordringt.

Am Abend darauf machten wir uns auf den Weg.

Es war sternenklar, als wir mit der „Maid of Moray“ auf Loch Ness hinaus fuhren. Lediglich ein paar japanische Touristen blickten uns nach, als wir ablegten. Jankins und Lethbridge winkten den Leuten zu, selbstherrlich und erhaben. Gut möglich, dass die Männer damit ihre Anspannung verbargen. Sie waren auch noch in bester Laune, als sie in ihre Helmtauch-Anzüge stiegen.

Nach Einweisung durch Jankins wussten Barnes und ich, was beim Einkleiden unserer Helden zu tun war: Wir reichten den Amerikanern schwere Drei-Bolzen-Helme und arretierten sie auf nicht minder schweren Schulteraufsätzen. Dann prüften wir die Zufuhr der Luftschläuche, kontrollierten die Auslassventile an den Anzügen ebenso wie die Pumpsysteme, die Lethbridge und Jankins unten im See mit Atemluft versorgen würden. Die Männer sprachen über Helm-Mikrophone mit uns. Zur Vorsicht waren beide auch noch über ein Zugseil als Signalgeber mit der „Maid“ verbunden. Am Ende der beiden Seile hing eine Glocke aus Messing. Sobald sie läutete, galt es, die Taucher so schnell wie möglich aus dem See zu ziehen.

Bleischuhe und Gewichtsgürtel sollten den reibungslosen Abstieg am Stahlseil garantieren und einen unerwarteten Auftrieb verhindern. Die größte Gefahr bestand darin, dass die Luftschläuche an den Zugseilen sich ineinander verwickelten. Für diesen Fall trug jeder der Männer eine Flasche bei sich, auf die er eine Viertelstunde lang zurückgreifen konnte. Barnes und ich checkten die Motorwinden. Fielen sie aus, bestand immer noch die Möglichkeit, Handkurbeln zu benutzen. Doch darauf wollten wir es nicht ankommen lassen, zumal die Tauchausrüstungen, in denen die Männer steckten, äußerst schwer waren.

Zehn Minuten später, es war gegen 22 Uhr, ließen wir Lethbridge und Jankins in Loch Ness hinab. Sie nickten uns zum Abschied zu und hoben die Daumen, im Sicherungsgeschirr hängend, durch die Glasscheiben ihrer Helme blickend, Kamera und Scheinwerfer im Anschlag. Dann tauchten sie ab, begleitet vom Surren der Winden und Rattern des Pumpengenerators.

Lethbridge hörten wir eine unbekannte Melodie summen, jetzt schon fünf Meter unter der pechschwarzen Wasseroberfläche, die sich langsam beruhigte. Hin und wieder stiegen Luftblasen aus den Auslassventilen der Taucheranzüge auf und zerplatzten. Das Scheinwerferlicht, das diffus zu uns nach oben schien, wurde von Sekunde zu Sekunde schwächer. Farbmarkierungen an den Stahlseilen ließen im Licht des Bordscheinwerfers erkennen, dass Lethbridge und Jankins bereits in zehn

Metern Tiefe schwebten. Wir benutzten die Funksprechanlage, die Winden nicht aus den Augen lassend.

„Alles in Ordnung“, ließ Lethbridge uns wissen, „wunderbar hier unten.“

Die Lichter der Häuser am Flussufer schienen so weit entfernt zu sein wie die Sterne am Himmel. Bei Meter zwanzig war nichts mehr von den Unterwasserscheinwerfern zu erkennen, und ich nickte Barnes zu. Zehn Meter noch, und die Männer waren am Ziel.

Ein schlechter Scherz, wenn man bedenkt, dass Loch Ness bis zu zweihundertunddreißig Meter in die Tiefe führt – aber das war alles, was die beiden Abenteurer im Moment verlangten. Sie schienen fest davon überzeugt zu sein, dass dreißig Meter genügen würden, um dem Ungeheuer zu begegnen.

Ich glaube nicht, dass die Männer auch nur entfernt daran gedacht hatten, sich auf ihrem Tauchgang zu bewaffnen. Meine größte Sorge galt den beiden Auslegern der Seilwinde, die knapp drei Meter voneinander entfernt standen und das Heck unseres Bootes nach unten drückten. Was würde geschehen, sollten sich die Stahlseile, an denen Jankins und Lethbridge fast einhundertundachtzig Kilogramm schwer hingen, ineinander verfangen? Oder die Luftschläuche? Ich hoffte, dass die Amerikaner sich auf ihr Handwerk verstanden. Wind kam auf und ließ mich erschauern.

Bei Meter fünfundzwanzig hörten wir mit einem Mal ein leises Stöhnen durch den Lautsprecher der Funksprechanlage. Ich weiß bis heute nicht, ob es von Lethbridge oder Jankins kam. Niemals vergessen werde ich den Schrei bei Meter siebenundzwanzig, der uns dazu trieb, die Winden zu stoppen. Die Wasseroberfläche entlang der Seile und Schläuche kam in Bewegung, und die „Maid“ begann zu schaukeln, ganz so, als sei sie in einen Sturm geraten. Das Hin und Her wurde stärker und stärker, so dass wir Probleme hatten, uns auf den Beinen zu halten.

Bei Meter achtundzwanzig war der Tauchgang der Amerikaner beendet, und ich entschied, sie sofort nach oben zu holen, während Barnes vergeblich versuchte, sie über die Funksprechanlage zu erreichen. Die Geräusche, die aus der Tiefe zu uns drangen, waren beunruhigend. Plötzlich riss die Verbindung ab. Wellen peitschten gegen das Boot und ließen keinen Zweifel daran, dass sich da unten etwas sehr Großes bewegte.

Bei Meter fünfzehn hörten wir einen weiteren Schrei, diesmal eindeutig von Jankins. Dann ging ein harter Ruck durch sein Seil. Die Alarmglocken über unseren Köpfen dröhnten in die Nacht hinaus, bevor sie aus der Verankerung rissen, dicht an mir vorbeischossen, zwei oder drei Meter von der „Maid" entfernt ins Wasser fielen und versanken.

Barnes bemühte sich, die Panik in den Griff zu bekommen, zunächst durch Flüche, dann durch Stoßgebete, aber sie zeigten keine Wirkung. Ich glaubte, unter Wasser das schwirrende Licht eines Scheinwerfers zu erkennen, vermutlich war es der von John Lethbridge – dann schob sich etwas Riesenhaftes zwischen das Schimmern und die Oberfläche des Sees. Wie von Sinnen starrten Barnes und ich hinab, uns wünschend, dass die Winden noch schneller arbeiteten.

Meter zehn, Meter neun, Meter acht, Meter sieben – dann war das Scheinwerferlicht wieder zu erkennen und der Umriss verschwunden. Sekunden später brach Lethbridges Drei-Bolzen-Helm durch die Wasseroberfläche, dicht über dem Riemengeschirr, an dem der Amerikaner baumelte wie ein Hochseefang. Wir zogen den leblosen Körper des Tauchers mit vereinten Kräften zu uns ins Boot, einen Moment lang die zweite Winde aus den Augen lassend, die mit protestierendem Heulen Jankins an die Oberfläche zurückholte. Wir hatten Lethbridge geborgen, als ein weiterer Ruck durch das Boot ging und die zweite Seilwinde in Stücke gerissen wurde. Etwas Großes, etwas überaus Kräftiges zog am anderen Ende, und alles, was von Jankins auftauchte, war ein leeres Geschirr. Zerrissen, verbogen und blutverschmiert.

Niemals in meinem Leben werde ich den Moment vergessen, als wir John Lethbridge von seinem eiskalten Helm befreiten und in die weit aufgerissenen Augen eines Mannes blickten, der dem Tod begegnet war. Er atmete in Stößen, außer sich, und als wir nach ihm griffen, schlug er wild um sich. Dann blieb das Herz des Amerikaners stehen, einfach so. Er starb in meinen Armen – triefend nass, zusammengekauert, zitternd, verausgabt, wirres Zeug stammelnd, immer noch voller Angst. Ganz gleich, was Lethbridge in den Tiefen des Loch Ness auch erblickt hat – es muss etwas Furchtbares gewesen sein. Barnes hatte sich als erster von uns beiden wieder im Griff, eilte zum Funkgerät und schickte einen Notruf in die Nacht. Vom Rauschen der Lautsprecher abgesehen, war es totenstill. Das Wasser hatte sich beruhigt.

Wieder an Land, schlug die Stunde der Notärzte und Polizisten. Und es schlug die Stunde der Marinetaucher, die am Tag nach dem tödlichen Tauchgang jene Kamera aus den Tiefen bargen, die Jankins bei sich getragen hatte. Von ihm selbst fehlt bis heute jede Spur. Abgesehen von seiner abgetrennten rechten Hand, die die Kamera immer noch umschlossen hielt.

Die Fotos, die Jankins unter Wasser gemacht hat, liegen seit fast dreißig Jahren in einem Londoner Panzerschrank, heißt es. Scotland Yard wird sie uns niemals zeigen.

Zwei Tage lang wurden wir in Aberdeen vernommen,

während die Pressemeldung über einen tragischen Tauchunfall die Runde machte: Ein reicher Tourist aus den USA, der seit seiner Kindheit an einem nicht erkannten Herzfehler litt, war bei einem Tauchgang im Loch Ness ums Leben gekommen. Von einem zweiten Taucher war in den Zeitungen niemals die Rede, und auch nicht von Helfern an Bord der „Maid of Moray“, die Lethbridge bei seiner Expedition auf den Spuren des Ungeheuers von Loch Ness begleitet hatten. Der mit dem Fall befasste Inspektor, seinen Namen verriet er nicht, verdonnerte Barnes und mich zu Stillschweigen.

Bis heute halten wir uns daran, auch wenn die Alpträume mir nach wie vor zusetzen. Wieder sehe ich die beiden Abenteurer vor mir, davon überzeugt, dass man mit Geld *alles* kaufen kann. Und ganz gleich, was man mir eines Tages dafür auch bieten wird, sollten die Polizeiakten doch noch geöffnet werden: Wir werden niemals verraten, was wir in jener Nacht im Loch Ness erblickten, bei Meter zehn, als die Scheinwerfer der Amerikaner das anstrahlten, was ihnen in den Tiefen des Sees zum Verhängnis wurde. Ich sah das Ungeheuer nur zwei oder drei Sekunden lang, verschwommen und verzerrt. Aber ich bin mir sicher, dass es mich durch die Fluten beobachtet hat – mit Augen, die Furcht erregender nicht sein können. Nur eines weiß ich seit jener Nacht genau: Niemals wieder werde ich in ein Boot wie die „Maid of Moray“ steigen und auf Loch Ness hinaus fahren. So wahr mir Gott helfe.

5. Oktober

SAND

Fay sah Neil lange an. Er hatte seine eigene Art, in die Ferne zu blicken – die eine Hand lässig am Lenkrad, die andere am Türrahmen des Cabrios. *So könnte man ihn malen.* Der Fahrtwind rauschte den beiden durchs Haar, als sie die Interstate westwärts nahmen. Die Sonne hoch über ihnen hatte das Land vor Ewigkeiten ausgetrocknet – bis auf karges Strauchwerk, das vom Straßenrand aus in die Steppe reichte. Hin und wieder ragten abgestorbene Bäume in die Weiten Nevadas, hölzerne Finger in den aufgeheizten Nachmittag streckend. Fay lehnte sich zurück. Die viel zu große und viel zu billige Sonnenbrille auf ihrer Nase ließ keinen Blick auf ihre Augen zu. Sie betrachtete sich im Spiegel der Sonnenblende. Die Fahrt schien kein Ende zu finden – immer geradeaus, stur nach Westen, mit der Tachonadel am Anschlag, was bei dieser lahmen Mühle nichts bedeuten wollte. Die Lederbezüge des Mustangs kochten, und Fay befürchtete, sich ihre Schultern daran zu verbrennen, als sie sich zurücklehnte. Neil hatte sie wissen lassen, dass er Sonnenbrillen genau so hasste wie schlechtes Essen und schlechten Sex.

„Du wirst ohne Brille noch blind werden“, rief Fay in das Tosen des Windes.

Ihr Mann antwortete mit einem schiefen Grinsen. „Okay“, sagte er.

„Ich meine das ernst.“ Fay bemühte sich, verletzt zu klingen. „Du trägst jetzt Verantwortung.“

„Ach ja“, rief Neil. „*Verantwortung.* Das habe ich ganz vergessen. Mir macht viel größere Sorgen, dass wir kaum noch Sprit haben. Wir fahren auf Reserve. Schau mal auf die Landkarte."

„Wir haben doch erst vorhin getankt."

„*Du* wolltest, dass wir ein Frauenauto mieten. Ich habe noch nie einen Wagen gefahren, der solchen Durst hat."

Einen Augenblick lang war es still. Nur das Surren des Motors war zu hören, dazwischen das Rascheln von Papier. Fay blätterte im Tourbook, als betrachte sie ein Rezeptbuch. Neil konzentrierte sich auf die Straße und hoffte, dass seine Frau mit der Karte zurecht kam.

„Da haben wir es." Fay zog ihre Sonnenbrille etwas tiefer, wie eine Lehrerin, die damit beschäftigt war, draußen auf der Veranda Klassenarbeiten zu korrigieren. „Wir sind ungefähr hier." Sie deutete auf einen Punkt vor sich.

Neil verdrehte die Augen. *Als Gott die Menschen schuf, da wollte er nicht, dass Frauen Krieg führen. Und er wollte anscheinend ebenso wenig, dass Frauen Landkarten lesen.* Neil liebte sich für diese Art von Chauvinismus. Sie war hier draußen die einzige Konstante, auf die man sich verlassen konnte.

„Mir ist egal, wo wir sind. Sag mir einfach, wie die nächste Stadt heißt."

„Nerve ich dich?"

„Wie kommst du darauf?"

„Nur so ein Gefühl", sagte Fay. „Die nächste Stadt heißt Saltpoint. Scheint ein Kaff zu sein. Mitten in der Wüste."

„Was für eine Gegend. Ich würde vor die Hunde gehen, wenn ich hier leben müsste."

„Es gibt Schlimmeres." Fay schnitt ihrem Mann eine Grimasse und griff ihm ins Lenkrad.

„Lass das!", knurrte er, doch sie lachte nur und fuhr ihm versöhnlich über das unrasierte Gesicht.

„Schon gut, schon gut", grinste sie. „Ich wollte nur sehen, wie gut deine Reflexe sind."

„Und ich habe keine Lust, wegen dir in Schwierigkeiten zu geraten."

„Ich habe keine Lust, wegen dir in Schwierigkeiten zu geraten", äffte sie ihn nach. „Wir sollten uns ein Motel suchen und ins Bett gehen." Bei diesen Worten griff Fay dorthin, wo Neil es seit je her am liebsten hatte. „Okay?"

„Okay", rief er mit Öl in der Stimme. „Wie du willst." *Das Biest kann zwar keine Landkarten lesen, weiß aber ziemlich genau, worauf es ankommt.* Neil bemühte sich um klare Gedanken und wurde durch einen rostbraunen Wegweiser erlöst.

SALTPOINT
Zwei Meilen

„Mit Sicherheit gibt es dort ein Motel", sagte er. Fay ließ von ihm ab. „Bald geht die Sonne unter."

„Saltpoint zwei Meilen", las sie.

Der Wagen brauste von der Interstate und wechselte auf eine marode Straße. Ihre Schlaglöcher waren mit Sand gefüllt. Die Sonne hatte den Asphalt an manchen Stellen aufgeweicht, so dass der Mustang sein Reifenprofil wie Schriftzeichen in ihn drückte.

„Was für eine Straße", rief Neil. Senken schüttelten den Wagen hin und her. Jetzt waren sie dreihundert Meter von der Interstate entfernt.

Fay hielt sich am Sitz fest und bemühte sich um den korrekten Sitz ihrer Sonnenbrille. „Bist du sicher, dass es hier nach Saltpoint geht?", fragte sie in das Ächzen der Stoßdämpfer.

„Du hast das Schild doch gelesen, Kleines." Er sah seine Frau an, noch immer erregt und hoffte, dass es in der Stadt ein Motel mit dicken Wänden gab. „Wir brauchen Benzin und ein gutes Bett." Fay machte abermals Anstalten, dorthin zu greifen, wo es ihm seit je her am liebsten war, doch jetzt schob Neil ihre Hand beiseite. „Später."

In der Ferne erblickten die beiden ein neues Schild. Der blaue Himmel und sein verschwommener Horizont ließen den Wegweiser riesig wirken. Fay las vor:

SALTPOINT

heißt seine Besucher herzlich willkommen

Dann folgte ein Zusatz, der in blutroter Farbe auf das Schild gemalt worden war. Neil stockte der Atem.

Frieden Eurer Asche

„Okay, okay", rief er hastig. „Ich weiß, was du jetzt sagen willst. Die Antwort ist *nein*."

„Was?" Fay war überrascht. „Was redest du da?"

„Wir haben kaum noch Benzin, und ich habe keine Lust, auf dieser Straße zu wenden. Wir fahren weiter."

„Aber ich habe doch gar nicht gesagt, dass wir umdrehen sollen", verteidigte sie sich.

„Dann hast du es eben gedacht."

„Nur ein schlechter Scherz", sagte sie. „Das sah aus wie mit Blut geschrieben."

„Die Leute hier scheinen Humor zu haben."

„Vielleicht sollten wir wirklich umdrehen." Neil wünschte sich, seine Frau niemals auf solche Gedanken gebracht zu haben. „Zehn Meilen, und wir sind in ..."

„Wir fahren weiter", fiel er ihr ins Wort. „Ich habe keine Lust auf Psychomist."

„Psychomist?"

„Psychomist. Da erlaubt sich jemand einen schlechten Scherz, und wir machen uns in die Hosen."

„Ich weiß nicht, was du hast. Wer redet hier vom Umdrehen? Ich?"

„Da vorne", sagte er leise. „Da ist noch ein Schild."

SALTPOINT
Zwei Meilen
Es gibt kein Zurück

Unter den Druckbuchstaben stand Gekrakel in dunkelroter Farbe. An den Rändern waren die Worte verlaufen und tropften hinab in den harten Sand unter der Tafel. Die Schmiererei war frisch.

„Wir drehen um", sagte Fay. „Auf der Stelle."

„Nein", rief Neil. „Niemand jagt mir Angst ein."

„Wir drehen um. Sofort."

„Einen Teufel werde ich tun." Neil deutete nach vorne, wo die ersten Umrisse von Gebäuden im Hitzeflimmern zu sehen waren. „Wir müssen tanken."

Es folgte bedrohliches Schweigen.

Der Mustang schob sich geradeaus. Fay seufzte angespannt und saß mit verschränkten Armen da. Neil fügte noch etwas hinzu, um seine hübsche, kleine Frau zu beruhigen: „Übermorgen sind wir am Meer."

Wieder tauchte ein Schild auf. Mächtig schlich es am Wagen vorbei, ein unheilvolles Zeichen aus Holz und Blech, weithin zu sehen.

„Bist du dir sicher?", flüsterte Fay. Neil hörte, dass sie den Tränen nahe war.

SALTPOINT
372 Einwohner
Jetzt haben wir Euch

„Sag nichts, Fay. Wir tanken und fahren zurück auf die Interstate. Ich will nichts mehr hören, klar?“ Neil gab Gas.

Sie schwieg. Als sie an den ersten Häusern vorbeifuhren, wischte sich Fay Tränen aus dem Gesicht.

„Reiß dich zusammen.“

Sie hatte Neil vor zwei Wochen kennen gelernt – in einem Kasino für Marineleute. Nach einem heißen Flirt und einer wilden Nacht hatte er ihr versprochen, sie in Las Vegas zu heiraten. Zum ersten Mal zog Fay diese Entscheidung in Zweifel.

„Ich will hier weg“, sagte sie.

„Ich auch. Das kannst du mir glauben.“

Saltpoint war klein und jedes Haus von Staub und Sand ergraut. Entlang der Straßenzeile waren schmucklose Bauten aufgereiht. An der Wand eines Ladens hing eine Coca-Cola-Tafel, die ein Mädchen mit Zahnpasta-Lächeln zeigte. Das verblichene Schild stammte aus den 50er Jahren.

„Da vorne ist die Tankstelle“, sagte Neil. „Alles okay.“

Fay schwieg ein weiteres Mal.

Die Häuser sahen alt aus. Sehr alt. Verwahrlosung zog sich über alle Fassaden. Neil suchte nach Worten. Als er welche fand, hatten sie die Tankstelle fast erreicht. *Trostlos. Das hier ist so trostlos.* Zwischen den Gebäuden erstreckten sich Pumpen, Rasensprenger, Wassertanks und ineinander verschlungene Leitungen. *Wasser ist hier ein kostbares Gut. Noch wichtiger als Benzin.*

Es ging bergauf.

„Ich frage mich, wo die Menschen sind.“ Fay schaute sich um. „Nicht eine Seele auf der Straße.“

„Was hast du erwartet? Einen Empfang mit Cheerleadern und Big Band?“ Er griff nach ihrer rechten Hand, doch sie zog sie zurück, ganz so, als habe sie sich an ihm verbrannt wie an einer heißen Herdplatte. „Fay, du steigerst dich da in etwas hinein. Du hast zuviel Stephen King gelesen."

Doch sie hörte nicht, starrte geradeaus und atmete unruhig.

„Sie haben keine Türen."

„Was? Was meinst du?"

„Die Häuser haben keine Türen mehr", sagte Fay. „Alle Haustüren sind weg. Da. Und da!" Sie deutete mit wirrem Blick nach vorne.

Neil erkannte, dass seine Frau Recht hatte. Er vergewisserte sich beim nächsten Haus – einer verlassenen Villa. Die Außentür des Gebäudes fehlte. In der Fassade über der Veranda klaffte ein Loch – wie von einer gewaltigen Faust in die Wand geschlagen. Neil erinnerte der Anblick an Fernsehbilder auf CNN, die er aus Kriegsgebieten kannte. *Wie von einer Granate getroffen.*

„Ich habe Angst", rief Fay. „Wo sind die Menschen?"

„Wir tanken." Neil blickte nach vorne. „Wir bilden uns das alles ein."

„Ich will weg." Fay heulte. „Hier stimmt was nicht. Schau doch – da vorne an der Kreuzung! Da liegen Türen auf der Straße!"

Vor dem Cabrio tauchte der zerschmetterte Rahmen einer Haustür auf. Das Holz knirschte, als die Reifen darüber hinweg rollten.

Fay hatte begonnen, die Vorgärten zu zählen, in denen zerbrochene Türen lagen. *Dreizehn, vierzehn, fünfzehn.* Dann hatten sie die Einfahrt der Tankstelle erreicht.

„Wo sind die Menschen?"

„Fay, verdammt!" Neil schlug mit den Fäusten auf das Lenkrad. „Du machst mich irre!"

Die Station hatte drei Zapfsäulen. Dahinter lag ein Verkaufsraum mit Supermarkt. Die Kasse war nicht besetzt und der Markt menschenleer. Scheinbar zumindest.

Inhaber:
DEAN MARELLI
Saltpoint

Fay las weitere Schilder vor, um sich zu beruhigen, als Neil den Zapfhahn in den Tank schob. Sie sah aus den Augenwinkeln heraus, dass ihr Mann über seine Schulter in den Verkaufsraum spähte.

Neil dachte nach. *Nur ein paar Liter Sprit tanken und dann weg von hier. Nur ein paar Liter Sprit und dann mit hundert Sachen zurück zur Interstate. Wir fahren so weit, bis wir ein Telefon finden.*

Er schwor sich in diesem Moment, seiner Frau niemals zu verraten, was er erblickte. Die Glastür des Ladens lag zerplatzt in einem Regal. Neil konnte das Scherbenmeer durch die Schaufenster sehen.

Und Dean Marelli.

Motoröl im Angebot
Greifen Sie zu

Die Reklametafel hing am Eingang, lieblos mit Kreide bekritzelt. Neil schaute durch die Fenster des Supermarktes. Fliegen krochen über das Glas. Es roch streng. Die meisten bewegten sich über die Ladentheke, wo sich ein Bild bot, das Neil niemals wieder vergessen sollte.

Hey Fay, du hast Recht. Wir sollten zusehen, dass wir Land gewinnen. Weiß der Himmel, was hier passiert ist. Weiß der Himmel, wer das hier angerichtet hat. Es hat die Menschen mit einem Mal getroffen, so wie es uns treffen wird. Die armen Teufel hatten nicht den Hauch einer Chance. Es ist in der Mittagspause über sie gekommen, es hat sie alle erwischt, beim

Essen oder vor dem Fernseher. Plötzlich war es bei ihnen und hat gezeigt, was es von unserer Spezies hält. Es hat irgendwo da draußen in aller Geduld gewartet, bis der Zeitpunkt für den Angriff gekommen war. Es hat irgendwo da draußen im Sand gelauert. Und jetzt ist es hier, um sich auszutoben. Es ist schnell, und es ist kräftig. Es hat wenige Minuten gebraucht, um alle Menschen zu erwischen, und es hat keinen Unterschied gemacht zwischen Alt und Jung, zwischen Frau und Mann. Ein paar von ihnen ist es gelungen, sich in den Häusern zu verbarrikadieren, doch das, was aus dem Sand in diese Stadt gekommen ist, war stärker. Es hat sich einen nach dem anderen geschnappt in grenzenloser Gier, noch bevor jemand zum Telefon greifen konnte, um die Kavallerie zu rufen. Der Mann in der Tankstelle hat das hier bis zuletzt für einen schlechten Scherz gehalten, und so starb er neben seiner Frau.

Der Tank war voll. Flüssigkeit spritzte aus dem Spalt zwischen Füllstutzen und Einlass. Neil lief Blut über die Hände. Er ließ den Schlauch fallen wie eine Giftschlange.

Fay war außer sich. „Willst du nicht bezahlen?“, fragte sie, verrückt lachend, als sie Neils Hände sah.

Er zwang sich zu Ruhe und sagte nur: „Wir müssen zur Interstate.“ Dann wischte er sich die Finger an seiner Jeans ab, sprang hinter das Steuer, ließ den Motor an und gab Vollgas. Er prügelte den Wagen zur Ausfahrt und rammte einen Reifenständer.

Mit einem Mal war Fay die Ruhe selbst und ihr Haar ergraut.

„Neil“, sagte sie kalt. „Das, was die Haustüren zerbrochen hat wie Streichhölzer, ist jetzt hinter *uns* her. Hier gibt es keine Menschen mehr, keinen einzigen, der uns beerdigt, wenn es uns erwischt.“

„Halt den Mund. Halt jetzt einfach den Mund!“

Fay warf ihren Kopf zurück. Ihr schrilles und von Wahnsinn erfülltes Lachen drang in den Nachmittag hinaus. Der Mustang flitzte gehorsam die Straße hinab und donnerte über zerbrochene Haustüren. Neil trat das Gaspedal bis zum Anschlag durch. In seinem Kopf hämmerte es. Sein Hemd färbte sich an den Ärmeln rot.

Selbst wenn wir entkommen sollten, wird man uns für den Rest des Lebens in eine geschlossene Abteilung stecken. Man wird uns zuhören, man wird sich Notizen machen, und man wird veranlassen, dass wir in Räumen schlafen, die gut gepolstert sind. Hey Fay, was hast du mit deinen Haaren gemacht?

„Wir schaffen das", murmelte Neil.

Seine Frau schüttelte den Kopf. „Niemals!" Mittlerweile war sie heiser, und ihre Stimme klang kaum noch wie die eines Menschen. „Siehst du nicht? Aus drei Meilen werden dreihundert!"

„Sei still!" Vor Neils Gesicht starben immer mehr Fliegen auf dem Glas der Windschutzscheibe.

Großer Gott, lass' keinen Reifen platzen!

Er spürte, dass etwas dabei war, dem Mustang auf seiner wilden Flucht zu folgen. Es war aus einem der Häuser gekommen und bewegte sich im Windschatten. *Es weiß, wie man Kraft spart. Und es weiß, wie man mit möglichst wenig Einsatz an einen möglichst großen Gewinn kommt. Unser Fluchtversuch bereitet ihm Freude, denn es weiß, dass wir es wert sind. Gas! Gas! Gas!* Versuchte es gerade, die Stoßstange zu fassen? *Es ist immer dichter hinter dem Wagen, ganz dicht, vielleicht einen Meter, vielleicht einen Zentimeter, vielleicht einen Millimeter – vielleicht hockt es auch schon auf der Rückbank.* Neil starrte nach vorne. Nein – er würde sich nicht umdrehen. *Niemals im Leben!* Die Augen stur nach vorne gerichtet, an den verlassenen Häusern vorbei jagen – das war alles, was er wollte. *Warum nicht mehr, warum nicht etwas schneller, nur ein paar Pferdestärken!* Fay schrie wie von Sinnen. Ihr Gesicht war das einer alten Frau.

SALTPOINT
braucht Euch

Neil schloss die Augen, bis das Schild vorbei war. Links und rechts erstreckte sich nichts als Steppe. Vor ihnen, endlos weit entfernt, lag ein Meilenstein mit der Nummer 345, hinter ihnen Saltpoint und eine Wolke aus grauem Staub, die rasch aufholte. Auf die Tachonadel starrend, betete Neil zu seinem Gott, dass das Benzin reichte.

6. Oktober

DIE KINDER VON NONSTROM

Im Himmel über Norwegen tobte der Sturm. Weiter unten, entlang der Küstenlinie irgendwo zwischen Bode und Nonstrom, kämpfte sich ein Scheinwerferpaar durch die Nacht. Zwei einsame Lichtkegel, umgeben von Schwärze, Wind und Regen – sich einen Weg durch die Dunkelheit schneidend. Schief stehende Kilometersteine waren die einzigen Zeugen – stumme Straßenposten, einen Moment lang der Finsternis entrissen, bevor das Schwarz sie wieder verschluckte.

Um Mitternacht traf das Licht des Mini Coopers auf Bewegung. Ein Pferdegespann kämpfte sich durch das Unwetter. Der Sturm ließ Wassermassen gegen die Holzplanken des Wagens peitschen. Die Frau im Auto konnte gerade noch bremsen. Auf dem Beifahrersitz krachte es. CDs – Queen, AC/DC, dazwischen ein verirrtes Best of Phil Collins sowie ein Shakira-Album, das Helen mit der Spitze eines Kugelschreibers unbrauchbar gemacht hatte, um die Lieblingsmusik ihrer Begleiter nicht länger ertragen zu müssen – rutschten in den Fußraum, als der Wagen ausscherte. Helen erblickte zwei Pferde, die sich tapfer in den Wind stemmten. Die Küstenstraße war gerade einmal breit genug für zwei Fahrzeuge. Das Abblendlicht verfing sich in den Speichen der Kutschenräder, schlich an den Wänden des Holzwagens entlang und bot Helen Sicht auf den Laderaum. Zwei oder drei Atemzüge später fuhr das Auto auf gleicher Höhe mit dem Gespann.

Auf der Holzfläche hockten Kinder, dicht gedrängt. Zehn Mädchen und Jungen in schweren Mänteln und Öljacken. Polterte der Wagen durch eines der Schlaglöcher, folgten die Kinderköpfe der Bewegung mit einem Ruck, fast schon mechanisch. Ein Mädchen mit einer Haarschleife, die aussah wie ein Schmetterling, war acht oder neun Jahre alt. Neben dem Schmetterling saßen zwei Jungen mit Pudelmützen, die tief über ihre Köpfe gezogen waren. Die kleinen, durchnässten Menschen starrten auf das Auto hinab. Sie waren ebenso wie Helen auf dem Weg nach Nonstrom. Eine alte Frau hielt die Zügel des Gespanns. Sie trug eine Haube und einen breiten, weißen Kragen – eine Ordensschwester mit kantigem Gesicht – verhärmt vom Regenwasser. Neben der Frau hockte ein weiteres Kind. Ein kleines Mädchen mit nassen Haarsträhnen auf der Stirn. Die alte Frau betrachtete das Auto, Argwohn lag in ihrem Blick. Helen schätzte sie auf Anfang siebzig. Die Nonne war kaum größer als die Kinder, die sie durch den Sturm brachte. Die beiden Spannpferde glänzten im Scheinwerferlicht, erschöpft schnaufend, Huf um Huf nach vorne setzend. Helen hielt an, und der Holzwagen neben ihr blieb stehen. Sie zog eine viel zu große Regenjacke vom Rücksitz, ließ den Motor laufen und stieg aus.

„Brauchen Sie Hilfe?“, rief sie über das Wagendach. Innerhalb von Sekunden war ihr Gesicht nass. Die Nonne auf dem Kutschbock beugte sich in Helens Richtung, ihre Hände fest auf die Holzplanken des Wagens gestützt.

„Fahren Sie in Gottes Namen weiter“, erwiderte die Schwester. Sie war im Sturm kaum zu hören. „Wir schaffen es bis nach Nonstrom.“

Helen deutete auf das kleine Mädchen neben der Frau. „Ich könnte drei Kinder bei mir mitnehmen.“

„Fahren Sie weiter“, rief die Nonne. „Die Pferde werden unruhig.“

Helen spielte mit dem Gedanken zu widersprechen, gab ihn aber auf, nickte und stieg ins Auto. Bis Nonstrom waren es keine fünf Kilometer. Bei diesem Tempo konnten sie es in einer halben Stunde schaffen. Sie gab Gas und blickte in den Rückspiegel. Das Gespann war kaum noch zu sehen und verschwand im Regen. Aus dem Radio tönte eine Unwetterwarnung.

Helen fragte sich, wo Martin und die anderen steckten, doch die Sturmböen, die wie unsichtbare Fäuste gegen den Mini schlugen, verhinderten jeden weiteren Gedanken daran. Sie war viel zu sehr damit beschäftigt, den Wagen auf Kurs zu halten. Auf dem Rücksitz polterte Gepäck hin und her – Campinggeschirr und Reisetaschen. *Was für eine Schnapsidee, ausgerechnet mich darum zu bitten, hinter den Jungs herzufahren! Noch dazu bei diesem Wetter!* Der Kombi ihrer Freunde hatte gut und gerne eine Stunde Vorsprung. Wahrscheinlich saßen Martin und die anderen bereits am Kaminfeuer eines Wirtshauses an der Küstenstraße, genossen eingeschmuggelten Single Malt und warteten auf ihre unglückliche Freundin, die gerade im Begriff war, Martins rollende Stereoanlage – so nannte er diesen Zustand von Auto – schrottreif zu fahren. In Nonstrom würde sie sich ein Nachtquartier suchen und erst einmal ihr kollabiertes Handy aufladen – ganz gleich, ob die anderen dort auf sie warteten oder nicht. *Wenn nur dieser Sturm nicht wäre.*

Die Leute in Nonstroms einzigem Gasthaus schauten müde auf, als Helen die Tür hinter sich schloss. Mit einem Stoßseufzer sperrte sie den Regen aus und ging an den Tischen vorbei zu einem Tresen, an dem drei Männer vor schweren Biergläsern hockten. *Leuchtturm* hieß die Kneipe, und an ihren Wänden hingen präparierte Fische, Netze, Seekarten und Messingfernrohre, von Tabakschwaden vernebelt. Der alte Dielenboden knarzte bei jedem Schritt. Auf den Barhockern saßen Greise. Derbe Gesichter – zu müde, um Notiz von der Fremden zu nehmen. Einige Gäste spielten Karten, andere dösten vor sich hin. Drei Gaslampen gaben Dämmerlicht.

Hinter dem Tresen stand eine kräftige Frau, flankiert von Flaschengalerien und Bierspiegeln. Sie war damit beschäftigt, Gläser in einen Schrank zu räumen. „Kann ich etwas für Sie tun?", fragte sie auf Englisch.

Es steht mir auf der Stirn geschrieben, dass ich nicht aus der Gegend komme, dachte Helen.

„Ich suche meine Freunde", sagte sie. „Mein Handy hat den Geist aufgegeben. Sind sie vielleicht hier gewesen?"

„Dann sind Sie Helen? Vor einer Stunde war ein Mann mit Gipsbein hier und bat mich, Ihnen auszurichten, dass alle in Edmunds auf Sie warten. Das liegt zehn Kilometer auf der Küstenstraße von hier aus. Ich habe Ihren Freunden eine Adresse gegeben, wo sie auch um diese Zeit noch eine Unterkunft bekommen." Die Wirtin drückte Helen ein Stück Papier in die Hand. „Leicht zu finden. Edmunds ist etwas größer als Nonstrom. Sie haben sich verloren?"

Helen nickte beiläufig, als sie die Zeilen studierte. Einer der Männer neben ihr stopfte Tabak in seine Pfeife.

„Ja. Wir sind mit zwei Wagen unterwegs."

„Verstehe", sagte die Wirtin. „Mein Name ist Elsa." Sie reichte Helen die Hand. „Trinken Sie etwas?"

„Besser nicht. Ich habe noch ein gutes Stück Strecke vor mir, wenn es bis nach Edmunds geht."

„Sie fahren nicht lange", erwiderte Elsa. „Die Straße dorthin ist besser. Es kommt nicht oft vor, dass Touristen sich in diese Gegend verirren."

Helen nahm auf einem Hocker Platz. Der Greis neben ihr lächelte verlegen und rückte ein Stück zur Seite. Elsa zapfte ein Bier.

„Rauchen Sie?“

„Nicht mehr“, sagte Helen.

„Vernünftig.“ Die Wirtin wandte sich wieder ihrer Arbeit zu.

Helen stellte ihr Glas ab. „Gibt es hier im Ort ein Kinderheim?“

Die Thekenfrau fuhr herum. Ihr Gesicht war kreidebleich. „Warum wollen Sie das wissen?“

„Auf dem Weg hierher bin ich einem Gespann mit Kindern begegnet. Eine Nonne fährt den Wagen. Sie sind furchtbar nass.“

Elsa starrte sie an. „Wo haben Sie den Wagen gesehen?“

Auch die anderen Gäste wandten ihre Gesichter in Helens Richtung.

„Ein paar Kilometer von hier“, murmelte sie. „Was soll das?“

„Hans!“, rief Elsa. Dann folgten Worte auf Norwegisch, die Helen nicht verstand. Zwei Männer sprangen auf und eilten nach draußen in die Dunkelheit. Ein Stuhl kippte um. Seine Lehne schlug auf die Dielenbretter. Elsa rief einem Greis, der hinaus hastete, zwei oder drei Sätze hinterher, die wie Befehle klangen. Die anderen Männer starrten durch die Fenster hinaus.

Helens Herz schlug immer schneller. Dann hörte sie, dass draußen eine Glocke geläutet wurde, dumpf und laut.

„Was ist los?“

Elsa stand jetzt ebenfalls am Fenster. „Sie sollten sofort nach Edmunds fahren“, sagte sie leise. „Heute haben wir eine böse Nacht.“

„Eine böse Nacht?“ Helen blickte sich um. Niemand schenkte ihr Beachtung. „Was ist mit den Kindern?“

„Vergessen Sie die Kinder“, fuhr Elsa ihr ins Wort. „Vergessen Sie sie einfach. Haben Sie mich verstanden?“

„Aber was ist mit ihnen?“

Die Wirtin suchte nach Worten. Dann seufzte sie und setzte sich neben Helen. „Wenn Sie es unbedingt wissen wollen, sage ich Ihnen, was mit den Mädchen und Jungen ist.“ Dann lag eine vergilbte Fotografie vor Helen. Elsa schob das Bild an zwei umgestoßenen Gläsern vorbei. Ihre Hände zitterten. „Sind das die Kinder, die Sie gesehen haben?“

Helen starrte auf das Foto. Sie erkannte das Mädchen mit der Haarschleife. Die Jungen mit den Pudelmützen. Bei Gott – und da war auch die Ordensschwester – klein, alt und aus der Mitte des Bildes einen strengen Blick auf sie werfend.

„Ja“, sagte Helen. „Das sind sie.“

Elsa seufzte noch einmal. *Das Mädchen mit der Haarschleife.* Die Wirtin ließ ihre Zeigefinger über die Fotografie laufen und berührte das Kindergesicht in Schwarzweiß.

„Dieses Kind ist tot.“ Elsa deutete nun auf einen Jungen, der ein Bilderbuch in seinen Händen hielt. „Der kleine Mann auch.“ So fuhr Elsa fort, bis sie auf jedes der Kinder gezeigt hatte. Die Glocken läuteten immer noch. „Die Nonne, die Sie gesehen haben – hat sie mit Ihnen gesprochen?“

Helen nickte. „Sie wollte nicht, dass ich Kinder im Auto mitnehme.“

„Das will Jona nie“, sagte Elsa. „Sie und die Kleinen sind in einer stürmischen Oktobernacht vor einundzwanzig Jahren ums Leben gekommen – Mädchen und Jungen aus Nonstrom. Sie waren auf dem Heimweg vom Fold Fjord. Die Tragödie hat das Land hier nie wieder losgelassen.“

„Wie ist es passiert?“

„Ein Unfall.“ Elsa atmete schwer. „Die Pferde sind ihnen durchgegangen. Jona und die Kinder starben an den Klippen. Das Meer hat sie sich geholt. Nur drei wurden gefunden.“

Die Kirchenglocke verstummte.

Elsa horchte auf. „Es ist überstanden.“

„Was ist überstanden?“, rief Helen.

Elsa strich über ihre Hände. „Jona und die Kinder sind heute Nacht nicht nach Nonstrom zurückgekommen.“

„Ich verstehe nicht, was Sie meinen." Helen erhob sich und ging zum Fenster.

„Das hat nichts mit Verstehen zu tun", flüsterte Elsa mit brüchiger Stimme. „Manchmal kommt Jona mit den Oktoberkindern wieder. Und sie sind immer auf dem Weg nach Nonstrom. Zum letzten Mal vor zwei Jahren. Ihr Pferdegespann tauchte zwischen den Häusern auf und verschwand im Nichts. Sie kehren vor allem in Sturmnächten heim. Nur bei Glockengeläut meiden sie das Dorf."

„Niemals", murmelte Helen. „Sie meinen doch nicht ernsthaft, ich habe da draußen Gespenster gesehen?"

„Nennen Sie es, wie Sie wollen", sagte Elsa. „Ab und an kommen sie wieder." Sie fasste Helens Hände. „Wir wissen nur eines mit Sicherheit: Immer, wenn der Pferdewagen durch unser Dorf fährt, wird Nonstrom kleiner. Jedes Mal stirbt ein Kind hier."

Elsa bat zwei Männer, Helen zu ihrem Wagen zu bringen.

„Fahren Sie nach Edmunds", sagte sie. „Fahren Sie, und suchen Sie Ihre Freunde. Nonstrom ist ein Ort der Trauer."

Wenig später war Elsa allein im Schankraum.

Ihre Blicke galten noch einmal der Frau auf dem Foto – ihre Blicke galten noch einmal der Schwester, ihrer geliebten Schwester. Als die schwere Eichentür des *Leuchtturms* in ihr Schloss fiel, platzten neben der Theke die beiden Bierspiegel in tausend Stücke.

7. Oktober

DER KONGRESS

„Wie viele haben wir?"

Bei dieser Frage ließ der Anführer seinen Blick in die Ferne schweifen und die aufgereihten Gesichter für einen Moment hinter sich. Er dachte an Gott und die Gewissheit, ihm bald nahe zu sein. *Doch erst einmal werden Köpfe gezählt.* Am anderen Ende der Röhre – nichts anderes war der Bauch des Flugzeugs – schlugen zwei seiner Leute noch immer auf den Sicherheitsmann ein, der den Versuch unternommen hatte, im letzten Moment seine Waffe zu ziehen. Ständig waren Stimmen aus den Sitzreihen zu hören. Einige der Anzugträger wagten es, einen Blick hinter sich zu werfen, um zu sehen, woher der Lärm und die Schreie zu ihnen drangen. Der Anführer schenkte ihnen allen ein Lächeln und kehrte mit seinen Gedanken zum Cockpit zurück, vor dem er gemeinsam mit seinem Stellvertreter die Stellung hielt.

„Fünfundachtzig", sagte der Mann, noch immer außer Atem. „Dazu fünf Stewardessen, der Luftpolizist und die beiden Piloten."

„Sehr gut", erwiderte der Anführer und klopfte seinem Stellvertreter auf die Schultern – wie ein Lehrer es tut, der einen Schüler lobt. Dann beugte er sich vor, um ihm noch etwas ins Ohr zu flüstern. „Sag' denen da hinten, sie sollen den Sheriff leben lassen. Wir könnten ihn noch brauchen."

„Ich glaube nicht, dass das eine gute Idee ist. Der Mann bringt uns alle in Gefahr. Wir sollten ihn hinter uns lassen."

„Nein", rief der Anführer, und sein Blick wurde noch dunkler als ohnehin schon. „Noch nicht. Haben wir uns verstanden?“

„Wie du meinst.“ Der Stellvertreter machte sich auf den Weg ins Heck der Maschine. „Ich werde sehen, was ich tun kann.“

„Sag es ihnen einfach“, beharrte der Anführer und wandte sich wieder dem Cockpit zu, wo ein weiterer *Soldat des Friedens* hockte und die beiden Piloten mit einem Revolver in Schach hielt.

Ein Blick auf die Uhr verriet dem Anführer, dass sein Kommando die Passagiermaschine mit der Flugnummer 9031 seit exakt dreiundzwanzig Minuten in der Gewalt hatte. Noch immer schrie der Revolvermann auf die Männer hinter den Steuerknüppeln ein, um ihnen klar zu machen, dass es sinnlos war, an einen Funkspruch oder einen Hilferuf an den Tower in Frankfurt auch nur zu *denken*.

„Gibt es ein Problem?“, fragte der Anführer streng, als er in das Cockpit stieg und eine der Stewardessen zur Seite stieß, die im Vorraum auf dem Boden kauerte und an Händen und Füßen mit Packband gefesselt war. Die Frau war hübsch und sah ihn unverwandt an, als er an ihr vorbeiging, um sich den Piloten zu widmen.

Der Anführer fragte sich, ob die Frau zu seinen Füßen sich jemals mit elementaren Fragen beschäftigt hatte. *Kennst du die Wahrheit jenseits der Schminkspiegel?,* fragte er das Mädchen in seinen Gedanken. Als er nichts als nackte Angst in ihren Augen las, wusste er, dass diese Frau hier die Wahrheit ebenso wenig kannte wie all die anderen, die jetzt auf sein Kommando hörten. *Die Stunde wird kommen, und du wirst begreifen, was es heißt, Teil eines großen Plans zu sein. Du wirst verstehen, warum wir keine andere Wahl haben, als das zu tun, was wir tun. Die Stunde wird kommen, und du wirst deine hübschen Augen öffnen, um Klarheit zu erfahren. Du wirst den*

Widerstand aufgeben, mit wehenden Fahnen zu uns überlaufen und uns für diese Erkenntnis lieben. Er mochte es, wenn seine Gedanken so zu ihm sprachen, denn ihre Stimme war geduldig, weich und warm. Er fühlte Liebe in jedem einzelnen Wort, und genau das war die Energie, die ihn auf Kurs hielt.

Dann erfreute er sich am Anblick der wohl wichtigsten Gefangenen. „Guten Abend, meine Herren", rief er den Piloten zu. „Haben Sie mir etwas zu sagen?"

Der Kapitän der Passagiermaschine hieß laut Namensschild Michael Krüger und befahl seinem Copiloten – einem von tiefen Aknenarben gezeichneten Mann – sich auf seine Instrumente zu konzentrieren. Das Narbengesicht nickte und ließ seine zitternden Finger über eine Schalttafel laufen. Auf der Stirn beider Piloten standen Schweißperlen, und dieser Anblick erfüllte den Anführer mit tiefster Zufriedenheit.

Sie haben Angst, große Angst sogar, und dieses Gefühl ist unser stärkster Verbündeter. Die beiden Männer hier werden alles tun, um nicht ihr Leben zu verlieren. Sie werden alles tun, damit sie ihren Familien erhalten bleiben und nicht in einem Leichensack nach Hause kommen. Die beiden werden alles tun, um ihre neuen Herren an Bord zufrieden zu stellen auf dem Weg zu wahrer Erkenntnis. Sie werden lieber ihren Gott an uns verraten als die Menschen, die ihnen alles bedeuten. Es ist ihr weiches Herz, das sie verletzbar macht und einnehmbar wie eine schlecht gesicherte Festung. Für ein paar Silberlinge werden sie sich ans Messer liefern, immer in der Hoffnung, damit ihr erbärmliches Leben zu retten.

Die Piloten rochen nach Angst, ein Duft, der den Anführer so manche Entbehrung der letzten Jahre vergessen ließ. Er überließ dem Kapitän der Maschine das Reden und kreuzte die Hände hinter seinem Rücken, während er ihnen zuhörte, um sich wieder und wieder an ihrer Furcht zu erfreuen.

„Wir haben Ihre Anordnung befolgt und keinen Kontakt mehr zur Flugsicherung“, erklärte der Kapitän mit dünner Stimme, ganz so, als habe er diese Sätze in mühsamer Arbeit einstudiert. „Es ist allerdings nur eine Frage der Zeit, bis die Leute unten misstrauisch werden und nachfragen, was an Bord los ist.“

„Das soll nicht Ihr Problem sein.“ Der Anführer beugte sich vor, genoss abermals den Duft der Angst und strich mit dem Lauf seines Revolvers über Krügers hohe Stirn. Schweißtropfen vereinten sich mit dem Metall der Waffe, und der Anführer betrachtete die Spuren, die er auf der Haut des Mannes hinterließ. *Kunstwerke. Das sind kleine Kunstwerke.* Er malte mit dem Revolver ein Fragezeichen auf die Stirn des Kapitäns und bemühte sich um ein Lächeln voller Güte, den Zeigefinger um den Abzug der Waffe gekrümmt. „Ich alleine entscheide über Tod und Leben“, flüsterte er und ließ vom Lauf Schweiß auf die Nase des Kapitäns tropfen. „Sie halten die Maschine auf Kurs und informieren mich, sobald wir den deutschen Luftraum verlassen haben. Lassen Sie die Leute da unten reden. Sie sprechen eine Sprache, die wir nicht kennen.“

„Ich wollte nur sagen, wie die Dinge stehen“, erwiderte der Kapitän. „Beabsichtigen Sie, dass wir ein anderes Ziel ansteuern, sobald wir nicht mehr über Deutschland sind?“

„Sagen wir es mal so“, sagte der Anführer und beugte sich noch weiter vor, um in Krügers rechtes Ohr sprechen zu können. „Wir ziehen diese Möglichkeit in Betracht. Befolgen Sie unsere Anweisungen, und Ihnen wird kein Leid geschehen. Habe ich mich klar genug ausgedrückt?“

Der Kapitän nickte. Der Anführer sah, dass der Mann die Lippen zusammenpresste, ganz so, als gelte es, einen Schmerz zu ertragen, der kaum zu bewältigen war.

Diesen Gesichtsausdruck kannte er nur zu gut. Dutzende Male war er ihm schon begegnet, in gekachelten Räumen überall auf der Welt. Er liebte es, Verhöre zu führen, die nur das Ziel verfolgten, den Herzschlag des Gegners zu beschleunigen, bevor er zum Schweigen gebracht wurde. Er liebte den Glanz in den Augen seiner Feinde, besonders dann, wenn sie an der Schwelle zwischen Leben und Tod standen, und mochte es, Menschen sterben zu hören, denn nur dann folgten ihre Stimmen der Melodie wahrer Erkenntnis. Er liebte es, wenn sie an dem festhielten, was Gott ihnen zur Verfügung gestellt hatte. Und er liebte es, dieses göttliche Geschenk wieder an sich zu nehmen. Nichts anderes tat er, wenn er Menschen richtete, die sich ihm und der Bewegung in den Weg stellten.

„In Ordnung", sagte der Pilot in das Schweigen hinein. „Wir tun, was von uns verlangt wird, auch wenn Sie sich die falsche Maschine für Ihr Vorhaben ausgesucht haben."

„Die falsche Maschine? Wie meinen Sie das?"

„An Bord befinden sich ausschließlich Zivilisten", antwortete der Kapitän, und der Narbenmann neben ihm hielt für einen Moment die Luft an. „Diese Maschine ist nicht auf Langstreckenflüge ausgelegt. Es wird Komplikationen geben, sobald wir auftanken müssen."

„Was Sie nicht sagen." Der Anführer spielte einen Augenblick lang mit dem Gedanken, den Kapitän hinzurichten und den Copiloten mit dem Weiterflug dieser Maschine zu betrauen. Was ihn davon abhielt, war der Zweifel an der Nervenstärke des zweiten Mannes. *Er wird es nicht verkraften, neben einer Leiche zu fliegen, ganz gleich, wie schnell wir sie auch fortschaffen. Er wird es nicht verkraften und den Flug hier vor seiner Zeit zu Ende bringen.* Der Anführer verwarf den Gedanken an eine vorzeitige Hinrichtung und hörte zu.

„Ich will, dass wir alle heil aus dieser Angelegenheit herauskommen." Noch immer wandte sich der Kapitän nicht von den Bedienfeldern ab. Dann sagte er: „Sie hätten ein anderes Flugzeug entführen sollen. An diesen Geiseln werden Sie keine Freude haben."

Der zweite Entführer schlug dem Kapitän mit dem Handrücken ins Gesicht. Das Platschen der Ohrfeige drang bis in den Vorraum und ließ eine der Stewardessen in Tränen ausbrechen, als sei ihr selbst Gewalt geschehen.

„Sie sollten sich zügeln", sagte der Anführer und hielt seinen Kumpan davon ab, ein weiteres Mal die Hand gegen den Kapitän zu heben. „Nicht jeder meiner Männer bringt das gleiche Maß an Geduld und Ausgeglichenheit auf wie ich. Für unsere Mission sind die Menschen an Bord unerheblich, verstehen Sie? Sobald wir den Luftraum Ihrer Heimat verlassen haben, werden wir unsere Forderungen stellen. Sie sollten beten, dass die Amerikaner unserer Bitte nach Freilassung aller politischen Gefangenen Folge leisten."

„Sie wollen Terroristen freipressen." Der Kapitän wischte sich Blut von den Lippen. Die Finger des Mannes zitterten bei jeder Bewegung. „Das ist das Ziel Ihrer Aktion."

„Sie sind mir zu neugierig, Pilot", fauchte der Anführer. Dann lächelte er. „Wer weiß? Vielleicht haben wir ja vor, diesen gottlosen Kasten über einer großen Stadt zum Absturz zu bringen. Wie wäre das? Die Welt wartet seit dem 11. September nur auf ein Zeichen dieser Art. Schaffen wir es bis nach Paris?"

Der Kapitän sah den Anführer wortlos an.

„Ich will wissen, ob wir es bis nach Paris schaffen."

Der Copilot nickte.

„*Sie* habe ich nicht gefragt." Der Anführer wandte sich wieder dem Piloten zu: „Ich will wissen, ob wir es bis nach Paris schaffen."

„Wir schaffen es bis nach Paris", erwiderte der Kapitän langsam. „Kein Problem."

„Das klingt schon besser. Schaffen wir es bis nach London?"

„Ganz gleich, was Sie auch beabsichtigen. Sie haben sich die falsche Maschine ausgesucht. Ich kann Ihnen nur raten, uns so schnell wie möglich landen zu lassen. Hier an Bord herrscht eine besondere Situation."

„Eine besondere Situation?", fragte der Anführer, und jetzt spielte auch er mit dem Gedanken, zuzuschlagen. *Beherrschung,* rief er sich in letzter Sekunde zur Besinnung. Die innere Stimme, die zu ihm sprach, war dem Anführer vertraut. Es war die Stimme seines Vaters. *Es ist alles nur eine Frage der Beherrschung, mein Sohn, gerade wenn es um das Erreichen großer Ziele geht. Der Fehler unserer Bewegung lag lange genug darin, dass es uns an Beherrschung mangelte. Daraus schlagen unsere Gegner Kapital, daraus gewinnen sie seit Generationen Sicherheit. Soldaten, Panzer, Tränengas und Stacheldraht sind nur Beiwerk in ihrem Kampf gegen uns. Denke immer daran: Ungeduld und Dummheit sind unsere größten Feinde. Jetzt liegt es allein an dir, die alten Fehler nicht noch einmal zu machen. Auf dir lastet die Verantwortung, den Kreis zu schließen, und nur das wird dich und deine Männer unsterblich machen. Du allein kannst den Graben überwinden und unsere Bewegung ans Ziel bringen.*

Über das Gesicht des Kapitäns liefen Tränen. Dem Anführer wurde bewusst, mit welcher Wucht der andere zugeschlagen hatte.

„Wir sind keine Unmenschen", sagte er. „Aber ich glaube, Sie überschätzen den Wert der Menschen an Bord. Sollten wir gezwungen sein, Geiseln zu erschießen, dann sind Sie der Erste. Das verspreche ich Ihnen."

Mit diesen Worten verließ der Anführer das Cockpit und wandte sich den fünf gefesselten Stewardessen zu, die ihm entsetzt entgegensahen, ganz so, als sei der Leibhaftige vor ihren Augen erschienen.

„Machen Sie es sich bequem“, sagte der Anführer und bückte sich, um den Frauen nacheinander mit seiner freien Hand über das Gesicht zu streichen, während er in der anderen noch immer den Revolver hielt. Eine der Stewardessen weinte bei seiner Berührung, und der Anführer spürte neben Erregung Zufriedenheit. Die Stewardess war vielleicht fünfundzwanzig Jahre alt, hatte ein rundes Gesicht, das über und über mit Sommersprossen überzogen war und noch keine konkrete Vorstellung vom Tod in sich trug. Die Tränen der Frau nahm der Anführer zum Anlass, ihr einen Kuss auf die Stirn zu drücken. Dabei zitterte sie nur noch mehr.

„Wissen Sie, wie viele Menschen ich mit dieser Waffe hier getötet habe?“ Er deutete auf den Revolver und bemühte sich abermals um *Beherrschung.* „Ich habe schon so viele sterben sehen“, sprach er in das Schluchzen hinein. „Aber keine hat so elegant geweint wie Sie. Sie können stolz auf Ihren Kapitän sein. Er ist ein aufrechter Mann. Werden Sie ihm auf seinem Weg folgen, wenn es soweit ist, meine Liebe?“

„Lassen Sie uns in Ruhe“, sagte eine Stewardess, die deutlich älter war als die anderen, Ende vierzig vielleicht. Sie ließ sich ihre Fassungslosigkeit nicht anmerken. „Wir haben Ihnen nichts getan.“

„Das stimmt“, erwiderte der Anführer und deutete auf seinen Revolver. „Sie fragen sich bestimmt, wie ich den hier an Bord gebracht habe.“

Er setzte wieder ein Lächeln auf und lauschte der Melodie seiner Gedanken. *Wie geschickt. Sie versucht, mich von den anderen abzulenken, verwickelt mich in ein Gespräch, um Zeit zu schinden. Sie hofft, dass sich in der Röhre weiter hinten irgendetwas tut, was ihnen Rettung bringt. Sie hat Angst vor mir, aber sie lässt sie sich nicht anmerken. Ein starker Mensch, das hier ist ein starker Mensch. Sie steht auf, während die anderen liegen bleiben, obwohl sie weiß, was ihr droht durch diese sinnlose Art von Heldentum.* Der Anführer richtete den Revolver auf die Frau, die es gewagt hatte, ihm ein Widerwort zu geben. *Du willst wissen, wo die Grenzen für das Handeln eines Westeuropäers liegen? Du willst wissen, wie weit du gehen kannst? Gut, du sollst es wissen.*

Der Anführer sagte: „Das Problem Ihres Systems liegt darin, dass es jeden käuflich macht. Seien Sie sich dessen versichert: Wir haben uns diesen Moment hier erkauft." Er beobachtete die Augen der Stewardess, wartete aber vergeblich auf eine Regung und fuhr fort. „Sie reden und reden, leben auf Kosten anderer, Sie sehen an Ihren Fernsehern zu, wie ganze Völker unterdrückt und ausradiert werden, und merken nicht, dass das gottlose System, in dem Sie seit Generationen zu Hause sind, von innen morsch wird und verfault. Und jetzt schlägt *unsere* Stunde."

„Ich denke, wir verstehen Sie sehr gut", sagte die Frau am Boden. „Auch wenn wir eine andere Meinung haben."

Sehr gut, sehr gut, raunte die innere Stimme. *Sie bestätigt mich. Sie gibt mir Recht. Sie spricht über sich und die anderen Frauen im Plural, und das macht sie ganz bewusst. Sie hält die Herde beisammen, während der Wolf draußen um die Zäune schleicht. Die Frau ahnt, dass ich nicht alle gleichzeitig erwischen kann.*

„Ich weiß nicht, ob unsere Ansichten wirklich so unterschiedlich sind", sagte die Stewardess. „Haben Sie sich darüber schon einmal Gedanken gemacht?"

„Dann stimmen Sie unserem Feldzug zu?", fragte der Anführer verblüfft. „Dann geben Sie unserem bewaffneten Widerstand gegen das imperialistische System Recht?"

„Sie können sich denken, dass wir so etwas niemals tun würden. Sie sind zu weit gegangen, als Sie sich dieses Flugzeug nahmen. Sie treffen Unschuldige."

„Sie haben ja keine Ahnung davon, wie nahe Schuld und Unschuld beieinander liegen." Der Anführer hockte sich neben die Frau, betrachtete sie und fragte: „Wissen Sie, was Sie gekostet haben? Haben Sie sich Gedanken über Ihren Preis gemacht?" Er erhob sich und verschränkte die Arme hinter seinem Rücken, den Revolver noch immer in der rechten Hand haltend. „Wir haben für dreiundneunzig Europäer fünfundachtzigtausend Dollar Bestechungsgeld bezahlt. Das sind noch nicht einmal tausend für jeden."

„Wen haben Sie bestochen?", fragte die Stewardess. „Wer hat Ihnen ermöglicht, Waffen an Bord zu schaffen?"

„Geisel oder Ankläger?" Der Anführer richtete den Revolver auf den Kopf der Stewardess. „Geisel oder Ankläger?", wiederholte er noch schärfer und stellte fest, dass er hinter diesen Worten selbst zu zittern begann. Nicht aus Angst, sondern aus Zorn. *Beherrschung*, sprach sein Vater noch einmal. *Beherrschung ist unsere schärfste Waffe. Nur so treffen wir den Feind im Zentrum. Unser Kampf will durchdacht sein.* Das Herz des Anführers raste. „Geisel oder Ankläger? Entscheiden Sie sich."

„Geisel", sagte die Stewardess leise. Er ließ die Waffe sinken, seinen Triumph genießend. *Die Gräben, die unsere Völker trennen, sind kleiner, als ihr denkt.* Und er kehrte zurück, der bodenlose Zorn. „Sie sind noch nicht einmal tausend Dollar wert. Denken Sie darüber nach, bevor ich wiederkomme, um Sie bluten zu sehen."

Später stand der Anführer in der Röhre, irrsinnig geworden, und alle Blicke richteten sich auf ihn. In der letzten Sitzreihe hatten seine Leute vom Wachmann abgelassen. Mit ihren Waffen im Anschlag gingen sie den Gang auf und ab, während sie die Frauen und Männer auf den Sitzen nicht eine Sekunde lang aus den Augen ließen.

Warum sind keine Amerikaner an Bord? Warum die zweite Wahl, die sich schneller und angenehmer beerdigen lässt? Es wäre besser mit ein paar Amerikanern. Noch immer dachte er über den Takt möglicher Erschießungen nach, sollte es zum Äußersten kommen. *Nach jeweils fünfzehn Minuten? Oder doch erst nach zwanzig? Zuerst einen Mann, um Stärke zu zeigen? Oder zuerst eine Frau, um die Generäle da unten sofort in die Knie zu zwingen, weil die Bilder unserer Videokamera stärker sind als jeder Abfangjäger? Tragen wir das Feuer nach Paris oder nach London?*

„Meine Damen, meine Herren“, sagte er in akzentfreiem Deutsch und fasste in seine Jackentasche. „Darf ich kurz um Ihre Aufmerksamkeit bitten?“ Sekunden später hielt er eine Handgranate in der Hand und streckte sie nach oben, damit jeder sie sehen konnte. *Unsere Crew macht Sie nun mit den Sicherheitsvorkehrungen an Bord vertraut. Wir wünschen Ihnen einen angenehmen Flug.* Zwei Sitzreihen weiter war ein Raunen zu hören. Einer der Anzugmänner starrte ihn mit offenem Mund an. „Sollte es Probleme geben, werde ich nicht zögern, dieses Ding hier im Cockpit zu zünden – damit das klar ist. Bedanken Sie sich beim zuständigen Sicherheitspersonal auf dem Flughafen in Frankfurt und bei unseren alliierten Kampfverbänden in Deutschland. Hinter diesem Moment steckt jahrelange Arbeit, und vielleicht ist Ihnen dieser Umstand ja einen Beifall wert.“ Wie der Dozent einer Hochschule, die eine Fakultät für Wahnsinn eingerichtet hatte, ging der kahl geschorene Mann hin und her, die Granate noch immer über seinen Kopf gehoben.

„Wo bleibt der Beifall?“, brüllte er mit einem Mal. Selbst die anderen Kommandomitglieder hielten inne, um zu sehen, was er da für ein bizarres Schauspiel veranstaltete. „Wo bleibt der Beifall für unseren Kampf gegen Unrecht und Unterdrückung?“

Es herrschte Totenstille. Die meisten Geiseln blickten betreten nach unten wie Kinder auf einer Schulbank, denen die Leviten gelesen werden. Der Anführer spürte, wie das Blut hinter seinen Schläfen pochte. Das Gefühl grenzenloser Macht hatte etwas Überwältigendes. Selbst der Glaube reichte nicht an die Wucht dieser Empfindung heran. Erniedrigung war berauschend.

„Wo bleibt der Beifall?“, fragte er noch einmal, und zaghaft vernahm er aus einer der hinteren Reihen Klatschen. Der Anführer nickte zufrieden, als andere Hände einstimmten, immer noch leise, bis schließlich alle klatschten. Die meisten Geiseln bewegten sich wie Roboter und sahen nicht zu ihm und seinen Leuten auf. „Gut so“, murmelte er verzückt, als er sah, dass die anderen *Soldaten des Friedens* lächelten. „Ich höre, wir verstehen uns.“

„Nehmen Sie das Ding runter“, sagte einer der Anzugträger, der allen Mut zusammengenommen hatte. „Wir tun, was Sie sagen. Wenn Sie uns in Ruhe lassen.“

„So?“ Der Anführer zog die Augenbrauen hoch, nickte dem Mann auf Platz Nummer 3a zu und ließ die Granate wieder in den Tiefen seiner Taschen verschwinden. „Dann sind wir uns einig. Sollte dennoch jemand auf die Idee kommen, ein Telefon an Bord zu benutzen, werden wir Sie alle auf der Stelle erschießen. Halten Sie also Ihren Nebenmann im Blick.“

„Ihnen ist klar, dass wir einen wichtigen Termin haben?“, fragte der Mann von Platz 3a. „Sie wissen, in was für Probleme Sie uns und sich selbst bringen?“

Der Anführer nahm die Gelegenheit zum Anlass, sich diesen Passagier genauer anzusehen. Wie die anderen trug auch dieser Mann einen silbergrauen Nadelstreifenanzug, an dessen Revers eine blutrote Anstecknadel schimmerte. Das Emblem darauf war vom Gang aus kaum zu erkennen. Das Ding war so groß wie eine Euromünze und erinnerte an eine gezackte Rose. Es stand außer Frage, dass ein Teil der Geiseln auf Flug 9031 zu einer Gruppe von Geschäftsreisenden gehörte, die sich zur falschen Zeit am falschen Ort für den falschen Flug entschieden hatte.

„Was für einen Termin meinen Sie?" Der Anführer konnte nicht verhindern, dass seine Stimme zum ersten Mal seit Inbesitznahme der Maschine unsicher klang.

Der Kerl will mich auf die Palme bringen, er will, dass ich ausraste und etwas Dummes unternehme. Er will, dass ich die Nerven verliere und vor den Augen aller Leute an Bord einen entscheidenden Fehler mache. Ein Held, der hier ist ein Held. Er ist fest entschlossen, das Blatt zu wenden und dafür aus den Händen eines Würdenträgers einen Orden zu bekommen. Diesen kann er immer dann vorzeigen, wenn er zu Hause auf der Veranda sitzt, mit seinen Enkeln spricht, um ihnen zu sagen, wie gut es ist, sich für eine gerechte Sache in einem gerechten Land in Stücke reißen zu lassen. Das ist es, was ihn bewegt. Der da ist ein Held, wie er im Buche steht.

„Wir alle haben einen wichtigen Termin. Das ist ein Flug von großer Bedeutung." Der Mann auf Platz Nummer 3a war mindestens siebzig Jahre alt, Brillenträger, hager und grauhaarig. Mit dunklen Augen unter einer lang gezogenen und faltigen Stirn blickte er den Anführer an. In ihrem Glanz lag Verachtung. „Wir sind Kongressteilnehmer."

„Was für ein Kongress?", fragte der Anführer. „Wovon reden Sie?"

„Ich rede von Dingen, die Sie niemals verstehen werden." Der Mann auf Platz 3a verzog keine Miene. „Ich rede von Verantwortung und Pflichterfüllung."

„Oh", lächelte der Anführer. „Sie sind Patriot?"

„Das hat mit Patriotismus nichts zu tun", erwiderte der Held. „Nur mit Vernunft und Erkenntnis aus Jahrhunderten."

„Das klingt gut." Der Anführer grinste. „Ich denke dennoch, dass bei Ihrem Kongress Plätze frei bleiben werden."

„Sie wissen nicht, was Sie anrichten", sagte der Mann leise, als spreche er von den Folgen einer thermonuklearen Explosion. „Sie wissen nicht, was Sie anrichten."

„Schluss jetzt", beendete der Anführer das Gespräch. „Im Interesse der anderen Passagiere halten Sie sich geschlossen."

„Aber warum?", tönte es von der gegenüberliegenden Seite aus dem Mund eines anderen Anzugmannes. Er saß auf dem Platz mit der Nummer 3f und blickte in die Gesichter seiner Sitznachbarn, die ebenfalls in grauen Anzügen steckten. „Der Mann hat Recht."

„Womit hat er Recht?" Die Geduld des Anführers war aufgebraucht. „Womit hat der Mann Recht?"

„Das wissen Sie genau." Nummer 3f verdrehte die Augen. „Er hat Recht damit, dass der Kongress keinen Aufschub erlaubt. Uns liegt viel daran, dass wir pünktlich landen und den Anschluss bekommen. Ansonsten hat jeder von uns mit Sanktionen zu rechnen, deren Ausmaße Sie sich nicht vorstellen können. Der Kongress legt Wert auf Pünktlichkeit."

„Sie sind ja verrückt", schimpfte der Anführer, schüttelte den Kopf und wandte sich ab. „Alle!"

Weiter hinten brach Tumult los, und Mitglieder des Kommandos gaben unmissverständlich zu verstehen, dass man jetzt die erste Geisel erschießen müsse, um sich Respekt zu verschaffen. Doch der Anführer hob nur wie ein Lehrer den rechten Zeigefinger. Das hatte er sich vor vielen Jahren bei Bin Laden abgeschaut.

„Darf ich mit meinen Ausführungen fortfahren?", fragte er in die Menge. Zu seiner Genugtuung herrschte eisiges Schweigen. „Wir alle haben großes Interesse daran, dass die Angelegenheit hier reibungslos über die Bühne geht und unsere Forderungen erfüllt werden. Zu Ihrer Information: An Bord dieser Maschine befinden sich dreiundneunzig Geiseln. Wir werden durch kluge Verhandlungen erreichen, dass mindestens ebenso viele politische Gefangene freigelassen werden. Das ist alles. Dann werden wir Sie verschonen, und Sie können Ihrem Kongress vom Großmut unserer Bewegung Bericht erstatten. Ist das ein Kompromiss?“ Der Anführer sah sich um. „Sollte unsere Forderung auf Widerstand stoßen, werden wir damit beginnen, im Abstand von jeweils fünfzehn Minuten eine Geisel zu erschießen. Ich überlege derzeit, ob es sinnvoll ist, dazu ein Lossystem einzuführen.“

„Habe ich Sie richtig verstanden? Das heißt also, dass wir uns auf jeden Fall verspäten werden?“, fragte 3a ungläubig und zerdrückte einen Becher aus Kunststoff. Er ließ ihn auf den Boden fallen und suchte nach Worten. „Sie nehmen keine Rücksicht?“

„Sie sagen es“, antwortete der Anführer. „Freunden Sie sich mit dem Gedanken an, dass wir einen Ausflug unternehmen. Vielleicht tut uns die freie Welt ja den Gefallen und lässt uns von einer F-16 abschießen.“

„Das wäre immer noch besser, als den Kongress zu verpassen“, tönte es von weiter hinten. Der Anführer fragte sich allmählich, ob er es mit einem Haufen Verrückter zu tun hatte.

„Wissen Sie, wie egal mir Ihr gottverdammter Kongress ist?“, brüllte er durch die Röhre. „Wir befinden uns im Krieg, falls Ihnen das noch nicht klar ist.“ Er schlug mit der Faust auf eine der Sitzlehnen. Der Anzugträger auf dem Nebenplatz riss erschrocken die Hände vors Gesicht.

Jetzt haben sie dich so weit, mein Sohn. Beherrschung! Du musst dich beherrschen, willst du nicht alles gefährden! Sie wollen dich mit ihrem Gerede nur verrückt machen, sie wollen dich auf kleiner Flamme weich kochen, bis du das Wesentliche aus den Augen verloren hast. Was du jetzt brauchst, ist Beherrschung!

Der Anzugträger auf Platz Nummer 12c richtete sich auf, unversehrt, schüttelte den Kopf, rückte seine Krawatte zurecht, fuhr sich durch das lange dünne Haar und warf dem Anführer einen strafenden Blick zu. Neben ihm saß ein Junge mit gelockten Haaren, elf oder zwölf Jahre alt, ebenfalls in einem grauen Anzug. In den Augen des Kindes lag nichts als Hass, und es murmelte einen Fluch in lateinischer Sprache, den der Anführer nicht verstand. Anzugmann Nummer 12c, offenbar der Vater des Kleinen, ergriff das Wort.

„Der Kongress ist von großer Bedeutung", sagte er vorsichtig. „Ohne diese Delegation ist er nicht beschlussfähig. Die Auswirkungen werden verheerend sein."

„Wissen Sie, wie egal mir das ist?", fragte der Anführer, der sich allmählich wieder beruhigte und seine Männer anwies, keinen dieser seltsamen Passagiere aus den Augen zu lassen. „Wir alle sind so gut wie tot."

„Das weiß ich", erwiderte 12c. Der Anführer wunderte sich, dass der Mann mit einem Mal flüsterte: „Ich meine es gut mit Ihnen! Ändern Sie Ihre Pläne, landen Sie auf unserem Zielflughafen und nehmen Sie nur die Crew und von mir aus ein paar Angestellte mit. Das sind Geiseln genug. Lassen Sie uns ziehen und unsere Aufgabe erfüllen. Unser Votum ist auch in Ihrem Interesse."

„Abstimmung?" Der Anführer schoss nach vorne, griff den Mann von Platz Nummer 12c am Kragen seines Anzuges und zog ihn zu sich himmelwärts. „Es reicht jetzt mit Ihrem Geschwafel! Sie haben ja keine Vorstellung davon, um was es hier geht", fauchte er und biss die Zähne zusammen. Der Junge sah den Geiselnehmer immer noch an – die Art von Verachtung, die im Gesicht des Kindes lag, kannte der Anführer nur zu gut. Sie ausgerechnet bei einem kleinen Europäer zu sehen, überraschte ihn dennoch. Wieder sprach der Junge Sätze in einer ihm fremden Sprache. Die Stimme des Kindes hatte etwas Bedrohliches, fand der Anführer. Seine Finger schlossen sich noch fester um den Griff des Revolvers. *Was immer der Kleine von sich gibt, es ist nichts Gutes.* Laut sagte er: „Sie haben wirklich keine Vorstellung davon, um was es hier geht."

Er ließ den Mann von Sitz Nummer 12c fallen. In diesem Irrsinn wieder das Wort ergriffen zu haben, beruhigte den Anführer. Der Vater wies seinen Sohn unterdessen an, besser zu schweigen. Auch er bediente sich des Lateinischen. Der Junge verstummte, senkte den Kopf und verschränkte seine kurzen Arme beleidigt vor seinem Bauch.

„Sind die verrückt?" Das war der Stellvertreter. Er stand dicht neben dem Anführer. „Schau dich um. Die tragen alle einen Anzug."

„Juristen." Er fiel in das Lachen des Stellvertreters ein – zur Überraschung der anderen Kommandoleute, die mit ihren Waffen alle Geiseln in Schach hielten. „Ich bin auf ihre Gesichter gespannt, wenn wir den ersten exekutieren."

„Es wäre gut, wenn wir mehr Frauen und Kinder an Bord hätten", sagte der Stellvertreter und spuckte aus. „Es sind zu viele alte Männer auf diesem Flug."

„Das wird keinen Einfluss auf die Verhandlungen haben. Die Amerikaner zählen nur Köpfe." Der Anführer dachte nach. „Denen geht es darum, am Ende dieses Krieges keine Toten beerdigen zu müssen. Sie werden es nicht wagen, ein ziviles Flugzeug vom Himmel zu holen, bevor sie wissen, woran sie mit uns sind."

Einer der anderen *Soldaten des Friedens* kam herbeigeeilt und steckte dem Anführer ein zerknittertes Papier zu.

„Wo hast du das her?", fragte er, während der Stellvertreter die mit Kugelschreiber gekritzelten Sätze las.

„Das lag auf dem Boden", rief der Mann. „Keine Ahnung, wer das geschrieben hat."

Der Stellvertreter reichte den Zettel an den Anführer weiter. „Eine Botschaft an uns. Es wird Zeit, dass wir den ersten erschießen."

Der Anführer las:

Lassen Sie uns ziehen
und unsere Aufgabe erledigen.

„Von wem ist das?", fragte er und hielt das vergilbte Stück Papier, das aus einem Notizblock stammte, in die Höhe. Es blieb still. Einige Passagiere – ihr Durchschnittsalter mochte, von Ausnahmen abgesehen, bei fünfundsechzig Jahren liegen – schienen ihn noch nicht einmal gehört zu haben. Zwei alte Damen in grauen Kostümen und mit identischen Dutt-Frisuren unterhielten sich in Reihe 19 ungeniert weiter. „Von wem ist das?", wiederholte der Anführer und sah, dass auch die Rückseite des Blättchens beschrieben war.

Sofort!

Sechs Buchstaben. Das war alles. Im Anführer reifte die Erkenntnis, dass niemand ihm antworten würde, selbst wenn er mit dem Feuer der Hölle drohte. So ließ er das Blatt fallen und befasste sich mit der Frage, wo man nach den ersten Erschießungen Leichen verstauen konnte, ohne dass sie ihm und seinen Männern im Weg waren. Was er nicht bemerkte, war, dass die alten Frauen ihr Gespräch beendet hatten und voller Entsetzen auf das Stück Papier starrten, das der Anführer so achtlos fortgeworfen hatte. Über die Gesichter der Damen liefen Tränen.

Aus dem Cockpit drang eine gedämpfte Stimme.

„Frankfurt versucht, uns zu erreichen. Sie wollen wissen, ob alles in Ordnung ist."

„Was für eine Frage", knurrte der Anführer. „Natürlich ist alles in Ordnung. Zwei Piloten, fünf Stewardessen, ein Sky Marshal und fünfundachtzig Märtyrer. Alles Christen."

„Christen? Was macht Sie da so sicher?", tönte es von Platz 3a. Im Anführer wuchs der Entschluss, den Mann mit der Nickelbrille zum Schweigen zu bringen. „Sie haben sich den falschen Flug ausgesucht."

„Das hat mir Ihr Kapitän auch gesagt. Ich freue mich darauf, Sie beide sterben zu sehen."

„Was macht Sie da so sicher?", wiederholte ein Anzugträger mit Vollbart aus Reihe 6. „Glauben Sie, dass Ihre Drohungen uns auch nur entfernt beeindrucken?"

„Warum nicht?", rief der Stellvertreter und zielte auf Nummer 3a, fest entschlossen, in der nächsten Sekunde abzudrücken. „Im Tod sind alle Menschen gleich."

„Das glauben auch nur Sie", rief ein Mann aus Reihe 8, als in der Röhre alle Lichter erloschen. Die Maschine neigte sich zur Seite, und der Anführer suchte an einer der Sitzlehnen nach Halt.

Die Piloten ändern den Kurs! Sie haben irgendeinen Plan! Sie wollen uns in letzter Sekunde einen Strich durch die Rechnung machen! Vielleicht haben sie vom Boden aus eine Anweisung erhalten, vielleicht hat man ihnen gesagt, dass es besser ist, uns trotz aller Verluste ans Messer zu liefern, bevor wir auf den Nachrichtensendern der Welt größeren Schaden anrichten. Sie drehen ab! Sie bringen uns zurück! Beherrschung!

„Was ist da los?“, rief der Anführer in den Tumult hinein. Er konnte noch nicht einmal die Hand vor Augen sehen, suchte nach einem der Fenster entlang der Sitzreihen, doch er fand keines. Im Cockpit brüllte jemand seinen ganzen Zorn aus sich heraus, und überall im Bauch des Flugzeugs war ein Klicken zu hören. Der Anführer fragte sich, was das sein mochte, als ihm klar wurde, dass das Sicherheitsgurte waren, die geöffnet wurden.

Beherrschung, Beherrschung!, mischte sich die Stimme seines Vaters abermals in das Gewirr aus Gedanken, Unruhe und Angst. *Die Piloten versuchen irgendetwas in ihrer bodenlosen Dummheit, aber sie haben nicht den Anflug einer Chance. Wir werden es niemals dazu kommen lassen, dass man uns in Handschellen filmt. Wir werden dafür sorgen, dass sie niemals solche Bilder bekommen.*

Der Anführer hörte die Wache im Cockpit immer noch schreien, und dem Gefühl nach trennten ihn nur noch wenige Meter vom Piloten.

Wir werden ihr Weltbild in Stücke reißen und ihnen zeigen, wo ihre Grenzen liegen. Wir werden demonstrieren, wo man sie am besten verletzen kann. Wir werden ihnen zeigen, wie man ihr Herz selbst aus zehntausend Metern Entfernung trifft und sich einen Platz in ihren Geschichtsbüchern sichert. Wir werden ihnen zeigen, was es heißt, einer verlorenen Generation anzugehören, die lernen muss, wie man ein Gebet spricht. Wir werden ihnen zeigen, was es heißt, Schmerz zu ertragen und ihn sich Tag für Tag bewusst zu machen, um nicht verrückt zu werden. Wir werden ihnen zeigen, wie man Seelen erntet und der Welt ihren Glauben an sich selbst zurückgibt. Das ist unsere Aufgabe.

Im Anführer reifte der Entschluss, zuerst den Kapitän und eine der Stewardessen umzubringen, um der Mission den nötigen Respekt zu verschaffen. Am anderen Ende des Flugzeugs wurde erbittert gekämpft und ebenso erbittert Widerstand geleistet – von wem auch immer. *Wir werden ihnen zeigen, was es heißt, dem Tod ins Auge zu sehen.* Dann hörte er sich selbst lachen. Wieder und wieder musste er auf dem Weg nach vorne an seinen Vater denken. Angst war ein schlechter Ratgeber. *Du musst dich ihr stellen, du musst sie überwinden und dir den Sieg vor Augen halten.* Er gehorchte dieser Eingebung und verstummte.

Klick, klick, klick.

„Keiner bewegt sich!", hörte er den Stellvertreter rufen. In seiner Stimme lag Panik. „Alles bleibt sitzen! Verstanden?"

Klick, klick, klick.

„Was ist hier los?", schrie einer der Männer des Kommandos. Der Entfernung nach zu urteilen, stand er am Heck der Röhre. „Sitzen bleiben oder ich schieße! Habt ihr mich verstanden?"

Klick, klick, klick.

Der Anführer eilte voran. Noch immer konnte er nichts sehen. *Wir stehen zu weit auseinander! Beherrschung!* Er hörte sein Herz schlagen, immer lauter. Im Cockpit war die Wache außer sich. Das Geräusch wilder Schläge drang durch die Schwärze bis in den Passagierraum.

Sie haben sich die falsche Maschine ausgesucht, hörte er den Kapitän sagen. *Hier an Bord herrscht eine besondere Situation.* Ein dumpfes Poltern drang durch die Röhre und machte dem Anführer klar, dass einige Passagiere sich im Schutz der Dunkelheit langsam von ihren Sitzen erhoben, um auf den Gang zu kommen. Neben ihm klickte es. Der Anführer schlug mit dem Lauf des Revolvers zu, als er hinter sich ein leises Atmen hörte. Jemand kam auf ihn zu.

Klick.

„Sitzen bleiben!“, brüllte der Anführer. Weiter hinten schrie jemand. Der Stellvertreter. „Sitzen bleiben!“

Der Stimme folgte ein Knacken, ganz so, als zerbreche Holz, aber der Anführer wusste nur zu gut, dass das kein Holz war. Weiter vorne schlug ein Revolver zu Boden. Wieder stieß ein *Soldat des Friedens* einen Schrei aus. *Beherrschung!,* wiederholte der bleischwere Tonabnehmer in seinem Kopf – es nicht weiter durch die Rille seiner Gedanken schaffend. *Was um alles in der Welt ist das hier?*

Der Anführer hielt seine Angst in Schach, ganz so, wie man es ihm beigebracht hatte. *Sie versuchen, den Moment der Überraschung zu nutzen, aber das wird ihnen nicht gelingen.* Den Geräuschen nach zu urteilen, wurde überall gekämpft. Er hoffte auf die Besonnenheit seiner Leute. *Nicht schießen, nicht schießen – das bringt uns alle in Gefahr! Das Letzte, was unsere Bewegung braucht, ist ein Loch in der Wand und Druckverlust!* Der Anführer erreichte die ersten Sitzreihen und den Übergang zur Cockpitschleuse. Den Kapitän galt es als ersten zur Verantwortung zu ziehen für den dummen Versuch, diese überaus wichtige Mission scheitern zu lassen.

Klick, klick, klick.

Selbst aus dem Cockpit waren jetzt seltsame Geräusche zu hören, die in ein Wimmern übergingen, das alles in den Schatten stellte, was der Anführer jemals gehört hatte – und er hatte in den vergangenen Jahren des Krieges eine Menge gehört. Die Wache verstummte. Der Anführer war außer sich, als er in seinem Rücken ein Räuspern hörte, ganz so, als wolle sich jemand bei ihm entschuldigen.

Ich kann noch nicht einmal meine Hände sehen, ich kann noch nicht einmal meine Hände sehen! Was um Himmels Willen ist hier los? Beherrschung!

Das Wehklagen seiner Männer vermischte sich mit seinen Gedanken, bis auch über ihm die Welle niederging. Aus den Lautsprechern an der Decke nieselte es *Put your arms around me* von Texas, endlos traurig, und Sharleen Spiteris Stimme zwischen E-Gitarren, Klavier und Schlagzeug war das letzte, das der Anführer hörte. Sechs Minuten dauerte das Schauspiel in der bodenlosen Schwärze. Als der Kapitän wieder das Licht einschalten und die Stewardessen von ihren Fesseln befreien ließ, informierte er die Flugsicherung über ein inzwischen behobenes Problem mit dem Funkgerät an Bord.
„Wir haben die Situation unter Kontrolle."

Auf seinem Weg in die Weiten Rumäniens brauchte Flug Nummer 9031, der zwischenzeitlich von allen Radarschirmen verschwunden war, sieben Minuten und zwölf Sekunden länger als geplant. Die Maschine mit Sonderstatus setzte trotz eines Oktobersturmes weich auf. Die Diplomatenpässe, die auf die Namen der fünfundachtzig Kongressteilnehmer ausgestellt waren, verhinderten, dass auch nur eines der Gepäckstücke aus dem Bauch des Flugzeugs von den Grenzschützern in Hermannstadt näher untersucht geschweige denn durchleuchtet wurde. Selbst der kleine Junge – das einzige Kind an Bord – trug einen für seine Verhältnisse viel zu großen Koffer aus abgewetztem

Leder bei sich, den er in keiner Sekunde aus den Augen ließ, ganz so, als transportiere er darin eine Auswahl der wertvollsten Edelsteine der Welt.

„Und ich dachte schon, wir kommen zu spät“, sagte der Mann von Sitz 3a auf dem Weg durch die Gangway, bevor er sich mit einem uralten Spitzentaschentuch Blut aus dem Mundwinkel wischte, den korrekten Sitz seiner Krawatte prüfte, in den Tiefen der Taschen nach Zahnseide suchte und in einen der Shuttle-Busse stieg, die auf Scheinwerferlicht verzichteten. *Lassen Sie uns ziehen und unsere Aufgabe erledigen. Sie ist von großer Bedeutung.* Die bevorstehende Abstimmung über den Fortbestand der menschlichen Spezies war das beherrschende Thema unter den Kongressteilnehmern. Der Mann von Sitz 3a ließ sich hinter dem Fahrer des Shuttle-Busses nieder und warf einen nachdenklichen Blick auf dessen Hals. Draußen, jenseits der Rollfelder, herrschte Dunkelheit, die ihresgleichen suchte. Und das war gut so.

8. Oktober

INVASION

Der Geschmack von rostigem Eisen breitete sich aus wie ein Flächenbrand. William Taylor biss sich auf die Zunge, als er durch den Tannenwald hastete, als sei der Teufel hinter ihm her. Auf seiner Flucht schlugen ihm Zweige ins Gesicht, doch das war gar nichts gegen den Schmerz, der sich bei jedem Schritt durch seine Hüften zog. Das Seitenstechen war sein größter Gegner. William betete, dass er es schaffen würde, vor Einbruch der Dunkelheit aus dem verdammten Wald heraus zu sein. Er ignorierte seine blutverschmierte Kleidung ebenso wie jeden Gedanken an das, was er zu Gesicht bekommen hatte. Das Heulen der Maschinen drang durch die Baumreihen und ließ ihn erschauern. William zwang sich, so leise wie möglich zu sein. Zu allem Übel kam zum Seitenstechen jetzt auch noch ein Ziehen in den Knöcheln. Es fühlte sich an, als wollte es ihm die Füße abreißen. *Sie bleiben einfach im Boden stecken. Ich werde dann auf Knochenstümpfen aus dem Wald stapfen und hoffen, dass es mich nicht doch noch erwischt.*

William schnappte nach Luft und lauschte dem Lärm, der ihn und seine Leute hierher geführt hatte. Das hörte sich an wie eines der Düsentriebwerke, die sie hin und wieder auf der Delta Air Base testeten, ein paar Meilen ostwärts – meistens nachts, um keine Beobachter anzulocken. William hastete über eine Lichtung und dankte Gott, als er am anderen Ende wieder in den Schutz des Unterholzes zurückkehrte. Er eilte weiter und weiter, ohne an Erschöpfung zu denken. Er wusste nicht, wie spät es war, als er die Lichter der Tankstelle am Highway erblickte und darauf zustürmte. Die Lampen an den Zapfsäulen waren ausgeschaltet, aber das Schild über ihnen war deutlich zu erkennen.

Benzin gibt's um die Ecke
Bitte bei Dex melden

William Fox Taylor, Freunde und Arbeitskollegen nannten ihn seit Ewigkeiten nur Foxey, vernahm heiseres Gelächter, als er dem Hinweispfeil folgte, der mit einem Filzschreiber unter den Schriftzug gezogen worden war. Und er erschrak, als ihm bewusst wurde, dass er sich selbst lachen hörte – als habe er draußen im Wald den Verstand verloren.

Hinter der Tankstelle stand ein Haus mit ausladender Veranda, an deren Aufgang Gaslaternen Unmengen von Nachtfaltern anlockten und grillten. Das Holz der Treppenstufen ächzte, als William hinaufhastete und sich gegen die Tür der Bar stemmte. Eine Sekunde später lag er auf einem von Rissen durchzogenen Fliesenboden, wie ein verunglückter Weitspringer, und bemühte sich, angesichts der amüsierten Blicke, die ihm galten, nicht die Haltung zu verlieren. Sieben Männer hockten an der Bar, drei weitere an einem Tisch etwas abseits und blätterten in billigen Sexmagazinen, als der Mann aus dem Wald sich erhob und sie anstarrte. Der Wirt hinter der Theke war fett, trug eine von Flecken übersäte Schürze und betrachtete seinen Gast.

„Foxey", rief er vergnügt. „Lange nicht gesehen. Alles okay?" Der Wirt wischte sich die Hände ab. Sein Name war Daniel May. Er gehörte ebenso zum Inventar wie die meisten Holzfäller hier, die sich im Dunst ihrer Zigaretten fragten, ob der Mann zu ihren Füßen möglicherweise verrückt war. „Alles in Ordnung mit dir?“ May stellte ein leeres Glas ab. „Du siehst übel aus.“

„Ich habe Durst!“ William schob sich an den Männern vorbei zur Theke und bemühte sich, sein Zittern in den Griff zu bekommen.

„Durst?“ Der Wirt sah die anderen Gäste vielsagend an. „Dann bist du hier goldrichtig.“ Er füllte ein Glas mit Wasser und eines mit Whisky und stellte sie William vor die Nase. „Was hast du mit deinen Klamotten gemacht?“ May deutete auf den blutverschmierten Mantel. „Hast du einen umgebracht?“

„Ich glaube schon“, sagte der Mann aus dem Wald zur Überraschung der anderen, die jetzt fest davon überzeugt waren, dass William gleich eine 45er aus der Hose ziehen würde, um ihnen ein faustgroßes Loch in den Brustkorb zu schießen. Im Licht über der Theke sah alles noch schlimmer aus.

„Trink erst mal“, erwiderte Hopkins, einer der Männer an der Bar. William nickte und kippte das Wasser runter.

„Wir müssen weg“, rief er, als er sich gierig dem Whisky zuwandte. „Sofort!“

„Weg?“ Der Wirt machte sich daran, William ein zweites Glas auf Kosten des Hauses einzugießen. „Warum müssen wir weg?“

„Sie sind bald hier“, murmelte der Mann aus dem Wald. „Uns bleibt keine Zeit.“

„Wer ist bald hier?“

„Das seht ihr früh genug.“ William trank den Whisky. Die Hitze, die sich in seinem Bauch ausbreitete, fühlte sich nach den Ereignissen der vergangenen Stunden wunderbar an. „Sie haben Dan, Fred und Jim getötet.“

„Was?“, rief Hopkins ungläubig. Auch die anderen Männer ließen von ihren Drinks ab. „Tot?“

„Sie sind alle tot!“, heulte William, ohne den Blick von seinem Glas abzuwenden. „Und wir werden es auch bald sein, wenn wir nicht machen, dass wir weg kommen!“

„Was redest du da?“ Der Barkeeper starrte ihn an. „Wer hat Jim getötet?“

„Ihre Haut ist blau“, sagte der Mann in dem über und über mit Blut verschmierten Mantel. „Es sind mindestens zweihundert!“

„Zweihundert?“

„Vielleicht auch dreihundert.“ William war außer sich. „Sie sind überall im Wald, haben uns eingekreist, und nur ich war schnell genug weg. Ihr Schiff liegt fünf Meilen von hier in einer Schneise.“

„Was für ein Schiff?“

„Das Ding sieht aus wie eine Zigarre“, rief Foxey entsetzt. „Es ist fünfzig oder sechzig Meter lang, mindestens! Wir haben den Lärm seiner Maschinen gehört und zunächst gedacht, dass es einer dieser verdammten Militärflieger ist, der im Wald notlanden musste. Wir hörten seltsames Zeug im Funkgerät. Es klang wie ein Hilferuf. Da sind wir rauf auf den Hügel, und dann waren sie auch schon bei uns! Sie haben eine Fahne da oben aufgestellt, hört ihr? Wir gehören jetzt ihnen! Das ist eine Invasion! Eine Invasion! Ihre Haut ist blau, sie sind schnell, und sie sind böse. Sie haben Dan und die anderen wie Vieh geschlachtet.“

„Beruhig dich“, sagte der Barkeeper. „Du hast schlecht geträumt.“

„Kann man so was träumen?“ William deutete auf seinen blutroten Mantel. „Im Wald liegen noch drei weitere Zigarren!“

„Raumschiffe?“ Einer der Männer grinste breit. „Und sie sehen aus wie Zigarren?“

„Wahrscheinlich kommen sie vom Planeten Lewinsky!“ Einer der Magazin-Leser klopfte sich auf die Schenkel. „Oder aus dem Clinton-Nebel!“

„Lacht nur! Sie sind auf dem Weg hierher, und sie sind extrem *sauer!*“

„Sauer?“, fragte der Barkeeper überrascht.

„Ich habe zwei von ihnen weggepustet.“ William zog einen blutverschmierten Revolver aus seinem Mantel und ließ alle Befürchtungen wahr werden. Die Männer duckten sich, gingen hinter ihren Tischen in Deckung und fluchten. Mit der Waffe in der Hand lief William an eines der Fenster, starrte hinaus und schüttelte mit wirrem Blick den Kopf. „Ihr müsst ihre Augen sehen!“

„Gar nichts müssen wir, du Spinner“, polterte ein alter Mann auf der anderen Seite des Tresens, immer noch in Deckung, und wandte sich an den Barkeeper. „Ich bin dafür, dass du Sheriff Cody anrufst und die Leute von der Airbase verständigst. Und du, William, legst jetzt das verdammte Schießeisen aus der Hand, bevor ich mich vergesse!“

Der Barkeeper nickte. „Ja, das ist am besten“, sagte er und zog den Hörer des Wandtelefons zu sich. „Foxey, du gehst nach oben und machst dich sauber.“ Dann drehte er die Wählscheibe.

„Ihr glaubt mir immer noch nicht?“ William tobte. „Dann geht doch selbst in den Wald und lasst euch zu Hackfleisch machen! Die Leute von der Airbase sind längst tot. Alle! Ihre Uniformen liegen überall verstreut. Sie hat man als Erste erledigt! Mich kriegen keine zehn Pferde zurück in den verdammten Wald, hört ihr? Sie sind hinter mir her. Ihr könnt gerne hier bleiben, ich muss weiter.“

Erst jetzt sah William den Fernseher über der Theke. Er zeigte verwackelte CNN-Bilder vom Himmel über San Francisco.

Er war voller Zigarren.

„Warum sollten wir dir nicht glauben?“, fragte der Barkeeper, und seiner Stimme nach zu urteilen, lächelte er. Als er sich umdrehte, sah William in ein Paar glühender Augen.

9. Oktober

SMARAGD

Drei Worte reichten aus, übersetzt in zwanzig Sprachen, gesendet am 9. Oktober um sieben Uhr fünf mitteleuropäischer Ortszeit: *Sieh mich an.* Wer die Botschaft auf den Weg gebracht hat, ist bis heute nicht bekannt. Erreicht hat sie beinahe jedes E-Mail-Postfach mit Anschluss an das *World Wide Web* – und das sind eine ganze Menge. Mehr als fünf Millionen Menschen haben die Nachricht sofort gelesen und jene Homepage besucht, auf die ihr Link führte. Die Zahl der Unglücklichen erhöht sich von Stunde zu Stunde. Selbst siebzig Tage nach der ersten Sendung werden immer noch Opfer gefunden, in Häusern, Wohnungen und Büros überall auf der Welt. Einige haben sich erschossen. Andere verletzten sich mit spitzen oder scharfen Gegenständen oder fuhren mit ihren Autos in den Tod.

Nach wie vor zählen die Regierungen und Krisenstäbe die Toten und halten sich vor Augen, *was* an jenem verhängnisvollen Tag im Oktober seinen Anfang nahm. Vierundsechzig Prozent Männer, sechsunddreißig Prozent Frauen – das sagt die Opferstatistik. Getroffen hat es Menschen in jedem Alter. Es waren bei weitem nicht nur Singles, die in die Falle liefen und mit dem Ausflug auf diese Homepage ihr Schicksal besiegelten. Ich selbst kannte die E-Mail zunächst nur aus Katastrophenberichten und gehörte zu den Glücklichen, die *Sieh mich an* an jenem Oktobermorgen sofort von ihren Rechnern gelöscht und damit ihr Leben gerettet haben.

Vorerst zumindest.

Diejenigen, die der Mail aus dem Nichts folgen, blicken einen Mausklick später in die Augen einer Frau. Wunderschön soll sie sein, sagt man, und ihr Antlitz ist grün wie ein Smaragd. So betrachtet sie ihr Gegenüber aus Internet-Tiefen, ihre Augen schließend, um dann einen zweiten Blick auf das zu werfen, was ihr zusteht. Experten schätzen, dass zehn Sekunden Blickkontakt reichen, um den Verstand zu verlieren. Zehn weitere Sekunden füllen die Leere in den Köpfen der Betrachter mit Wahnsinn und versiegeln sie abschließend mit einer Bitte, die nichts anderes als ein Befehl ist: *Töte dich.* Das ist alles, was die Frau durch den Datenstrom mitteilt, ohne auch nur ein Wort zu sagen. Niemand weiß, ob es das Gesicht eines Menschen ist oder ob es sich um eine perfekt gemachte Grafik handelt – eine Animation, geschaffen für den Erstschlag gegen alles, was lesen und auch nur in Ansätzen einen Computer bedienen kann.

Natürlich hat man nach den ersten Todesfällen alles daran gesetzt, den Smaragd aus dem Web zu entfernen. Die Amerikaner haben alles ins Feld geworfen, was ihnen zur Verfügung stand. Wie viele ihrer Experten im Kampf gegen *Sieh mich an* ihr Leben ließen, wird für immer ein Geheimnis bleiben. Sie haben nichts unversucht gelassen, der Dinge, die über Nacht in unser Datennetz kamen, Herr zu werden. Aber selbst das reichte nicht aus. Niemand ist bis heute in der Lage, die verdammte Homepage auszuradieren, niemand hat es geschafft, sie ungeschehen zu machen, abzuschalten, vom Netz zu nehmen – wie man es auch nennen mag. Technik und Logik haben auf diesem Feldzug keine Bedeutung. Den Mächten, die den Smaragd geschliffen haben, ist nichts heilig. Sie haben den perfekten Weg gefunden, das, was wir als Zivilisation bezeichnen, zu infiltrieren. Sie haben den Tod auf die Datenautobahn geschickt, einen Gedankenwurm, der perfider ist als jeder Virus, mit dem wir es bislang zu tun bekommen haben. Der Smaragd formatiert nicht die Festplatten unserer Computer. Er formatiert unsere Köpfe.

Es mehren sich die Gerüchte, dass ein zweiter Angriff bevorsteht – noch extremer, umfassender und durchschlagender als der erste. Die andere Seite, die sich nach wie vor nicht zu erkennen gibt, beherrscht ihr Handwerk. Gleich am ersten Kriegstag hat es zehntausende Menschenleben gefordert. Der Köder ist perfekt. Natürlich hat man sich gefragt, ob der Smaragd durch Hypnose zum Todbringer wird, ob der Blick in die Augen der Frau nonverbale Kommunikation eröffnet. Einige Wissenschaftler kramten ihre staubigen Sender-und-Empfänger-Schautafeln aus den 60er und 70er Jahren hervor, um den Leuten im Pentagon ihre Sicht der Dinge mit Pfeildiagrammen zu erklären und danach gut bezahlt durch Talkshows zu tingeln. Was nach dem ersten Angriff blieb, waren Ratlosigkeit und die Erkenntnis, dass es jeden treffen kann. Eine Zeit lang spielte man mit dem Gedanken, alle Netzwerke abzuschalten, alle Server einzumotten und auf bessere Zeiten zu warten. Aber will man das wirklich? Was wäre die Konsequenz? Unsere Häuptlinge trugen weltweit ihren Trotz zur Schau:

„Wer auch immer für das hier verantwortlich ist, soll wissen, dass wir niemals kapitulieren werden. Wir werden die Täter mit aller Härte des Gesetzes verfolgen, finden und zur Rechenschaft ziehen. Niemand soll glauben, nach diesem feigen Angriff ungestraft davonzukommen. Unsere Abwehr ist in Alarmbereitschaft und wird jeden weiteren Versuch, das Internet zu infiltrieren, im Keim ersticken."

In der Praxis sah das anders aus.

Für Hinweise, die zur Ergreifung der Täter führen, setzte das US-Verteidigungsministerium fünfhunderttausend Dollar Belohnung aus. Eine Woche später wurde die Summe verdoppelt, vierzehn Tage darauf, als man immer noch keine heiße Spur verfolgte, verdreifacht. Viel zu lange gingen unsere Anführer davon aus, dass es nur Hypnose sei, und dass es reiche, die Menschen davor zu warnen wie vor einer ansteckenden Krankheit. Der Wettlauf war zu dieser Stunde längst verloren. *Sieh mich an* gelang es am zweiten Kriegstag, sich mit der Homepage des Ministeriums für Heimatschutz zu verlinken und damit tausende Hilfesuchender auf einen Schlag zu erwischen. Am dritten Kriegstag nahm es alle Suchmaschinen in Besitz. Innerhalb weniger Stunden verschwanden hunderttausende Homepages im Nichts und wurden durch *Sieh mich an* ersetzt. Konzerne und Behörden traf die Angriffswelle ebenso wie den Vatikan und die meisten Privatadressen. Auch das Portal der Vereinten Nationen verwandelte sich in eine tödliche Falle, während beim Weltsicherheitsrat eine Krisensitzung der anderen folgte. Die NATO und die russischen Streitkräfte gingen rechtzeitig offline, bevor es dem Smaragd gelang, Datensysteme zu besetzen und an die Steuerung von Nuklearwaffen zu gelangen.

Die größte Angst der Wissenschaftler besteht darin, dass *Sieh mich an* sich weiterentwickelt und vom gesamten Internet Besitz ergreift, während die Welt, wie wir sie kennen, ohne Datenströme und Kommunikation im Chaos versinkt und auf einen Schlag in die 50er Jahre des vergangenen Jahrhunderts zurückgeworfen wird. Es gibt erhebliche Probleme damit, die Versorgung mit Energie und Lebensmitteln ohne Rückgriff auf das Netz aufrecht zu halten. Etliche Verkehrs- und Steuerungssysteme sind beim Angriff des Smaragdes zusammengebrochen. Haben Sie schon einmal eine Stadt wie New York City ohne Ampeln erlebt? Groß ist die Angst vor Online-Heckenschützen, die es überall hin schaffen – vorausgesetzt, man öffnet ihnen nur lang genug die Tür.

Das Heerlager der Computerhasser fühlt sich nicht nur in seiner Feindschaft bestätigt, es hat auch die größten Überlebenschancen. Viele tragen T-Shirts mit der Aufschrift *Fuck Online* oder *Send me an e-mail to say you love me.* Die Dinger werden in China produziert und finden reißenden Absatz. Und auch sie rief der Feldzug auf den Plan – die Eiferer mit der Bibel in der Hand, die wieder einmal das Ende der Welt kommen sehen. *Sieh mich an* sei Gottes Antwort auf all den Schmutz und Verfall, den das Internet über uns gebracht hat.

„Habt ihr wirklich geglaubt, dass Gott der Herr sich das alles gefallen lässt? Habt ihr wirklich gedacht, dass er tatenlos zusieht? Nun gießt er sie aus, die Schalen des Zorns, und die einzige Rettung liegt im Glauben. Nur wer erkennt, wer diese Welt hier wirklich geschaffen hat, wird weiterleben. Versagt Satan den Dienst und findet zurück zur Allmacht des Herrn. Er wird euch leiten, er wird euch schützen, bei allem, was ihr tut. Er wird bei euch sein, wenn ihr euch reinwascht von allen Sünden. Entledigt euch der Fesseln, die man euch angelegt hat. Schaltet sie ab. Schaltet sie einfach ab.“

Auf der ganzen Welt organisierten Fundamentalisten Aktionen, bei denen Computer zusammengetragen, mit Benzin übergossen und angezündet wurden. Die ersten Scheiterhaufen brannten im alten Europa, bis das Feuer sich nach Norden, Süden, Westen und Osten ausbreitete. Die Kamerateams der Nachrichten-Sender filmten eifrig mit und trugen ihren Teil dazu bei, dass die globale Hysterie neue Dimensionen erreichte.

Überall auf den Straßen liegt Computerschrott, und es wird Jahre dauern, ihn beiseite zu schaffen. Im Gegenzug erlebt alles, was nicht an Computer gebunden ist, eine Renaissance, und wir können nur hoffen, dass es noch nicht zu spät ist. Die Hersteller von Karteikarten und Schreibmaschinen machen wieder Millionen-Umsätze. Gestern sah ich zwei Mädchen mit einer neuen T-Shirt-Botschaft: *Gott ist meine Firewall.*

Auf Anordnung des Weltsicherheitsrates wurden Milliarden E-Mails verschickt, mit der Aufforderung, *Sieh mich an* auf keinen Fall zu öffnen, geschweige denn dem Link zu folgen: *Informieren Sie Ihre Familien und Freunde über die Gefahr, die von diesem Datenmaterial ausgeht. Sollte dennoch eine Person in Ihrem Umkreis infiziert werden, informieren Sie umgehend Polizei und Rettungsdienste. Versuchen Sie unter keinen Umständen, selbst einzuschreiten. Schalten Sie befallene Computer sofort ab und vermeiden Sie jeden Blickkontakt mit der weiblichen Person, die auf dem Bildschirm zu sehen ist. Überprüfen Sie Ihre E-Mail-Eingänge und löschen Sie verdächtige Sendungen, ohne sie zu öffnen. Verzichten Sie bis auf Weiteres auf die Nutzung von Suchmaschinen und den Besuch Ihnen fremder Homepages, bis es Entwarnung gibt. Nutzen Sie das Internet so selten wie möglich.*

Angeblich wurde allen Regierungsleuten und Militärs der Umgang mit Computern auf unbestimmte Zeit untersagt. Auch aus dem Weißen Haus hat man alle Computer verbannt, während unter Hochdruck an Abwehrprogrammen gearbeitet wurde. Bis zu den ersten Warnungen sind nach dem 9. Oktober zehntausende Menschen ums Leben gekommen. Überall auf der Welt zur gleichen Zeit. Kein Schutzwall hat *Sieh mich an* aufhalten können, kein Virenschutz und Spam-Filter hat erkannt, *was* da in die Postfächer rauschte. In der Hoffnung auf

Sex sind vor allem Männer gestorben. Mag sein, sie erwarteten, dass der Smaragd sich vor ihren Augen entblättert, ihnen gehorcht und vor dem Frühstückskaffee ein paar schmutzige Spielchen mit ihnen spielt. Mag sein, dass die armen Teufel an den Bildschirmen erwartet haben, wirklich einem Menschen zu begegnen. Aber der Smaragd ist etwas anderes. Manche halten ihn für den Antichristen. Wie viele Frauen man nach dem 9. Oktober festgenommen hat, deren Gesichter dem des Smaragds ähneln, bleibt ebenfalls ein Geheimnis. Ich bin mir sicher, dass man nicht eine Verdächtige laufen lässt, und dass man sie bis zum jüngsten Tag beim FBI und bei der CIA verhören wird – immer in der Hoffnung, die Richtige gefunden zu haben.

Die Geheimdienste sind besessen von der Überzeugung, es mit Terroristen zu tun zu haben. Aber wer um alles in der Welt ist zu so etwas fähig? Der erste Verdacht, dass *Sieh mich an* aus kommunistischen Weiten zu uns kam, hat sich nicht bestätigt. Selbst im Kreml gab es am 9. Oktober dutzende Tote. Der russische Präsident soll der E-Mail nur um Haaresbreite entkommen sein. In Spanien, Großbritannien, Deutschland, Belgien und Frankreich hoben Sondereinsatzkräfte ein in Verdacht geratenes Hacker-Netzwerk aus, doch auch hier fand sich kein Hinweis auf den Smaragd. Jetzt verfolgt man Islamisten und behauptet einmal mehr, Bin Laden auf der Spur zu sein. Diesmal in Indien. Und natürlich gibt es Stimmen, die meinen, *Sieh mich an* sei der Beginn einer außerirdischen Invasion, die Vorbereitung eines weltweiten Angriffs:

„Bevor sie kommen, legen sie unser Datennetz lahm. Sie wissen, wo und wie sie uns am empfindlichsten treffen. Wenn das Chaos am größten ist und unsere Abwehr am Boden liegt, schlagen sie los. Sie wissen, dass unsere Zivilisation auf dünnem

Eis errichtet wurde. Mit nur einer E-Mail, die sie über Agenten ins Netz schickten, lassen sie es tauen. Sie haben lange gewartet und uns aus sicherer Entfernung beobachtet. Mit Vergnügen nahmen sie zur Kenntnis, dass wir dem Internet nach und nach alles anvertrauten, was uns heilig ist. Niemand hat gefragt, woher dessen Technik wirklich stammt. Die Wahrheit liegt auf der Hand: Man hat sie uns zur Verfügung gestellt, als es an der Zeit war. Zunächst in Form von Computersystemen, die in den 50er und 60er Jahren aus drei Raumschiffwracks in Nevada und der Ukraine geborgen wurden. Dabei war jeder Absturz fingiert und Teil eines großen Plans, der sich jetzt in seiner Perfektion offenbart: Zuerst ging es darum, den Menschen Halbleitertechnik zu überlassen, erstmals an der Absturzstelle von Roswell, ein paar Jahre später nach dem Abschuss einer Fliegenden Untertasse in Oregon. Jede erbeutete Maschine wurde zerlegt und auf verwertbare Technik hin ausgeschlachtet. So gelangten wir auf einen Schlag in den Besitz von Hochleistungsrechnern, und es war nur eine Frage der Zeit, bis sie Eingang in die zivile Forschung fanden. Die Herkunft der Technik geheim zu halten, war erklärtes Ziel im Kalten Krieg, und bald war klar, dass auch die Sowjets über Nacht in den Besitz modernster Computertechnik gelangt waren.

Unter Federführung des US-Verteidigungsministeriums war es Ende der 60er Jahre soweit: Die ersten Computer wurden vernetzt – zunächst in Universitäten und anderen Forschungseinrichtungen. Nächster Schritt auf dem Weg in die totale Abhängigkeit war Anfang der 90er Jahre die Inbetriebnahme kommerzieller Online-Provider. Die Menschen jubelten ebenso wie die Heerschar ihrer Beobachter ein paar Lichtjahre entfernt. Zwanzig Jahre globaler Vernetzung waren die Konsequenz. Jetzt ist es ein Kinderspiel, das System gegen dessen Nutzer zu richten, weite Teile des Planeten mit einem Handstreich zu entvölkern, ohne auch nur eine einzige Bio-, Chemie- oder Atomwaffe einzusetzen. Sie beobachten uns seit Generationen, sie haben uns aufgespürt mit einer Sonde, die 1908 als Meteorit getarnt in den sibirischen Weiten einschlug. Vor wenigen Jahren erreichte ihre Vorhut das Sonnensystem und sammelte eine Handvoll Menschen ein, um deren Nährwert zu überprüfen. Jetzt steht fest, dass unsere Spezies geeignet ist, ihren Hunger zu stillen. Sie holen zum letzten Schlag aus, bevor sie überall auf der Welt die Jagd nach Fleisch eröffnen."

Ganz gleich, ob die Verschwörungstheoretiker Recht haben oder nicht: Das Internet hat uns so verwundbar wie niemals zuvor gemacht. Wenn *Sieh mich an* nur ein Testlauf ist, dann möchte ich nicht wissen, was uns danach bevorsteht. Glaubt man den Wirrköpfen, steht die Invasionsarmee bereit und versucht als nächstes, online alle Telefon- und Energieversorgungsnetze lahm zu legen. Dann sind wir ihnen ausgeliefert, Lämmer auf der Schlachtbank. Amerika blickt wieder besorgt zum Himmel und hofft, dass die Propheten im Unrecht sind. Alle Radioteleskope stehen jetzt unter Aufsicht der Regierung. Jede verdächtige Beobachtung ist den Behörden sofort zu melden. Ein harmloser Kometenschweif, der vor kurzem über Südamerika zu sehen war, hat eine Massenpanik mit vielen Toten und Verletzten ausgelöst. Die Nerven liegen blank. Noch beunruhigender ist allerdings die Tatsache, dass die Regierungen beteuern, keines dieser Gerüchte entspreche der Wahrheit.

In Nordamerika hatten viele Opfer des Smaragdes einen kurzen Weg zum Waffenschrank. Manche haben ihre Familie mitgenommen. Nach dem E-Mail-Einschlag gab es einige hundert Amokläufer, aber der größte Teil der Gewalt, den *Sieh mich an* entfesselt, richtet sich gegen die Empfänger selbst. Viele, die nicht aus dem Fenster ihres Büros springen konnten oder wollten, haben andere Wege gefunden, ihrem Leben ein Ende zu setzen. Niemand konnte sie aufhalten. Sie waren wie Lastwagen, deren Bremsen versagen und denen man besser ausweicht – es sei denn, man will unter ihren Reifen zermalmt werden. In New York City erinnerten sich viele Beobachter an den 11. September, als dort zum zweiten Mal in diesem Jahrtausend Menschen vom Himmel fielen. Überall regnete es Frauen und Männer, stundenlang. In London, Berlin und Paris. In Los Angeles ebenso wie in Moskau, Peking, Rom und Sydney.

Die Zahl der Verletzten und Toten war Legion. Krankenhäuser waren nach den ersten Minuten des Angriffs überfüllt. Notrufnetze brachen ebenso zusammen wie die Kommunikation der Sicherheits- und Einsatzkräfte. Regierungserklärungen ließen Stunden auf sich warten, und vor die Kameras traten Politiker, denen trotz sorgfältigster Make-up-Kunst Angstschweiß auf der Stirn stand: *„Es besteht kein Grund zur Panik. Verhalten Sie sich ruhig. Wir haben alles unter Kontrolle."*

Zwei Stunden nach der ersten Angriffswelle kämpften sich kilometerlange Blechschlangen an die Zapfhähne. Auf den größten Tankstellen wurden Einheiten der Nationalgarde eingesetzt, um der Lage Herr zu werden. Dann wurden Supermärkte, Banken und Waffenläden geplündert, tagelang, im ganzen Land.

Sieh mich an treibt alle in den Wahnsinn. Auf normalem Weg ist die Homepage des Smaragdes nicht zu verlassen. Sein Anblick brennt sich wie glühendes Eisen in die Seele. Befallene Computer sind für alle Zeiten unbrauchbar – wenn sie ohnehin nicht über und über mit dem Blut ihrer User besudelt sind. *Sieh mich an und töte dich.* Wieder und wieder werden diese Befehle befolgt, und ein Ende ist nicht abzusehen. Wer vernünftig ist, bleibt offline, bis der Sturm sich gelegt hat. Aber wird das jemals geschehen? Vielleicht will Gott uns eine Lektion erteilen, vielleicht sind es wirklich die Schalen des Zorns, die er über uns ausgießt. Wir haben in den vergangenen Wochen beten gelernt.

Jetzt muss ich gestehen. Gestehen, dass ich schwach geworden bin. Gestehen, dass ich *Sieh mich an* vorhin aus dem Papierkorb gezogen und geöffnet habe. Gestehen, dass ich mein Notebook vor zehn Minuten ins Netz geschickt habe. Gestehen, dass dies mein freier Wille war. So sitze ich nun dem Smaragd gegenüber. Wir blicken uns einander in die Augen, wieder und wieder. Sie ist die schönste Frau, der ich jemals begegnet bin. Ihre Augen spiegeln Lust und Unschuld, Liebe und Hass gleichermaßen. Ich frage mich, wie alt sie ist. Zwanzig oder dreißig? Ihre Züge sind zart, fast schon zerbrechlich, aber in ihrem Blick liegt alle Kraft dieser Welt. Nach dreißig Sekunden hat sie mir ein Lächeln geschenkt, fest davon überzeugt, dass auch ich nun formatiert bin.

In den Händen halte ich den Brief meines Arztes. Geschrieben auf einem Computer, der hoffentlich über keinen Internet-Zugang verfügt. Er gibt mir noch ein halbes Jahr. Ein ganzes, wenn es gut läuft und ich starke Medikamente nehme. Sie wollen mich bestrahlen, sie wollen mir zeigen, was sie drauf haben im Kampf gegen das, was sich in meinem Kopf eingenistet hat. Noch immer betrachte ich den Smaragd und hoffe auf ein weiteres Lächeln. Aber der Blick der Frau ist ernst. Sie fragt sich, warum ich immer noch kein Bad mit meinem Fön nehme, warum ich immer noch nicht aus dem Fenster springe – es liegt im fünften Stock. Sie fragt sich, warum ich ihrem Blick nach wie vor standhalte. Warum ich stärker bin als alle anderen. Warum ich nicht den Verstand verloren habe. Jetzt huscht Unsicherheit über ihr Antlitz, gut getarnt, dennoch klar zu erkennen. Bald wird sie Wut und Zorn weichen. Die Frau auf der anderen Seite wird ihren Mund zu einem Kriegsschrei öffnen. Sie wird erkennen, dass sie mit stumpfen Waffen kämpft. Ich habe die Kraft, ihr zu widerstehen – wie auch immer, warum auch immer. Es ist mir selbst ein Rätsel.

Bin ich immun? Ist meine Widerstandskraft genetisch oder durch meine Krankheit bedingt? Liegt es daran, dass ich seit meiner Kindheit dazu verdammt bin, eine starke Brille zu tragen? Scheitert der Smaragd an der Dioptrienzahl meiner Gläser? Ist das die Lösung all unserer Probleme? Ist das der Weg, den die Agenten vom Heimatschutz im Eifer des Gefechts übersehen haben? Sind Brillen wie diese hier des Rätsels Lösung? Oder dauert es bei mir einfach nur länger, bis die Gehirnwäsche wirkt? Warum gelingt es mir, das alles aufzuschreiben? Ich müsste längst tot sein. Oder verrückt.

Ich weiß, dass die Regierung sich brennend für Menschen wie mich interessiert. Mag sein, dass man seit Wochen nach mir Ausschau hält. Mag sein, dass die Agenten bereits vor meiner Haustür lauern, mit der Anweisung, mich abzuholen und an einen Ort zu bringen, wo sie mich in Ruhe untersuchen können. Sie werden mich festnehmen, hier an meinem Notebook, formatiert und dennoch nicht verrückt. Sie werden mich in einem Panzerwagen fortbringen. Sie brauchen Probanden, um *Sieh mich an* zu erforschen. Sie brauchen Probanden, um es zur idealen Waffe für ihren nächsten Krieg zu machen. Längst haben sie mein Haus umstellt und warten darauf, dass ich es verlasse. Ich werde ihnen sagen, dass es an meiner Brille liegt, ich werde ihnen sagen, dass es nur an meiner Brille liegt, an den Glasbausteinen vor meinen Augen, nur an meiner Brille, nur an meiner Brille, nur an meiii0/1/0/1/0/1/0/1/0/1/0/1

10. Oktober

ZIMMER MIT AUSBLICK

Es war an einem kalten Oktobertag, als wir nach Prince Edward Island gerufen wurden. Zwanzig Jahre sind seitdem vergangen. Die Ereignisse, die uns damals den Atem verschlugen, beschäftigen mich nach wie vor. Als der Anruf kam, der mein Leben verändern sollte, waren die Ermittlungen im Mordfall Lamar gerade abgeschlossen, und ich fragte mich noch immer, was einen Mann dazu bringen kann, innerhalb weniger Minuten seine Familie mit einer Axt auszulöschen. An quälende Stimmen aus dem Jenseits, die Auguste Lamar bei seinen Vernehmungen in Vancouver erwähnt hatte, glaubte ich damals ebenso wenig wie an seltsame Phänomene an sich. Das sollte sich bei unserem Einsatz draußen am Northport Pier ändern.

Das Hotel, in das man Cooper und mich schickte, stand direkt an der Bucht. Ein schicker Neubau, den man gerade erst eröffnet hatte. Als wir aus unserem Ford stiegen, war die Pressemeute bereits verschwunden. Der Provinzpolizei war es gelungen, sie uns vom Hals zu schaffen, und das machte die Angelegenheit entschieden einfacher. Der Frau an der Rezeption war das allerdings ziemlich egal, denn sie war *total runter mit den Nerven*, wie Cooper es zu nennen pflegte.

Auch Auguste Lamar war Wochen zuvor *total runter mit den Nerven* gewesen, als er in der Polizeiwache drei Meilen von seinem Haus entfernt auftauchte, um die Köpfe seiner Frau und seiner drei Kinder nacheinander auf den Schreibtisch des Diensthabenden zu legen – eine ausgesprochen unappetitliche

Geschichte. Es waren Fälle dieser Art, mit denen man uns damals betraute. Durchweg schlimme Ereignisse, an die Kollegen sich aus dem einen oder anderen Grund nicht heranwagten – sei es aus Pietät oder aus Feigheit. In den meisten Fällen spielten Stimmen oder anderes wirres Zeug eine Rolle. Bei einem Teil der Täter handelte es sich um Psychopathen, die ihren Verfolgern so manche schlaflose Nacht und so manches nass geschwitzte Oberhemd beschert hatten. Cooper befasste sich bereits seit fünf Jahren mit dieser Materie. Er stand kurz vor seiner Pensionierung. Für ihn war selbst ich mit meinen zweiundvierzig Jahren ein junger und unerfahrener Spund, der es auf diesem Weg auf der Karriereleiter nach ganz oben schaffen wollte. Hinter vorgehaltener Hand nannte man uns die *Geisterjäger*, was Cooper gar nicht mochte, mir aber irgendwie gefiel. *Lass die Vögel an ihren Schreibtischen ihr dummes Zeug reden.* Das hatte Cooper mir einmal gesagt, als wir auf dem Weg zu einer weiteren unappetitlichen Ermittlung waren und nicht ahnten, dass man mit Storys dieser Art eines Tages ein Millionenpublikum unterhalten würde. Bevor wir uns einander falsch verstehen: Ich mag Fox Mulder und Dana Scully ausgesprochen. Cooper und ich waren damals aber bei weitem nicht füreinander geschaffen.

So war es für uns beide zunächst nichts anderes als ein Job, als wir uns um die Frau an der Rezeption kümmerten. Sie war ausgesprochen hübsch und, wie gesagt, ausgesprochen *runter mit den Nerven,* worauf ein Glas mit bunten Pillen hindeutete, das neben ihr auf dem Tisch stand. Mit dem Zeug hätte man eine ganze Stadt narkotisieren können. Es dauerte nicht lange, bis sie uns bei einem Kaffee und unter Tränen ihre Version der Geschichte erzählte: Gegen vier Uhr früh hatten Hotelgäste sich an der Rezeption gemeldet und über unglaublichen Lärm im dritten Stock beschwert.

„Zunächst dachte ich, dass es sich um Zimmer 102 handelt. Das hat ein frisch verheiratetes Pärchen aus Maine für zwei Nächte gemietet, mit einem großen Bett und einem perfekten Blick auf den See. Sie können sich vorstellen, was solche Gäste nachts so alles vorhaben. Aber der Lärm kam nicht aus 102, sondern aus 106. Auch ein Zimmer mit Ausblick. Ein Poltern, fast schon ein Donnern – ich habe es selbst gehört, als ich auf der Treppe stand. Es klang nach einem schweren Gewicht, das immer wieder gegen die Wände geschlagen wurde."

Ein marodierender Rockmusiker? Ein Poltergeist? In 106 wohnte in jener Nacht ein junger Mann, über den die Frau von der Rezeption uns kaum etwas sagen konnte. Er hatte nachmittags eingecheckt, ein unscheinbarer Typ mit schlechtem Atem und schwarzem Aktenkoffer. „Von der Art, die Versicherungen verkauft oder Gebrauchtwagen. Er wirkte ein wenig schüchtern. Ich hoffe, Sie finden heraus, was ihm da oben zugestoßen ist. Das ist nicht gut für unser Hotel. Ich hoffe, Sie kriegen den Kerl, der ihm das angetan hat."

Bevor wir den Blick auf Zimmer Nummer 106 richten, eines vorweg: John Faulkners Leiche – auf diesen Namen war der Pass des Mannes mit dem Aktenkoffer ausgestellt – haben wir nie gefunden. Ebenso wenig seinen Mörder. Das einzige, was von Faulkner übrig blieb, war sein linker Daumen auf einem Laken. Es muss ihn im Schlaf erwischt haben. Über das Bett zog sich das meiste Blut. Die Zeitungen, die damals schrieben, dass es in 106 ausgesehen habe wie auf einem Schlachthof, haben nicht übertrieben. Selbst Coopers Atem ging schwer, als wir das versiegelte Türschloss öffneten und das Zimmer betraten. Rot auf dem Bett, Rot an den Wänden, Rot auf dem Teppich und Rot an der Decke. Faulkners abgetrennter Daumen steckte bereits in einer Tüte mit der Aufschrift *Beweismittel – nicht öffnen!*

Untersuchungen in der Gerichtsmedizin sollten zeigen, dass der Finger abgebissen und ausgespuckt worden war. Speichelreste, die auf der Haut entdeckt wurden, ergaben einen beunruhigenden DNA-Befund, den selbst ein Experte vom FBI in Washington nicht deuten konnte. „*Keine Struktur, die wir kennen. Definitiv nicht Faulkners Speichel. Definitiv nicht der eines Menschen, ebenso wenig wie das Zahnprofil, das sich auf dem Knochen befindet. Sieht aus wie ein Raubtierbiss. Das Gewebe wurde sauber und mit sehr großer Kraft durchtrennt.*"

Faulkner selbst war – so ging es zumindest aus den Akten hervor – weder vorbestraft noch in anderer Form jemals mit dem Gesetz in Konflikt geraten. Er hinterließ eine Frau, zwei Kinder und einen fast abbezahlten Ratenkredit für einen Volvo. Und er hatte noch nicht einmal Zeit zu schreien, als der Tod über ihn kam. Die Spurensicherung hat das Zimmer bis in den letzten Winkel abgesucht, doch nichts gefunden außer dem Daumen, ein paar Knochensplittern und Blut.

An den Anblick des Scherbenmeers, der sich Cooper und mir an der Fensterfront des Zimmers bot, erinnere ich mich genau. Ein todbringendes Puzzle, das unter unseren Schuhsohlen knirschte. Was immer Faulkner aus dem Bett geholt hat, es ist durch das Glas gesprungen und hat sich dabei noch nicht einmal verletzt. Zehn Glasscherben haben wir auf Spuren untersuchen lassen, doch alles, was aufgespürt wurde, waren Rückstände von Faulkners Blut. Sie fanden sich auch auf dem Balkon und an der Hausfassade. Was immer ihn mitgenommen hat, es kam aus den Tiefen der Bucht am Northport Pier und konnte ausgezeichnet klettern. Auf den Holzdielen des Balkons wurden Uferkieselsteine gefunden, ebenso Schleifspuren auf dem Rasen hinter dem Haus und am See selbst.

Natürlich hat man das Gewässer abtauchen lassen – ohne Erfolg. Was Faulkner in jener Nacht getötet hat, muss ausgesprochen schnell und ausgesprochen hungrig gewesen sein. Nur der Daumen blieb zurück und die Gewissheit, dass auch wir dieses Rätsel nicht lösen konnten. Es folgte eine gut organisierte Nachrichtensperre und eine Fülle von Spekulationen in den Zeitungen. Ich glaube, die Ermittler haben damals fast dreißig Zeugen vernommen, die in jener Nacht seltsame Geräusche gehört hatten. Doch nicht einer war auf die Idee gekommen, einen Blick auf den See zu werfen. Von den Fußspuren, die wir am Ufer gefunden haben, hat die Öffentlichkeit bis heute nichts erfahren. Den Abdrücken zufolge war Faulkners Mörder mehr als fünfhundert Kilogramm schwer.

Die Akte mit den Ergebnissen der Speicheltests verschwand ebenso aus dem Polizeiarchiv wie die Fotoserie vom Tatort. Der Chefermittler, sein Name war Thorpe, glaube ich, starb zwei Monate später bei einem Autounfall, dessen Umstände nie geklärt wurden. Sein Abschlussbericht fehlt ebenfalls in den Unterlagen.

Hin und wieder telefoniere ich mit Cooper. Er ist mittlerweile zweiundachtzig, krank, müde, ausgebrannt und fühlt sich verfolgt, was seine Pfleger dazu veranlasst, ihm starke Beruhigungsmittel zu geben. Vor einem Jahr habe ich seinen letzten Brief bekommen, den er bei klarem Verstand schrieb. Er legte ihm einen Zeitungsausschnitt über eine Stadt in England bei, mit dem Hinweis, dass er ihn zufällig gefunden habe. Diesmal hatte es eine junge Frau erwischt, ebenfalls im dritten Stock eines Hotels. Am Tatort wurde jede Menge Blut und ihr linker Daumen gefunden.

Und das ist alles, was ich zu dieser Geschichte sagen kann. Insgesamt acht Zeitungsberichte hat Cooper mir in den vergangenen Jahren geschickt, hin und wieder mit von Hand geschriebenen Anmerkungen. Mich wundert nur, dass niemand auf den Gedanken gekommen ist, diese Fälle in Beziehung zueinander zu setzen. Im Prinzip kann es mir auch egal sein. Unsere Einheit wurde nach Abschluss der Ermittlungen restrukturiert, wie man es nannte, und mich verschlug es an einen Hinterzimmer-Schreibtisch in Vancouver, den ich während meines Polizeidienstes nie wieder verlassen sollte. Cooper ging im Jahr darauf in den Ruhestand.

Ich habe oft versucht, diese Geschichte aufzuschreiben. Erst jetzt gelingt es mir – an einem Laptop, der vor mir auf dem Bett liegt. Muss ich Ihnen an dieser Stelle wirklich verraten, dass ich in einem Hotelzimmer sitze? Seit meiner Pensionierung ist das der erste Urlaub, den ich mir gönne, und ich wünschte mir, meine Frau wäre hier. Jane ist vor drei Monaten gestorben. Sie fehlt mir unglaublich. Für unsere gemeinsamen Jahre zahle ich jetzt einen hohen Preis, und ich bin ziemlich *runter mit den Nerven.* Das Haus ist so groß ohne sie. Ich entdecke ständig neue Räume. Sie ist überall, nach wie vor. Zeit ihres Lebens habe ich Jane niemals vom Einsatz am Northport Pier erzählt. Es stand schon genug in den Zeitungen.

Als ich das Zimmer hier gebucht habe, gab es zwei Dinge, die mich beschäftigten: So konnte ich der Dame an der Rezeption nur mühsam klar machen, dass ich *unter keinen Umständen* ein Zimmer mit Ausblick will. Was sich aber als noch schwieriger erwies, war das Erfüllen meiner Bitte, einen mit Sandsäcken gefüllten Kleiderschrank vor das Fenster zu schieben. Den Aufpreis für diesen Service habe ich unter der Hand gerne bezahlt, und es ist mir gleich, was das Personal über mich denkt. Nur so fühle ich mich in diesem Zimmer sicher, zumal es auf dem Balkon draußen leise klopft.

11. Oktober

DER LACHENDE MANN

Was für ein Tag. Daniel Wagner ließ seinen Wagen in die Garage rollen, stellte den Motor ab und bemühte sich um klare Gedanken. Das Scheinwerferlicht verfing sich in drei Fahrrädern, die an der Wand hingen und auf ihn zu warten schienen. *Was für ein Tag,* tönte es als Echo durch Daniels Kopf, als hinter ihm das Rolltor abwärts ratterte. Draußen donnerte es. Im Radio warnte ein verschnupfter Nachrichtensprecher vor Hagelschlag und umgestürzten Bäumen. Daniel zog den Zündschlüssel ab. Das Gewitter kam näher. Einen Moment lang saß er in absoluter Dunkelheit. Ein wirrer Tag im Büro lag hinter ihm, und er entschied sich, seiner Frau nichts davon zu erzählen. Regina wusste auch so schon, dass es schlecht um die Firma stand, nachdem der umkämpfte Auftrag aus Japan sich mit einem Mal in Luft aufgelöst hatte.

Ich hoffe nur, dass es nicht uns trifft. Ich hoffe nur, dass sie den Marketingleuten die Schuld in die Schuhe schieben. Was für ein Tag. Daniel stieg aus. Hagel trommelte auf das Garagendach. Er nahm sich vor, die Ereignisse der letzten Stunden hinter sich zu lassen. *Auch wenn es von Mal zu Mal schwerer fällt. Es reicht, wenn ich nicht schlafen kann.*

Er eilte durch den Vorgarten und hielt sich die Aktentasche über den Kopf. Auf dem Kiesweg häuften sich Hagelkörner. Sie knirschten bei jedem Schritt. Im Hausflur angekommen, hängte er seinen Mantel zum Abtropfen an die Garderobe. Im Wohnzimmer brannten Rinder. Regina saß vor dem Fernseher und schüttelte den Kopf, während die Tagesschau die neuesten BSE-Bilder aus England zeigte. Mittlerweile wurden ganze Herden eingeäschert.

„Hallo", sagte Daniel, küsste seine Frau auf die Stirn und hoffte, dass sie ihn nicht fragen würde, wie der Tag gelaufen war. Seine Bitte schien erhört zu werden.

„Ist das nicht furchtbar?" Regina deutete auf den Fernseher. „Ich werde morgen die Kühltruhe ausräumen und das Rindfleisch in den Müll werfen."

„Meinst du nicht, dass das übertrieben ist?" Daniel setzte sich neben sie und rieb sich die Stirn. „Panikmache. Die wissen doch gar nicht, was los ist."

„Das ist es ja", fuhr sie ihm ins Wort. „Mir ist der Appetit vergangen. Ich werde mein Leben lang kein Fleisch mehr anrühren."

„In Ordnung." Daniel wusste, dass Widerstand zwecklos war. Jetzt wichen die Rinder dem runden Gesicht eines Ministers mit Doppelkinn, der von Kameras und Mikrofonen belagert wurde, und versuchte, sich möglichst telegen aus der Affäre zu ziehen. Wie immer. Das Gehabe des Mannes aus dem Gruselkabinett der Bundesregierung erinnerte Daniel an den Prokuristen in der Firma.

„Die bringen uns alle um", schimpfte Regina. Das Flimmerlicht hinterließ einen Glanz in ihren Augen, der Daniel nicht gefiel. Sie sah ihn nicht ein einziges Mal an.

„Mit diesen Ausmaßen hat niemand gerechnet." Er legte einen Arm um ihre Schulter. „Wir werden vorsichtig sein."

„Ja, das werden wir." Endlich wandte Regina sich von der Mattscheibe ab. Der Mann mit Doppelkinn war von der Bildfläche verschwunden wie ein schlechter Traum.

„Ist Jonas oben?", fragte Daniel.

„Er wartet auf dich. In der Mikrowelle steht was zu essen." Sie schaltete in ein anderes Programm. „Kein Fleisch."

„In Ordnung. Ich bin bei Jonas."

„Du wolltest ihm etwas vorlesen, sagt er."

„Das stimmt." Daniel ging zur Treppe. „Das habe ich ihm schon vor einer Woche versprochen."

Das Kinderzimmer lag am anderen Ende des Flures. Durch die halb geöffnete Tür drang gedämpftes Licht. Draußen donnerte es wieder. Jonas Wagner, sechs Jahre alt, lag in seinem Bett und studierte mit gerunzelter Stirn die Mondrakete auf dem Kissenbezug. Der Junge trug einen Schlafanzug, dessen Oberteil er seitenverkehrt angezogen hatte, und schaute auf, als Daniel sich zu ihm setzte.

„Hallo, Papa." Das Kind traf in erstaunlicher Weise den Tonfall seines Vaters, sah auf seinen Wecker und gab sich Mühe, die Uhrzeit richtig abzulesen. „Du kommst aber spät. Hast du viel zu tun gehabt im Betrieb?"

Betrieb war Jonas' neues Lieblingswort, und der Junge ließ keine Gelegenheit aus, es zu benutzen.

„Ja, es war eine Menge zu tun." Daniel deutete auf den Schlafanzug. „Ich hoffe, du ziehst dir wenigstens die Schuhe richtig an, wenn ich nicht da bin."

„Oh je", rief der Junge, als er sich betrachtete. „Hab ich nicht gesehen", fügte er hinzu, während er das Oberteil noch einmal über seinen Kopf zog und die letzten Falten glatt strich – fast schon wie ein Erwachsener, der den korrekten Sitz seiner Kleidung prüft. „Liest du mir was vor?"

„Ein Märchen? Okay?"

„Aber nicht wieder so ein langweiliges. Am besten eins mit einer Hexe." Jonas griff in eine Regalwand, die sich unter der Last der darin aufgereihten Bücher bedrohlich nach unten bog. Ohne hinzusehen, zog er eine Schwarte hervor, die er von seiner Patentante geschenkt bekommen hatte. *Das große Märchenbuch* stand auf dem Einband, und Daniel kam eine Diskussion mit seiner Frau in den Sinn. *Ich glaube, es ist noch zu früh für diese Art von Geschichten.* Damals hatten Reginas Augen wieder diesen seltsamen Glanz gehabt, weniger aus Angst, sondern viel mehr aus Unverständnis. *Diese Märchen hier sind viel zu brutal, wenn du mich fragst.*

Sie hatte Tante Astrid ihre Skepsis nicht anmerken lassen und die Diskussion über das Märchenbuch erst begonnen, als sie fort war.

Mir haben Märchen auch nicht geschadet, kam es Daniel in den Sinn. *Früher oder später liest Jonas sie ja doch.*

„Am besten mit einer bösen Hexe", rief der Junge ungeduldig, als Daniel das Inhaltsverzeichnis studierte und damit begann, einige Seiten vorzublättern. Es folgten „Hänsel und Gretel" – untermalt vom Donner des Gewitters und Blitzen, die vom Fenster des Kinderzimmers aus ihren Schein über eine Landschaft aus wild verstreutem Spielzeug warfen. Trotz seiner Kopfschmerzen bemühte sich Daniel um einen spannenden Vortrag. Der Junge lauschte andächtig.

„Das ist eine brutale Geschichte", sagte er mit erwachsenem Gesicht.

„Nur ein Märchen", erwiderte Daniel. Der Wortschatz seines Sohnes überraschte ihn immer wieder. „Und jetzt wird geschlafen."

„Die Hexe hätte wissen müssen, dass sie da nicht rauskommt." Jonas schien die Aufforderung seines Vaters zu ignorieren. „Die Hexe hätte wissen müssen, dass das ernste Konsequenzen hat."

„Ernste Konsequenzen?" Daniel war noch überraschter als zuvor. *Jonas ist ein aufmerksamer Zuhörer,* ging es ihm durch den Kopf. *Regina und ich müssen langsam aufpassen, wenn wir miteinander sprechen.* Daniel dachte an ihre gelegentlichen Wutausbrüche, die sie gerne mit Kraftausdrücken anreicherte. „Stimmt", sagte er schließlich. „Das hätte die Hexe wissen müssen."

„Was für ein Miststück." Jonas strahlte seinen Vater bei diesen Worten an, ganz so, als habe er ihm gerade zum Geburtstag gratuliert und einen selbst gebackenen Kuchen überreicht. „Was für ein dummes, fieses Miststück.“

Daniels Gesicht versteinerte sich. Das Gefühl, den Boden unter den Füßen zu verlieren und in die Tiefe zu stürzen, schnellte durch seinen Magen. Er starrte Jonas an. „Was hast du da gesagt?“

Der Junge warf einen fragenden Blick zurück und schien sich nicht bewusst zu sein, dass er seinen Vater schockiert hatte.

„Ich habe gesagt, dass die Hexe ein dummes, fieses Miststück war“, antwortete er mit einer Selbstverständlichkeit, die nur Kindern zueigen ist. „Sie war ein unglaublich dummes Miststück.“

Dreißig oder vierzig Sekunden lang war es totenstill im Zimmer. Daniel sah seinen Sohn fassungslos an. Erst jetzt schien das Kind zu bemerken, dass etwas nicht in Ordnung war.

„Woher hast du diesen Ausdruck?“, fragte Daniel. „Diese schlimmen Wörter, Jonas.“ Er spürte das unheimliche Verlangen, seinen Jungen bei den Schultern zu fassen und durchzuschütteln. „Du weißt, was ich meine.“

„Du meinst *Miststück?*“

Die Wiederholung verletzte Daniel wie die Klinge eines Messers, die ihm jemand in den Magen stieß.

„Genau das meine ich“, sagte er langsam, aber bestimmt. Er hatte sein Entsetzen wieder im Griff.

„Das hab ich aus dem Kindergarten.“ Der Junge seufzte und lehnte sich zurück. „War das falsch?“

„Ja, das war falsch“, erwiderte Daniel. „So etwas sagt man nicht.“

„Im Kindergarten ist das aber so.“ Jonas grub seinen Hinterkopf ins Kissen, ahnend, dass er auch dies nicht hätte verraten dürfen. „Und da gibt es noch viel schlimmere Wörter.“

„Wer sagt so etwas im Kindergarten?“ Daniel bemühte sich immer noch, möglichst ruhig zu klingen. „Wer hat dir das gesagt?“

„Der lachende Mann, Papa.“ Jonas ließ seinen Vater nicht aus den Augen. „So etwas sagt der lachende Mann. Er lacht mich immer aus. Er lacht mich aus, weil ich dumm bin.“

Daniel schüttelte den Kopf. „Der lachende Mann?“

„Ja“, sagte Jonas. „Der lachende Mann.“

„Arbeitet er im Kindergarten? Ich muss mit ihm reden und ihm sagen, dass du nicht dumm bist. Wie heißt er?“

„Er hat keinen Namen. Ich nenne ihn so, weil er immer lacht.“

„Und er arbeitet nicht im Kindergarten?“

„Das ist nicht sein Betrieb.“ Jetzt war es Jonas, der den Kopf schüttelte.

„Sag mir die Wahrheit.“

„Ich sage dir die Wahrheit“, rief der Junge verzweifelt. „Er steht immer nur am Zaun, Papa. Er schaut auf unsere Wiese und ruft mir Sachen zu.“

„Schlaf jetzt.“ Daniel schaltete die Leselampe aus, nachdem sein Sohn sich beruhigt hatte. Er ließ die Tür – wie abgemacht – halb angelehnt und ging nach unten. Sein Herz schlug schnell.

Was für ein Tag.

Regina sah Daniel fassungslos an. Die Farbe wich aus ihrem Gesicht, und er befürchtete, wieder diesen unvermeidlichen Glanz in ihren Augen zu erblicken. Der Gewitterdonner klang wie der Geschützlärm einer weit entfernten Front.

„Das hat er dir gesagt?“, fragte sie ins Schweigen hinein.

„Vielleicht ist im Kindergarten wirklich ein Mann beschäftigt.“

„Davon hätte ich gehört“, sagte Regina. „Das hätten sie uns beim Elternabend erzählt.“

„Dann war es ein Besucher“, überlegte Daniel. „Ein Handwerker vielleicht, der vergessen hat, dass Kinder Ohren haben. Du solltest mal hinfahren und mit Sonja reden“, fügte er hinzu, ging in die Küche und schaltete die Mikrowelle ein. *Kein Fleisch.*

„Unsinn“, rief sie aufgebracht. „Aber wenn es dich beruhigt, fahre ich morgen hin und spreche mit ihr.“

„Oh ja – das beruhigt mich“, sagte Daniel. „Ich will nicht, dass Jonas so mit mir spricht. Vielleicht hat er das von einem anderen Kind, das Hilfe braucht.“

Regina sah ihn skeptisch an und schaltete den Fernseher aus. „Und wer hilft mir?“ Sie zog ihren Mann zu sich.

Es war eine mondlose Nacht.

„Ich habe mit Ihnen gerechnet, Frau Wagner.“ Sonja Fahrenholt wies Regina den Weg ins Haus. Zu dieser Tageszeit war der Vorstadtkindergarten so gut wie verlassen.

Die seltsame Begrüßung ließ Regina erschauern. *Ich habe mit Ihnen gerechnet.* Sie gingen durch einen Flur, der von bunten Kleiderhaken und Wachsmalzeichnungen gesäumt wurde. Im Dienstzimmer am Ende des Korridors duftete es nach frischem Kaffee. Reginas Blick fiel auf ein eingerahmtes Poster gegenüber der Küchenzeile. Es zeigte Kevin Costner in den Weiten der Prärie. *Der mit dem Wolf tanzt.*

„Nehmen Sie bitte Platz.“ Sonja strich sich beiläufig eine feuerrote Strähne von der Stirn. „Möchten Sie einen Kaffee?“

Dann stand eine Tasse vor Regina. Sie nahm einen Schluck, doch das Zeug war zu stark. „Sie haben mich erwartet?“

„In der Tat“, erwiderte die Kindergärtnerin vorsichtig, ganz so, als bewege sie sich durch ein Minenfeld. „Ich habe, ehrlich gesagt, früher mit Ihnen gerechnet und wollte Sie bereits anrufen.“

Regina bemühte sich um Ruhe. „Was ist mit Jonas?“

„Das wüsste ich auch gerne." Der Unterton in Sonjas Stimme machte ihr Angst. „Verstehen Sie mich bitte nicht falsch, aber meine Kolleginnen und ich machen uns Sorgen um Ihren Sohn." Sie rückte ihren Stuhl zurecht. „Seit Tagen ist Jonas wie ausgewechselt. Er zieht sich zurück. Und er spricht kaum noch."

„Es hat etwas mit dem Kindergarten zu tun, befürchte ich." Regina ging in die Offensive. „Jonas hat zu Hause seltsame Dinge gesagt." Sie berichtete von der vergangenen Nacht. „War oder ist hier ein Mann beschäftigt?", fragte sie schließlich. „Es könnte sein, dass Jonas diese Worte von ihm aufgeschnappt hat. Er erzählt von einem lachenden Mann, der mit ihm spricht. Glauben Sie, mein Sohn hat sich das ausgedacht?"

„Keine Ahnung", erwiderte Sonja. „Hier ist jedenfalls kein Mann beschäftigt. Vor zwei Jahren hatten wir mal einen Praktikanten. Aber damals war Ihr Sohn noch nicht bei uns."

„Was ist mit Handwerkern?"

Sonja schüttelte den Kopf.

„Dann glauben Sie, dass mein Sohn phantasiert?"

„Nicht im Geringsten." Die Kindergärtnerin drehte ihren Stuhl zur Seite, um in einen Schrank zu greifen. „Eine Sekunde bitte." Sonja öffnete eine Metallschublade und zog einen Stoß Papier hervor. „Jonas spricht nicht nur vom lachenden Mann", sagte sie. „Er malt ihn auch."

Die Frau schob Regina ein Blatt Papier zu, das Jonas mit Buntstiften bemalt hatte. Ein riesenhaftes Mondgesicht war darauf zu sehen, das sie anstarrte. Das Bild war schlicht. Ein kreisrunder Kopf in blauer Farbe beherrschte die Zeichnung, mit pechschwarzen Augen, einer wuchtigen Strichnase und weit geöffnetem Mund – wild grinsend, kantige Zähne entblößend. Das grüne Haar des lachenden Mannes steckte unter einem unförmigen Zylinder.

Ein Bild zum Fürchten.

„Zehn solcher Männer hat Jonas in den letzten Tagen gemalt. Die Kinder meiden ihn neuerdings, und wir können nichts dagegen tun."

„Jonas sagt, er hat einen Mann am Zaun gesehen."

„Wir haben auf Ihren Jungen geachtet. Der Zaun ist blickdicht. Ihr Sohn hat ein Problem. Sitzt er oft zu Hause vor dem Fernseher?"

„Ich weiß, worauf Sie hinauswollen. Die Antwort ist nein. Jonas hat diese Worte nicht daher. Und er sieht auch keine Sendungen, die nicht für Kinder geeignet sind."

„Es liegt nahe, danach zu fragen", erwiderte Sonja. „Sie können mir glauben, dass wir manchmal irre Dinge erleben. Vor allem nach Wochenenden, an denen die Kinder stundenlang vor der Mattscheibe saßen."

„Dann hat Jonas diese Worte von einem anderen Kind."

„Das glauben wir nicht. Ich habe mit meinen Kolleginnen darüber gesprochen. Und, wie gesagt – wir beobachten Ihren Jungen sehr genau."

„Anscheinend nicht genau genug."

„Meinen Sie nicht, dass wir einen Blick für Veränderungen haben? Meinen Sie, mir macht es Spaß, Sie mit diesen Dingen zu konfrontieren?"

„Ich ziehe Ihre Kompetenz nicht in Zweifel", sagte Regina. „Wir machen uns gleichermaßen Sorgen."

„Wir stehen vor einem Rätsel." Sonjas Hände zitterten. „So etwas ist mir in zwanzig Jahren Arbeit noch nicht begegnet." Sie zog ein weiteres Stück Papier hervor und schob es mit versteinerter Miene über den Tisch.

Regina traute ihren Augen nicht. Dunkelrote Buchstaben, mehr gemalt als geschrieben, unbeholfen, in der Schrift eines Kindes, das gerade erst schreiben gelernt hatte. Wie Schläge drangen die Wörter in ihren Magen.

Ich werde sterben
Wenn mir keiner hilft

„Großer Gott."

„Jonas hat einen Vormittag dafür gebraucht", sagte Sonja. „Wir haben das gestern beim Aufräumen gefunden. Er wollte nicht, dass wir es sehen."

„Sind Sie sicher, dass mein Sohn das geschrieben hat?"

„Absolut", sagte die Kindergärtnerin leise. „Kein anderes Kind hat mit diesen Stiften gearbeitet." Sie ließ ein Etui über die Tischplatte rutschen. „Ein Rätsel."

„Jonas kann schreiben", rief Regina, und es fiel ihr immer schwerer, ihre Tränen zu unterdrücken. „Was glauben Sie, woher er das kann?"

„Ich möchte ehrlich mit Ihnen sein, Frau Wagner", sagte Sonja. „Wir halten es für möglich, dass Ihr Sohn missbraucht wurde. Dass Kinder Bilder malen, um Ereignisse zu verarbeiten, ist nicht ungewöhnlich."

Regina spürte, wie der Boden unter ihr bebte. Noch einmal warf sie einen Blick auf die Bilder ihres Sohnes. „Der lachende Mann", flüsterte sie entsetzt.

„Geben Sie zu – es liegt nahe, so etwas zu vermuten."

Regina nickte. „Warum haben Sie mich nicht angerufen?"

„Wir wollten ganz sicher sein", erwiderte die Kindergärtnerin. „Es könnte sich auch um eine andere traumatische Erfahrung handeln."

Regina spürte die Diplomatie, die in diesen Worten mitschwang. „Ein Trauma", murmelte sie. „Was sollen wir tun?"

„Ich werde Jonas nicht aus den Augen lassen. In Hattingen arbeitet ein Kinderpsychologe. Sie sollten einen Termin vereinbaren. Ich glaube nicht, dass Ihr Sohn krank ist. Vielleicht hat er wirklich nur etwas aufgeschnappt." Sonja fischte eine Visitenkarte aus ihrem Mantel, der nebenan auf einem Kinderstuhl lag. „Hier ist meine Adresse. Sollte Ihnen danach sein, dann rufen Sie mich an."

„Sie denken, mein Mann könnte etwas mit der Sache zu tun haben, nicht wahr?"

Sonja zögerte. „Das ist nicht auszuschließen."

„Niemals", rief Regina. „Daniel sieht den Jungen eine halbe Stunde am Tag. Und ich bin immer im Haus."

„Das alles tut mir sehr leid."

„Ich werde die Sache in die Hand nehmen. Das verspreche ich Ihnen."

„Das müssen Sie auch", erwiderte die Kindergärtnerin. „Andernfalls bleibt uns nichts anderes übrig, als das Jugendamt zu informieren."

Regina spürte, dass ihr Entsetzen langsam aber sicher blanker Wut wich. „Sie glauben doch nicht wirklich, dass wir unserem Kind etwas antun?"

„Ich wehre mich gegen diesen Gedanken. Auf der anderen Seite sehen wir, dass mit Jonas etwas geschieht. Sie müssen auf jeden Fall einen Arzt konsultieren. Und ich möchte, dass Sie mich auf dem Laufenden halten, Frau Wagner."

„Vielleicht sollten wir Jonas ein paar Tage zu Hause behalten."

„Bald sind ohnehin Ferien", sagte Sonja. „Bis dahin sollten Sie mit Jonas reden. Vielleicht weiß er mehr, als er Ihnen gesagt hat. Ich glaube nicht, dass es eine gute Idee ist, ihn nicht hierher kommen zu lassen. Er zeigt kein aggressives Verhalten, wie es Kinder in seiner Situation manchmal tun."

„Der lachende Mann", sagte Regina. „Darf ich eines dieser Bilder mitnehmen?"

„In Ordnung." Sonja nickte. „Das hier sollten Sie dem Arzt zeigen. Ebenso wie dieses Blatt." Die Kindergärtnerin reichte Regina den beschriebenen Bogen Papier, ganz so, als halte sie eine Waffe in der Hand. Sie las den Satz darauf wieder und wieder, entsetzter als jemals zuvor.

„Das ist eine Fotokopie."

„Das Original bleibt bei uns."

„Sie behalten es für den Fall, dass Ihr Verdacht sich bestätigt." Regina war fassungslos. „Eines können Sie mir glauben: Ich werde erst Ruhe geben, wenn wir wissen, was mit Jonas geschehen ist."

„Wir wollen das Beste für Ihren Jungen."

„In der Tat." Regina erhob sich. Die Temperatur in der Küche hatte soeben den Gefrierpunkt erreicht, und das unsichtbare Thermometer neben Kevin Costner fiel unaufhaltsam weiter. „Ich halte Sie auf dem Laufenden."

„Gut, dass *Sie* gekommen sind." Die Kindergärtnerin führte Regina nach draußen. Sie blickte der Mutter lange nach. Das schlechte Gewissen kroch abermals durch ihren Kopf. *Jonas, Jonas,* flüsterte es immer wieder. *Seit wann kannst du schreiben?*

„Ihr Sohn entwickelt sich absolut normal."

Florian Kronstadt beobachtete Regina und Daniel durch runde Brillengläser. Hinter seinem Schreibtisch, auf dem neben gestapelten Fachbüchern ein summender Computer stand, wirkte der Mann wie ein Monarch, der sich einen weißen Kittel übergestreift hatte. Die Stimme des Kinderarztes marschierte entschlossen durch das Zimmer.

„Normal?", fragte Daniel in das Vakuum hinein, das die Worte des Psychologen hinterlassen hatten.

„Ich kann keine Auffälligkeiten bei Ihrem Jungen feststellen, wenn Sie das meinen. Jonas ist für sein Alter ein wenig verschlossen, aber das ist kein Grund zur Sorge."

„Und diese Bilder?", fragte Regina. „Was ist mit den Bildern?"

„Ihr Sohn hat eine lebhafte Phantasie", antwortete der Arzt, den Regina auf Anfang fünfzig schätzte, auch wenn er mit seinen eisgrauen und streng nach hinten gekämmten Haaren älter wirkte. „Es liegt im Wesen von Jungen, dass sie nicht unbedingt Blumenwiesen malen. Den lachenden Mann, wie Ihr Sohn ihn nennt, gibt es nicht. Jonas hat ihn sich ausgedacht, um Sie zu beeindrucken. Was ihm ja auch gelungen ist."

„Um uns zu beeindrucken?" Daniel schüttelte den Kopf.

„Spreche ich zu leise?", erwiderte der Arzt. „Jonas hat viel Phantasie. Hier in der Praxis hat er allerdings nur Astronauten, Dinosaurier und Indianer gemalt." Der Arzt reichte Regina einen Stoß Papier über den Tisch. „Nichts, vor dem man sich fürchten müsste. Von diesem T-Rex vielleicht einmal abgesehen."

„Und was ist mit den Wörtern?"

Kronstadt dachte einen Moment lang nach. „Ich bin mir sicher, dass Ihr Sohn sie in seiner Umgebung gehört und einfach wiedergegeben hat. Jonas reproduziert Eindrücke und Bilder, die sich ihm eingeprägt haben."

„Haben Sie ihn auf den lachenden Mann angesprochen?" Regina war nervös. „Was hat er dazu gesagt?"

„Nichts, was er nicht auch Ihnen schon verraten hat. Er entwickelt dieses Phantasiebild nicht weiter, und in ein paar Wochen ist alles vergessen. Oder haben Sie noch einmal Ähnliches erlebt?"

„Nein", sagte Daniel. „Seit Tagen nicht mehr."

„Es ist gut, dass Jonas wachsame Eltern hat." Der Arzt setzte seinen Vortrag mit einem dünnen Lächeln fort. „Und was die Damen im Kindergarten angeht, so lassen Sie mir doch bitte die Adresse der Einrichtung hier, damit ich ihnen einen Brief schreiben kann, um der Angelegenheit die Brisanz zu nehmen. Ich kann mir vorstellen, dass Ihnen die Situation alles andere als angenehm ist."

„In der Tat", sagte Regina mit leerem Blick.

„Das Personal ist sensibilisiert, und das ist angesichts schlimmer Schlagzeilen auch kein Wunder."

„Dann schließen Sie Missbrauch aus?", fragte Daniel.

„In jeder Hinsicht. Wahrscheinlich haben Sie abends den Fernseher zu laut. Ein feines Gehör genügt, und der Mist setzt sich fest."

„Und woher kann Jonas diesen Mist schreiben?" Daniel ließ nicht locker.

„Das ist das einzige Rätsel, das sich uns stellt", erwiderte Kronstadt. „Er konnte es mir gegenüber nicht wiederholen. Und glauben Sie, ich war ausgesprochen geduldig mit ihm. Vielleicht wird Jonas Ihnen eines Tages von sich aus verraten, wie er das angestellt hat."

„Der Arzt ist okay."

„Das sagst du." Daniel lehnte seinen Kopf an die Bettwand. „Ich hoffe nur, er hat uns keinen Bären aufgebunden. Vielleicht will man uns nur in Sicherheit wiegen, bevor die Leute vom Jugendamt vor der Tür stehen."

„Es passiert zu viel da draußen", sagte Regina. „Sonja liegt richtig, wenn sie vorsichtig ist. Und Kronstadt hat Recht. Denk doch nur mal daran, was du jeden Tag in der Zeitung liest. Was Kindern alles angetan wird."

„Natürlich", rief Daniel. „Du kannst dir solchen Großmut leisten. Auf dich zeigt auch niemand mit den Fingern."

„Auf dich etwa?"

„Im Zweifelsfall richtet sich alles gegen den Vater."

„Unsinn", sagte Regina aufgebracht.

Daniel schlief wenig später ein.

Nachdem sie das Licht ausgeschaltet hatte, schob Regina sich dicht zu ihm und legte ihren Kopf auf seine Brust. Es dauerte lange, bis auch sie sich der Müdigkeit ergab. Sie träumte schlecht.

Zwei Tage später machte Daniel wieder einmal Überstunden, und es lag an diesem Abend bei Regina, ihrem Sohn ein Märchen vorzulesen. Die Tagesschau zeigte immer noch brennende Rinder und schwafelnde Politiker.

„Zähne geputzt?"

„Na klar", rief Jonas in einem Tonfall, mit dem Menschen lästige Käfer abschütteln. „Liest du mir heute etwas vor?"

„Ja", antwortete Regina. *Seltsame Frage.* „Oder möchtest *du* mir lieber etwas vorlesen?"

Jonas lachte. „Ha haaa haaa", imitierte er seinen Vater. „Ich kann doch gar nicht lesen. Du bist fast so dumm wie der Brillenmann. Er wollte sogar, dass ich was aufschreibe. Das ging mir ziemlich auf die Nerven."

„Mir auch", sagte Regina.

„Mama?" Jonas sah sie mit seinen großen Augen an. „Muss ich noch einmal zum Brillenmann?" Sie setzte sich auf das Kinderbett. Der Junge machte Platz. „Bin ich krank?"

„Wie kommst du denn darauf?"

„Der Brillenmann war doch ein Arzt, oder? Der lachende Mann hat euch Angst gemacht."

In Regina dröhnten alle Sirenen.

Das ist die Gelegenheit.

„Ja, das hat er", sagte sie. „Hast du ihn dir ausgedacht?"

Der Junge blickte sie noch ernster an. „Was man sieht, muss man nicht erfinden", sagte Jonas ganz erwachsen, und wenn er so sprach, glich er seinem Vater in allen Einzelheiten.

Regina ging noch einen Schritt weiter. Ihr Herz schlug ihr bis in den Hals. „Ist Papa der lachende Mann?"

„Bist du verrückt?" Die Antwort schoss aus Jonas' Mund. „Ihr glaubt wohl wirklich, dass ich spinne. Sieht so etwa mein Papa aus?"

Er zeigte mit starrem Blick über Reginas Schultern hinweg zum Fenster.

Mit allem Mut, den sie hatte, fuhr sie herum. Beinahe hätte sie aufgeschrien, doch sie unterdrückte es, zähmte sich, fasste sich in dem Moment, als sie erkannte, dass jenseits des Fensters nichts als Dunkelheit war.

Jonas grinste. „Angeschmiert. Du hast echt Angst, was?"

Regina fand rechtzeitig die Beherrschung wieder. „Kein Märchen", rief sie zitternd. „Jetzt wird geschlafen."

„Ach, Mama. Tut mir leid. Vergessen wir den lachenden Mann?"

Eine Welle der Erleichterung traf Regina. Sie drückte Jonas ein Auge zu und nickte. „Vergessen wir ihn", sagte sie. „Und jetzt machen wir das Licht aus."

Als Daniel heimkehrte, musste er klingeln. Regina hatte den Schlüssel von innen stecken lassen und die Tür mit der Sperrkette gesichert.

So vergingen drei Jahre.

Jonas verließ den Kindergarten, ohne noch einmal Probleme gemacht zu haben. Der lachende Mann verschwand nach und nach aus den Köpfen seiner Eltern.

An ihrem vierzigsten Geburtstag kam Sonja bei einem Autounfall in der Schweiz ums Leben. Die Bremsen ihres Wagens versagten auf einem Gebirgspass, und mit dem Auto verbrannte in hundert Metern Tiefe auch ein Brief an Regina Wagner, den die Kindergärtnerin in der Nacht vor dem Unglück geschrieben hatte. Die Einsatzkräfte der Feuerwehr brauchten einen halben Tag, um die Leiche aus den Trümmern zu bergen und der Gerichtsmedizin in Bern zu übergeben. Der Gutachter der Polizei kam zu dem Schluss, dass ein technischer Defekt an den Bremsleitungen Ursache für den Unfall war, und die Ermittlungen wurden eingestellt. Die Beisetzung fand im engsten Familienkreis statt.

Exakt ein Jahr später fand eine Putzfrau in einem Hamburger Hotelzimmer die Leiche eines achtundfünfzig Jahre alten Mediziners. Neben dem Mann – sein Name war Florian Kronstadt – entdeckte die Notärztin zwei aufgeschraubte Röhrchen mit Schlaftabletten. Alles deutete auf Suizid hin, und die Ehefrau des Toten räumte ein, dass ihr Mann kurz zuvor von einer unheilbaren Krebserkrankung erfahren hatte. Der Arzt, der sich auf Kinderpsychologie spezialisiert hatte, hinterließ eine fünfzehn Jahre alte Tochter. Neun Wochen nach diesem Vorfall fand die Putzfrau unter dem Bett des besagten Hotelzimmers ein verschlossenes und verstaubtes Kuvert, das sie in Aussicht auf einen wertvollen Inhalt heimlich mit nach Hause nahm. Doch der Umschlag enthielt nur einen Brief in krakeliger Handschrift, der kaum zu entziffern und an eine Familie Wagner gerichtet war. In ihrer Enttäuschung warf die Putzfrau das Stück Papier in den Müll und ließ sich für den Rest der Woche krankschreiben.

Daniel, Regina und Jonas lebten ebenso unbehelligt wie ahnungslos in einem kleinen Einfamilienhaus im Hattinger Hügelland, das Daniel über einen Makler gekauft hatte. Jonas besuchte die Grundschule in Bredenscheid und wuchs zu einem Musterschüler heran. In jedem dieser Jahre gingen die Wagners im Sommer auf Reise. Im ersten Jahr nach Griechenland, im zweiten nach Frankreich, und das dritte Jahr verlangte Sparsamkeit, weil eine größere Rate für das Haus fällig wurde. Es reichte nur für einen Urlaub im Schwarzwald. Eine Woche lang teilte sich die Familie ein Doppelzimmer mit Blick auf den Schluchsee. Der sonnigste Tag in jener Ferienwoche schlug den Kalender um Jahre zurück und brachte die Rückkehr dunkler Erinnerungen.

„Nächste Woche habe ich einen Termin bei der Bank", sagte Daniel leise. „Dann wird sich zeigen, ob wir uns übernommen haben." Er schlug mit der Faust gegen die Wand. „Wer konnte ahnen, dass unser Team den Beratervertrag nicht bekommt?"

„Du solltest nicht alles dramatisieren", antwortete Regina. „Wenn du kein Glück hast, dann ist das nicht zu ändern."

„Für dich ist unser Haus schon erledigt, was?" Daniel schimpfte nebenan im Badezimmer, wo er sich rasierte. „Aus der Traum."

„Ich könnte wieder arbeiten gehen."

„Was willst du denn machen?"

„Ins Büro. Halbtags."

„Und was ist mit Jonas?"

„Jonas", murmelte Regina und schaute sich im Zimmer um. „Hat er gesagt, dass er rausgehen wollte? Seine Schuhe sind weg."

Auf der anderen Seite der Wand schnitt Daniel sich am Rasiermesser. Ein feiner Fluss aus Blut zog sich durch den schneeweißen Schaum auf seiner Wange und bahnte sich einen Weg bergab. Er wusch ihn ab und suchte nach einem Pflaster. Mit einem Handtuch über der Schulter verließ er das Bad und lief seiner Frau in die Arme.

„Nein", sagte Daniel. „Mir hat er nichts gesagt."

„Du hast dich geschnitten."

„Ich weiß." Daniel ging noch einmal ins Bad. „Die Klinge scheint nicht in Ordnung zu sein."

„Brauchst du ein Pflaster?"

„Ich denke, es geht schon."

Vor dem Spiegel angekommen, wischte Daniel sich die Wange ab. *Verdammt, siehst du müde aus,* sagte er zu sich und betrachtete die feinen Ränder unter seinen Augen. *Was du brauchst, ist etwas Ruhe und eine gute Idee.* Sein Blick glitt durchs Fenster nach draußen auf den See, und dann ging alles blitzschnell. *Großer Gott.*

Regina sah nur noch, wie Daniel aus dem Badezimmer stürmte, sich die Jacke über die nackte Brust warf und durch die Tür verschwand.

„Daniel?“ Sie spürte immer noch den Luftzug, den ihr Mann auf seiner Flucht hinterlassen hatte. Er roch nach Deo, Rasierschaum und Angst. „Was ist los?“

Die Tür fiel zu. Regina war allein und ging langsam ans Fenster.

Sie erstarrte.

Daniel stürmte die Außentreppen hinab und sprang über ein Geländer aus Holz, um die Strecke abzukürzen. Äste wischten auf dem Weg zum See durch sein Gesicht, peitschten gegen seinen Bauch und seine Beine. Er rutschte aus, taumelte einen lang gezogenen Abhang hinab, kam unten an, schaffte es irgendwie, sich auf den Beinen zu halten und rannte weiter. Nach wenigen Metern stand ihm Schweiß auf der Stirn. Es roch nach Wald, später nach Wasser, als er das Ufer erreichte und außer Atem stehen blieb. Auf seinen Armen wuchs Gänsehaut. Er zitterte am ganzen Körper, als er tief Luft holte.

„Jooonaaas!“

Der Junge sah sich nicht um. Unbeeindruckt ruderte er mit dem Paddelboot immer weiter auf den See hinaus.

Er hört mich nicht, er hört mich nicht, Gott im Himmel, er hört mich nicht! Alles in Daniel schrie bei diesem Anblick, und in der Ferne vernahm er das entsetzte Heulen seiner Frau. Was hatte sein Sohn doch für Kraft! Jonas griff wie ein erwachsener Mann in die Ruder und war bereits dreißig, vierzig Meter vom Steg entfernt. *Gott im Himmel, er hört mich nicht!*

„Jonas!“, schrie Daniel. „Was fällt dir ein?“

Keine Reaktion.

Er kann nicht schwimmen, er kann doch nicht schwimmen,

brüllte es in Daniel, *das ist das Einzige, was er noch nicht gelernt hat.*

„Jonas!"

Sein Vater stürmte weiter. Kies, Sand und Laub wirbelten zur Seite. Er sah, wie das Boot weit draußen innehielt und Jonas die Ruder einholte. Sekunden vergingen, während Daniel immer weiter brüllte und wie besessen mit den Armen ruderte, ganz so, als gelte es einen Zug zu stoppen, der sich auf ihn zu bewegte. *Er hört mich nicht!*

Noch immer würdigte Jonas seinen Vater keines Blickes. Dann erhob er sich, streifte sich den Schlafanzug ab und sprang.

„Jonas! Nicht!" Der Steg bot Daniel gewaltigen Anlauf. Er riss sich die Jacke vom Leib und keuchte wild, einen Moment lang über sein Leben und den See vor sich nachdenkend. *Jonas – was ist in dich gefahren? Er ist im Wasser, Gott im Himmel, er ist im Wasser!* Daniel blieb keine Zeit. Die Holzbohlen knirschten unter seinem Gewicht, und dann stürzte er in die eisigen Fluten. Das Wasser raubte ihm die Besinnung. *Kaltkaltkaltkaltkaltkalt!* Es biss sich in seinem Gesicht fest und machte es unmöglich, die Augen zu öffnen, bis er endlich wieder auftauchte, nach Luft schnappte und zu kraulen begann. Kopfschmerzen bohrten sich durch Daniels Verstand. Seine Gedanken reduzierten sich auf Bewegung und Luft. Nach und nach gelang es ihm, seine Arme in Gleichklang zu bringen und wertvolle Meter zu gewinnen.

Weiter vorne sah er seinen Sohn mit dem Wasser kämpfen. Der Kopf des Jungen tauchte auf und ab wie eine Boje. Zwischendurch waren seine Hände zu sehen. Weit geöffnet wirbelten sie durch die Luft, ganz so, als wollten sie in letzter Sekunde nach einem unsichtbaren Halt greifen. *Was ist in dich gefahren? Was um alles in der Welt willst du mir damit beweisen?*

Hinter ihm schrie Regina. Sie stand am Ufer, und Daniel

hoffte für den Bruchteil einer Sekunde, dass sie nicht ins Wasser sprang.

„Ruf die Polizei!", brüllte er, glaubte, dass Regina ihn hörte und drehte seinen Kopf zur Seite. „Ruf die Feuerwehr!" *Aber bitte, bitte komm nicht nach! Hörst du? Hier ist es bitterkalt!*

So gelang es Daniel, ein paar schnelle Meter zurückzulegen, immer noch das Ziel aller Kraft vor Augen. Das Wasser schmeckte nach Kupfer. Immer wieder spuckte Daniel aus. Das Boot schien zum Greifen nahe, als Jonas unterging.

Zwei, drei Züge machte Daniel noch nach vorne, um sich spähend, als er mit dem Kopf gegen das Boot schlug.

„Jooonaaas!"

Der Junge war verschwunden. Daniel starrte zum Ufer, das Kilometer entfernt zu liegen schien, bevor er Luft holte, seine Angst zähmte und tauchte. *Jooonaaas!* Dann kamen ihm Worte in den Sinn, die er schon lange vergessen glaubte.

Ich werde sterben
Wenn mir keiner hilft

Unter Wasser war es heller als erwartet. Das Sonnenlicht hatte auf den ersten Metern immer noch Kraft. *Kaltkaltkalt* – es war furchtbar kalt. Daniel schmerzten die Arme, und er kämpfte sich tapfer abwärts, als der Druck auf seinem Brustkorb immer größer wurde. Sein Kopf fühlte sich an wie in einen Schraubstock gespannt. Die Sicht wurde mit jedem Zentimeter schlechter und die Sehnsucht nach Luft von Sekunde zu Sekunde größer.

Mit einem Mal sah Daniel sein Ziel vor Augen – fast zum Greifen nahe. Mit der letzten Reserve, die ihm noch zur Verfügung stand, riss er beide Arme nach vorne, um Jonas bei den Schultern zu fassen. *Er ertrinkt, er ertrinkt, er ertrinkt!* Das Schraubstockgefühl wurde immer intensiver, der Druck immer stärker, als Daniel zwei Hände ergriff und sie steil aufwärts zog.

Nach oben! Sie drehten sich, und die Bewegung nahm endlich Form an. Daniel zog seinen Sohn höher und höher – dem Jungen stand der Mund offen. Seine Augen, soweit Daniel sie sehen konnte, waren geschlossen. Vater und Sohn brachen durch die Wasserdecke. *Luft!* Daniel keuchte und spuckte aus. Dicht neben ihnen schaukelte ein Motorboot mit dröhnender Maschine. Der untersetzte Mann am Steuer winkte ihnen schreiend zu. Daniel schwamm zu ihm und hob seinen Sohn ein Stück höher, so dass der andere ihn zu fassen bekam. Nach oben, immer weiter, bis auch Daniel über die Kante des Bootes rutschte und am Boden liegend nach Luft rang. Der Untersetzte bearbeitete den Brustkorb des leblosen Jungen.

„Jonas“, wimmerte Daniel am Ende seiner Kräfte. „Was hast du da gemacht?“

„Atme!“, rief der Mann außer sich. „Atme!“ Unter seinen Bewegungen schwankte das Boot auf und ab. „Komm schon! Atme!“

Daniel versuchte sich aufzurichten, als Wasser über die blauen Lippen seines Sohnes schoss. Ein entsetzliches Gurgeln folgte. Jonas begann zu zittern und öffnete die Augen. Er stöhnte, und der Untersetzte hatte alle Mühe, dass der Vater seinen Jungen nicht noch fester in die Arme schloss, um ihn mit seiner Liebe zu erdrücken. Er eilte zum Heck und riss das Steuer herum – zurück zum Ufer.

„Gott sei Dank“, keuchte Daniel und ließ sich mit Jonas nach hinten fallen. „Gott sei Dank.“

Als das Motorboot Richtung Ufer fuhr, hockte Daniel noch immer am Boden und beobachtete seinen Sohn. Das, was ihn frieren ließ in diesem Moment, war weniger die unglaubliche Freude, noch das kalte Wasser auf ihm.

Was ihn frieren ließ, war der Gedanke daran, unter Wasser noch einmal in die Tiefe geblickt zu haben, an Jonas vorbei – kurz bevor sie den Weg zurück ins Leben angetreten hatten. Jene Sekunde, als Daniel endlich zu sehen bekam, dass sein Junge niemals der Träumer gewesen war, für den man ihn gehalten hatte. Jene Sekunde, als auf dem Grund des Sees der lachende Mann seine Hände zum Gruß nach oben hob und mit toten Augen zu Vater und Sohn empor starrte.

12. Oktober

WÖLFE

„Alles okay, Butch?“ Howard Jennings pfiff durch die Zähne und zog den Gewehrlauf zurück in den Cherokee. Er spuckte seine Zigarette in den Fußraum, trat sie aus und erntete dafür einen harten Schlag in die Seite. „Hey – was soll das“, fauchte er Butch, den Mann hinter dem Steuer, an.

„Wie oft soll ich dir noch sagen, dass du die Kippen fressen kannst, wenn du nicht damit aufhörst?“ Butch, eigentlich hieß er Frank Dehio, bückte sich fluchend, hob den Stumpf der Zigarette auf und drückte ihn in den Aschenbecher. „Ich meine das ernst.“ Bei diesen Worten warf er einen flüchtigen Blick durch das Seitenfenster auf den toten Wolf, der gut dreißig Meter entfernt vom Geländewagen den Schnee rot färbte. „Den hast du erwischt.“

„Ich werde immer besser.“ Howard nickte und lud nach. „Langsam macht mir das Spaß.“

„Wir fahren weiter. Oben am Felsmassiv gibt es noch mehr. Außerdem waren die Ranger letzte Woche mit einem gottverdammten Hubschrauber hier unterwegs“, sagte Butch. „Oswald Creek liegt ihnen zu hoch. Da haben wir Ruhe.“

Butch legte den Rückwärtsgang ein und ließ den verbeulten Wagen in Tarnfarbe den Hang hinab rollen. Howard legte noch einmal an und schoss auf den toten Wolf.

„Erledigt“, krächzte er in einer Mischung aus Alkohol und Euphorie. „Am Montag hole ich mir auch so ein Ding.“ Er deutete auf das Gewehr, das schwer in seinen Händen lag. Auf einem Notizblock fügte er einen Haken den dreizehn anderen hinzu. „Ich hätte nicht gedacht, dass die Biester *so* leicht zu treffen sind."

Butch nickte. „Was hast du eigentlich Betty erzählt?"

„Betty?" Howard setzte die Whiskyflasche an und nahm einen gewaltigen Schluck. „Sie denkt, wir sind beim Angeln. Ich glaube, sie kauft mir mittlerweile alles ab."

Butch lächelte kalt. „Im Gegensatz zu mir hast du deine Alte im Griff." Sie brausten durch ein Waldstück, in dem schwerer Schnee in den Baumkronen hing und die Äste nach unten bog. Der Weg führte steil aufwärts.

„Wir sind eben nicht verheiratet." Howard klammerte sich an den Haltegriff neben dem Sitz. „Musst du so rasen?"

„Du kannst ja aussteigen." Butch blickte konzentriert auf die gefrorene Schneedecke. „Um neun will ich auf der Interstate sein."

„Was brummt man uns eigentlich auf, wenn wir hier oben erwischt werden?" Howard verstaute den Whisky hinter dem Sitz.

„Keine Ahnung", erwiderte Butch, doch Howard spürte, dass das nicht die Wahrheit war. „Mit Wilderern ist niemand zimperlich."

Dann trat Butch so fest auf die Bremse, dass sein Beifahrer nur um Haaresbreite einer Kollision mit dem Armaturenbrett entging. Der Cherokee kam mit einem Ächzen zum Stehen.

„Was zum Teufel –"

„Da vorne", rief Butch und deutete auf einen Wolf, der in wilder Flucht davonlief. „Erwischst du ihn, bevor er bei den Bäumen ist?"

„Kein Problem." Howard beugte sich hinaus. Sein Gewehrlauf wippte hin und her. Der erste Schuss verfehlte den Wolf knapp. „Langsamer, fahr langsamer", murmelte er und schoss noch einmal vorbei. Der Wolf hatte die erste Baumreihe erreicht. Grau hob er sich von der Schneedecke ab, und weil er schnell war, musste Howard sehr genau zielen. Der vierte Schuss traf. Das Tier heulte auf, schlug gegen einen Baum und tobte verletzt durch den Schnee.

„Noch einen!“ Butch war außer sich. „Verpass ihm noch einen!“

„Ja, verdammt.“

Der Wolf war außer Sichtweite gekrochen.

„Du musst hinterher. Der kommt nicht weit.“

„Was?“, fragte Howard verblüfft.

„Aussteigen und hinterher!“ Butch rollte die Augen. „Du musst das Tier *erlösen*.“

Zögernd stieg Howard aus.

Butch blickte ihm nach, als er hinter dichten Büschen verschwand, rauchte zwei Zigaretten, stellte das Radio an und suchte nach einem passenden Sender. Eine Station spielte „Cadillac Ranch“ von Bruce Springsteen. Butch drehte den Lautstärkeregler bis zum Anschlag. So hörte er die Schüsse, die Howard abgab, nur gedämpft. Mit einem blutbesudelten Parka kehrte sein Freund zum Cherokee zurück.

„Willst du Betty im Ernst erzählen, dass das da beim Angeln passiert ist?“ Butch deutete auf die dunkelroten Flecken, die sich auch über Howards Hose zogen.

„Der Wolf war verdammt groß.“

„Und? Hast du ihn erledigt?“

„Er hat mich angesehen“, rief Howard, als er die Wagentür hinter sich zuschlug. „Das Miststück hat mich angesehen!“

„Du musst gut zielen, Junge. Die Biester fühlen das.“

„Was fühlen sie?“

„Ob sie es mit einem Stümper wie dir oder einem Könner wie mir zu tun haben.“

Howard griff wieder zum Block. „Jetzt sind es fünfzehn.“

„Weiter.“ Der Mann am Steuer blickte zum stahlgrauen Himmel, der zwischen Kiefern hervorstach. „Heute Abend wird es ungemütlich.“

„Angst?“ Howard lud nach.

„Warst du schon mal in den Bergen eingeschneit?“ Butch prügelte den Cherokee an einem umgestürzten Baum vorbei und fluchte.

„Was soll die Frage? Wir haben genug Fusel dabei.“

Minuten später tötete Butch ein Muttertier mit zwei Jungen. Diesen Wölfen folgte er bis ins Unterholz, um ihnen mit einem Revolver den Gnadenschuss zu geben. Seitdem es verboten war, im verlassenen Reservat am Creek Wölfe zu schießen, bereiteten ihm die Jagdtouren noch größeren Nervenkitzel. Seit fünf Jahren verbrachte er Wochenende um Wochenende hier oben.

„Man hat den Eindruck, die Tiere wissen, dass wir sie nicht abknallen dürfen“, murmelte Butch, als er zu Howard in den Cherokee stieg und ihm das Gewehr in die Hand drückte. „Fehlt nur noch, dass sie sich von uns füttern lassen.“

„Du bist ja irre.“ Howard war inzwischen betrunken. Immer wieder setzte er die Flasche an. „Total verrückt.“

„Ich bin verrückt? Ich zahle Steuern, war im Irak, habe einen Job und lasse meine Frau in Frieden. Warum sollte ich mir nicht auch mal ein wenig Ablenkung gönnen?“

Der Cherokee wühlte sich durchs Unterholz. Butch schoss auf eine Eule, die er aufgescheucht hatte. Das Tier entkam und verschwand hinter einer Baumkrone. Der Wagen rauschte einen Abhang hinab und erreichte einen Waldweg, der wieder aufwärts führte.

„Wir sind bald oben.“ Butch gab Gas. „Wir müssen vorsichtig sein. Da vorne sind Reifenspuren. Das waren Ranger.“

Der Weg wurde beschwerlicher und führte durch eine Schneise, die in den Wald gezogen worden war.

Howard stutzte und rief: „Sieh mal da vorne! Da liegt jemand.“

Butch kniff die Augen zusammen und ließ den Cherokee ausrollen, bis er in eine Schneewehe stieß.

„Verdammt." Vor dem Wagen lag eine Frau. Butch nahm Howard das Gewehr aus den Händen. „Na, wunderbar."

Dann stiegen die Männer aus.

Das Mädchen trug einen Parka und Boots. Butch ging voran, das Gewehr im Anschlag. Nur das Knirschen des Schnees unter ihren Füßen, der laufende Motor und der eisige Wind waren zu hören.

„Hallo?", rief Butch der Frau zu, die mit dem Gesicht nach unten vor ihnen lag. Er schaute sich um und suchte den Wald nach Bewegungen ab. „Hallo?"

„Wir sollten einfach weiterfahren", flüsterte Howard hinter ihm und knöpfte sich die Jacke bis ans Kinn zu. Er fror.

„Wie denn? Über sie weg?" Butch stieß mit dem rechten Fuß gegen den leblosen Körper. Die Frau hatte langes, blondes Haar. Sie trug Handschuhe.

„Der ist nicht mehr zu helfen. Lass uns abhauen, bevor uns jemand sieht."

„Du Mistkerl." Butch bückte sich und legte das Gewehr zur Seite. „Hilf mir, sie zur Seite zu drehen."

„Musst du den Samariter spielen?"

„Hilf mir einfach", rief er verärgert. „Alleine schaffe ich das nicht."

„Wow", murmelte Howard, als er ihr Gesicht zu sehen bekam. Das Mädchen war Anfang zwanzig und hatte die Augen geschlossen. Ihre Wangen waren dunkelrot. „Eine Fee."

Butch beugte sich über sie und fasste ihre Schultern.

„Sie atmet."

„Und? Willst du sie auf einen Kaffee mitnehmen?"

„Willst du sie hier lassen? Wer weiß, wie lange sie schon da liegt." Butch strich der bewusstlosen Frau Schnee von der Stirn. „Wir fahren sie runter nach Hilltown zum Arzt."

„Du hast sie nicht alle", brummte Howard. „Die werden uns fragen, was wir hier oben zu suchen hatten."

„Fass mit an", befahl Butch. „*Ich* lasse sie nicht liegen, klar?" Dann griff er nach seinem Gewehr. „Anfassen, oder du kannst deine Eingeweide aufsammeln."

„Ich mach's ja schon, ich mach's ja schon! Dann nehmen wir sie eben mit. Die Ranger werden uns einbuchten."

„Unsinn!" Butch hielt den Kopf des Mädchens aufrecht, als ein Stöhnen aus ihrem Mund drang.

„Sie muss gestürzt sein." Howard betrachtete das Mädchen.

„Ich habe eine Decke im Wagen", rief Butch. „Halt sie fest. Bin gleich wieder da." Mit diesen Worten überließ er ihm die Frau. „Sprich mit ihr. Sie scheint uns zu hören." Er stapfte zum Auto. „Vielleicht kommt sie zu sich, und wir müssen gar nicht in die Stadt fahren. Meinst du, *ich* habe Lust, mit den Rangern zu plaudern?"

„Beeil dich." Howard drückte das Mädchen an sich. Seine rechte Hand kroch in ihren Parka und ging auf Wanderschaft. Die Haut war warm. Er schluckte leise und vergewisserte sich, dass Butch ihn nicht sehen konnte.

„Küss' mich", sagte die Frau.

Howard durchfuhr dieser Satz wie ein Blitz. Er starrte in die Augen des Mädchens. Sie waren jetzt geöffnet, pechschwarz und funkelten ihn wild an.

„Küss' mich."

Howards Hände verließen den Parka.

„Küss' mich!" Das Mädchen zog ihn zu sich. Mit beiden Händen fasste sie seinen Hinterkopf und fuhr ihm durchs Haar.

Zunächst fühlte Howard nur Erregung, raue Lippen und den warmen Mund, der sich fest an seinen drückte. Er rang nach Atem, schloss die Augen, und dann ahnte er, dass dieser Kuss hier etwas *kosten* sollte. Das Mädchen schmiegte sich an ihn. Sie roch nach süßem Parfum, und Howard riss die Augen auf.

Betty hat noch nie Parfum benutzt. Sie strich ihm über die Schultern.

Dann folgten unglaubliche Schmerzen. Blut lief über Howards Kinn. Das Mädchen ließ ab und lächelte.

„Warum tötest du uns?“ Sie wischte sich den Mund ab.

Howard kreischte. *Sie hat mich gebissen, oh Gott, sie hat mich gebissen!* Er fasste sich ins Gesicht, erhob sich und taumelte davon.

Die Frau folgte ihm. Ihr Kopf wölbte sich nach vorne. Ihre Nase verschwand unter grauem Fell. Ein Knirschen kündete von jenem Schauspiel, mit dessen Betrachtung Howard die letzten Sekunden seines Lebens verbrachte. Die Frau wand sich durch den Schnee, als sich vier Beine aus den Überresten ihres Parkas schoben. Aus Stöhnen wurde ein Hecheln. Ihr Rücken krümmte sich in einem unglaublichen Winkel. In ihr brachen Knochen. Es dauerte nicht lange, bis sie auf allen Vieren stand, ihre Zähne fletschte und auf Howard losging. Ihm blieb keine Zeit zu schreien.

Butch stand noch immer an der Motorhaube des Cherokee, brüllte Howards Namen und erlöste ihn mit zwei Schüssen in den Rücken. Erst jetzt ließ die Wölfin von ihrem Opfer ab. Sie war fast zwei Meter lang, schätzte Butch außer sich, als er auf Howards Leiche starrte. Ihre Zähne waren dunkelrot. Spitze Ohren schnellten hoch, als er anlegte und auf das Tier schoss, das neben dem Toten im zerwühlten Schnee hockte.

Doch er traf nicht, lud nach, die Wölfin nicht aus den Augen lassend. Er zwang sich zur Ruhe, auch wenn sein Herz hämmerte. Patronen fielen aus seinen zitternden Händen und rollten über die Motorhaube. „Verdammt!“

Als Butch erneut anlegte, war die Wölfin im Unterholz verschwunden. Er hastete zur Wagentür und ließ sich hinter das Lenkrad fallen. Nach langem Suchen fand er den Zündschlüssel, legte donnernd den Rückwärtsgang ein, ließ den Motor aufheulen und trieb den Wagen bergab. *Howards Handy*, schoss es Butch durch den Kopf. *Irgendwo muss das verdammte Handy liegen!*

Der Wagen raste talwärts, an endlos langen Baumreihen vorbei, die zu hölzernen Gegnern geworden waren. Überall heulten Wölfe. Butch hörte, dass der Revolver unter seinem Sitz hin und her rutschte. Er bückte sich, der Wagen kam ins Schleudern. Der Tacho zeigte fast fünfzig Meilen an, als der Cherokee gegen eine Tanne rauschte und den Baum fällte. Butch schlug gegen die Windschutzscheibe, richtete sich auf und wischte sich Zweige aus dem Gesicht. *Das Verdeck, das Verdeck ist hinüber!* Auf dem Beifahrersitz lag Schnee. Butch suchte nicht länger nach dem Revolver. Er quälte die Zündung und sah, dass das Handy keine Netzverbindung hatte.

„Küss mich!" Ein Rascheln drang durchs Gebüsch.

Noch einmal tippte Butch Zahlenreihen in das Telefon.

Vergeblich.

„Küss mich!" Ein Hecheln folgte der Stimme auf dem Weg in Butchs Gedanken.

Er warf das Handy zur Seite und versuchte, sich aus dem Sitz zu befreien. Er biss sich auf die Lippen, um die Panik, die in ihm nach oben kroch, unter Kontrolle zu halten. Butch stieg über die Rücksitze und schlitzte mit seinem Jagdmesser einen Durchlass ins Heckverdeck. Immer wieder schaute er sich um, glaubte, ein Kratzen auf der Motorhaube zu hören und steckte zwei Patronenpakete in seine Jackentaschen. Als das Kratzen lauter wurde, schoss Butch durch die Windschutzscheibe. Der Knall kostete ihn ein Trommelfell. Scherben spritzten über die Wagenfront.

Butch sprang in den Schnee. Die Luft roch nach ausgelaufenem Benzin. *Drei Meilen bis zur Straße. Drei Meilen!* Er stürmte aus dem Wrack auf die Waldschneise. Der Schnee war festgefahren. In die Baumreihen schießend, hastete er weiter und suchte das Meer aus Zweigen nach Bewegungen ab. Erst jetzt spürte Butch, dass er sich die Rippen gebrochen hatte.

„Küss mich!“, rief es von überall her.

Links und rechts neben sich glaubte Butch Astwerk knacken zu hören. Wieder feuerte er ins Dunkel. Er eilte eine Anhöhe hinauf und rutschte auf der anderen Seite gut zehn Meter hinab. Auf einer Felsnase, die steil nach unten abfiel, blieb er stehen, holte Luft und lud nach.

„Kommt schon“, fauchte er, schob eine Zigarette zwischen seine zitternden Lippen und schüttete den Inhalt der Patronenkartons vor seine Füße. Einige Hülsen rollten zur Seite und blieben im Schnee liegen.

Mit elf Jahren hatte Butch zum ersten Mal ein Gewehr in seinen Händen gehalten – auf einem Schießstand in Kansas, den sein Vater und sein Onkel gebaut hatten. *Du musst gut zielen, Junge. Der erste Schuss muss sitzen. Unbedingt.* Schon damals war er ein hervorragender Schütze gewesen, und Butch nahm sich vor, nicht kampflos aufzugeben.

„Kommt schon“, rief er in die Dämmerung, deckte den Hügel mit Schüssen zu, lud nach und steckte das Jagdmesser vor sich in den Schnee. In diesem Moment tauchte auf der Kuppe ein uralter Mann auf. Der Indianer trug eine Tracht und Kriegsbemalung. Er blickte auf Butch nieder und hob die Arme in den Himmel, bevor sein Mund zu einem Maul wurde. *Das hier ist nicht dein Land. Das hier ist dein Untergang. Warum, weißer Mann, tötest du uns?* Gemeinsam mit einhundert weiteren Wölfen stürzte sich der Alte auf ihn, verwandelte sich auf den letzten Metern in eine Frau und ließ es für Butch nur eine Frage von Sekunden sein, welchen Tod er an diesem grauen Abend in den Bergen am Oswald Creek vorzog.

13. Oktober

IRRTUM

David nahm das Manuskript und schob es in ein gewaltiges Kuvert. Dann schrieb er eine Adresse darauf, kontrollierte erneut – wie schon fünf Mal zuvor – die Vollständigkeit der Unterlagen, bevor er den Umschlag mit zitternden Händen schloss. *Jetzt oder nie,* pfiff es durch seine Gedanken. Morgen musste er damit zur Post – gleich um neun, und mit etwas Glück war das Manuskript am Montag in München. Der zuständige Lektor nannte sich Phoenix, wie David aus drei Absagen wusste. *Du musst etwas schreiben, das die Leute ins Herz trifft.* David hatte seinem Vater nicht darauf geantwortet. *Und? Hast du schon einen Verlag? Du schreibst doch noch?* Aber natürlich! Tag für Tag brachte er Menschen um und benutzte dazu seine Phantasie und seinen Computer.

In der Tat – diese Geschichten waren besser als alles, was David bislang geschrieben hatte. Jetzt kam es nur noch darauf an, einen Lektor davon zu überzeugen. Und dieser hier hieß nun einmal Phoenix.

David setzte sich auf sein Bett und studierte das kurze Schreiben, in dem man ihn um eine Leseprobe bat. Er las die Zeilen wieder und wieder, ganz so, als habe er einen Liebesbrief vor sich. Das hier war doch was! Ein weiterer Strohhalm, ein weiterer Anfang. Er hoffte immer noch, Phoenix einmal persönlich treffen zu dürfen, um ihn mit geschliffenen Worten für seine literarische Arbeit zu gewinnen – wie es hunderte andere zuvor auch schon versucht hatten, bevor es die üblichen Formbriefe setzte: „Wir bedauern, Ihnen mitteilen zu müssen, dass wir Ihre Kurzgeschichten-Sammlung nicht ins Verlagsprogramm aufnehmen können und wünschen Ihnen für die Zukunft alles Gute."

„Natürlich kann ich Ihnen helfen", sagte Amalia. Sie wohnte in einem verfallenen Haus im Stadtwald und hatte David nach einigem Hin und Her einen Termin gegeben. „Worum geht es genau?"

„Erfolg", erwiderte der junge Mann zögernd – in einem Sessel aus knirschendem Leder hin und her rutschend wie der Absolvent einer Magisterprüfung, auf uralte Kristallkugeln starrend, die in Regalen gestapelt lagen wie die eingefangenen Planeten eines Sonnensystems. „Es geht um Erfolg."

„Welcher Art?", fragte die alte Dame.

„Beruflich."

„Ah!" Amalia nickte. „Sie schreiben Geschichten."

„Woher wissen Sie das?" David war überrascht.

„Ich lese Zeitung. Oder glauben Sie im Ernst, so etwas erfahre ich aus Glaskugeln?" Amalia schmunzelte, und über ihr zerfurchtes Gesicht arbeitete sich ein wissendes Lächeln. „Sie möchten einen Menschen überzeugen – mit einer Arbeit, in die Sie viel Zeit investiert haben. Glauben Sie denn nicht an Ihre Gabe?"

„Das schon." David zögerte. „Im Literaturgeschäft geht es aber immer auch um Glück. Kurzgeschichten verkaufen sich nicht gut. Ich habe keine Lust, einen Verleger zu entführen und ihn so lange mit Songs von James Blunt zu foltern, bis er mich unter Vertrag nimmt."

„Es gibt kein Glück", sagte Amalia und fragte sich, wer um Himmels Willen James Blunt war. „Und es gibt nichts, was Sie nicht selbst beeinflussen können. Zugegeben – in Ihrer Situation ist das nicht so einfach. Aus diesem Grund werde ich Ihnen helfen."

Die alte Frau zog ein Buch aus den Tiefen eines Regals, das über und über mit staubigen Folianten gefüllt war. Als sie den Wälzer in der Mitte aufschlug, wirbelte Staub durch den im Halblicht liegenden Raum.

„Vielen Dank“, sagte David. Eine Welle aus Erleichterung brandete durch seinen Magen. Wieder kamen ihm die Formbriefe in den Sinn, die er schweren Herzens abgeheftet hatte. *Gerne prüfen wir später ein Roman-Manuskript, vorzugsweise etwas Historisches oder einen Krimi. Schreiben Sie weiter. Sie haben Talent.*

„Danken können Sie mir, wenn das hier funktioniert. Mal sehen.“ Amalia blätterte durch die vergilbten Seiten. „Da haben wir schon was. Vor einigen Jahren habe ich damit einen grauenhaft schlechten Liebesbrief versehen. Die Märchenprinzessin hat meinen Klienten drei Tage später zum Traualtar geschleift, weil sie es gar nicht erwarten konnte, für immer an seiner Seite zu sein.“ Und da war es wieder, das verschlagene Lächeln der alten Frau. „Ich muss allerdings eine Variante einfügen, denn Ihr Anliegen dreht sich ja um etwas anderes.“

Dann ging alles sehr schnell. Amalia legte ihre faltigen Hände auf Davids Manuskript und las eine Litanei vor, die nach einem wirren Gemisch aus englischen und russischen Sätzen klang. Das Ritual nahm fünf Minuten in Anspruch.

„Schicken Sie Ihr Buch nun an die gewünschte Adresse“, sagte die alte Frau und überreichte ihrem Klienten den Papierstoß. „Jeder, der das hier liest – und wenn auch nur den ersten Satz daraus – wird es lieben. Natürlich ist nicht auszuschließen, dass es Menschen gibt, die nicht sofort auf den Zauber ansprechen. Aber glauben Sie mir – die Magie behält immer Oberhand.“

David bedankte sich. Als er sich aus dem Ledersessel erhob, fiel sein Blick in das immer noch aufgeschlagene Buch.

„Ist das der Spruch, den Sie vorgelesen haben?“

„Nein“, erwiderte die Hexe. „Der hier kann Menschen das Augenlicht nehmen. Ein böses Ding. Ich habe ihn nur einmal angewandt, und das ist schon lange her. Ihr Spruch steht hier.“ Die Frau deutete auf die Buchseite gegenüber. „Das sind artverwandte Formeln. Liebe und Hass stehen immer in Beziehung zueinander.“

Das Manuskript mit einunddreißig unheimlichen Kurzgeschichten ging einen Tag später auf die Reise. Es dauerte vier Wochen bis zu einer Antwort aus München. Sie kam nicht von Phoenix. Wortkarg teilte eine Lektoratssekretärin in einem Brief mit, dass ihr Chef erkrankt sei und derzeit keine Post beantworten könne. David rief die Sekretärin an, um in einem zähen Gespräch zu erfahren, dass Andreas Phoenix über Nacht sein Augenlicht verloren hatte.

14. Oktober

ICH WEISS WAS KOMMT

Das Haus der Vollmers lag am anderen Ende der Stadt. Mit Anbruch der Dämmerung ließ der Regen nach, und Beate Heinrich steuerte ihren Wagen durch menschenleere Straßen in Elberfeld. Im Radio liefen Nachrichten. Ein Sprecher verkündete, dass in Sarajevo bei einem Granatenangriff auf einen Marktplatz neunzehn Menschen ums Leben gekommen waren. Beate schaltete auf Kassettenbetrieb und lauschte den Klängen eines alten Songs von Depeche Mode, als sie die A 46 erreichte und auf dem Beschleunigungsstreifen Gas gab. Ein blasser Mercedesfahrer mit Glatze ließ sie in die träge dahin schwimmende Fahrzeugkolonne zwischen den Baustellen-Baken einscheren. Sie bedankte sich und rauchte ihre mittlerweile zwanzigste Zigarette an diesem Tag. Der Aschenbecher unter dem Radio war wegen Überfüllung geschlossen.

Sie müssen das in den Griff bekommen, wenn Sie nicht an einem Herzinfarkt sterben wollen, hörte Beate ihren Arzt sagen, mit einem abgeklärten Gesicht, das nur ein Medizinmann hat, der schon lange im Geschäft ist. *Ich meine das ernst, wenn ich mir Ihre Werte ansehe, Frau Heinrich. Sie arbeiten unter Stress, essen unregelmäßig, bewegen sich zu wenig, schlafen zu kurz, und zu allem Übel sorgen Sie auch noch dafür, dass die Vorstandsmitglieder der Tabakkonzerne ihren verzogenen Kindern Sportwagen zum Geburtstag schenken können. Ich sage es nur ungern, Frau Heinrich, aber Sie leben in etwa so ungesund wie ich.*

Wie oft hatte sie dem Mann mit der zerkratzten Kassenbrille und der hohen Stirn, der für seine direkte Art gleichermaßen geschätzt wie gefürchtet war, Besserung versprochen? Beate hob die orangefarbene Zigarettenschachtel vom Beifahrersitz und zerdrückte sie samt Inhalt – wie sie es schon so oft in Momenten wie diesen getan hatte. Sie warf die Schachtel, oder vielmehr das, was nach ihrem Angriff übrig war, in den Fußraum zu den vier anderen. Die Wut, die sich staute, kam ihr gerade recht. Nur so konnte sie ihre Angst bezwingen. Der alte Polo gab alles.

Auf dem Standstreifen in Barmen stand ein vor sich hin qualmender Ford. Ein junger Mann stieg aus, um im Schein der Warnblinkanlage zu einem Nottelefon zu laufen. Beate beobachtete ihn im Rückspiegel. Dann kurbelte sie das Fenster herab, um den blauen Dunst aus der U-Haft zu entlassen. Draußen war es unglaublich kalt. Der Fahrtwind griff mit eisigen Fingern nach ihrem Gesicht. *Wir bekommen einen langen Winter.* Sie brach in Tränen aus – wie so oft in den letzten Tagen. Es kam immer wieder über sie, einem Anfall gleich, und sie konnte nichts dagegen tun. Ihr Kontingent an Schmerztabletten war aufgebraucht.

Ich gehöre überall hin, nur nicht ans Steuer eines Autos. Was ist, wenn ich einschlafe? Ich werde noch nicht einmal mitbekommen, was mir zum Verhängnis wird. Beate bemühte sich, neben ihrer Angst auch ihre Trauer in Schach zu halten. Ohne Erfolg. Die Sehnsucht nach weiteren Zigaretten kämpfte sie mit Erinnerungen nieder.

Beate hatte die Familie Vollmer vor drei Jahren kennen gelernt. Damals machte sie, frisch geschieden, Urlaub in der Karibik. Auf Jamaika hatten sich ihre Wege gekreuzt. *Monika, Kurt, Petra und Frank* – jeder dieser Namen schlug auf Beate ein. Der Zufall, dass auch sie aus Wuppertal kam, hatte die Fünf in einer Bar in Kingston ins Gespräch gebracht.

„Und? Was machen Sie beruflich?“ Kurt Vollmer war ein gut aussehender Mann Anfang vierzig. Das stechende Blau seiner Augen erinnerte Beate an einen Freund. Sie konnte nicht behaupten, dass ihr das unangenehm war.

„Ich bin Modedesignerin.“ Beate sah sich nach Petra und Frank um, die zum Tisch eilten – außer Atem und aufgeregt rufend, ganz so, als sei ein Monster hinter ihnen her. Eine grauhaarige Frau zwei Tische weiter zuckte zusammen und schüttelte den Kopf.

„Mama! Papa! Beate!“ Der zehnjährige Frank schnappte nach Luft. „Draußen auf der Straße steht ein Mann mit wahnsinnigen Muscheln! Die müsst ihr sehen!“

„Wie oft habe ich euch gesagt, dass man im Restaurant nicht rennt?“ Monika deutete auf die Grauhaarige, die immer noch den Kopf schüttelte wie eine Bibliothekarin, deren Refugium von einer Schulklasse entweiht worden war. „Nicht so laut!“

„Das hier ist aber kein Restaurant, sondern eine *Bar*“, gab Franks kleine Schwester altklug zurück. „Steht draußen dran.“

„Auch in einer Bar muss man sich benehmen“, erwiderte Monika.

„Der Mann draußen hat Muscheln, die ich noch nie gesehen habe!“

„Ach.“ Kurt Vollmer lächelte. „Und die muss ich mir wohl anschauen, was? Lasst Mama und Beate sitzen. Ich komme mit. Reicht das nicht?“ Er verschwand mit den Kindern nach draußen.

„Petra wird im nächsten Monat sieben. Sie ist ein aufgewecktes Mädchen.“ Einen Moment lang zögerte Monika und suchte Beates Blick. „Das sage ich nicht nur, weil sie meine Tochter ist.“

„Ich verstehe, was Sie meinen“, erwiderte Beate. „Petra kommt ganz nach ihrem Vater.“

„Das sagen alle.“ Monikas Stimme wurde leiser. Sie beugte

sich vor: „Ich weiß, meine Frage ist indiskret – aber wie lange waren Sie verheiratet?“

„Ach was.“ Beate machte eine wegwerfende Geste, auch wenn ihr nicht danach war. Sie hasste es, über die Trennung zu sprechen. *Aber vielleicht ist es gut, dass ich darüber rede.* „Sechs Jahre, drei Monate und vier Tage“, sagte sie mit fester Stimme. „In jedem Fall zu lange.“ Sie beobachtete die Grauhaarige am Nebentisch, die aufmerksam zu lauschen schien, bevor ein älterer Herr Marke Roger Whittaker sich zu ihr setzte. „Mein Exmann zieht alle Register. Was meinen Sie, wie froh ich bin, dass keine Kinder im Spiel sind.“

„Das können Sie laut sagen.“ Monika blickte zur Decke, wo die Flügel eines Ventilators kreisten. „Manchmal denke ich darüber nach, wie es uns in dieser Situation ergehen würde.“

„Sie sollten sich keine Gedanken machen“, erwiderte Beate und lächelte schief. „Nicht jeder Mann ist ein Verbrecher. Ich hatte schon als Mädchen die Tendenz, mir immer den Falschen auszusuchen.“

„Hat Ihr Mann Sie betrogen?“

Beate überlegte, ob sie darauf antworten sollte. *Warum eigentlich nicht?* „Sieht man mir das an?“

„Oh nein“, ruderte Monika zurück. „So war das nicht gemeint.“

„Sie ist zwanzig“, sagte Beate schnell, um die Situation zu retten und wunderte sich, wie direkt sie in dieser Sekunde war. „Ich glaube, sie liebt diesen Mistkerl wirklich. Ihr Exposé muss ihn überzeugt haben.“ Beate freute sich über den Sarkasmus, der ihr immer leichter über die Lippen kam, wenn sie an das Drama der letzten Wochen dachte. „Vielleicht kaufen die beiden ja ein nettes, kleines Haus, das sich gut verscherbeln lässt, wenn auch diese Nummer in die Brüche geht. Ich wünsche ihnen die Pest an den Hals.“

In diesem Augenblick kehrten Kurt und die Kinder mit exotischen Muscheln an den Tisch zurück. Das Gespräch versickerte.

„Oh“, rief Monika. „Papa ist spendabel. Ich wünschte, mir gegenüber wäre er auch so.“

Kurt drückte seiner Frau einen Kuss auf die Wange. „Was soll Beate von mir denken? Dass du einen Schotten als Mann hast?“

Obwohl Frank und Petra das nicht verstanden hatten, stimmten sie in das Gelächter ein.

Mit der Zeit waren aus Bekannten Freunde geworden. Beate hatte die Vollmers aus Beyenburg ins Herz geschlossen – vor allem die Kinder. Ein Stück weit füllten sie das Vakuum, in das die Scheidung sie gebracht hatte. Während der Skiurlaube, die Kurt und Monika regelmäßig unternahmen – *Du musst unbedingt mal mitfahren, Beate, unbedingt!* – nahm sie Petra und ihren Bruder immer wieder bei sich auf. Die Kinder nannten Beate schlicht und einfach *Tante Be.*

Jetzt fuhr Be übermüdet durch ein Unwetter und kämpfte heldenhaft gegen Oktoberregen, Wind, Tränen und Erinnerungen. Ihre Gedanken drehten sich vor allem um das Mädchen. Das Verlangen nach einer Zigarette quälte sie.

Und wieder erinnerte sie sich.

„Bist du traurig, Be?“ Petra Vollmer trug ihre dunklen Haare streng zu einem Pferdeschwanz gebunden. Dem Mädchen war anzusehen, dass sie eines Tages zu einer bildhübschen Frau heranwachsen würde. Das Schimmern ihrer blauen Augen war noch tiefer als das ihres Vaters. Das Kind suchte immer Beates Nähe, wenn sie zusammen waren – anders als ihr Bruder Frank, der in Tante Be in erster Linie eine Spielkameradin sah, deren Wohnzimmer man problemlos auf den Kopf stellen konnte, ohne mit Konsequenzen rechnen zu müssen. „Bist du traurig, Be?"

„Wie meinst du das?" Beate war überrascht. Ein Jahr lag diese Unterhaltung nun schon zurück, und immer noch war jede Einzelheit präsent. Kurt und Monika besuchten an jenem Nachmittag Bekannte in Düsseldorf und hatten ihr die Kinder überlassen.

„Na ja", sagte das Mädchen zögernd. Sie schien sich jedes Wort zu überlegen. „Manchmal bist du so schweigsam."

Schweigsam. Petra blickte stolz, als sie merkte, dass sie Tante Be mit diesem Wort verblüffte.

„Merkt man das?"

„Ja", rief das Kind, noch immer verlegen, und blickte durch die Fensterfront in den Hof, wo ihr Bruder mit einem Raumschiff spielte und imaginären Verfolgern entkam. „Du bist immer noch traurig wegen deiner Scheidung, nicht wahr?"

„Manchmal", sagte Be knapp. „Nur manchmal."

„Ich hoffe, Mama und Papa lassen sich niemals scheiden." Besorgnis lag in Petras Stimme. „Ich hoffe, dass Mama und Papa immer zusammen bleiben."

„Ach Kind, bei meinem Mann und mir war das etwas ganz anderes als bei deinen Eltern. Du musst dir keine Sorgen machen. Wirklich nicht."

Das Mädchen wandte sich vom Fenster ab. Beate hoffte, dass sie nichts Falsches gesagt hatte. In diesem Moment schienen die beiden nicht mehr alleine zu sein. Sie fühlte sich beobachtet, wusste nur nicht, aus welcher Richtung. Wie hinter einem riesigen Schaufenster sprach Frank draußen im Garten einen lautlosen Countdown und startete einen Mondflug. Er war ins Spiel vertieft.

„Manchmal weiß ich, was kommt", sagte Petra in die Stille. Sie flüsterte, als werde ihr Gespräch belauscht. Das machte Beate Angst. „Manchmal weiß ich es einfach."

Sie musterte das Kind, das zu weinen begann.

„Wie meinst du das?“ Sie setzte sich neben Petra und suchte nach einem Taschentuch. „Was willst du mir sagen?“

„Ich weiß, was kommt“, wiederholte die Kleine. Tränen flossen über ihr Kinn. „Ich kann sehen, was passiert. Neulich war ich mit Frank draußen. Er war mal wieder mit seinem dämlichen Fahrrad unterwegs, obwohl ich ihm gesagt hatte, dass er damit hinfallen wird. Und was passiert? Er fällt hin, klatsch, und seine Knie sind blutig.“

„Das muss ihm wehgetan haben.“ Beate schmunzelte. „Er hätte besser auf seine Schwester hören sollen.“

„Hat er aber nicht“, sagte Petra. „Er hat mich ausgelacht und gesagt, dass ich nicht mehr alle Tassen im Schrank habe. Dabei habe ich genau gewusst, dass er hinfällt. Ich habe es *gesehen.*“

„Dein Bruder ist manchmal waghalsig. Das war doch sicher nicht das erste Mal, dass er gestürzt ist, oder?“ Sie wischte Petra Tränen aus dem Gesicht.

„Waghalsig?“, schniefte das Mädchen.

„Wenn jemand nicht überlegt, bevor er etwas Gefährliches tut, dann ist er waghalsig.“

„Mama und Papa sind aber nicht waghalsig.“ Petra weinte noch lauter.

„Was haben deine Eltern damit zu tun?“

„Das weiß ich nicht. Ich denke oft an Mama und Papa und das, was noch kommt für uns. So wie ich an Frank gedacht habe und wusste, was für ihn kommt.“

„Hast du geträumt, dass er sich mit dem Fahrrad auf die Nase legt? Hast du das in einem Traum gesehen?“

„Nein“, erwiderte das Kind aufgeregt und klopfte mit den kleinen Händen vor sich auf den Tisch. „Ich habe es *gewusst.* Ich weiß nicht, warum. Und ich habe Angst vor dem, was ich weiß.“

„Angst? Wovor?“

„Keine Ahnung. Ich habe manchmal Angst davor, dass Mama und Papa plötzlich weg sind.“

„Ach Kind.“ Beate nahm Petra zu sich auf den Arm. „Sie gehen aber nicht weg.“

„Ganz sicher?“

„Ganz sicher.“

An jenem Nachmittag hatte Beate mit dem Mädchen einen Apfelkuchen gebacken, um sie auf andere Gedanken zu bringen. Danach war über Petras seltsame Angst niemals wieder ein Wort gefallen – auch nicht Kurt und Monika gegenüber.

Der Grund dafür war schlichter Natur. Zwei Wochen später hatte Beate einen charmanten Weinhändler kennen gelernt und ein paar Tage in seinem Ferienhaus auf Sylt verbracht, wo sich nach und nach herausstellte, dass der Mann mit Mercedes und Doktortitel aus der Nähe gesehen in etwa den Intelligenzquotienten eines Salzstreuers hatte. Natürlich hatten sie vorher noch wie verrückt miteinander geschlafen, und bei diesem Gedanken trieb es der Frau in dem dröhnenden Polo Schauer über die Arme.

Ein gottverdammter Kerl hat mich davon abgehalten, mit Monika und Kurt über Petra zu reden. Eine dumme Affäre hat mir den Blick auf das Wesentliche verstellt. Ich muss den Verstand verloren haben, mich darauf einzulassen. Ich hatte woanders meine Pflicht zu erfüllen! An mir war es, die Dinge zum Guten zu wenden, aber mir fiel nichts Besseres ein, als mit einem Kerl ins Bett zu steigen. Ich hätte eine Tragödie verhindern können!

An der nächsten Abfahrt musste Beate die Autobahn verlassen. Sie zog auf die rechte Spur und setzte den Blinker. Petras Chancen standen jetzt etwa fünfzig zu fünfzig, und sie hoffte grimmiger denn je, dass Gott wenigstens diesen Kampf fair führen würde. Wieder schlug eine Kolonne aus Erinnerungen auf sie ein.

„Du musst nur nach den Blumen sehen", erklärte Monika, während die Kinder ihrem Vater halfen, das Gepäck zum Kombi zu tragen. „Wir waren noch nie in der Toskana."

„Wird bestimmt nett."

„Ich bin gespannt, ob Kurts Kollege uns nicht zuviel versprochen hat. Der Mann übertreibt gerne."

„Damit ist er nicht allein. Ich bekomme doch eine Postkarte?"

Monika grinste. Sie wusste nicht, dass es ihr letztes Lächeln war. „Petra will dir fünfzehn Karten schicken."

Es dauerte eine Viertelstunde bis zum Abschied. Als der Wagen der Familie langsam die Auffahrt hinab rollte, sah Beate die beiden Kinder auf dem Rücksitz durch die Heckscheibe winken. Sie schaute ihnen lange nach und hatte ein seltsames Gefühl.

Eine Stunde später war Monika Vollmer tot.

Der Sattelschlepper, der mit Trägern aus Stahlbeton in das Stauende gerast war und neben den Vollmers noch eine Familie aus Münster umbrachte, hatte sich in Hamburg mit defekten Bremsen und einem manipulierten Fahrtenschreiber auf den Weg nach Florenz gemacht. Der Fahrer des Lastzuges – er war gerade mal zwanzig – stand noch Monate nach dem Unfall unter Schock und wurde wegen Suizidgefahr in eine Klinik eingewiesen. Die Alkoholprobleme des Mannes waren ebenso Gegenstand der Ermittlungen wie die Tatsache, dass der Lkw-Fahrer zum Zeitpunkt der Katastrophe seit vierzig Stunden kein Auge mehr zugemacht hatte. Die Autobahn blieb drei Stunden lang gesperrt. Einige Trümmer waren auf die Ge-

genfahrbahn gefallen und hatten dort für eine Massenkarambolage gesorgt. Hinzu kamen etliche Gaffer.

Kurt Vollmer verblutete in den Armen einer Rettungssanitäterin, während es Frank und seine Mutter sofort tödlich getroffen hatte. Sie mussten mit Schneidbrennern aus dem Wrack befreit werden. Dem Umstand, dass sie von der Wucht des Aufpralls zur Seite geschleudert worden war, verdankte Petra Vollmer ihr Leben. Man hatte das Kind nach Bochum ins Bergmannsheil fliegen lassen. Dort ereignete sich zwischen Schläuchen und Skalen einer Intensivstation nun ein erbitterter Kampf gegen innere Verletzungen. Der verantwortliche Arzt hieß Dieter Schreiber und war ausersehen, Petras Schicksal zu wenden.

„Sie kann es schaffen, Frau Heinrich." Schreiber sah Beate fest in die Augen und rieb sich das unrasierte Kinn. „Sie ist ein starkes Mädchen. Wir haben die Blutungen in den Griff bekommen. Sind Sie eine Freundin der Familie?"

Beate nickte.

„Sie können mir glauben, dass wir alles tun, was in unserer Macht steht."

„Wie schwer ist sie verletzt?"

„Als die Kleine eingeliefert wurde, war ihr Zustand weitaus ernster", antwortete Schreiber diplomatisch. „Sie hat gute Chancen."

„Wie schwer ist sie verletzt?" Beate wiederholte das in einem Tonfall, der dem Arzt sagte, dass es besser war, nicht länger auszuweichen.

„Komplizierte Frakturen", sagte der Chirurg. „Aber Gott sei Dank keine Verletzungen an der Wirbelsäule. Sie wird wieder laufen können und ist noch im OP." Der Arzt führte sie zu einer Sitzecke am Ende des Flures, wo er mit ihr Platz nahm. „Es wird hart werden, wenn Petra erfährt, dass ihre Familie tot ist."

„Sie werden es ihr so spät wie möglich sagen?“

„Das Kind ist traumatisiert. Was ist mit Verwandten? Sind sie über den Stand der Dinge informiert?“

„Sie sind unterwegs.“ Beate sah einer Krankenschwester nach, die mit knirschenden Schritten über den Flur eilte und ein Tablett mit Medikamenten vor sich her trug. „Petras Onkel ist in den Vereinigten Staaten auf Geschäftsreise. Ich habe ihn erreicht. Er wird so schnell wie möglich hierher kommen – aber frühestens in zwei Tagen.“

„Solange müssen Sie sich bereithalten. Sobald das Kind aufwacht, werden wir Sie brauchen.“

„Worauf Sie sich verlassen können. Was ist mit dem Psychologen?“

„Er wird sich rechtzeitig mit Ihnen in Verbindung setzen, um das weitere Vorgehen abzustimmen“, antwortete der Arzt. „Sie haben einen guten Draht zum Kind?“

„Sie könnte meine Tochter sein.“

„Wir haben eine Übernachtungsmöglichkeit für Angehörige“, sagte Dr. Schreiber. „Informieren Sie die Dame am Empfang, wenn Sie das in Anspruch nehmen wollen. Ich bin nicht der Meinung, dass Sie heute noch Auto fahren sollten.“

„Das ist eine Katastrophe“, murmelte Beate. „Eine einzige Katastrophe.“

„Ich habe Bilder vom Unfallort gesehen. Schlimm.“

Eine Stimme tönte aus den Deckenlautsprechern. „Dr. Schreiber bitte in die Ambulanz.“

„Tut mir leid.“ Der Mann drückte ihr die Hand. „Wir halten Sie auf dem Laufenden, Frau Heinrich. Sie sollten erst einmal ein paar Stunden schlafen.“

Sie sah dem Chirurgen nach, bis er hinter einer Flügeltür verschwunden war.

Nun war es fast dunkel.

Als der Polo die Klosterkirche hinter sich ließ und in eine Sackgasse bog, flammten die Straßenlampen nacheinander auf, ganz so, als hätten sie nur auf sie gewartet. Das Haus der Vollmers erhob sich hinter einem Eisenzaun und thronte über dem Garten im Vorhof. Alle Fenster waren dunkel. Beate zweifelte eine Sekunde lang am Mut, der sie hierher geführt hatte. Sie parkte den Wagen unter einer alten Kastanie und zog den Zündschlüssel ab. Träge Regentropfen krochen über die Windschutzscheibe und fingen auf ihrem Weg abwärts das Licht der Straßenlaternen ein. Das Tape war zu Ende. Im Radio berichtete eine Sprecherin vom Schicksal eines kleinen Jungen, der vor mehr als zehn Jahren im Ruhrgebiet verschwunden war. Spurlos. Sein Schicksal war ungeklärt.

Die Welt ist wahnsinnig, hörte Beate ihre innere Stimme flüstern. Sie holte tief Luft und stieg aus. An der Auffahrt zum Grundstück gegenüber lag ein breiter, lieblos ausgehöhlter Kürbis, in dem Kerzenlicht flackerte. Das Ding beobachtete sie mit Augen aus Dreiecken. Der Haustürschlüssel lag zentnerschwer in ihren Händen. Als sie über den Kiesweg zum Haus der Vollmers schritt, schalteten sich per Bewegungsmelder zwei Strahler mit einem leisen Klicken ein. Vom Rasen aus warfen sie einen grellen Lichtschein in den Eingangsbereich. Beate spürte, dass nicht nur der Schlüssel schwerer wurde – ihrem Herzen ging es ebenso. Der Wolkenbruch war überall zu riechen. Es duftete nach Gras und Erde. Nachdem sie sich umgesehen hatte, eilte sie die Treppe zur Haustür hinauf. Sie schien einen Kilometer lang zu sein.

Hier wohnen
Monika, Petra, Frank
und Kurt

stand auf einem von Hand bemalten Keramikschild unterhalb des Klingelknopfes. Nur das Fachwerkhaus, das auf die Platte gestanzt war, passte nicht in die Szenerie, denn die Familie bewohnte einen schicken Neubau. Das Schild hatte Frank beschriftet.

Es trug die Züge eines Toten.

Für diesen Gedanken hätte Beate sich ohrfeigen können, doch im Moment konzentrierte sie sich darauf, ihre Angst in Schach zu halten. *Du musst durchhalten,* ermahnte sie sich und schloss die Haustür auf. *Unbedingt. Es wird nur ein paar Minuten dauern, nur ein paar Minuten. Dann hast du Gewissheit.*

Sie trat ein und tastete nach dem Lichtschalter. Ihr kamen wieder diese Filme in den Sinn – schlimme Filme, in denen jemand vergeblich versucht, das Licht einzuschalten, um etwas sehen zu können. Schlimme Filme, in denen sich gar nichts tut, wenn man den Schalter drückt, während aus der Dunkelheit etwas näher kommt mit der Geschwindigkeit eines Schnellzugs.

Ist da jemand?

Nach endlosen Sekunden fand Beate den Dimmer und drehte ihn bis zum Anschlag, ihren Herzschlag wie durch ein Mikrofon verstärkt hörend.

Ist da jemand?

Drei Deckenlampen aus Chrom nahmen im Hausflur ihre Arbeit auf und breiteten ihren Schein über den frisch gewischten Dielenboden aus. Der scharfe Duft von Ajax war Monika Vollmers Vermächtnis – Zeit ihres Lebens hatte sie unter einem Putzzwang gelitten. Beate schloss die Haustür hinter sich.

Der Flur lag lang gezogen vor ihr. Es war kalt. *Sie haben die Heizkörper abgedreht, bevor sie gefahren sind.* Beate ahnte, dass die Gänsehaut auf ihren Armen noch eine andere Ursache hatte. Diese lag irgendwo im Haus verborgen, und sie war fest entschlossen, sie zu finden. Sie schlich durch den Flur und hängte ihren Mantel an die leere Garderobe.

Ihr Blick fiel auf ein blasses Spiegelbild. *In den vergangenen Stunden bin ich um Jahre gealtert. Wenn ich hier rauskomme, bin ich neunzig. Und verrückt geworden.* Sie wandte sich ab und durchquerte den Flur, bereit, am anderen Ende von den schrecklichsten Dingen erwartet zu werden, die man sich vorstellen konnte. *Warum komme ich zurück in dieses Haus – ausgerechnet jetzt? Warum benehme ich mich wie ein Einbrecher, der aus tausend Augen beobachtet wird?* Da war sie wieder, diese wohl dosierte Panik, die sich vom Grund ihres Magens her ausbreitete wie ein unheimlicher Strom. *Lauf weg, lauf einfach nur weg.* Es wäre ein Leichtes gewesen, umzukehren, die Haustür hinter sich zuzuschlagen und Familie Vollmer ein für alle Mal zu vergessen. *Ist das dein Ernst, Tante Be?*

Am Treppenaufgang erstreckte sich eine beängstigende Galerie aus Schuhen: Herrenschuhe, Damenschuhe, Kinderschuhe und Turnschuhe. Ihren Schuhen nach zu urteilen, hatten die Vollmers sich niemals auf den Weg gemacht. Was war, wenn Beate alles nur geträumt und sich gar kein Unfall ereignet hatte? Was war, wenn sie sich das alles nur einbildete? *Unsinn!* Die innere Stimme arbeitete gegen jeden Zweifel an wie eine Baggerschaufel, die der Angst vom Kopf aus eine Schneise ins Herz gräbt. *Du weißt genau, wie viele Schuhe dieser Familie gehörten! Das sind Schuhe von Toten – von Petras im Moment einmal abgesehen. Aber noch ist das Mädchen an den Schläuchen nicht aufgewacht.*

„Nein!", hörte Beate sich rufen, laut und deutlich. „Petra bleibt bei mir!"

Immer noch fassungslos stand sie im Flur des Hauses und ballte die Fäuste wie vor einer Auseinandersetzung mit einem Gegner, den sie nicht sehen konnte. *Noch nicht.* Vielleicht würde sie von hier aus mit der Klinik telefonieren. Doch erst einmal musste sie finden, wonach sie schon die ganze Zeit suchte. Erst einmal musste sie durch die Hölle gehen und wieder zurück.

Das Wohnzimmer der Vollmers lag vor ihr. Aufgeräumt. Kurts Buchsammlung füllte die Schrankwand neben der Sitzecke aus. Aus einigen Büchern ragten verknickte Lesezeichen. Sie nahm sich Zeit, das Regal aus der Nähe zu betrachten. Neben Romanen von Tom Clancy stieß sie auf Umberto Eco und Thomas Harris. Stephen King gehörte ein ganzer Meter, bevor es an Bücher ging, die Monika gelesen hatte: Joy Fielding und Ruth Rendell. Beate strich über die Buchrücken, fand aber nichts, das weitere Aufmerksamkeit verdiente. In der Küche stand ein verwelkter Blumenstrauß, den Monika im Packstress vergessen hatte. Beate leerte die Vase in den Ausguss und warf die Nelken in den Abfall. Ihr Blick fiel auf eine Pinwand neben der Tür. Auf dem Kalender waren in Monikas geschwungener Handschrift Notizen der Familie vermerkt.

Kieferorthopäde
Termin für Frank
Zahnspange nachstellen lassen
– wichtig –

Daneben standen Geburtstage, die niemals wieder gefeiert würden. Beate lief bei diesem Anblick ein Schauer über den Rücken. Unterhalb der Heftnägel hing ein von Hand bemalter Tonanhänger an Bindfäden. Petra hatte ihn Monika zum Muttertag geschenkt.

Diese Sonne
scheint für Mama

stand auf der Rückseite der goldgelben Platte. Eine weitere Notiz verriet, dass Kurts Smoking noch immer in der Reinigung war. Dort würde er bis zum Jüngsten Tag liegen. Der Anblick all dieser Gespenster ließ Beate ins Wohnzimmer zurückkehren. Sie löschte das Licht und ging hinauf in den ersten Stock.

Ist da jemand? Die Stimme ihrer Gedanken meldete sich aus dem Hinterhalt zurück. *Ist da jemand?*

Franks Kinderzimmer lag am nächsten.

Beate warf einen Blick hinein. Fast rechnete sie damit, dass der Junge sie auf seinem Bett erwarten würde, um sein Sommersprossengesicht in Falten zu legen und zu fragen, warum Tante Be mit einem Mal so neugierig war. Die Wände waren mit den Power Rangers und Britney Spears tapeziert. Auch hier spürte Beate jenes unbestimmte Grauen, dem sie bereits in der Küche begegnet war.

Der Junge ist tot, und nach den Ferien werden seine Mitschüler bei einem kleinen Gottesdienst um ihn trauern. Für viele von ihnen wird dies die erste Begegnung mit dem Tod sein. Sie werden ein Bild von Frank vergrößern lassen und es hinten im Klassenzimmer aufhängen, damit niemand ihn vergisst. Sie werden Frank in Erinnerung behalten, wie auch immer, und sie werden bei Klassentreffen, die in einigen Jahren stattfinden, über ihn reden. Irgendwie.

In Monikas und Kurts Schlafzimmer lagen Berge frisch gefalteter Wäsche. Ein Hauch von „Poison“ hing in der Luft – Monikas Lieblingsparfum. Noch einmal dachte Beate daran, das Haus der Toten sofort zu verlassen. *Was habe ich hier verloren? Ich sollte besser für Petra beten, anstatt hier herumzuschnüffeln.*

Doch da war sie schon – die Tür zu Petras Zimmer. Beate ahnte nicht, dass in genau jenem Augenblick, als sie in das Reich des kleinen Mädchens schlich wie ein Dieb in der Nacht, in Bochum Messgeräte ausschlugen und ein mechanisches Kratzen verkündete, dass Petra Vollmer außer Lebensgefahr war.

Die Tür zu Petras Zimmer glitt nach innen und gab den Blick ins Halbdunkel frei. Beate griff um die Ecke. Sie suchte den Lichtschalter. Deckenstrahler flammten auf.

Was sie sah, war aufgeräumtes Schweigen. Petras Bett duftete frisch bezogen. Beate trat in die Mitte des Raumes und sah sich um. Die Wände waren in zartem Rosa gehalten und leuchteten im Licht der Strahler. Über dem Schreibtisch hing ein Kapitän-Blaubär-Poster, das unter Glas gebannt war. Daneben eine Siegerurkunde der Bundesjugendspiele. Beate setzte sich auf einen viel zu kleinen Hocker neben dem Bett und legte den Kopf zurück, bis er an die Wand stieß. In ihr tobte ein Orkan.

Bist du eigentlich traurig, Tante Be?

Ich hoffe, Mama und Papa lassen sich niemals scheiden. Und was passiert? Er fällt hin, klatsch, und seine Knie sind blutig. Waghalsig? Mama und Papa sind aber nicht waghalsig. Ich denke oft an Mama und Papa und das, was noch kommt für uns. Nein, ich habe es ...

„*Gewusst*“, flüsterte Beate.

Der Klang ihrer Stimme machte ihr Angst. Das Gefühl, ein Eindringling in diesem Haus zu sein, wurde immer stärker. Waren da nicht Schritte auf der Treppe zu hören, die sich in ihre Richtung bewegten? Sie spürte, dass die Angst sich längst einen Weg gesucht hatte. Jetzt musste nur noch Kurt Vollmer in der Tür des Zimmers erscheinen und sie hinauswerfen. *Was machst du hier? Du solltest nur die Blumen gießen und nicht herumschnüffeln! Du hast ein eigenes Leben!* Der Duft von Parfum drang aus dem Schlafzimmer der Eltern in Petras Reich. *Nein – wenn jemand hierher kommt, um mich heimzusuchen, dann wird es ihre Mutter sein.* Um ganz sicher zu gehen, spähte Beate noch einmal auf den Flur. Nichts. *Du bist so dumm,* flüsterte die innere Stimme. *Kurt, Frank und Monika Vollmer sind tot. Die Feuerwehrleute haben den Atem angehalten, als sie sie aus den Trümmern ins Licht ihrer Scheinwerfer zogen.*

Sie zweifelte abermals an ihrem Verstand, schlug die Tür zu und hoffte, damit auch die Stimme in ihrem Kopf auszusperren. Dann machte sie sich auf die Suche nach dem, was auf sie wartete – irgendwo in Petras Kinderzimmer.

Ist da jemand?

Wieder glaubte sie, Schritte zu hören. Diesmal im Erdgeschoss, vielleicht in der Küche. Was um alles in der Welt hatte das zu bedeuten? Warum kamen ihr diese Dinge in den Sinn? Warum suchte sie eine innere Stimme heim, die sie niemals zuvor in ihrem Leben gehört hatte? *Hier ist etwas, das mich mit aller Macht vertreiben will. Hier ist etwas, das versucht, mir Angst zu machen. Es will, dass ich aufgebe, dicht vor dem Ziel. Es will, dass ich meinen schrecklichen Verdacht für mich behalte bis ans Ende aller Tage. Es will, dass ich an mir selbst zweifle. Es will, dass ich verrückt werde und schreiend nach draußen renne. Genau in diesem Moment wird Petra ihren Kampf verlieren und ihrer Familie in die Dunkelheit folgen.*

Beate versuchte, sich zu konzentrieren.

Nimm dich zusammen. Waren das hier ihre Gedanken? Oder

war es wieder die Stimme ihres unsichtbaren Verfolgers, der ihr immer noch auf den Fersen war und seine Klauenhände nach ihr ausstreckte? *Okay, okay, das hier bin ich und niemand anderes. Das hier ist Beate Heinrich, einzig und allein. Niemand wird es schaffen, mich aus diesem Zimmer zu vertreiben, bevor ich den Schlüssel gefunden habe.* Die Geräusche unten verstummten. Auch Monikas Parfum war nicht mehr zu riechen. *Alles okay, alles in Ordnung. Es ist niemand hier außer mir.*

„Wo hast du es nur versteckt?" Beate war wohler dabei, wenn sie ihrer Stimme lauschte, als sie Schränke und Schubfächer öffnete. Zur Vorsicht hatte sie die Tür des Kinderzimmers hinter sich abgeschlossen. Dass von der anderen Seite die Klinke nach unten gedrückt wurde, war nichts als Einbildung, ein perfides Konstrukt ihrer Phantasie. *Es ist immer noch da, um sich mir in den Weg zu stellen. Es ist immer noch da, um mir Angst zu machen. Es steht draußen im Flur, auf der anderen Seite dieser Tür, und wartet auf mich.* Sie gab sich Mühe, nicht mehr zur Tür zu sehen. Auch das Klopfen ignorierte sie. *Wo um alles in der Welt hast du es nur versteckt, bevor du dich auf den Weg gemacht hast?* Beate wünschte sich nichts sehnlicher, als noch einmal mit Petra zu sprechen. *Es wäre besser, wenn sie hier wäre. Sie könnte mir sagen, wo sie das versteckt hat, was niemand anderes sehen sollte. Sie könnte mir sagen, wer da auf der anderen Seite der Tür steht und nur darauf wartet, dass ich wieder herauskomme.*

Beate brauchte zehn Minuten, bis sie in einem alten Mathebuch, das ganz unten in Petras Kleiderschrank lag, fündig wurde.

Monika hatte immer von den Malkünsten ihrer Tochter geschwärmt: „Ich weiß nicht, woher sie dieses Talent hat. Manchmal sitzt sie stundenlang in ihrem Zimmer, und alles, was man hört, sind ihre Stifte, die über das Papier laufen. Vor ein paar Tagen habe ich sie mitten in der Nacht dabei erwischt, als ich nicht schlafen konnte und in die Küche ging, um mir etwas zu trinken zu holen. Auf dem Weg zum Schlafzimmer habe ich das Licht unter ihrer Tür gesehen. Ich ging ganz leise hinein. Petra hockte mit einer Taschenlampe unter ihrer Bettdecke und malte. Sie hat noch nicht einmal mitbekommen, dass ich vor ihr stand."

Beate spürte, dass ihre Hände zitterten. Der Arzt hatte Recht – sie war unglaublich müde und kaum noch in der Lage, sich auf den Beinen zu halten. Wie dieser Lastwagenfahrer aus Hamburg, den Gott verlassen hatte an einem verregneten Abend.

„Ich werde Petra zu Weihnachten eine Staffelei schenken. Sie malt alles, was sie sieht. Ich weiß wirklich nicht, woher sie das hat. Aber man muss das fördern. Unbedingt."

Nun lagen Petras Bilder vor Beate – in satten Farben auf großen Papierbögen. Sie zog die gefalteten Blätter aus dem Mathebuch und setzte sich mit ihnen an den viel zu kleinen Schreibtisch, der für Kinderzimmer-Verhältnisse sehr aufgeräumt wirkte. *Sie malt alles, was sie sieht.* Beate zwang sich zu Ruhe – nur damit hatte sie es so weit geschafft. *Petra kann eine ganze Menge sehen.* Das Mädchen musste diese Skizzen vor Wochen angefertigt haben. Einen Moment lang schloss Beate die Augen, um sich auf die Dinge vorzubereiten, die sie gleich sehen sollte.

Noch einmal dachte sie an ihr erstes Treffen mit der Familie zurück, und noch einmal hörte sie dem weinenden kleinen Mädchen zu, das bei ihr in der Küche saß, um über Dinge zu reden, die sie nicht verstand. *Ich weiß, was kommt.* Beate bemerkte, dass ihr Blick trübe wurde und die Bilder vor ihr verschwammen. Zwei Tränen fielen vor sie auf die Tischplatte und verfehlten die Blätter darauf nur knapp. *Ich denke oft an Mama und Papa und das, was noch kommt für uns. So wie ich eben an Frank gedacht habe und wusste, was für ihn kommt. Du bist immer noch traurig wegen deiner Scheidung, nicht wahr?* Beate suchte nach einem Taschentuch. Es war an der Zeit, die Augen zu öffnen und klar zu sehen.

Die ersten Bilder zeigten ein von Kinderhand gemaltes Auto. Petra hatte einen Kombi gemalt, in der Farbe, in der ihn ihre Eltern fuhren. Der Wagen war aus allen Perspektiven zu sehen – von der Seite, von vorne, von hinten. Selbst an das Kennzeichen hatte das Mädchen gedacht. Aus den Fenstern des Autos, sie glichen Bullaugen, ragten vier Köpfe und blickten dem Betrachter entgegen.

Mutter, Vater, Sohn und Tochter.
Sie haben Koffer bei sich. Für eine weite Reise.

Auf den ersten Bildern zeigten ihre Gesichter ein Lächeln. Hoch über der Straße, auf der der Wagen fuhr, strahlte eine goldgelbe Sonne, und auch sie lachte. Je weiter Beate blätterte, umso mehr veränderte sich die Szenerie. Das erste, was ihr auffiel, war, dass die Sonne aufgehört hatte zu lachen. Ihre gemalten Mundwinkel waren steil nach unten gezogen. Auch im Kombi der Familie lachte niemand mehr. Die vier Gesichter wurden mit jedem weiteren Bild zu Fratzen. Auf dem vorletzten Bild lag das Auto auf der Seite.

Neben dem Kombi sah Beate die Umrisse eines weiteren Wagens. Auch er lag auf der Straße. Aus beiden Fahrzeugen ragten Köpfe aufwärts, mit großen Augen, die in die Ferne starrten. Am Bildrand hatte sich eine Heerschar von Strichmenschen um die Unfallkolonne versammelt. Einige trugen

Koffer mit roten Kreuzen. Hinter ihnen wartete ein Hubschrauber. Gut zwanzig Gaffer standen an der Straße – alle in Schwarz. Vor dem Hintergrund eines gewaltigen Lastwagens, dessen Umrisse bis in den Himmel reichten und der mit weit aufgerissenem Maul näher kam, wirkten sie alle sehr zerbrechlich.

15. Oktober

DER SEE

Dike griff in die Ruder und teilte das Wasser. Das Boot schnellte auf die Mitte des Sees zu. Der Mond spiegelte sich in der glatten Fläche und warf einen Widerschein in die Nacht. Grillen zirpten an den Uferböschungen. Er saß angespannt auf der Ruderbank und holte mit jedem Schlag weit aus – allein mit sich und dem Plastiksack am Bug des Kahns. Der Todeskampf lag Stunden zurück. Carol war in Kunststoff gebettet. Ihr Kopf in Kunststoff. Ihre Arme in Kunststoff. Ihre weit aufgerissenen Augen in Kunststoff. Alles in Kunststoff. Dike hatte die Mitte des Sees erreicht und hielt inne. Er nahm Carol noch einmal in seine Arme. Ein letztes Mal umfasste er sie. Die Eisenkette rasselte, als er den Schraubstock ins Wasser ließ. Ein Ruck, und ihr Spielraum war aufgebraucht. Der Schraubstock schwebte etwa einen Meter tief im See. Dann griff Dike in die Landschaft aus Folie, fasste Carols Leiche und stieß sie so weit von sich, wie er nur eben konnte. Platschend tauchte sie in die Tiefen des Sees. Das Wasser beruhigte sich und gab dem Mond seinen Spiegel zurück. An der Oberfläche zerplatzten Luftblasen.

Aus den Augen, aus dem Sinn. Du hättest mich niemals betrügen dürfen. Hat Victor Amodi dir wirklich ewiges Leben versprochen für eine Nacht in seinem Bett? Unsterblichkeit für einen kleinen Dienst? Der Meister des Zirkels liebt seine Schülerinnen auf ganz besondere Weise. Vor allem, wenn sie so hübsch sind wie du, Carol. Ich frage mich, warum ich dich mit ihnen ziehen ließ. Ahnte ich nicht, worum es der Sekte wirklich geht? Ich war so dumm, Carol. Ich war ja so dumm. Amodis Leute haben dich gegen mich aufgebracht, dich mit Widerstand geimpft. Mit wie vielen seiner Diener hast du seitdem geschlafen? Schade, dass du es mir nicht mehr verraten kannst. Hättest du dein Tagebuch nur besser versteckt!

Dike setzte sich, rauchte eine Zigarette, ordnete seine Gedanken und griff wieder in die Ruder an seiner Seite. In Stößen kam das Boot in Bewegung. Rudern, ausholen, schlagen – rudern, ausholen, schlagen – ein stummer Takt. Das Boot glitt Richtung Ufer. Bis es innehielt. Es verharrte – blieb einfach stehen im Wasser. Keine Reaktion mehr auf Dikes Kraft.

Verfangen. Die gottverdammte Nussschale hat sich verfangen. Noch bevor der Gedanke beendet war, verschwand das linke Ruder. Es rutschte aus Dikes Händen und schnellte über das Wasser. Dann war es fort. Das rechte Ruder folgte ihm. Dike griff hastig danach, seine Hände stießen ins kalte Wasser. Der Halbschlaf war beendet. Kreideweiße Finger schossen aus der Tiefe und langten nach seinem rechten Arm – doch Dike zog ihn rechtzeitig zurück. Etwas Großes tauchte unter dem Boot weg. Der Kahn schaukelte auf und ab.

Dike starrte in die Nacht hinaus. Vor und zurück, das Boot bewegte sich vor und zurück. Ihm fielen die Zigaretten aus der Jackentasche. Das Schaukeln gewann von Sekunde zu Sekunde an Kraft. Wasser schwappte in den Innenraum und drang durch Dikes Hosenbeine. Dann hörte er ein Kratzen auf der Unterseite der Bootsplanken. *Fingernägel! Das sind Fingernägel!* Der Kahn begann, sich wild zu drehen. Dike fuhr hoch, und in genau dieser Sekunde stoppte die Bewegung. Er verlor das Gleichgewicht.

Das Wasser war bitter.

Neben Dike schwamm zerrissene Plastikfolie. Er strampelte los, doch er kam nicht weit. Er wurde umarmt im Wasser. Er wurde liebkost im Wasser, und mit einem Ruck zog Carol ihn zu sich hinab. Es war schwarz, er war nass, er war blind, so blind hier unten. Carol zog ihn immer tiefer abwärts, ihren Mann leichenblass anstarrend, Stoß um Stoß, Meter um Meter, als Dike hilflos seine Arme ausstreckte und immer mehr Wasser schluckte. Auf dem Grund des Sees legte sich Metall um Dikes Beine – sieben Meter unter der Oberfläche. Carol kettete ihn fest und strich ihm über das starre Gesicht. So schwebte er am Schraubstock – fahl und tot in einer Welt aus Wasser.

Ewiges Leben. Am Ufer des Sees flammten Scheinwerfer auf. Dikes Landrover fuhr in die Nacht hinaus. Carol hustete hinter dem Lenkrad, zog sich den Kunststoff vom Kopf und schenkte ihrem Meister ein stummes Lächeln.

16. Oktober

EZRAS GARTEN

Als Tante Ezra starb, war ich vierzehn Jahre alt. Der Sommermorgen, an dem Mutter in unser Zimmer trat und uns die Todesnachricht überbrachte, ist mir noch gut in Erinnerung. Im Gegensatz zu meinem Bruder Paul litt ich lange daran. Seltsam, denn ich hatte Ezra seit Ewigkeiten – zumindest aus meiner Sicht waren es Ewigkeiten – nicht mehr zu Gesicht bekommen. Zwei Monate später griffen die Deutschen Polen an, und Vater teilte uns mit, dass es Krieg in Europa geben würde. In diese Zeit fiel die Geschichte mit Ezras Garten.

„Ihr werdet für ein paar Monate nach Birmingham fahren und bei Danny wohnen. Ich erwarte, dass ihr euch anständig benehmt. Höre ich Klagen, werde ich euch den Hosenboden versohlen. Damit das klar ist.“ Vater sah Paul und mir mit festem Blick in die Augen.

„Aber warum?“, erwiderte mein Bruder verständnislos.

„London ist nicht sicher genug.“

„*Bombenkrieg*“, sagte ich und genoss den verwunderten Blick meines achtjährigen Bruders. Vater nickte schweigend.

„Und die Schule?“ Wir alle wussten, dass die Besorgnis in Pauls Stimme vorgetäuscht war. „Was wird aus der Schule?“

„Eine Schule gibt es in Birmingham auch“, rief Mutter aus der Küche, und wir hörten, dass sie dabei lächelte.

„Nur für ein paar Monate“, fügte Vater hinzu. „Vielleicht ist der Spuk auch in drei Wochen vorbei. Onkel Dan freut sich, dass ihr kommt. Seitdem Ezra fort ist, ist er sehr allein.“

Paul verdrehte die Augen und sagte: „Meine Freunde bleiben aber alle hier. Von denen muss keiner weg."

„Das weißt du doch gar nicht", mischte ich mich ein.

„Du wirst sehen, dass deine Freunde mit der Zeit auch hinaus aufs Land zu Verwandten gehen." Vater erhob sich. „Wir sollten froh sein, dass wir Danny haben, Jungs."

„Und was ist mit euch?", fragte ich.

„Mach dir um uns keine Sorgen. Wir werden euch schreiben. Es ist spät", sagte Vater. „Geht schlafen."

Als wir zehn Tage später in Birmingham ankamen, wurden Paul und ich von Onkel Dan erwartet. Auf dem Bahnsteig herrschte reges Treiben. Niemals in meinem Leben werde ich den ersten Eindruck vergessen, den unser Onkel auf uns beide machte. Er stand abseits, sah Paul und mich fragend an und löste sich aus dem Schatten einer Fahrplantafel. Langsam schlenderte er durch die Menschenmenge zu uns. Als er mit einem dürren Zeitungsjungen zusammenstieß, verlangte das ihm das seltsamste Lächeln der Welt ab.

„Tut mir leid." Weiter kam Danny nicht, denn im nächsten Augenblick konzentrierte sich seine Aufmerksamkeit auf uns. „Hallo", sagte er und begrüßte uns mit einem kraftlosen Handschlag. „Ihr seid groß geworden." Onkel Dans Gesicht erhob sich blass über unseren Köpfen, und als er lachte, tanzten dunkle Ränder unter seinen Augen auf und ab.

„Wir freuen uns, dass wir in Birmingham sind", sagte Paul wie einstudiert und blickte schräg in meine Richtung. „Wirklich."

„Ihr seid sicher müde, was?"

Mir fiel auf, dass Onkel Dan eingefallen war. *Er ist dünn geworden*, flüsterte es in mir, und dieser Eindruck war mir peinlich. Ich fragte mich, ob er vielleicht doch Gedanken lesen konnte, wie ich es früher einmal – ich war noch sehr klein! – angenommen hatte.

Danny schaute auf die Uhr und seufzte. „Wenigstens war der Zug pünktlich. Seitdem Krieg ist, hat sich alles verändert." Er lächelte sein angestrengtes Lächeln, nickte und nahm uns die Koffer ab. „Gehen wir." Paul und ich folgten ihm.

„Ich kann nicht so schnell", schimpfte mein Bruder hinter mir. Onkel Dan warf einen Blick über seine kantigen Schultern und verlangsamte das Tempo. „Ab und zu vergessen Erwachsene, dass ihre Beine länger sind." Wieder lächelte er, holte tief Luft und eilte weiter. Wenig später hatte er das gewohnte Tempo erreicht.

Und dann wusste ich, *was* mir an Danny ungewöhnlich erschien. Sein Gang – es war sein Gang. Onkel Dan ging leicht nach vorne gebeugt. Auf seinem Rücken zeichnete sich ein Buckel ab. Genau gesagt war es die *Andeutung* eines Buckels, doch sie allein genügte, mich zu verstören.

„Wir sind gleich am Auto", sagte Dan. Sein Mantel wehte im Luftzug, als oberhalb des Treppenschachtes eine Eisenbahn mit Soldaten einfuhr. „Ganz schön kalt geworden, was?"

„Hm", summte ich. Ob es an Tante Ezra lag? Onkel Dan hatte sich in den letzten Wochen und Monaten verändert. *Er sieht aus wie jemand, dem etwas Wichtiges abhanden gekommen ist.* Jede seiner Gesten trug diesen Verlust in sich. Das schreibe ich aus heutiger Sicht, mehr als dreißig Jahre später, und auch ich habe lernen müssen, was sich mit einem Verlust verbindet. Dannys Verlust hatte einen Namen. Dannys Verlust hieß Ezra.

Das alte Herrenhaus unseres Onkels lag außerhalb der Stadt. Er wohnte draußen auf dem Land, abgeschieden, und als das Anwesen vor unseren Augen zwischen dichten Wäldern auftauchte, spürte ich Ehrfurcht. Schneeflocken tanzten im Fahrtwind. Ich hörte, dass mein Bruder mit den Zähnen klapperte. Das Landhaus erhob sich machtvoll vor unseren Augen und schien bis in den mit dunklen Wolken durchzogenen Himmel zu reichen. Der Rolls Royce rollte über die Kieszufahrt. Hecken flankierten unseren Weg. An der Fassade des Hauses hatten Efeuranken sich einen verschlungenen Pfad bis zum Dach gebahnt. Drei Fenster waren erleuchtet und kündeten von Leben. Dan und Ezra hatten das Haus vor vielen Jahren gekauft. So weit ich damals wusste, war unser Onkel an der Börse zu Geld gekommen.

„Reich bin ich aber nicht", hatte Danny mir einmal bei einem Weihnachtsdinner gestanden. „Unser Haus in Birmingham hat viel Geld verschlungen, verdammt viel Geld."

Damals hatte meine Mutter sich bitter bei Dan beschwert. „Musst du in Gegenwart der Jungen fluchen?"

Ezra und Danny hatten Zeit ihres Lebens eine kinderlose Ehe geführt, und wahrscheinlich lag darin ein Teil jener Tragik, die unseren Onkel jetzt umgab.

„Da sind wir."

Wir stiegen einen Treppengang hinauf. Paul und ich standen vor einem riesigen Portal, während Danny unsere Koffer aus dem Auto lud. Wenig später erreichte er uns, laut schnaufend.

„Ich habe im Obergeschoss zwei Zimmer frei geräumt", erklärte er, als die Haustür zur Seite schwang und uns in den Flur führte. „Ihr habt genug Platz, um euch auszutoben."

„Aus dem Alter sind wir raus", bemerkte mein Bruder halblaut, und ich glaube nicht, dass unser Onkel diese Worte damals gehört hat. Er war zu sehr mit den schweren Koffern beschäftigt. Paul blickte gekränkt. Ich bestrafte ihn mit einem Hieb auf die Schultern.

„Alles okay – Jungs?" Dan ging mit uns durch die Halle in die oberen Stockwerke. „Ihr seht verdammt, äh, müde aus." Jetzt lachten wir drei gemeinsam. Unsere Stimmen hallten durch die Korridore. „Ich hoffe, dass ihr Leben in diesen Laden bringt“, fügte er mit ernster Stimme hinzu. „Bis zur Schule ist es auch nicht weit.“

Paul verdrehte die Augen, und wieder stieß ich ihn an.

Unsere Zimmer lagen hoch oben im Dachgeschoss. Wir lebten uns schnell ein, und aus London erhielten wir regelmäßig Post. Onkel Dan war ein hervorragender Koch, half uns bei den Hausarbeiten und versorgte Paul und mich mit Winterkleidung. Zu Weihnachten besuchten uns unsere Eltern.

„Sie machen doch keine Probleme, oder?“

„Ach was“, erwiderte Dan und sah über den Tisch in unsere Richtung. „Das sind brave Jungs.“

„Vielleicht haben wir sie zu früh aus London fortgeschickt. Ich weiß nicht, ob sie vielleicht besser –“

„Hier sind die beiden gut aufgehoben, Peter“, fuhr Dan Vater ins Wort. „Warten wir ab, was das neue Jahr bringt. Bei mir sind Paul und Greg sicher.“

„Kommen die Deutschen bald auch hierhin?“, wollte mein Bruder wissen. Mutters Blick versteinerte sich.

„Nein, das glaube ich nicht“, sagte Vater. „Außerdem ist das kein Thema für Jungs wie dich.“

„Aber mit Greg sprecht ihr darüber?“

„Unsinn“, rief Mutter. Damit waren die Fronten an jenem Abend geklärt. „Wir wollen nur nichts riskieren.“

Mit dem Jahr 1940 verbanden wir alle Angst. Es wurde Frühling. Es wurde Zeit für Ezras Garten.

An einem Tag im März lernten wir Barney Thimons kennen. Dan führte ihn durchs Haus. Als das Stockwerk mit unseren Zimmern an der Reihe war, liefen wir den beiden über den Weg.

„Ah“, rief Danny. „Da sind ja die Rabauken. Ich möchte euch mit Mr Thimons bekannt machen.“

Mein Bruder gab dem Fremden als Erster von uns beiden

die Hand, raunte ein leises „Guten Tag, Mr Thimons!“ und zog sich rasch an meine Seite zurück.

„Stramme Jungs“, sagte der Mann mit fester Stimme. „Wahrscheinlich werdet ihr zwei einmal gute Soldaten, was?“

Ich spürte, dass mein Bruder mich fragend ansah und bemühte mich um ein Lächeln, als Mr Thimons meine Hand griff und sie kräftig schüttelte. Der Fremde war viel größer als Onkel Dan. Ein wuchtiger Schnauzbart zierte das Gesicht des Mannes und ließ ihn älter wirken, als er war. Ich schätzte ihn auf sechzig und erfuhr später, dass ich damit gar nicht so falsch lag. Seine Augen funkelten dunkel und abgründig. In keiner Sekunde ließ sein Blick von Paul und mir ab, während unser Onkel sich um Konversation bemühte.

„Mr Thimons wird sich in diesem Jahr um den Garten kümmern. Wenn ihr wollt, könnt ihr ihm dabei helfen“, sagte er, blickte durch eines der Fenster und seufzte leise. „Es wird draußen viel Arbeit geben. Seitdem Ezra nicht mehr da ist, wurde kaum noch etwas erledigt.“

„Wir bringen die Anlage auf Vordermann“, sagte Barney Thimons und klopfte meinem Bruder auf die Schultern. „Mit zwei kräftigen Helfern ist das doch ein Kinderspiel, oder?“

Danny lächelte gequält.

„Ich habe auch zwei Jungs“, erklärte der Gärtner. „Die beiden leben in Amerika.“

„Wir kommen aus London“, rief mein Bruder und lief zornrot an. „Und wir werden keine Soldaten.“

Verblüfft starrten wir Paul an. Man hätte eine Stecknadel fallen hören können.

„Garantiert?“, fragte der Gärtner ruhig.

„Garantiert.“, erwiderte mein Bruder.

„So war das nicht gemeint“, sagte Barney Thimons in das eisige Schweigen. „Du sagst, was du denkst, kleiner Mann.“ Er zog die Augenbrauen hoch. „Das imponiert mir.“

„Was?“, wollte mein Bruder wissen. Das Wort kannte er nicht.

„Ich glaube, wir drei werden uns verstehen.“

Mein Bruder war da anderer Meinung. Er drehte sich um und ging wortlos auf sein Zimmer. Wir sahen ihm nach.

„Ein zäher Bursche“, murmelte der Gärtner.

„Paul meint es nicht so“, erwiderte ich.

„Das wissen wir.“ Dan klang immer noch verlegen. „Mr Thimons wird in den nächsten Wochen hier ein- und ausgehen. Da hielt ich es für eine gute Idee, dass ihr ihn schon am ersten Tag kennen lernt.“

„Sie erwähnten vorhin, dass Ihre Frau sich sonst um den Garten gekümmert hat.“

„Richtig.“ Dan wies zur Treppe. „Die Rhododendren draußen waren für Ezra eine Lebensaufgabe. Selbst, als sie krank wurde, hat sie sich um den Garten gekümmert. Bis zuletzt.“

„Verstehe. Wir bringen das alles wieder in Schuss. Und auch die beiden Marmormänner kriegen wir hin – sie sind sicher sehr alt.“

„Meine Frau hat die Statuen aus Schottland heranschaffen lassen. Für den Garten sind sie fast zu schade. Ezra hatte eine Schwäche für alles, was mit Rittern zu tun hat.“ Dan sprach immer leiser.

„Wenn die Ritter erstmal sauber sind, werden sie wieder wie neu aussehen.“

„Ich hätte früher jemanden wie Sie beauftragen sollen. Dass alles verwahrlost ist, tut mir in der Seele weh.“ Die Stimmen der beiden Männer entfernten sich nach unten. Als ich allein auf dem Korridor zurückblieb, kroch mir ein kalter Schauer über den Rücken. Woher er kam, konnte ich mir damals nicht erklären.

Meine Erinnerungen an Tante Ezra sind verblasst. Ich weiß aber, dass sie eine hübsche Frau war. Wenn schon einem Jungen wie mir das Wort *zerbrechlich* beim Anblick eines Menschen in den Sinn kam, dann wirft das ein bezeichnendes Licht.

„Woran ist Tante Ezra eigentlich gestorben?“, hatte ich meine Mutter einmal gefragt.

„Sie war sehr krank“, antwortete sie. „*Ihr Blut*, Ezra hatte schlechtes Blut, Greg, verstehst du?“

„Sie ist nicht alt geworden.“

„Das stimmt.“ Mutter hatte Tränen in den Augen. „Gott muss einen besonderen Plan für sie gehabt haben.“

„Ihr konnte kein Arzt helfen?“

„Bei dieser Krankheit nicht. Du kannst glauben, dass Dan mit Ezra bei sehr guten Ärzten war. Sie hat lange gekämpft, um noch etwas hier bleiben zu können.“

Leukämie.

Ezra war an Leukämie gestorben mit nicht einmal vierzig Jahren. Manchmal hole ich die alten Fotografien hervor, die unsere Eltern mir vermacht haben. Auf einigen ist Tante Ezra zu sehen – in hübschen Sommerkleidern und mit einem Lächeln, für das es bis heute keinen Vergleich gibt. Mit den Jahren habe ich begriffen, dass ich mich als junger Mann sofort in sie verliebt hätte. Ihre Magie liegt in ihrem Gesicht, und wer es einmal in Ruhe betrachtet hat, der vergisst es niemals wieder. Obwohl es auf den Fotos allmählich verblasst, hat es seine Kraft nicht verloren – im Gegenteil. Ezras Augen blicken mir durch all die Jahre entgegen. Die Bilder, die von ihr im Garten gemacht wurden, sind phantastisch. Manchmal wünsche ich mir, ich könnte in die Vergangenheit reisen und Ezra von dort zu uns holen. Das Foto, auf dem im Hintergrund ihre beiden Ritter aus Marmor zu sehen sind, beeindruckt mich am meisten. Auf diesem Bild lacht Ezra nicht.

Barney Thimons arbeitete wie besessen an Ezras Garten. Wochen gingen ins Land, bis der Park in altem Glanz strahlte. Als der Gärtner – mein Bruder und ich nannten ihn schlicht Thi – die Kieswege, die vom Haus aus in die Galerien aus Rhododendren führten, aufschüttete, standen wir ihm zur Seite – auf Onkel Dans Wunsch.

„Jetzt verstehe ich, warum eure Tante ihren Garten so sehr liebte. Ich habe lange nicht mehr so schöne Rhododendren gesehen."

„Sie war nicht unsere richtige Tante", sagte mein Bruder altklug. „Wir nannten sie nur so."

„Das weiß ich doch", sagte der Gärtner aus Wales.

Ich konzentrierte mich auf die schwere Schubkarre, die wir über den Rasen schoben. „Für uns war sie wie eine echte Tante."

„Verstehe." Barney Thimons wandte sich an Paul: „Und du solltest ein wenig freundlicher zu mir sein, kleiner Mann."

„Ich denke nicht daran", sagte mein Bruder. „Tante Ezra wäre genau so zu Ihnen."

„Paul!" Mir stockte der Atem. „Wie kannst du so etwas sagen?"

„Lass ihn", rief der Gärtner zornig. „Der kleine Mistkerl wird dafür noch seine Quittung bekommen."

Das war hart. Zu hart.

„Mein Bruder ist kein Mistkerl", sagte ich. Wie auf ein unheimliches Kommando stellten wir unsere Schubkarre ab. Es war ein warmer Nachmittag im August.

„Klar ist dein Bruder ein *Mistkerl.*" Barney Thimons war außer sich. „Und der *Mistkerl* sollte aufpassen, dass ich ihm nicht den Kopf von den Schultern reiße."

„Mr Thimons", begann ich mit zitternder Stimme, baute mich vor ihm auf – und erntete eine schallende Ohrfeige, so dass ich Sterne sah. Paul schrie und stürmte zum Haus. „Dannyyy!", brüllte er entsetzt.

„Verdammter Mistkerl – Mistkerl!“ Dann beugte der Gärtner sich über mich. Sein Schlag hatte mich zu Boden gehen lassen. „Gottverdammt. Das wollte ich nicht. Dein Bruder ist schuld.“

Erst jetzt merkte ich, dass sein Atem nach Alkohol roch.

Eine halbe Stunde später befahl Danny uns zu dritt in den Salon und stellte Thimons als Ersten zur Rede.

„Greg nimmt Ihre Entschuldigung an“, erklärte unser Onkel, ganz Herr des Hauses. „Nicht wahr, Greg?“

Ich nickte. Noch immer pochte es in meinem Gesicht.

„Paul?“, fragte Danny dann. „Und du entschuldigst dich gefälligst bei Mr Thimons. Morgen bleibst du auf deinem Zimmer, verstanden?“

„Aber warum?“, fragte mein Bruder verzweifelt.

„Keine Diskussion!“

„Entschuldigung“, heulte Paul und eilte ins Obergeschoss.

„Du gehst jetzt besser auch, Greg.“ Ich sah, dass Dan zitterte. Auf dem Treppenabsatz horchte ich.

„Sie sind ja betrunken, Thimons.“

„Kommt nicht wieder vor.“

„Das hoffe ich. Wenn das noch einmal passiert, werde ich Sie entlassen – haben Sie mich verstanden?“

So vergingen Wochen. Mein Bruder und ich mieden Barney Thimons, so gut wir konnten. Der Vorfall war dem Gärtner peinlich. Er arbeitete von nun an allein und beschränkte sich auf ein sparsames „Guten Morgen“ oder ähnliche Belanglosigkeiten. Onkel Dan warf ein wachsames Auge auf ihn. Manchmal beobachtete ich ihn dabei, wie er von seinem Schreibtisch aus in den Garten blickte und dem Mann bei der Arbeit zusah. Ich spielte mit dem Gedanken, noch einmal mit dem Gärtner zu reden und die Sache aus der Welt zu schaffen. Ich weihte Paul ein.

„Der tut dir wohl auch noch leid, was?“ Mein Bruder schimpfte. „Der ist selbst ein Mistkerl!“

„Paul! Was stört dich an Thimons?“, fragte ich. „Seitdem er hier ist, greifst du ihn an.“

„Ich mag ihn nicht“, rief Paul. „Magst du ihn etwa?“

„Nein“, erwiderte ich. „Ich mag ihn auch nicht.“

„Du hast nur Angst, dass Dan uns wieder nach London zu Mama und Papa schickt, oder?“

Das saß. Ich ließ meinen Bruder zurück, nachdem ich ihm einen Vogel gezeigt hatte und schlug meine Zimmertür zu.

„Außerdem passt Thimons nicht hierher!“, rief Paul mir nach. „Tante Ezra hätte ihn niemals als Gärtner eingestellt.“

„Was weißt du schon von Ezra?“

Mitte August geschah das, vor dem unsere Eltern uns bewahren wollten. Die Deutschen nannten es *Adlertag*. Sie kamen mit Flugzeugen. In der Nähe unseres Landgutes, keine fünf Meilen entfernt, wurde eine Spitfire abgeschossen. Der Pilot verbrannte im Wrack seiner Maschine. Zur Vorsicht wurden mein Bruder und ich gemeinsam mit anderen Kindern in einer Scheune am Waldrand einquartiert. Von dort aus konnten wir die Kämpfe am Himmel beobachten. Sobald Onkel Dan von bevorstehenden Angriffen erfuhr, wies er den Gärtner an, Paul und mich sofort zur Scheune zu fahren. Am 15. September wurde London bei Nacht angegriffen, Wochen später Coventry. Bis auf den Absturz in der Nachbarschaft – es hatte dort sechs Tote gegeben – blieben mein Bruder Paul und ich vom Krieg verschont. Die Anrufe unserer Eltern aus London wurden mit der Zeit immer sehnsüchtiger erwartet, und wie durch ein Wunder geschah auch ihnen nichts. Danny und Barney Thimons unterhielten sich hin und wieder über das Kriegsgeschehen. Wir sahen Furcht in ihren Gesichtern. Gewissermaßen sorgten die Deutschen dafür, dass die Tragödie in Ezras Garten ihren Gang nahm, denn sie hielten mich davon ab, noch einmal mit dem Gärtner zu reden.

Es war in einer stürmischen Oktobernacht, als das Verhängnis seinen Lauf nahm. Jenseits der Fenster tobte ein Unwetter um das Herrenhaus, und ich ließ mein Licht bis nach Mitternacht brennen. Ich lauschte dem Sturm, der Laub und Äste gegen meine Fenster schlagen ließ. Ein farbloser Tag mit wirren Kriegsmeldungen lag hinter uns. Als ich gegen ein Uhr früh das Licht löschte, war ich hundemüde. In den ersten Tagen, die Paul und ich hier verbracht hatten, hatte Dan es sich nicht nehmen lassen, pünktlich um neun am Abend bei uns nach dem Rechten zu sehen – ein Ritual, das bald schon im Sand verlief. Mein Bruder und ich hatten das Stockwerk für uns allein. In jener Nacht Ende Oktober riss mich etwas aus dem Halbschlaf – ein Geräusch, das sich vom Tosen des Sturmes unterschied. Mechanisch verließ ich die warmen Laken und schlich über den Parkettboden ans Südfenster.

Es tobten Blitz und Donner, und was ich im Licht des Gewitters unten in der Gartenanlage erblickte, ließ mir das Blut in den Adern gefrieren. Hellwach riss ich das Fenster auf. Augenblicklich streckte mir der Sturmwind seine kalten Finger entgegen. Mir stockte der Atem. Ich ließ das Fenster zurück in den Rahmen donnern. Ich rannte, als ging es in jener Nacht um *mein* Leben.

„Danny!“, schrie ich auf dem Flur und stürzte beinahe über die Treppe in bodenlose Dunkelheit. „Danny!“ Ich nahm drei Stufen auf einmal und verstauchte mir den linken Knöchel. Den stechenden Schmerz ignorierend, rief ich weiter. „Dannyyy! Thimons und Paul sind da draußen! Dannyyy!“

Es dauerte eine endlose Minute, bis mein Onkel mir gegenüberstand, mich schlaftrunken und im Pyjama anstarrte: „Was zum Teufel –“

„Er hat Paul“, keuchte ich. „Sie sind im Garten.“

Meine Worte schienen Dan weniger zu überzeugen als der Geruch von Schnaps, der bleischwer im Treppenhaus lag.

„Allmächtiger“, fluchte er und zog sich im Laufen den Morgenmantel über. Zur Vorsicht vergewisserte er sich in der Kellerwohnung des Gärtners, stürzte wieder auf den Flur und sah mich entsetzt an. „Du hast nicht gehört, dass er zu euch nach oben gekommen ist?“

„Ich habe geschlafen“, murmelte ich und ließ meine Worte in ein heiseres „Verdammt“ münden.

„Ich wusste, dass er verrückt ist!“ Danny stürmte zur Haustür und zog mich mit sich. „Er hat wieder getrunken, o Gott –“

„Er *hasst* Paul.“

„Ich weiß!“ Dann standen wir in stürmischer Dunkelheit. „Ich hätte den Kerl sofort feuern müssen.“ Dan blickte sich um, rief nach Paul und fasste mich an den Schultern.

„Weiter nach links!“, schrie ich ins Unwetter und eilte los.

„Paul!“ Danny überholte mich, vom Regen durchnässt. „Paul!“

Wir irrten durch die Nacht, rutschten über den Rasen, stolperten durch Strauchgalerien und orientierten uns am Labyrinth der Kieswege. Ich hatte es geahnt, irgendwie hatte ich immer gewusst, dass es einmal so weit kommen musste zwischen den beiden Streithähnen. Mir schallten Pauls Worte durch den Kopf: *Ezra hätte ihn niemals als Gärtner eingestellt.* Dann hörten wir Schreie vor uns.

„Thimons! Wenn Sie dem Jungen auch nur ein Haar krümmen, bringe ich Sie um!“ Dan eilte weiter. Sein Morgenmantel schlug mir ins Gesicht. „Ich bringe Sie um“, rief er und stürzte über ein Hindernis zu Boden.

„Aua“, schluchzte Paul. Zusammengekauert und durch und durch nass hockte er im Gras und klammerte sich an Dan.

„O Gott“, rief unser Onkel. „Bist du in Ordnung?“

„Alles gut." Paul weinte. Als er mich erblickte, hörte ich trotz des Sturmes, dass er aufatmete. „Er will mich umbringen."

„Wo ist Thimons?"

„Als er hörte, dass ihr nach mir ruft, hat er mich losgelassen."

„Wir gehen zurück", sagte Dan. „Den finden wir jetzt sowieso nicht."

„Und was ist mit der Polizei?"

Dan schob uns zum Haus.

„Morgen", sagte er angespannt. „Und nun rein mit euch!"

Wir eilten über den Kiesweg, erreichten die Treppe, und im selben Augenblick ertönte im Garten hinter uns ein grauenvoller Schrei. Er hielt über Sekunden an und verstummte schleppend.

„Das war Thi." Paul stockte der Atem.

„Was ist da los?", murmelte Dan. „Los jetzt, Jungs. Machen wir, dass wir ins Haus kommen."

Noch einmal drang ein Schrei zu uns, noch lauter. Eindeutig der Gärtner. Die Stimme ging in fürchterliche Klagelaute über, die erst verstummten, als Dan die Haustür hinter uns ins Schloss warf.

„Sollten wir nicht besser nachsehen, was da passiert ist?", fragte ich.

„Einen Teufel werden wir tun." Er schloss ab. „Morgen früh rufe ich den Constabler. Heute Nacht kommt er ohnehin nicht mehr."

„Vielleicht ist Thi hingefallen und hat sich was gebrochen", sagte Paul.

„Ich möchte nicht wissen, was er *dir* gebrochen hätte, wären wir nicht rechtzeitig gekommen."

„Was sollte ich denn machen? Er stand auf einmal vor meinem Bett." Mein Bruder weinte immer noch.

„Ihr geht auf eure Zimmer und schließt hinter euch ab, verstanden?"

„Da war *noch jemand* draußen, oder?“

„Hoch mit euch“, sagte Dan schnell. „Morgen früh sehen wir weiter.“

Sie fanden Barney Thimons um zehn Uhr. Er lag im Garten – seine Arme und Beine von sich gestreckt, auf dem Bauch, mit dem Gesicht in einer Pfütze. Im Umkreis von zehn Metern glich der Rasen einem Acker und war von Furchen durchzogen. In einigen hatten Blutlachen sich ein Bett gesucht, dunkelrot. Ich habe sie gesehen, als der Constabler hinter einen Rhododendronbusch eilte und würgte. Gewaltige Fußabdrücke waren neben der Leiche im aufgeweichten Boden zu sehen – Zentimeter tief. In Barney Thimons’ Rücken klafften lang gezogene Wunden. In ihnen hatte sich Regenwasser angesammelt. Der Constabler drehte den Toten auf den Rücken. Das Gesicht des Gärtners war zur Fratze erstarrt. Mit weit aufgerissenen Augen blickte es zu den beiden Marmor-Rittern auf der anderen Seite des Weges.

Erhaben thronten sie über der Galerie aus Rhododendren. Eigentlich war nur einer der beiden Männer ein Ritter – drei Meter hoch und einen Schild auf dem gepanzerten Rücken tragend. Die kleinere Statue war weder mit einem Harnisch noch mit einem Helm ausgestattet. Seit Jahrhunderten schien der Knappe neben dem riesigen Krieger zu knien – ein langes Marmorschwert in den Händen, das er ehrfurchtsvoll nach oben reichte. Auch an jenem Morgen lag Ezras Garten im Schatten der Wächter. Die Feststellung, dass sich über die Schwertklinge ein Faden aus getrocknetem Blut zog, änderte nichts daran.

17. Oktober

DER TURM

Für mich war sie immer der Turm. Die alte Standuhr, die mein Vater von entfernter Verwandtschaft geerbt hatte. Sie war mächtig, ihr Bauch aus Holz und Glas, Pendel und Zifferblatt aus poliertem Messing. Mit dumpfen, schweren Schlägen beherrschte die Uhr die Korridore unseres Hauses – bei Tag und auch bei Nacht. Als Großvater starb, hielt Mutter das Pendel an. Es folgten Tage der Stille. Ich glaubte die Uhr dennoch zu hören. Ihr unerbittlicher Takt drang durch alle Türen, hinab bis in den Keller, hinauf bis auf den Dachboden. Oft beobachtete ich das lange Pendel, wie es hinter Glas von links nach rechts und von rechts nach links schwang. Ich sah mein Kindergesicht in ihrem Spiegel. Ich lauschte ihrer Arbeit.

Die Uhr war ein Turm, groß und mächtig. Sie beherrschte unser Haus, wachte über unsere Zeit. Eines Morgens riss sie uns alle aus dem Schlaf. Ich machte Licht und erhob mich. Mein Bruder war langsamer. Ich sah in seine kleinen, müden Augen. *Was war das?*, fragte er. *Der Turm, das ist der Turm*, erwiderte ich und lief nach draußen auf den Flur. Dort stieß ich auf meine Eltern. Vater ging voran, bis wir alle es sahen. Da lag er, unser Turm, zerbrochen. Überall Scherben aus Glas und Splitter aus Holz. Das Pendel war verbogen, das Zifferblatt unter Trümmern begraben.

Wie ist das möglich?, fragte mein Bruder, und auch meine Mutter wusste keine Antwort. Eine Stunde später saßen wir alle in der Küche und lauschten der Stimme aus dem Radio. Viele hundert Meilen von hier entfernt, im Osten Europas, zu genau jener Stunde, als unser Turm fiel, hatte der Zweite Weltkrieg begonnen.

18. Oktober

WASSER

Es ist an der Zeit, das Schweigen zu brechen. Es ist an der Zeit, die Geschichte nach mehr als fünfzig Jahren in Worte zu fassen. Ich weiß nicht, wann ich aufgehört habe, die Alpträume zu zählen, die mich Nacht für Nacht heimsuchen und mich in meinem Bett wachflüstern. Wie oft habe ich mir gewünscht, das alles vergessen zu können? Wie oft habe ich versucht, dem Alptraum davonzulaufen? Es sind wirre Bilder, die mich selbst nach Jahrzehnten quälen wie Folterwerkzeug. Sie verweigern mir den Frieden. Und sie sind der Grund dafür, dass ich mich an meinen Schreibtisch gesetzt und den Entschluss gefasst habe, alles aufzuschreiben. Und wer weiß? Vielleicht gelingt es mir, meine Verfolger abzuhängen. Vielleicht finde ich ihn ja auf diesem Weg – den Mauervorsprung, hinter dem ich mich verstecken kann, um die Meute vorbeieilen zu lassen.

Einen Moment lang lege ich den Füller noch einmal beiseite und höre durch das Fenster der Insel zu. Draußen heult der Wind durch die Dünen, unnachgiebig und stark. Seine Böen treiben nicht nur den Duft von Salz vor sich her, sondern auch Gespenster aus längst vergessenen Zeiten. Es sind die Seelen der Toten, die sich mit dem Salz des Sturms vermischen, und ich hoffe, dass sie heute Nacht jenen Frieden finden, nach dem sie schon so lange suchen. Ich werde erst dann aufhören, wenn ich meine Geschichte in Worte gefasst habe. So wende ich mich wieder dem Notizblock unter meinen zitternden Händen zu und kehre zurück zum 18. Oktober des Jahres 1952, als ein Anruf mitten in der Nacht mein Leben veränderte.

„Wilhelm!", rief die Stimme am anderen Ende durch die Dunkelheit, als ich in Pantoffeln im Flur stand und spürte, dass es durch den Spalt unter der Haustür fürchterlich zog. „Du musst zum Nordstrand kommen. Sofort."

„Du weißt, dass ich krank bin", sagte ich in den Hörer und wartete ab, wie Heinrich reagieren würde. „Du weißt, dass Dr. Kröger mir Bettruhe verordnet hat?"

„Das weiß ich *alles*", rief Heinrich, immer noch außer Atem. „Du musst dir das hier ansehen. Du musst!"

„Weißt du, wie spät es ist? Kannst du es mir nicht am Telefon sagen?"

„Kann ich nicht. Das musst du mit eigenen Augen sehen."

„Gut." Ich schaute auf die Uhr. Kurz nach vier. „Ich bin gleich da."

Nachdem meine Frau mich für verrückt erklärt und ich mir Ölzeug übergezogen hatte, stellte ich mich einem der heftigsten Herbststürme, die wir an der Nordsee jemals erlebt haben. Seit Stunden peitschte ein Orkan landeinwärts, der Fangfahrten vor Norderney unmöglich machte. Es war einer jener Stürme, die einem das Gefühl geben, dass sie das Ende der Welt einläuten mit ihrem unheilvollen Heulen und einer Wucht, die selbst Besatzungen auf großen Schiffen Angst macht. Das Seewetteramt in Hamburg gab für die friesischen Inseln eine Unwetterwarnung nach der anderen. Der Fährverkehr zum Festland ruhte seit Tagen.

Vor der Haustür empfing mich Regen, der seinesgleichen suchte. Meine Wollmütze war sofort durchnässt. Ich schlug mir die Kapuze über die Stirn. Hinzu kam Wind, der sich mir in den Weg stellte – ganz so, als wolle er mich zurück ins Haus drängen. Für einen Fischer wie mich eigentlich kein Problem, aber mit dieser Wucht hatte ich nicht gerechnet. Ich spielte mit dem Gedanken, umzukehren und zurück ins Bett zu gehen. *Du wirst dir den Tod holen,* hatte Freya mir auf dem Weg nach draußen gesagt. Sie wusste nicht, wie Recht sie damit hatte.

Ich kämpfte mich über die Marienhöhe zum Meer. Auf der anderen Seite der Dünen erwartete mich das Tosen der Wellen, die gierig nach der Insel griffen. Der Sturmwind verschlug mir den Atem, und ich hatte Mühe, mich auf den Beinen zu halten. Auch damals roch ich das Salz in der Luft – das Unwetter trieb hunderte von Seelen über das Meer. Jenseits der Wassermassen stellten Wellenbrecher sich trotzig dem Sturm entgegen. Wie Zahnreihen ragten die Steinblöcke in die Flut.

Noch immer auf der Suche, erspähte ich den Schein zweier Sturmlaternen, die am Wasser auf und ab tanzten. Ich selbst hatte kein Licht, folgte dem befestigten Weg zum Ufer und stolperte den Laternen entgegen, den Saum meiner Kapuze festhaltend wie einen wertvollen Schatz. Ich brauchte für die Meter, die vor mir lagen, fast zehn Minuten. Als ich die anderen am Ufer erreichte, verließen mich im Sand die Kräfte.

„Gottverdammt."

Das war alles, was ich sagen konnte. Vor mir kämpften meine Freunde mit den Naturgewalten, vermummt wie ich. Heinrich Düren begrüßte mich mit einem nassen Handschlag. Obwohl er der Stämmigste von uns dreien und fast zwei Köpfe größer als ich war, hatte er Mühe, vom Sturmwind nicht umgerissen zu werden. Heinrich trug seine schwere Lederweste, die er auch draußen auf See benutzte. Öljacken waren ihm zuwider. *Darin sehe ich aus wie ein Fisch.*

Fritz Krug hätte an diesem Morgen dagegen mein Zwillingsbruder sein können. Sein Regenzeug glich meinem, seine Kapuze hing auf gleicher Höhe und reichte ihm bis über die Stirn. Der einzige Unterschied bestand in einer dünnen Nickelbrille, die schief auf seiner Nase saß.

„Gottverdammt“, erwiderte Heinrich und sah zu, wie ich an ihm vorbei schritt, um sehen zu können, was hinter ihnen im Ufersand lag. „Gut, dass du da bist, Wilhelm.“ Mein Name ging im Tosen der Wellen unter. Das spielte auch keine Rolle mehr, als ich sah, was hinter Heinrich und Fritz im Schein der Sturmlampe lag.

„Gottverdammt.“

„Ich habe sie gefunden“, rief Fritz, und der Sturm schaffte es in diesem Moment, seine Kapuze nach hinten zu streifen, so dass Regen auf seinen Stoppelkopf prasselte. „Hast du so was schon mal gesehen?“

„Soll das ein Witz sein?“ Ich griff mir eine Laterne. Mein Herz raste. Angesichts dessen, was vor uns am Strand lag, war jede Frage philosophischer Natur.

„Das ist kein Witz.“ Heinrich stand neben mir und starrte fassungslos nach vorne. „Und? War es richtig, dass ich dich geweckt habe?“

Selbst heute fällt es mir schwer, den Anblick, der sich mir in jener Nacht bot, in Worte zu fassen. Ich versuche es trotzdem, auch auf die Gefahr hin, dass man mich für verrückt erklärt: Vor uns im Sand lag der Körper einer jungen Frau. Der Schein unserer Lampen tauchte sie in warmes Licht, und das Erste, was ich wahrnahm, war die Tatsache, dass sie sehr klein war. Sie war vielleicht eineinhalb Meter groß und lag auf dem Bauch. Ihre schmalen Arme hielt sie so, als wolle sie mit den Händen vor sich in den Sand greifen und sich abstützen. Der Kopf der Frau war zur Seite gedreht und ihr Gesicht nicht zu deuten, da es in einer Pfütze lag. Heinrich, Fritz und ich hockten am Wasser. Als eine Welle ans Ufer platschte, bekam ich trotz hoher

Stiefel nasse Füße. Die Fluten zogen sich mit schäumender Gischt zurück. Wir hatten wieder freie Sicht.

„Ist sie tot?“, fragte Fritz.

„Machst du Witze?“ Ich beugte mich vor, um mir den Rücken der Frau anzusehen. Zwischen ihren Schulterblättern klaffte eine tiefe Wunde, in der Wasser stand. Auch über den Nacken des Mädchens zog sich ein Schnitt. Die Frau war nackt. Ich bemühte mich um Fassung, als meine Blicke über ihre dunkle Haut bis zum Kopf krochen. Ich glaube, ich war der Erste von uns dreien, der den Mut aufbrachte, sie zu berühren. Ihre Wangen waren kalt. Das Mädchen war vor Stunden gestorben, tödlich verletzt hier draußen am Ufer. Heinrich stieg über den Körper hinweg, um sich die Beine der Toten anzusehen. Genauer gesagt, die Stelle, an der ihre Beine sein sollten. Jenseits ihres Unterleibs glänzte eine Schwanzflosse im Licht der Laternen.

„Was zum Teufel ist das?“, rief Heinrich.

„Du weißt ganz genau, was das ist“, erwiderte Fritz. „Du willst es nur nicht glauben.“

Die Ausläufer der Flosse waren fast doppelt so breit wie die Schultern des Mädchens. Ihre Schuppen waren schwarz und schafften einen fließenden Übergang zum Rest des Körpers. Mich interessierten nach wie vor ihre Wunden.

„Das war eine Schiffsschraube“, rief ich den beiden zu, die noch immer auf die Schwanzflosse starrten.

„Gottverdammt.“

„Sie blutet nicht.“ Heinrich strich mit dem Rücken seiner rechten Hand über ihren Hals. „Dabei müsste sie bluten wie verrückt.“

„Wer weiß, wann ihr das hier zugestoßen ist“, erwiderte ich. „Sie ist im Wasser verblutet und hierher getrieben worden.“

„Habt ihr ihre Hände gesehen? Unglaublich.“

Das Mädchen hatte an jeder Hand vier Finger, zwischen denen sich Schwimmhäute spannten.

„Wir sollten sie auf den Rücken drehen", sagte ich.

„Ich habe das immer für Unsinn gehalten. So etwas gibt es nicht."

„Wer weiß, wo sie herkommt." Heinrichs Gesicht schien zu Stein zu werden.

„Wir sollten sie auf den Rücken drehen."

„Vor allen Dingen sollten wir das arme Kind endlich wegtragen", sagte Heinrich. „Sonst nimmt das Meer sie wieder mit."

Wie zur Antwort schob sich eine weitere Welle zwischen unsere Füße und ließ den Sand bedrohlich schnell nachgeben. Ich hockte mich neben den Oberkörper des Mädchens, während Fritz und Heinrich am anderen Ende standen, um die Flosse anzuheben. Wir packten auf Kommando zu und schlangen unsere Arme um ihren Körper. Er war schwerer als erwartet. Langsam hoben wir das Mädchen aus dem Sand, als mit einem Mal ein Ruck durch sie ging. Den Schrei, den Fritz ausstieß, werde ich niemals vergessen. Er ließ das Mädchen los und taumelte entsetzt zurück. Mit der Last überfordert, gab auch Heinrich nach, so dass wir alle hinfielen. Die Schwanzflosse platschte ins Wasser, und die Wucht ihrer Bewegung brachte mich aus dem Gleichgewicht. Noch im Sturz riss ich das Mädchen auf den Rücken. Wir fielen beide in den nassen Sand.

Hinter mir hörte ich Heinrich keuchen: „Sie lebt noch! Großer Gott, sie lebt noch!"

Ich fuhr hoch und griff nach der Laterne, die ich umgerissen hatte. Wie durch ein Wunder war sie nicht erloschen. Ich war der Erste, der in das Gesicht des Mädchens blickte. Lange, schwarze Haarsträhnen zogen sich über die Wölbung ihrer schuppigen Stirn. Dem Gesicht fehlten Ohren und Nase. Das einzige, das außer Augen zu sehen war, war ein winzig kleiner Mund, der spitz zulief und Worte in einer fremden Sprache formte. Auch nach mehr als fünfzig Jahren sehe ich die Augen des Mädchens vor mir, pechschwarz funkelnd, als sie ihren Mund öffnete, um uns etwas zu sagen. Ihre Stimme war tief und von einem Gurgeln durchzogen. Es klang bedrohlich.

„Komm da weg!“, rief Heinrich aus sicherer Entfernung. Er half Fritz beim Aufstehen und verteidigte die zweite Lampe tapfer gegen den Sturm. „Komm da weg.“

„Nein!“ Ich stützte den Oberkörper des Mädchens, damit sie sprechen konnte. „Sie will uns etwas sagen.“

„Wer weiß, was mit ihr ist? Lass sie liegen!“

Doch ich hörte nicht auf die beiden. Das Mädchen bewegte sich, und ihre Schwanzflosse rutschte unruhig durch das Wasser. Auch über ihre Brust zog sich ein langer Schnitt. Er war noch größer als der auf dem Rücken. Die Arme des Mädchens bewegten sich nicht. Wie gelähmt hingen sie herab. Ich bemühte mich, nicht auf sie zu treten, als ich sie noch fester an mich drückte, damit die Wogen sie nicht erreichten. Wieder flogen seltsame Sätze über die Lippen des Mädchens, und das Gurgeln wurde lauter. Französische und spanische Fragmente waren im Fluss ihrer Worte ebenso enthalten wie englisch und italienisch klingende. Ich weiß nicht, wie lange mir das Mädchen am Ufer dieses Kauderwelsch zuraunte, bevor sie verstummte und ihre Augen schloss. Fritz und Heinrich hockten hinter mir und warfen mir ungläubige Blicke zu, als ich ihren Körper in den Sand sinken ließ.

„Sie ist tot.“

„Hast du sie verstanden?“

„Nein“, sagte ich. „Das habe ich nicht.“

Wir blickten auf das Mädchen im Sand nieder, bis wir draußen auf See die kantigen Umrisse einer U-Boot-Kanzel bemerkten. Ich weiß nicht, wie weit sie entfernt war, aber ich glaube, das Manöver war angesichts des Sturmes und des flachen Wassers vor der Insel ein großes Wagnis. Dann wühlte sich ein Schlauchboot durch das tobende Meer. Wir standen im Licht eines Scheinwerfers.

Der Rest ist Geschichte. Ich weiß bis heute nicht, woher die fünf Männer kamen, die aus dem Boot stiegen. Ihre Uniformen waren weder mit Rang- noch mit Hoheitszeichen versehen. Während vier Soldaten damit beschäftigt waren, das tote Mädchen in eine Wanne aus Metall zu legen, als sei das nichts Besonderes, nahm der fünfte sich Zeit für ein Gespräch mit uns.

„Sie haben das hier niemals gesehen", sagte der Mann mit ernster Miene. „Und Sie werden niemandem davon erzählen. Sollten Sie es dennoch tun, werden wir uns an Sie und Ihre Familien erinnern. Denken Sie daran."

„Wohin bringen Sie das Mädchen?" Ich bemühte mich, die Maschinenpistole zu ignorieren, die der Soldat bei sich trug.

„Sie haben das hier niemals gesehen", erwiderte er nur und wandte sich ab, als der Motor des Schlauchbootes angeworfen und die Wanne an Bord gehievt wurde. Dann waren Heinrich, Fritz und ich wieder allein. Keiner sagte ein Wort, bis das U-Boot in den Fluten verschwunden war und uns dem Sturm überließ.

„Gottverdammt."

Die anderen nickten. Im Morgengrauen kehrten wir heim.

Das ist alles, was ich erzählen kann. Freya hat niemals erfahren, was uns in jener Nacht da draußen widerfahren ist, und ich bin mir sicher, dass Fritz und Heinrich sich Zeit ihres Lebens an den Schwur gehalten haben. *Sollten Sie es dennoch tun, werden wir uns an Sie und Ihre Familien erinnern.* Fünfzig Jahre liegen zwischen mir und jener Nacht. Damals waren wir junge Männer mit ebenso jungen Familien, und wir hielten es für das Beste, die Geschichte ruhen zu lassen. Vergessen hat sie keiner von uns. Jahr um Jahr kehrten wir an den Nordstrand zurück – immer am 18. Oktober und immer nachts, um hinaus aufs Meer zu blicken und für das Mädchen aus dem Wasser zu beten.

Mit fast achtzig Jahren bin ich der letzte von uns dreien, der noch übrig ist und sich fragt, wohin man sie damals gebracht hat. Sie haben sie untersucht, sie haben sie fotografiert, und sie haben alles daran gesetzt, draußen in der Nordsee ihre Schwestern zu finden. Und wer weiß? Vielleicht suchen die Soldaten immer noch, nicht wissend, dass sie ihre Zeit vergeuden. Die Verfolger hätten uns fragen sollen, ob das Mädchen aus dem Wasser mit uns gesprochen hat. Mag sein, dass ich das Geheimnis damals verraten hätte in einem Verhörzimmer. So aber haben noch nicht einmal meine Freunde erfahren, dass das Mädchen aus dem Meer mir vor ihrem Tod noch etwas zugeflüstert hat, das keiner Übersetzung bedurfte. Ich höre ihre Worte immer noch, klar und deutlich, und mir ist, als habe sie jedes erst gestern gesagt:

„Lass nicht zu, dass sie mich bekommen. Lass nicht zu, dass ich ihnen sage, wo die anderen sind."

Ja, ich hätte das Mädchen retten können. Sie musste nur zurück ins Wasser, um wieder zu Kräften zu kommen. Es wäre für Heinrich, Fritz und mich ein Leichtes gewesen, sie in die Flut zu tragen. Doch das Mädchen wusste, dass man alles daran setzen würde, sie lebend zu bekommen.

In mir ist mit den Jahren ein furchtbarer Verdacht gewachsen: Vielleicht stammten die Verletzungen auf dem Rücken der Frau doch nicht von einer Schiffsschraube. Nach langem Kampf muss das Mädchen den Verfolgern noch einmal entwischt sein, wie durch ein Wunder. Doch sie hatte die Rechnung ohne die Strömung und den Sturm gemacht, der sie an Land spülte, bevor sie in tieferes Wasser fliehen konnte. Das Licht unserer Sturmlampen hat die Jäger auf die richtige Spur geführt. Sie haben uns durch ihr Periskop beobachtet, bevor sie sich dazu entschieden, aufzutauchen und an Land zu gehen, um ihre Beute zu holen. Ihre Enttäuschung darüber, dass sie auch dieses Mädchen nur tot bekamen, haben die Männer in Uniform verborgen.

„*Sie machen seit langer Zeit Jagd auf uns. Lass nicht zu, dass sie meine Schwestern finden.*“

Das war alles, was das Mädchen aus dem Meer damals von mir verlangt hat. Ich ließ sie sterben, in meinen Armen, und als die Soldaten an Land kamen, hatte der Wind über der Nordsee ihre Seele längst mitgenommen auf eine weite Reise.

19. Oktober

STAUB

Warum haben sie uns nicht gefragt? Warum haben sie über unsere Köpfe hinweg entschieden, dass es gut ist, was sie tun? Ich bin mir sicher, wir hätten es verhindern können. Von Milliarden Menschen auf diesem Planeten wären hunderttausende bereit gewesen, gegen diesen Wahnsinn zu demonstrieren. Um zu verhindern, dass sie das Ding überhaupt auf die Reise schicken. So aber haben wir es nur zur Kenntnis genommen, als eine von zehntausend Nachrichten aus aller Welt.

„Raumsonde Stardust in Utah gelandet", hieß es in einem der Online-Ticker, die ich täglich studierte, als mein Leben noch geregelten Bahnen folgte. Das ist lange her. Ich erinnere mich daran, dass ich der Meldung keine zehn Sekunden Interesse schenkte. Das Landemanöver vollzog sich ohne Probleme, nach sieben Jahren irgendwo da draußen. Das schnellste jemals von Menschenhand geschaffene Objekt war in die Hände seiner Erbauer zurückgekehrt. Nicht nur bei der NASA gab es stolze Krawattenträger. Auch die Regierung zeigte sich beeindruckt. Dazu gab es allen Grund: Auf seiner Reise durchs All hatte *Stardust* 4,8 Milliarden Kilometer hinter sich gebracht und war vor der Rückkehr zur Erde einem viereinhalb Milliarden Jahre alten Kometen begegnet.

Was für Zahlen! Was für eine Strecke! *Wild II* haben sie den Kometen aus den Tiefen des Weltraums getauft und aus dessen Gashülle ein paar Souvenirs mitgehen lassen. *Stardust* hat sie uns nach seinem Rendezvous mitgebracht, auf einem seiner beiden Staubfänger, die, so stand es in den Zeitungen, so groß wie ein Tennisschläger waren. Die Partikel aus dem Gasschweif von *Wild II* könnten uns helfen, Gottes Pläne zu verstehen, beteuerten die Wissenschaftler. Zu verstehen, wie das Sonnensystem entstanden ist. Zu verstehen, woher wir Menschen kommen. Zu verstehen, wohin wir Menschen gehen. Euphorisch gab man sich in Kreisen der Wissenschaft, sprach von einem Durchbruch, von einem neuen Zeitalter und von der größten Chance seit langem. Hätten sie uns nur gefragt! Hätten sie sich nur einen Moment lang Zeit genommen, mit uns zu sprechen. Wir hätten ihnen gesagt, was wir von Experimenten dieser Art halten. Wir hätten es verhindern können.

Stardust kehrte am 15. Januar um 10.57 Uhr mitteleuropäischer Ortszeit zurück auf die Erde, um unser Schicksal zu besiegeln. An Fallschirmen schlug die Sonde in der Salzwüste von Utah auf. Es dauerte nicht lange, bis man sie vom Hubschrauber aus fand, barg und – vor den Augen der staunenden Welt – öffnete. Zur Auswertung des Staubfängers brauche man die Rechnerkapazität von Freiwilligen, hieß es, ähnlich wie beim *Seti-Projekt*. Man stellte erste Bilder der Mikroskop-Aufnahmen auf die Homepage der Universität in Berkeley, um Interesse auf sie zu lenken. Und in der Hoffnung, die Partikel im Aero-Gel der Staubfänger noch effizienter auswerten zu können. Dreißigtausend Stunden sollte die Suche in der Silikatschicht der Objektträger in Anspruch nehmen.

Niemand ahnte, dass uns diese Zeit nicht blieb. Niemand wusste, dass in diesem Moment ein Countdown ganz anderer Art im Gange war. Die Staubproben wurden in alle Welt verschickt, wo Experten in Laborkitteln sehnsüchtig auf sie warteten. Die Verantwortlichen drückten aufs Tempo, denn schließlich ging es um Steuergelder. Mag sein, dass man die Untersuchung der Sonde deswegen so schnell hinter sich brachte und nur einen Bruchteil der Tests durchführen ließ. Nur so ist zu erklären, dass die Substanz aus dem Kometen weitergereicht wurde und – in Kleinstmengen aufgeteilt – zig Mal den Besitzer wechselte. Kritiker behaupteten, es gehe Amerika um einen schnellen Erfolg zur Sicherung staatlicher Fördermittel im Dauerstreit um das Weltraumprogramm. Doch selbst das sollte bald keine Rolle mehr spielen.

Fünf Tage nach der Bergung in Utah starben sie wie die Fliegen. Zuerst die Frauen und Männer jenes NASA-Teams, das nach der Landung mit *Stardust* in Kontakt gekommen war. Danach starben die Frauen und Männer in der zweiten, dritten und vierten Reihe, zeitgleich mit Familienangehörigen der ersten Welle. Es traf Hubschrauberpiloten ebenso wie Fahrer der Transporter, die die Sonde am Landeplatz fortgeschafft haben. Von jenen Unglücklichen, die *Stardust* auseinander nahmen, ganz zu schweigen. Das Ding war kontaminiert, hochgradig, und selbst den Eintritt in die Erdatmosphäre hat der blinde Passagier schadlos überstanden. Nach zehn Tagen zählte man achttausend Tote und noch mehr Erkrankte. Die Behörden begannen damit, so viele Infizierte wie möglich abzufangen und zu isolieren. Ich habe keine Ahnung, wie viele Menschen in Ambulanzwagen, Notaufnahmen und auf Operationstischen gestorben sind, als sich mehr und mehr Ärzte ratlos um ihre entstellten Körper versammelten – und sich innerhalb von Sekunden ansteckten, obwohl sie Schutzkleidung trugen.

Die Regierungen der westlichen Welt zeigten sich besorgt, richteten Krisenstäbe ein, verhängten Nachrichtensperren und Reisewarnungen, doch für chirurgische Eingriffe dieser Art war es längst zu spät. Die Zeitungen schrieben um die Wette, und was an beunruhigenden Schlagzeilen nach außen drang, war schneller als alles, was jemals von Menschenhand erschaffen wurde. Man habe es mit einem Krankheitserreger zu tun, äußerst aggressiv, äußerst tödlich und äußerst unbekannt.

Zunächst wurde dementiert, dass das Ding mit *Stardust* auf die Erde gelangt war. Dann berichteten die ersten Fernsehsender, dass die Zahl der Erkrankten sich im Stundentakt verhundertfache und es Kapazitätsprobleme auf Intensivstationen gebe. Der internationale Flugverkehr wurde am Tag fünf weitgehend eingestellt, ab Tag sieben erhielten nur noch Militärmaschinen Starterlaubnis. Jenseits der Nebelkerzen, die in Washington geworfen wurden, verhängte man Ausgangssperren und Fahrverbote, um die Ausbreitung in den Griff zu bekommen. Gegen die ersten Plünderer setzte man Verbände der Nationalgarde ein, doch bald gab es zu viele Fronten, an denen sie kämpfen mussten. Es dauerte keine zwei Tage, bis der größte Teil der Lebensmittelvorräte in den Vereinigten Staaten ohne Bezahlung seinen Besitzer gewechselt hatte und Supermärkte der Vergangenheit angehörten. Wer konnte, verkroch sich in seinen vier Wänden – und schloss hinter sich und seinen Vorräten gut ab.

Jenseits dessen starben die Menschen weiter wie die Fliegen, und am Tag zwanzig nach der Landung in Utah war der Kampf so gut wie verloren. Doch niemand wagte es, uns das zu sagen. Wir sollten uns keine Sorgen machen, wir sollten vor allen Dingen nicht in Panik verfallen, und wir sollten *um alles in der Welt* von weiteren Hamsterkäufen und Plünderungen Abstand nehmen, da das Militär sonst hart durchgreifen müsse. Die erste Angriffswelle, so nannte unser Präsident den erbitterten Kampf um Vorräte, habe man mit Blick auf die allgemeine *Beunruhigung* noch geduldet. Für die zweite Welle allerdings sei man *bestens gerüstet*. Allein in Washington erschossen Nationalgardisten fast fünfzig Plünderer. Aus England und Deutschland erreichten uns ähnliche Bilder. Auch dort setzten die Regierungen auf den Einsatz ihrer Streitkräfte, um die Mengen in Schach zu halten. Währenddessen suchte man fieberhaft nach einem Gegenmittel.

Was ist das für eine Krankheit, die innerhalb von sechzig Minuten nach Ausbruch die Organe jedes Säugetiers in einer Art und Weise verformt, so dass sie versagen? Was ist das für eine Krankheit, die nach der Übertragung drei Tage wartet, auf der Lauer liegt, in dieser Zeit noch möglichst viele Kontaktpersonen erwischt, um dann mit aller Macht auszubrechen? Das wollte nicht nur ich wissen. Spezialisten aus aller Welt zeigten sich ratlos, gaben belanglose Pressekonferenzen und steckten ihre Familien an. Die meisten Opfer sterben an Herzversagen, was Zeitungen dazu veranlasste, den Erreger *Heartbreaker* zu taufen. In Europa heißt er *Romeo*.

Zu diesem Zeitpunkt zogen sich die Krisenmanager der WHO in ihre Schutzbunker zurück, immer noch beteuernd, dass es keinen Grund zur Sorge gebe. Der Präsident der Vereinigten Staaten zog es dagegen vor, rechtzeitig an Bord der Air Force One zu gehen und seinen Landsleuten aus zehntausend Metern Höhe alles Gute zu wünschen, während überall auf der Welt brennende Passagiermaschinen mit Flüchtlingen aus den USA wie Steine vom Himmel fielen, weil die Herzen ihrer Piloten stehen blieben. Auch die First Lady hat es erwischt, sagt man. Ebenso den Vizepräsidenten, seine Frau und seine fünf Kinder. Der Verteidigungsminister ist untergetaucht. Ebenso der Minister für Heimatschutz. Zuvor allerdings ließ er *Stardust* und das Johnson Space Center aus der Luft mit Napalm einäschern. Dorthin hatte man die Sonde gebracht – in dem Glauben, dass Gott sich in die Karten blicken lässt. Es mehren sich die Gerüchte, dass dem Generalstab in Nevada langsam die Tankflugzeuge für die Air Force One ausgehen.

In Großbritannien und Frankreich ging man lange Zeit von einem *barbarischen Terrorakt* aus, von einem heimtückischen, biologischen Großangriff der Gotteskrieger auf die zivilisierte Welt. Bis auch den Engländern und Franzosen klar wurde, dass im Utah Test & Training Range das Zentrum des Übels liegt. Der Feind war unsichtbar, drang durch Schutzanzüge, Handschuhe und Luftschläuche, er trotzte Sicherheitsschleusen ebenso beharrlich wie der Desinfektion. Die größte Gefahr geht von Erkrankten und Leichen aus. Als in den ersten Städten Kunststoffsäcke knapp wurden, suchte man nach anderen Entsorgungswegen – und fand sie auch.

Bald stellten die ersten Zeitungen und Magazine ihr Erscheinen ein, hörten die ersten Radiostationen auf, immer neue Krisennachrichten zu senden, und es erloschen die Bilder auf den Fernsehkanälen. Gestern starb das Internet. Alle Überlebenden haben sich in den Schutz ihrer Häuser zurückgezogen. Um abzuwarten oder um zu sterben. Immer in der Hoffnung, dass man doch noch ein Gegenmittel findet, dass wir uns eines Tages voller Ehrfurcht an diese dunkle Zeit hier erinnern. Immer in der Hoffnung, zu erfahren, was *Stardust* wirklich mitgebracht hat. Bis es soweit ist, sterben wir wie die Fliegen. Bis es soweit ist, schreibe ich das hier auf und schlucke einen Blutverdünner nach dem anderen. Das soll helfen, heißt es.

Keine Ahnung, wer das Gerücht in die Welt gesetzt hat, aber es schlug ein wie eine Bombe: Als bekannt wurde, dass ein Grippemittel, dessen Namen ich vergessen habe, den Verlauf der Krankheit verlangsamen kann, brach vor hunderten Drug Stores im Land Bürgerkrieg aus. Die Fabrik des Herstellers in

Milwaukee soll von Menschenmengen gestürmt worden sein, bevor sich herausstellte, dass nichts von alldem stimmte. Die letzten Fernsehbilder, die wir auf CNN zu sehen bekamen, bevor auch dort die Lichter ausgingen, zeigten fünf Astronauten an Bord der ISS mit besorgten Mienen. Einhundert Tage bleiben ihnen noch, bis der nächste Versorgungsflug fällig ist. Aber wer um alles in der Welt soll ihn dann noch starten? Russland beklagt bereits zehn Millionen Tote, und das ist noch gar nichts gegen die fast vierzig Millionen Opfer in den Vereinigten Staaten. Gezählt wird schon lange nicht mehr. Wer kann, rettet sich jenseits der Straßen, die zu Parkplätzen und Friedhöfen werden, in abgelegene Winkel dieses Planeten. In der Hoffnung, dass *Romeo* nicht schneller ist und mit offenen Armen wartet.

Die Frage erübrigt sich, wie viele Gebete in den vergangenen Wochen in den Himmel geschickt wurden – dorthin, wo *Stardust* unser Schicksal besiegelte. Gut möglich, dass *Romeo* nur ein Vorbote ist, ein perfider Herzensbrecher, der den neuen Herren dieser Welt den Weg ebnet. Gut möglich, dass sie irgendwo da draußen warten und den Fortgang der Dinge beobachten. Sie werden wissen, wann es an der Zeit ist, sich auf den Weg zu uns zu machen. Sie werden Jahre damit zu tun haben, aufzuräumen und die Relikte menschlicher Zivilisation zu beseitigen. Sie haben *Stardust* auf seinem Weg eingefangen und in eine Waffe verwandelt. In eine todbringende Waffe, die, einmal in den Schoß ihrer Erbauer zurückgekehrt, so gut wie keine Zerstörungen an Bausubstanz und Verkehrswegen anrichtet – und den Invasoren dennoch das Feld überlässt.

Wenn das wirklich so ist, haben unsere Gegner ihr Ziel erreicht. Sie entvölkern diesen Planeten innerhalb von Wochen, mit einer Hand voll Staub aus Tiefen, die nie ein Mensch erforscht hat und auch niemals erforschen wird. Der Erreger war perfekt getarnt, für das menschliche Auge und dessen Instrumentarium nicht zu erkennen. Die Wissenschaft hat versagt, auf ganzer Linie, und jetzt hilft nur noch der Glaube an göttliche Größe. Beten wir, dass *Romeo* nur eine üble Laune der Natur ist, ein Reisender ohne böse Absicht, aber mit verheerender Wirkung. Beten wir, dass *Romeo* sich bald ausgetobt hat und genug Überlebende zurücklässt, um die Toten zu begraben. Allein das wird Monate in Anspruch nehmen, wenn nicht sogar Jahre.

In Brasilien, Japan, Ägypten, Russland und Norwegen soll es Menschen geben, denen *Romeo* nichts anhaben kann. Die Regierungen dort halten alle Resistenten unter Verschluss. So sagt man zumindest. Gut möglich, dass man einen nach dem anderen in Stücke schneiden lässt, um an ihr Geheimnis zu kommen. Gut möglich, dass diese Menschen den Rest ihres Lebens hinter Plexiglaswänden irgendwelcher Laborkomplexe verbringen, während die Ärzte auf der anderen Seite sterben und durch einen Satz neuer ersetzt werden. Ich kann nicht glauben, dass wir *Romeo* nichts entgegensetzen. Ich kann nicht glauben, dass die Wissenschaftler, die *Stardust* vor sieben Jahren mit einer Delta-Rakete am Cape Canaveral in den Himmel schickten, von alldem nichts wussten.

Gut möglich, dass das Militär dahinter steckt und sich im Besitz einer perfekten Waffe wähnte, als *Stardust* mit *Romeo* an Bord nach Hause kam. Zu dumm, dass das Experiment außer Kontrolle geriet und die Klinge sich nun gegen uns selbst richtet. Hat man wirklich geglaubt, den Erreger isolieren zu können? Zu dumm, dass der vermeintlich leere Fuchsbau, in den man so arglos die Arme steckte, am Ende doch bewohnt war. Jetzt frisst *Romeo* sie auf, einen nach dem anderen, und es gibt nichts, was ihn aufhalten kann. Beten wir, dass es im letzten

Moment anders kommt. Beten wir, dass der Durchmarsch mit einem Mal beendet ist – wie in diesem Roman von H.G. Wells. Ich kann nicht glauben, dass das hier das Ende ist. Ich kann nicht glauben, dass dem Akku meines Laptops nur noch siebzehn Minuten bleiben. Wenn es sein muss, schreibe ich auf einem Stück Papier weiter und hoffe, dass es eines Tages gefunden wird. Von wem auch immer.

Mir macht vor allen Dingen zu schaffen, dass ich nicht Abschied nehmen konnte. Ich weiß nicht, was aus meiner Familie geworden ist. Ich weiß nicht, wo meine Frau steckt, und ich weiß auch nicht, ob meine Geschwister noch leben. Victoria war auf Dienstreise in Europa, als das große Sterben begann und die Telefone verstummten. Ich hoffe, dass auch sie irgendwo sitzt und auf bessere Zeiten wartet. Beten wir, dass *Romeo* sie nicht findet.

Bis es Gewissheit gibt, bleibt uns nur die Hoffnung. Gut möglich, dass wir bald wieder Stimmen im Radio hören. Stimmen, die uns sagen, was zu tun ist. Stimmen, die uns versichern, dass wir nicht zu den Toten zählen. Stimmen, die uns zu Sammelpunkten schicken, wo man uns impfen wird. Viele von uns haben bis zuletzt geglaubt, dass die Regierung einen Weg findet. Wir haben den Behörden vertraut. Wir haben auf ein Wunder gehofft, auf unsere großen Geister im Dienste der Wissenschaft, denen noch immer etwas eingefallen ist. Eines Tages werden sie sich bei uns melden. Bis es so weit ist, werde ich zu jeder vollen Stunde mit meinem Radio einen Sendersuchlauf starten. Vorausgesetzt, *Romeo* ist nicht schneller.

Auf der Straße ist es totenstill. Die Leute in der Wohnung nebenan sind nicht mehr zu hören. Es gibt keinen Strom. Kein Telefon. Kein Wasser. Keine Sirenen und keine laufenden Motoren. Das Sterben geht weiter, und der Erreger beschränkt sich nicht mehr auf Säugetiere. Draußen auf der Fensterbank sterben zwei Tauben, die es mit letzter Kraft hierher geschafft haben. Ich kann sehen, wie das Leben sie verlässt und hoffe, dass die Fenster dicht sind. Mit Klebeband habe ich die Rahmen von innen versiegelt. Ich höre das verzweifelte Flattern der Tauben, sehe Federn durch den Nachmittag wirbeln und wende mich nun wichtigeren Dingen zu.

Aus dem Radio, für das ich fünfundvierzig Batterien habe, dringt ein Rauschen – egal, in welche Richtung ich das Frequenzrad auch drehe. Einzige Ausnahme ist ein Sender auf der Mittelwelle, der seit zehn Tagen Johnny Cash spielt. Gut möglich, dass es noch zehn, zwanzig oder dreißig Monate so weiter geht – bis der CD-Player am anderen Ende den Geist aufgibt. Die Tauben bewegen sich nicht mehr. Sie liegen tot auf dem Fensterbrett, und irgendwo draußen wartet *Romeo*. Er hat eine weite Reise auf sich genommen, um nach mir und den anderen zu suchen. Die Zeit ist auf seiner Seite. Notfalls wartet er, bis ich ihm die Tür öffne. Sie hätten uns fragen müssen, Gott im Himmel, sie hätten uns einfach nur fragen müssen.

20. Oktober

DRACHENTOD

Wir schreiben das Jahr 1263. Das Königreich am Nordmeer liegt im Krieg. Die Herzöge sind zerstritten und führen blutige Feldzüge. Das Massaker an der Königsfamilie hat einen erbitterten Kampf um die Herrschaft über das Land gebracht. Dörfer, Städte, Häfen und Festungen bieten ein Bild der Verwüstung. Ritterschaften ziehen eine blutrote Spur durch das Reich. Die Schlacht bei Gon hat mit fünfzehntausend Gefallenen ungeahntes Leid über die Menschen gebracht und den Hass auf alle Edelmänner geschürt.

(Aus dem Buch der Cray)

Carvan schlug die Augen auf.

Seine Finger eilten zum Krummsäbel, der neben ihm im Gras lag. Es war dunkel, das Feuer abgebrannt, und im Mondlicht sah der Ritter die Umrisse eines hageren Jungen, der vor der Glut hockte. Ein eingefallenes Gesicht – krank, furchtsam und ausgezehrt. Ein Junge aus dem Dorf, ein schmutziger Bauernlümmel im Kettenhemd. Carvan legte den Säbel zurück an seinen Platz. Er sah den Jungen an. „Was willst du hier?"

„Sir, meine Leute schicken mich", rief der Lümmel. „Ich bringe Euch etwas zu essen." Das Kind reichte Carvan ein Leinenbündel und einen Tonkrug. Dann wandte es sich verschämt ab. Carvan überließ ihm einen Schluck Wasser. „Die Leute im Dorf machen sich Sorgen?"

„Ja, Sir." Der Junge nickte zögernd.
„Aber warum?"
Das Kind seufzte. „Alle sagen, dass es heute Nacht kommt. Ihr müsst Euch vorsehen. Der Drache duldet niemanden auf dem Opferhügel. Er wird Euch, wie alle anderen, umbringen."
Der Ritter rang sich ein Lächeln ab. „Das Untier wird mich dulden müssen, mein Junge. Allein schon deswegen." Demonstrativ nahm er seine umgebaute Armbrust vom Rücken, an die er in Camelot gelangt war, legte einen Bolzen in den Spannschacht und zielte auf das Kind, das mit weit aufgerissenen Augen davoneilte.
„Mach, dass du nach Hause kommst!" Carvan blickte dem Jungen nach. Die Dunkelheit verschlang ihn gierig. „Und sag deinen Leuten, ich habe keine Angst!" Der Wein schmeckte bitter.

Leicht einzuschüchterndes Volk. Solche waren auf dem Feld von Gon zu Hunderten gefallen. *Sie laufen wie der Teufel, wenn es um ihr Leben geht.* Carvan packte aus und aß. Das Dorf unten am Fluss war ihm gleich seltsam vorgekommen. Kein zerstörtes Haus, nicht ein verwüstetes Feld im Hochland, nirgendwo Leichengräben, wie man sie in diesen Tagen überall zu sehen bekam. Hier oben hatte Arveners Armee noch nicht Einzug gehalten, gebrandschatzt, vergewaltigt und gemordet. Die Garnison lag einen Tagesritt entfernt. Sie war immer noch auf der Suche nach Carvan. Mit Getreuen des Königs machte man kurzen Prozess. Viele Hinrichtungen hatte Carvan seit dem Umsturz beobachtet – genug, um ins Hochland zu verschwinden, bis der Sturm sich legte. Doch zuvor galt es, diese Mission hier zu erledigen – auch wenn sie wertvolle Zeit kostete.

An jeder Haustür im Dorf hingen uralte Kruzifixe. Rostiges Metall, das in diesem Landstrich besondere Bedeutung zu haben schien. Carvan kamen die leeren Blicke der Bauern bei seiner Ankunft in den Sinn – ein Gemisch aus Angst, Skepsis, Neugier und Hass. Die Dorfleute warteten, so sagten sie, auf die Heimkehr des Bösen. Hier oben, auf dem Weidehügel jenseits der Häuser, würde es geschehen – wie in jedem Oktober. Ein Narbenmann namens Kane hatte Carvan vom Ritual erzählt: Zwei Mädchen waren die Opfergabe. Ein heidnischer Brauch – so etwas kannte der Ritter bislang nur aus Legenden und Kamingeschichten.

„Seit Generationen wird das Opfer verlangt –", hatte Kane ihn wissen lassen, „und daran kann niemand etwas ändern – selbst ein Edelmann wie Ihr nicht."

Diese Geschichte hatte Carvan dazu bewegt, einen Tag länger im Dorf zu bleiben.

„Das Heidentum wird ein Ende finden – auch hier im Hochland. Was immer auf dem Hügel vor sich geht – ich werde dafür sorgen, dass es das letzte Mal ist. In diesem Herbst wird niemand geopfert." Den Dorfleuten war keine andere Wahl geblieben, als Carvan gewähren zu lassen. Er war bewaffnet und zu allem bereit.

Und jetzt wartete er auf das Ungetüm.

Dort, wo die Bauern sonst Mädchen angekettet hatten, brannte Carvans Lagerfeuer. Auf keinen Fall würde er länger als eine Nacht hier oben ausharren. Arveners Folterknechte waren ihm dicht auf den Fersen. Morgen früh musste er weiter nach Norden reiten und den Landstrich mit seinen Schauermärchen hinter sich lassen. Carvan warf Holz in die Flammen und prüfte die Spannmechanik seiner Jagdwaffe. „Ab und zu reißt es Schafe", hatte Kane erzählt.

Sollte es den Drachen tatsächlich geben, so war er gewaltigen Ausmaßes.

Ein Klirren ließ ihn aufhorchen – nicht weit vom Feuer. Carvan nahm eine Fackel, erhob sich und schlich voran, bis seine Stiefelspitzen an einen Gegenstand im Gras stießen. Der Ritter hob die Reste eines zerrissenen Kettenhemdes ins Licht. *Der Junge!* An den Lederschnallen klebten Fäden aus Blut. Hastig erstickte Carvan die Glut unter seinen Füßen, spannte seine Armbrust nach, kniete nieder und wartete. Dann fuhr ein Luftschwall über ihn hinweg, reißend und machtvoll. Das Lagerfeuer stob auseinander. Funken taumelten hinaus in die Nacht und verirrten sich, als sei gewaltiger Wind in sie gefahren. Die Luft roch nach verfaultem Fleisch. Carvan atmete flach, um dem Hauch zu widerstehen. Der Drache hatte den Dorfjungen ohne einen Laut getötet.

Carvan eilte weiter, seine Armbrust im Anschlag, und stieß gegen einen der hölzernen Pflöcke, an den die Bauern Schweineköpfe gebunden hatten. Sie sollten das Ungetüm ablenken. Jetzt, da der Kampf begonnen hatte, hoffte Carvan, dass die List aufging. Der Ritter spürte, dass auf dem Hügel mit einem Mal zwei Herzen schlugen: sein eigenes und das des Todbringers. Zwischen ihnen lag nur eine dünne Wand aus Nacht. Unruhe wühlte sich durch Carvans Gedanken. Ob das Monstrum ihn sehen konnte? Witterte es ihn? Der Ritter wagte nicht, eine seiner Pechfackeln anzuzünden. Er dachte an den zerrissenen Jungen. Nirgends war ein Geräusch zu hören, kein verräterischer Laut.

Als der Drache angriff, hatte Carvan ihm den Rücken zugewandt. Messerscharfe Krallen schossen am Kopf des Ritters vorbei, zerschnitten die Luft und rissen ihm eine tiefe Wunde in den Nacken. Carvan feuerte einen Bolzen ziellos in die Nacht. Dann hastete er den Hang hinab, blieb stehen, lud nach und legte an. Die erste Welle aus Schmerz ließ nach. Carvan blutete. Kein Zweifel – das Ungetüm beobachtete jeden seiner Schritte und zog über ihm geduldige Runden, um im nächsten Augenblick erneut zuzuschlagen. Ein Kreischen dicht neben ihm ließ Carvan zusammenfahren. Holz zerbarst. *Die Schweine!* Der Drache war mit den Schweineköpfen beschäftigt. Carvan biss sich auf die Zunge und zielte in die Schwärze. Sich allein auf sein Glück zu verlassen, war sinnlos. Er wartete auf Geräusche. Im Nachtkampf gab es niemals Gewissheit. Carvan musste näher heran. Nur so war ein Treffer sicher. Er gab einen weiteren Schuss auf das Ungetüm ab. Zumindest dorthin, wo er es vermutete. Umso grausamer waren die Schmerzen, die den Ritter durchfuhren wie ein Lanzenhieb.

Mit einem Mal war es taghell. Er fühlte sich in eine Tränke mit kochendem Wasser geworfen. *Feuer.* Es brannte überall. Dicht über ihm, der Todbringer war unmittelbar über ihm. Ein Riese, flatternd und nach Tod stinkend. Eine neue Feuersäule schmetterte auf die Erde nieder. Heuhaufen an der Böschung standen in Flammen.

In ihrem Schein konnte Carvan den Gegner endlich sehen. Jeder Flügelschlag des Ungetüms ließ stinkende Wogen auf ihn niedergehen. Der Drache hatte dem Ritter die Arme verbrüht. Fast ohnmächtig feuerte Carvan einen Bolzen ab. Das Geschoss ging in den fleischigen Fängen des Höllenvogels unter. Ein entsetzliches Brüllen war die Antwort auf Carvans Angriff. *Der Kopf*, es galt, den Kopf zu treffen. Der Ritter taumelte zum Feuer, riss eines der Pechhölzer an sich und tauchte es in die Hitze. Von Flammensäulen flankiert, stürmte er davon. Rings um den Hügel verteilt lagen Heu und Stroh. Schwarze Berge, die sich mit der Fackel innerhalb von Sekunden in Feuertürme verwandelten und das Opferfeld in heißes Licht tauchten. Ein Flammenzirkel öffnete sich vor Carvan, ein loderndes Inferno.

Noch vor kurzem hatte lähmende Stille über dem Hochland gelegen, die jetzt verbrannte. Am Himmel zog der Drache unbeeindruckt seine Bahnen. Carvan hockte zwischen den Flammen. Die Hitze versengte ihm die Haare, als er nachlud.

Zwei Bolzen waren ihm geblieben. Arveners Leute konnten ihn jetzt leicht aufspüren, wenn sie in der Gegend waren. Das Feuer schien hinaus in die Nacht – über Meilen hinweg zu sehen. Die Häscher würden ihn finden, hier oben, in den Highlands, wehrlos, als Beobachter, die mit ansahen, wie ein Monstrum den letzten Ritter des Königs in Stücke riss und kochte. Carvans Gedanken gingen im Tosen unter. Kampflärm war zu hören, wie er ihn vom Schlachtfeld kannte. Stürmten da Soldaten den Hügel hinauf? Das Hitzeflimmern verzerrte die Umrisse. Nein, keine Soldaten, nur Dorfleute, mit Sensen und Mistgabeln bewaffnet – gekommen, um Carvan im Kampf gegen den Todbringer beizustehen.

Das Ungetüm tötete Kane als Ersten. Einer Puppe gleich wirbelte der Mann durch die Luft, verbrannt und vom Schnabel des Ungetüms achtlos zur Seite geschmettert. Feuer tanzten durch die Nacht. Trauben aus Menschen verschwanden in kochenden Wogen, die der Drache spuckte. Flammen schwappten über Arme, Beine und Köpfe. Nicht einer der Bauern entkam. Carvan blieb nur ein Schuss aus großer Entfernung. So legte er an, zielte und schoss. Der Drache warf seinen schweren Kopf zur Seite, als er den Rest der Schweinekadaver mit einem Hieb zerfetzte. Das Monstrum war so groß wie die Fährschiffe, die Carvan vom River Leigh kannte. Der Schussbolzen hatte das Untier in den Rücken getroffen. Schwefelgelbe Flüssigkeit spritzte aus der Wunde. Der Drache drehte sich in seine Richtung, bodenlose Wut in den schwarzen Augen. *Peiniger, niemand hat mir bis heute wehgetan – du bist der Erste!*

Nun werde ich dich verletzen, dein Herz in Stücke reißen und verbrennen. Jeden Knochen werde ich dir brechen.

Zischend teilte das Ungetüm die Luft. Sein Flügelschlag war pure Gewalt. Carvan legte den letzten Bolzen ins Spannwerk. *Auf die Augen!* Der Ritter zielte so genau wie niemals zuvor – und spürte seine Finger nicht. Der Rückstoß der Armbrust ließ ihn nach hinten fallen. Der Drache donnerte heulend über ihn hinweg. Die Erde bebte. Ein brennender Heuberg platzte auseinander.

Carvan zog seinen Säbel. Mit dem Griff in den Händen verließ ihn die Kraft. Das Ungetüm wälzte sich hin und her, brüllte, tobte, schrie und begleitete ihn in dunkle Träume. Dann wurde alles schwarz.

Als Carvan erwachte, schien die Sonne.

Er lag in einem Bachlauf, die Hände im Uferschlamm begraben. Jeder Knochen schmerzte. Der Säbel steckte zwischen Kieselsteinen. Seine Finger waren schwarz von Ruß. Carvan war müde. Mühsam stieg er den Hügel hinauf. Der Weg führte durch Asche und verkohltes Gras. Oben lag ein Berg aus weißem Fleisch. Der Schnabel des Todbringers hatte eine Furche in die Erde gepflügt. In den Überresten des Ungetüms hockten Raben, die gierig fraßen.

Dort, wo gestern noch das Bauerndorf gelegen hatte, zogen sich die verwucherten Trümmer eines Druidenfriedhofs bis zum Horizont. Carvan ging darauf zu. Das Gefühl der Vertrautheit wurde mit jedem Schritt stärker. Die Seelen, die ihn zwischen den Gräbern erwarteten, waren dem Ritter vertraut. Der Clan des Königs begrüßte ihn – und mit ihm die vielen verlorenen Freunde von Gon, die er tot geglaubt hatte. Er vergaß den Höllenvogel ebenso wie die Leute aus dem Dorf. Die Raben arbeiteten unermüdlich weiter, als die Seelen der Toten sich um Carvan versammelten.

Arveners Leute kamen zwei Tage später ins Hochland, hungrig und durstig. Zwischen den Trümmern einer Runengalerie stießen sie auf einen beharrlich arbeitenden alten Mann, der wie von Sinnen damit beschäftigt war, Ornamente und Inschriften des Friedhofs von Moos zu befreien. Die Mörder des Königs fragten den Greis nach einem Ritter namens Carvan, bereit, ihn mit einem Schwerthieb gesprächig zu machen. Doch der Alte lachte nur und schüttelte seinen faltigen Kopf. Der Mann war ohne Verstand. Die Häscher spuckten aus und ließen von ihm ab. Der Greis beobachtete, wie Arveners Folterregiment auf dem Hügelkamm sein Nachtlager aufschlug und zwei Frauen quälte, die es mitgebracht hatte.

Als oberhalb des Friedhofs die ersten Lagerfeuer brannten, hockte der alte Mann reglos zwischen den Gräbern seiner Freunde. Carvan rang sich ein zahnloses Grinsen ab und wandte sich wieder seiner Arbeit zu. Es blieb noch soviel zu tun. Die Tage seiner Verfolger waren bei Anbruch der Nacht gezählt. Nicht einer konnte entkommen. Am Himmel kreisten brüllende Vögel.

21. Oktober

LANGEMARK

Der Feind ist vor uns. Sehen können wir ihn nicht. Noch nicht. Der Weg führt über einen steinigen Acker und durch dichten Nebel. Wir hasten voran, die Gewehre im Anschlag, die Köpfe gesenkt, wartend, dass der erste Schuss fällt. Bis es so weit ist, bleiben die Ungewissheit und das Gewicht der Ausrüstung unsere größten Gegner. Zwei Tage hat man sich Zeit genommen, um uns das Schießen beizubringen. Jetzt müssen wir zeigen, dass wir es können. Kaum zu glauben, dass die meisten von uns vor Wochen noch in der Schule oder im Hörsaal saßen, bevor es in die Eisenbahnzüge ging, die uns über den Rhein nach Westen brachten, zu einem Ausflug, dem Feind entgegen. Hier draußen auf den Feldern verschwimmt die Zeit. Wir kennen nur den Weg nach vorn, Meter für Meter, an verlassenen Höfen und verkrüppelten Weiden vorbei, die wie Phantome vor uns auftauchen und wieder im Nebel verschwinden. Wir sind leise.

Die Oberste Heeresleitung meldet, dass wir beim Sturm nach vorn das Deutschlandlied singen – aber das ist eine Lüge. Hier draußen erhebt niemand seine Stimme. Viel zu groß ist die Angst, viel zu groß die Ungewissheit jenseits des Nebels, der sich uns entgegenstellt auf den Feldern von Flandern. Klamm und kalt, alles durchdringend, was wir tragen.

Manchmal kann ich selbst meinen Nebenmann nicht sehen, und wenn, dann nur als Umriss, in fahles Morgenlicht getaucht, keuchend. Uns wird keine Zeit bleiben, in Deckung zu gehen, wenn der Feind das Feuer eröffnet. Es heißt, dass er sich eingegraben hat und nur auf uns wartet. Fast wünsche ich mir, endlich den ersten Schuss zu hören. Wir sind zweihundert Mann, die Seite an Seite über den Acker eilen, an zahllosen gefallenen Kameraden vorbei. Die Toten zeigen uns, was uns am Ende des Feldes erwartet. Wir haben keine Zeit, sie zu begraben. Je näher wir dem Feind mit seinen Maschinengewehren kommen, desto mehr Leichen säumen den Weg. Die Pfützen sind mit Blut gefüllt und haben die Farbe von Rost. Zwei Kameraden haben die Nerven verloren. Sie bleiben stehen und kehren um. Gott allein weiß, was die beiden erwartet, wenn sie mit gesenkten Köpfen in unsere Stellung zurückkehren.

Wenn wir nur besser sehen könnten, wenn der Nebel nur ein Einsehen mit uns hätte, wäre mir wohler. Das Einzige, das mir Mut macht, ist das Bajonett auf meinem Gewehr. Bislang habe ich den Stahl nur in Sandsäcke gestoßen. Auf dem Übungsplatz blieb eine Stunde, uns damit das Töten beizubringen. Der Feind wird davonlaufen, sobald er uns erblickt, behaupten die Offiziere. Ich habe auf dem Schießstand nur einmal getroffen, und damit war ich nicht allein. Lange haben wir auf unsere Stiefel gewartet. Jetzt habe ich welche, aber sie sind zu klein. Jeder Schritt schmerzt, jeder Meter ist teuer erkauft.

Einen buckligen Weidenbaum, der sich vor mir aus dem Nebel schält, halte ich für den Bruchteil einer Sekunde für einen Engländer, zu Stein erstarrt beim Anblick des Feindes. Ich lasse den Baum hinter mir, und mit ihm zwei tote Soldaten, die mit weit aufgerissenen Augen in den leichenweißen Himmel starren. Maschinengewehrfeuer hat sie durchsiebt, furchtbare Löcher hinterlassen auf dem Weg nach draußen, mit einer Wucht, die ihresgleichen sucht. Ein Ansturm allein wird nicht reichen, das wissen wir alle. Ich hoffe, dass zwei Reihen folgen. Ich glaube sie zu hören, dicht hinter uns, ebenso angespannt, wie wir es sind. Uns trennen dreißig oder vierzig Meter. Und Nebel, der immer dichter wird.

Die schlechte Sicht täuscht die Augen. Ich glaube, sehen zu können, dass einige von uns Läufern von Einschüssen gezeichnet sind, nach einem Blick zur Seite, den der belgische Nebel mir gestattet.

Nicht stehen bleiben, nur nicht stehen bleiben, raunen mir die Gedanken zu, ein Flüstern, beharrlich und leise. *Wer stehen bleibt, ist ein leichtes Ziel.*

Auch in meiner Brust klafft ein Loch, doch ich spüre keinen Schmerz. Das Blut auf meinem Gesicht ist vor langer Zeit getrocknet. Ich spüre es immer dann, wenn ich meine Augen schließe und wieder öffne. Ich werde es abwischen, sobald ich mein Gewehr aus den Händen lege. Noch immer laufe ich mit meinem Regiment auf die Häuser bei Langemark zu. Wir sollen sie für das Vaterland einnehmen. Die Oberste Heeresleitung wünscht sich den Namen dieser Ortschaft, weil er ebenso erhaben wie deutsch klingt und sich als Trophäe für den Frontbericht bestens eignet.

Vor mehr als neunzig Jahren haben wir uns auf den Weg nach Langemark gemacht. Nicht einer von uns Soldaten gibt der Erschöpfung nach. Wir laufen bei Regen und bei Schnee, bei Tag und auch bei Nacht, im Sommer und im Winter, im Frühling und im Herbst, ohne Hunger, ohne Durst, und immer in der Überzeugung, dass wir die Engländer mit einem Handstreich aus ihren Gräben vertreiben.

Niemand hat diesen Krieg für beendet erklärt. Wir haben nichts dergleichen gehört. Und solange es keinen anderen Befehl gibt, laufen wir weiter. Ich weiß nicht, wann das Feld zu Ende ist. Wie sehr wünsche ich mir, den Feind endlich zu erblicken! Ich will sie fallen sehen, einen nach dem anderen, mich für das revanchieren, was man uns angetan hat. Wir hatten nicht den Hauch einer Chance, wir hatten im Feuer ihrer Maschinengewehre keine Zeit für ein Vaterunser. Jetzt will ich dem Feind zeigen, dass wir es mit ihm aufnehmen können, dass unser Glaube größer ist als alles, was man uns in den Weg stellt.

Stattdessen kommen uns seltsame Frauen und Männer in die Quere, um Photographien von den Feldern und Gräben in Flandern zu machen. Eine List des Feindes? Ein Manöver, um uns zu täuschen? Sie erscheinen aus dem Nichts, ohne einen von uns Soldaten zu sehen. So sehr wir auch rufen, sie mögen in Deckung gehen und Platz machen, hören sie nicht auf uns. Mir ist, als sei ich gar nicht da, unsichtbar für das Auge, stumm für das Ohr. Wir laufen durch die Gaffer hindurch, die Gewehre im Anschlag, und selbst unsere Bajonettspitzen verletzen sie nicht.

Nur ein kleiner Junge, und das ist Jahre her, hat mich bei meinem Sturmlauf im Nebel erblickt. Rotz und Wasser hat der Bengel geheult, als wir in schweren Mänteln vorbei eilten. Der Junge, sechs oder sieben Jahre alt, hat verzweifelt versucht, uns auszuweichen, uns seinen Eltern zu zeigen, und zog wie von Sinnen an ihren Ärmeln. Doch Mutter und Vater sind ebenso blind wie all die anderen, die aus den Reisebussen steigen, um das Schlachtfeld von Langemark und das Denkmal für die Gefallenen am Ende unseres Weges zu besuchen. Ich habe versucht, den Jungen zu beruhigen, aber das Kind hat mich nicht verstanden. Es hat nur noch lauter geweint, auf mich gezeigt, am ganzen Körper zitternd, als habe es einen Geist gesehen, bis der Nebel uns wieder verschluckte.

So laufen wir ins Leere, wie Generationen vor und nach uns auch. Wir sind Gespenster, feldgrau, ruhelos. Ohne Hoffnung, ohne ein Ziel, ohne einen Sieg, vom Generalstab dazu verdammt, weiter und weiter zu stürmen, bis uns eine Kugel trifft. Längst haben wir die Stellungen der Engländer erreicht. Sie sind seit mehr als neunzig Jahren verlassen. Wir können es immer noch nicht glauben, wir können es immer noch nicht fassen. So laufen wir weiter und weiter nach Westen, wie man es uns befohlen hat. Niemand bleibt stehen, niemand verharrt. Wenn es sein muss, jagen wir den Feind ins Meer, dorthin, wo er hergekommen ist. Wenn wir ihn doch nur sehen könnten!

Mit jedem neuen Feld, über das wir stürmen, wächst die Gewissheit: Der Krieg, in den man uns schickte, ist vorbei und längst abgelöst durch andere. Wie oft haben wir versucht, stehen zu bleiben und Frieden zu finden? Wer zeigt uns hier draußen, wo der Himmel ist, wo Gott uns mit offenen Armen erwartet? Wer weist uns den Weg aus der Erde, in der man uns begraben hat? Wer sagt meiner Mutter, meinem Vater und meinem Schatz, dass wir doch nicht zu Weihnachten nach Hause kommen? Wer verrät ihnen, wo ich liege? Wer offenbart ihnen, dass wir alle an einem Nebelmorgen im Oktober des Jahres 1914 gefallen sind, zweitausend an der Zahl, auf einem Rübenacker, niedergestreckt nach wenigen Metern? Bis sich jemand findet, der uns die Wahrheit sagt, laufen wir weiter und weiter, über die Felder von Flandern. Der Feind ist vor uns.

22. Oktober

DIE TREPPE

23. September 1931: Rex ist tot. Ich fand ihn heute Morgen am Fuß der Treppe in der Eingangshalle, mit gebrochenem Genick. Es klingt seltsam, aber der Hund muss in der Dunkelheit gestürzt sein. Ich habe ihn im Garten neben den Rosensträuchern begraben. Miss Shields stand mir zur Seite, widerwillig. Beerdigungen seien nicht Gegenstand ihres Vertrages. Sie sei Haushälterin, nicht Totengräberin. Miss Shields ist von Grausamkeit beseelt. Ständig murrt sie über zu geringe Bezahlung angesichts der vielen Arbeit, die ich ihr aufbürde. Meine Geduld ist aufgebraucht, und es ist nur eine Frage der Zeit, bis ich in Baytown Ersatz finde. Wenn sie Krieg will, dann kann sie ihn haben.

26. September 1931: Das Entlassungsschreiben liegt in der Schublade und wartet darauf, Miss Shields übergeben zu werden. Heute hätte sie sich beinahe umgebracht in ihrer maßlosen Putzwut. Am Nachmittag wollte sie im Obergeschoss den Dielenboden wischen, zwei bis an den Rand gefüllte Blecheimer mit Seifenwasser in ihren Händen. Auf der Treppe hat die Hexe das Gleichgewicht verloren. Der Aufgang glich einem Wasserfall, sie hat beide Eimer fallen lassen. Ohne das rettende Treppengeländer wäre es ihr wie Rex ergangen, da bin ich mir sicher. Ein Wahnsinn, mit solchen Gewichten beladen die Treppe hinauf zu stapfen. Die Stufen sind so steil wie die Kohlenrutsche am Red Hill, und das auf einer Länge von fast sieben Metern. Aber egal. Die Tage der Hexe sind gezählt. Und ich glaube nicht, dass sie woanders in der Stadt eine Anstellung findet.

29. September 1931: Wenn Frauen in Rage geraten! Miss Shields hat heute ihre Kündigung erhalten und mich mit Blicken gevierteilt. Damit hat die Alte nicht gerechnet. Ich spüre Genugtuung. In ihrer Empörung ist sie noch einmal auf der verdammten Treppe ausgerutscht, acht Stufen hat sie mit ihrem Hinterteil poliert. Was habe ich gelacht! Doc Harris hat sie mit einer verstauchten Hand nach Hause gebracht. Eine Tortur, der letzte Tag mit dem Drachen an meiner Seite. Endlich erlöst!

3. Oktober 1931: Das neue Mädchen heißt Emily. Hübsch, still und alles andere als gehässig. Der Umstand, von nun an eine junge Dame im Haus zu haben, erfreut mich. Emily putzt und kocht, während ich in diesem Zimmer hier endlich in Ruhe an meinem neuen Buch schreibe. Die Arbeiten gehen leicht von der Hand. Der scharfe Seifenduft im Treppenhaus ist das einzige, was von Miss Shields übrig ist. Der Geruch steckt überall. An der Tapete, in der Holzverschalung, auf der Treppe, furchtbar!

9. Oktober 1931: Post aus Detroit. Der Verlag wartet auf das Manuskript. Der Feinschliff wird noch Zeit in Anspruch nehmen. Man zahlt mir einen Vorschuss. Frage mich, was das für eine verdammte Lauge in den Eimern von Miss Shields war. Mittlerweile reift der Geruch zu Gestank. Unerträglich und furchtbar treibt er mir Schwindel in die Knochen, wenn ich die Treppe hinauf- oder hinabsteige. Ich werde Emily veranlassen, den Teppich zu entfernen. Bin zufrieden mit ihrer Arbeit. Sie ist fleißig und leise. Ein gutes Mädchen.

17. Oktober 1931: Ich beginne mir Sorgen zu machen. Emily ist verunglückt. Auf der Treppe. Ausgerutscht und gegen das Geländer gefallen. Blaue Flecken, sonst ist sie in Ordnung. Ich habe ihr von Miss Shields' Erlebnissen auf der Treppe erzählt, und Emily erwiderte etwas Seltsames: „Mr Simon", sagte der kleine Engel. „Ich glaube, die Treppe mag keine Frauen." Von Rex habe ich ihr nichts gesagt. Der Seifengeruch lässt nach. Gott sei Dank.

18. Oktober 1931: Der Gestank der Waschseife ist kaum noch wahrzunehmen. Hörte, dass Miss Shields nun den alten Gardener tyrannisiert, für fünf Dollar die Woche.

19. Oktober 1931: Heute wurde mir auf der Treppe schwindelig. Früh am Morgen wollte ich in die Küche, auf einen Tee. Als ich hinab stieg, war er mit einem Mal wieder da, der verdammte Seifengeruch. Stärker als jemals zuvor. Er brannte in den Augen, ich bekam keine Luft mehr, verrückt. Ließ mich nach hinten fallen und schlug auf die Stufen. Befürchtete einen Infarkt, doch der Anfall war ebenso schnell vorbei, wie er gekommen war. Nicht auszudenken, was geschehen wäre, wenn ich weiter oben gestanden hätte! Einen Moment lang glaubte ich, keine Treppenstufen mehr sehen zu können. Sie waren verschwunden, einfach so. Meine Augen haben mich getäuscht. Ich bin gewarnt.

20. Oktober 1931: War bei Doc Harris. Nichts Ungewöhnliches für mein Alter, der Kreislauf. Wenn nichts hinzukommt, könne ich hundert Jahre alt werden. Was für ein Heuchler, dafür bezahle ich ihn gut. Habe den Vormittag in der Stadt verbracht.

21. Oktober 1931: Emily hat heute im Haus geputzt, ohne dass etwas passiert ist. Habe ihr befohlen, auf der Treppe vorsichtig zu sein. *Die Treppe mag keine Frauen.* Es läuft mir kalt den Rücken herab bei jedem Schritt nach oben. Das Holz der Stufen knarrt lauter als jemals zuvor. Das verdammte Ding scheint nur auf mich zu warten. Die Treppe mag auch keine Hunde, Emily. Und mich mag sie ebenso wenig.

22. Oktober 1931: Ich muss fort von hier. Weg von der Treppe! Weg aus diesem Haus! Es hat Emily erwischt. Muss ich schreiben, wo es passiert ist? Emilys Schrei, als sie fiel, werde ich niemals wieder vergessen. Das arme Mädchen lag genau dort, wo ich einst meinen Hund fand. Die Treppe hat Emily die Knochen gebrochen, und ich bete, dass Doc Harris sie retten kann. Er kämpft tapfer um sie. Nein, Emily, die Treppe in diesem Haus mag nichts, was lebendig ist. Sie verfolgt jeden Schritt und jede Bewegung. Sie beherrscht diesen Ort hier, ein Machthaber aus Holz, ein Herr über Leben und Tod. Ich sitze im Arbeitszimmer und wage es nicht, zur Treppe zu gehen. Überall riecht es nach Seife. Jetzt weiß ich es. Jetzt gibt es keinen Zweifel mehr. Diese Treppe ist böse.

BÖSE.

Hier endet das Tagebuch von Arthur Simon. Der Schriftsteller und Schöpfer unheimlicher Novellen starb am 22. Oktober 1931 nach einem Sturz auf der Treppe in seinem Haus in Virginia, USA.

23. Oktober

FERRO

Der Tod kam mit der Post. Er hatte das Format eines DHL-Pakets, wog etwa zehn Kilogramm und erwartete mich im Treppenhaus. Draußen regnete es in Strömen. Dem Oktobersturm entkommen, trug ich den nassen Karton in meine Altbauwohnung. Im Arbeitszimmer öffnete ich ihn und hielt den Brief eines Notars aus Hattingen in den Händen. Er folge dem letzten Willen meines Onkels und überlasse mir, ein Jahr nach dessen Tod, den beiliegenden Nachlass. Ich rief in der Kanzlei an.

„Mehr kann ich Ihnen beim besten Willen nicht sagen", beteuerte der Notar. Mein Onkel, sein Name war Daniel, habe diesen Auftrag vor langer Zeit verfügt – nach der Diagnose seines Arztes.

Der Krebs hat Daniel besiegt. Innerhalb eines Vierteljahres und nach einer letzten Reise durch den Westen der Vereinigten Staaten. Mein Onkel hat Kalifornien geliebt und immer wieder besucht, selbst nach dem Tod seiner Frau. Ihr Name war Vanessa. Sie starb vor vielen Jahren bei der Begegnung mit einem Sattelschlepper auf der Autobahn.

Das alles ging mir durch den Kopf, als ich mich dem Paket zuwandte. Insgesamt zweiundvierzig alte Tonband-Kassetten zog ich ans Licht der Schreibtischlampe. Billige Ferro-Bänder, mit handgeschriebenen Nummern versehen und durch abgebrochene Kunststoffstifte gegen das Überspielen geschützt. Ich stapelte sie zu Türmen. Zuletzt barg ich einen Mono-Kassettenrecorder – mindestens zwanzig Jahre alt. Er hat ein Ladefach, das per Knopfdruck mechanisch aufspringt wie das Maul eines Krokodils. Auch ich habe einst einen solchen Kasten besessen, um ihn mit Commander Perkins oder den Drei Fragezeichen zu füttern. Ein seltsames Gefühl, nach langer Zeit wieder so ein Ding in den Händen zu halten. Der Umstand, dass er einem Toten gehörte, machte die Sache nicht einfacher. Warum hatte mein Onkel mir das hier vermacht?

Die Kassetten ließ ich zunächst einmal außer Acht. Das Abspielgerät war noch gut in Schuss. Darüber täuschte auch der Staub, der sich im Lautsprechergitter eingenistet hatte, nicht hinweg. Die Tasten waren blank und abgegriffen. Das Bandzählwerk auf der Oberseite des Recorders stand auf Null. Auf der Suche nach dem Netzkabel öffnete ich das Batteriefach und zog eine schwarze Schlange aus Kunststoff hervor, die in einen Stecker mündete. Im selben Moment fiel ein vergilbtes Stück Papier auf den Boden und rutschte unter den Tisch. Den Schlag meines Herzens spürend, hob ich es auf, faltete es auseinander – und sah mich der Handschrift meines verstorbenen Onkels gegenüber.

Mein Junge.

Wenn Du diese Zeilen liest, werde ich ein Jahr lang beerdigt sein. Dass Du meine Tonbänder erst jetzt bekommst, war Absicht. Erst jetzt wirst Du Dich so unbefangen mit ihnen beschäftigen können, wie ich es mir wünsche. Sollte das wider Erwarten nicht so sein, verwahre sie an einem sicheren Ort. Eines Tages wirst Du wissen wollen, was es mit den Aufnahmen auf sich hat. Nimm Dir die Bänder vor, eines nach dem anderen, in aller Ruhe, und Du wirst Antworten finden. Dass ich sie Dir überlasse, ist ein Ausdruck des Ver-

trauens. Ich weiß, dass sie bei Dir gut aufgehoben sind. Ich schätze Dich als einen ebenso offenen wie verschwiegenen Menschen. Und ich möchte Dich bitten, Deinen Eltern niemals von den Tonbändern zu erzählen. Diese Aufnahmen sind ein Teil meines Lebens. Ich habe lange gebraucht, um die Dinge, die Du hören wirst, zu glauben. Irgendwann habe ich sie akzeptiert – und Frieden gefunden. Ich bin mir sicher, dass es Dir genau so geht.

Dir das Beste,

Daniel

Die Gefühle, die mich überkamen, sind kaum in Worte zu fassen. Verwirrung, Angst, Ratlosigkeit und Trauer. Dazu muss man wissen, dass mein Onkel ein zurückgezogener und in sich gekehrter Mensch war. Vanessas Verlust hat ihn zu einem Eremiten gemacht. Niemals wieder gab es eine Frau an seiner Seite, und wer Fotos der beiden aus glücklichen Zeiten betrachtet, wird verstehen, warum. Vanessa war nicht nur Daniels Liebe. Sie war seine *Entsprechung*. Man muss nicht romantisch sein, um sich das zu fragen: Was soll ein Mann suchen, der alles gefunden und wieder verloren hat?

Das ist mir klar, nachdem ich jedes der Tonbänder gehört habe und das hier niederschreibe. Als ich das Paket erhielt, kämpfte ich selbst gerade mit einem Verlust – auch wenn dieser bei weitem nicht an die Drastik heranreichte, die mein Onkel einst zu bewältigen hatte. Mir genügte es schon, in den Trümmern einer fast fünfjährigen Beziehung zu hocken wie nach einem Bombenangriff, immer noch auf der Suche nach Blindgängern. Der Name des Mädchens spielt in dieser Geschichte keine Rolle, wohl aber der Umstand, dass ihr Verlust es war, der mich in Daniels Vermächtnis nach etwas Bestimmtem suchen ließ.

Die Tonbänder meines Onkels versprachen Ablenkung – und die hatte ich angesichts der Grabenkämpfe der zurückliegenden Wochen dringend nötig. Hinzu kam der Umstand, dass ich zu Beginn meiner Semesterferien genug Zeit für ein Abenteuer dieser Art hatte. Mag sein, dass dies mein letztes Aufbäumen gegen jene Ernüchterung war, die Frauen und Männer zwischen zwanzig und dreißig befällt, sobald ihnen bewusst wird, dass die meisten Träume der Realität nicht standhalten. Sobald sie erkennen, dass Idealismus zwischen den Fronten des Alltags zerrieben wird, sollte man ihn auch nur einen Moment lang außer Acht lassen. Sobald ihnen klar ist, dass sie die Welt allein nicht ändern werden, dass sie verletzbar sind und dass niemand auf sie wartet, haben sie erst einmal den Schutz ihrer Elternhäuser hinter sich gelassen und ihre Unschuld verloren. Auch ich gehörte zu denen, die überzeugt davon waren, mit dem Abitur vor jedem Sturm da draußen sicher zu sein. Ein Trugschluss.

Was wollte mein verstorbener Onkel mir mitteilen? Was war so bedeutend, um es einem Notar anzuvertrauen? Welches Doppelleben hatte er geführt? Und was hatte er so lange verborgen? Heute, rückblickend, weiß ich, dass es weit mehr als nur Ablenkung war: Die Tonbänder sollten mein Leben verändern und mir einen Weg zeigen, mit verbrannten Träumen fertig zu werden.

Meine Erinnerungen an Tante Vanessa sind blass: Fahrten mit der Schwebebahn in Wuppertal und Besuche im Zoo, als ich klein war, ein Streifzug über eine Kirmes irgendwo im Barmer Osten, diffus und weit entfernt. Meinem Onkel begegnete ich ausschließlich auf Familienfeiern. Große Gefühle sind meine Sache nicht, und als ich an Daniels Grab stand, wurde mir klar, warum das so ist: Meine größte Angst gilt *Verlusten* jeder Art. Wer festhält, muss eines Tages loslassen. Das ist nicht die Weltformel eines verstörten, jungen Mannes, sondern eine Erkenntnis, die mir ermöglichte, keinen Schaden zu nehmen, als ich mich auf die Tonbänder einließ. Mag sein, dass ich sie mir niemals angehört hätte, wenn Vernunft stärker wäre als Neugier. Die Ferro-Bänder Nummer 1 bis 42 verändern mich, und dieser Prozess ist noch lange nicht abgeschlossen.

Ich erinnere mich noch gut an den Abend, als ich Tonband 1 hörte. Es regnete. Ich saß an meinem Schreibtisch aus verschnörkeltem Holz, den ich vor dem Sperrmüll gerettet habe. Er steht vor dem Fenster meines Arbeitszimmers und bietet mir einen Blick auf zwei Straßenschluchten. Noch immer herrschte in der Stadt Hochbetrieb, und an den Häuserzeilen meines Viertels – es stammt aus der Gründerzeit – schoben sich graue Kolonnen aus Regenschirmen entlang. Daniels Brief ging mir durch den Kopf, als ich die Kassette aus ihrer Hülle nahm, im Abspielgerät versenkte und „Start" drückte. *Nimm Dir die Bänder vor, eines nach dem anderen, in aller Ruhe, und Du wirst Antworten finden.*

Einen Moment lang befürchtete ich, der Recorder würde die Kassette fressen, in seinen Innereien Bandsalat anrichten und die Aufnahme zerstören. Achtzig Sekunden lang war gar nichts zu hören, nur ein Rauschen. Dass ich den Lautstärkeregler bis zum Anschlag gedreht hatte, änderte nichts daran. Der Bandzähler lief unerbittlich weiter. Durch das Sichtfenster konnte ich sehen, wie die Transporträdchen der Kassette sich drehten. Ich befürchtete, dass die Tonbänder ihren Inhalt verloren hatten – schließlich handelte es sich um sehr alte Kassetten. Ein magnetischer Impuls hatte ihnen zugesetzt oder einfach nur Verschleiß. Doch dann war sie mit einem Mal da, die Stimme meines Onkels.

„Das folgende Experiment fand am 9. Juni 1987 statt", hörte ich ihn aus dem verstaubten Lautsprecher rufen. *„Es ist 22 Uhr. Mir zur Seite steht Clarissa Rimbaud."*

Noch immer lauschend, griff ich nach einem Stück Papier und notierte den Namen der Frau. Wieder Schweigen. Der Bandzähler stand mittlerweile auf 25, und ich spielte mit dem Gedanken, den Kasten lauter zu stellen, als mein Onkel fragte: *„Hört mich jemand?"*

Stille. Das Bandgerät stand auf 30.

„Hört mich jemand?"

Ich höre dich, rief ich in meinen Gedanken. Klar und deutlich. Wer zum Teufel ist Clarissa Rimbaud?

Beim Zählerstand von 32 vernahm ich ein Flüstern. Es war die Stimme einer Frau, leise und angespannt. Durch jedes ihrer Worte zog sich ein starker französischer Akzent.

„Fragen Sie noch einmal." Das war Clarissa Rimbaud. Der Akustik nach saß sie zum Zeitpunkt der Aufnahme – vor mehr als zwanzig Jahren – dicht neben meinem Onkel. *„Es braucht Zeit."*

„Hört mich jemand?" Daniel klang gefasst, aber beunruhigt. Dann brach es aus ihm heraus. *„Vanessa? Kannst du mich hören?"*

Großer Gott!

Das war es also, wonach mein Onkel auf diesen Bändern hier suchte! Meines Wissens ist Tante Vanessa Mitte der 80er Jahre ums Leben gekommen. Ihr Todesjahr war mir nicht mehr in Erinnerung.

„Was habe ich gesagt?" Clarissa Rimbaud war aufgeregt. *„Was habe ich Ihnen gesagt? Sie dürfen niemals nach ihr persönlich fragen! Nicht zu diesem Zeitpunkt! Es ist zu frisch!"*

„Verstanden." Der Stimme nach zitterte Daniel. *„Tut mir leid."*

„Sie müssen sich nicht entschuldigen", sagte die Frau. *„Halten Sie sich nur an die Regeln."*

Das Tonband war zu Ende, und ich drehte die Kassette um. In den nächsten fünfundvierzig Minuten war nichts zu hören außer der Stimme meines Onkels. Ich lauschte ihr geduldig.

„Hört mich jemand?"

Mag sein, dass Recherchen dieser Art einst mit großem Aufwand verbunden waren, aber im Online-Zeitalter sind sie nichts weiter als eine Randnotiz. Clarissa Rimbaud, so erfuhr ich, nachdem ich Band 1 zu Ende gehört und mich an meinen Laptop gesetzt hatte, wurde am 7. April 1922 in Paris geboren und starb dort am 9. März 2002. Zeit ihres Lebens war sie ein Medium und kam über ihre – nicht unumstrittene – Gabe zu Geld und gewissem Ruhm. Im Alter von dreizehn Jahren behauptete sie zum ersten Mal, in Kontakt mit Toten zu stehen. Aufsehen erregte sie Anfang der 60er Jahre mit Aufsätzen über Tonbandforschung, die zunächst in zwielichtigen Magazinen erschienen und nach ihrer Übersetzung ins Englische und Deutsche international Beachtung fanden. Das ermöglichte Clarissa Rimbaud unter anderem auch den Kontakt zu Elisabeth Kübler-Ross, die als Sterbeforscherin in den USA zu Rang und Namen gekommen war.

Clarissa Rimbaud galt als Spezialistin für Transkommunikation und arbeitete mit einem Schweden namens Per Johanson zusammen, der ebenfalls meinte, in Kontakt mit Verstorbenen treten zu können. Auch der Name Konstantin Raudive taucht immer wieder im Zusammenhang mit ihr auf. Anfang der 80er Jahre, so hieß es auf einschlägigen Homepages, zog Clarissa Rimbaud sich ins Private zurück, ohne ihre Arbeit als Medium aufzugeben.

Keine Ahnung, wie der Kontakt zwischen ihr und meinem Onkel zustande gekommen war, aber offensichtlich verband die beiden weit mehr als nur Interesse an Dingen, die man als paranormal bezeichnet. Ich weiß nicht, wie mein Onkel es geschafft hat, das alles vor seiner Familie zu verheimlichen – aber eines ist sicher: Was ich auf den Tonbändern 1 bis 3 zu hören bekam, hatte sich ein halbes Jahr nach dem Unfalltod meiner Tante Vanessa ereignet.

Umso besessener machte ich mich daran, Kassette um Kassette zu hören. Aber erst Band Nummer 5 brachte die Wende, bei Zählmeter 18. Ich traute meinen Ohren nicht, spulte zurück, wieder und wieder, bis ich Gewissheit hatte. Am 7. April des Jahres 1988 bekam mein Onkel zum ersten Mal eine Antwort von der anderen Seite.

„Hört mich jemand?“

„Ja.“ Die Stimme klang dumpf. Sehr dumpf und weit entfernt. Als spreche jemand in eine Blechdose: *„Ich höre dich.“*

Dann ein Klicken. Offensichtlich hatte mein Onkel die Aufnahme nach diesen Worten gestoppt und wieder fortgesetzt.

Jetzt stellte Clarissa Rimbaud die Fragen: *„Wer bist du?“*

Schweigen.

„Mit wem haben wir es zu tun?“

Die Antwort folgte nach etwa zwanzig Sekunden. *„Ich finde keinen Frieden.“*

„Wie ist dein Name? Wie heißt du?“ Das war mein Onkel. Aufgeregt: *„Offenbare dich uns.“*

Wieder das Klicken. Zweimal, dreimal in Folge.

„Ich kenne meinen Namen nicht. Ich starb, bevor ich einen Namen hatte. Es ist schon lange her. Es ist so dunkel hier, so dunkel hier, so dunkel hier, so dunkel hier.“

„Es hat keinen Zweck.“ Clarissa Rimbaud flüsterte. *„Ein Irrläufer. Von ihm haben wir keine Hilfe zu erwarten. Lassen wir das arme Kind los.“*

„Wie ist dein Name?“, fragte mein Onkel unbeirrt, gefolgt von vier Klickgeräuschen. *„Wo bist du?“*

„Es ist so dunkel hier, ich bin in einem Keller, tief unten, es ist so dunkel hier, ich höre Sirenen, man hat mich hierher gebracht, um sicher vor den Bomben zu sein, aber ich bekomme keine Luft, ich bekomme keine Luft ich bekomme keine Luft keine Luft keine Luft keine Luft keine Luft –"

„Das reicht!" Das war Clarissa Rimbaud, klar und deutlich, bevor Band 5 sein Ende erreichte. Die Aufnahme brach ab. Ich brauchte lange, um zu begreifen, was ich da eben gehört hatte. Genügte es tatsächlich, einen Kassettenrecorder auf Aufnahme zu stellen, um verirrte Seelen einzufangen? War das tatsächlich der Beweis dafür, dass mit dem Tod nichts zu Ende ist? Und wie war es möglich, auf Menschen zu stoßen, die vor langer Zeit gestorben waren? Warum fanden diese Seelen keinen Frieden?

Es dauerte eine Stunde, bis ich mich im Griff hatte. Dann hörte ich Tonband um Tonband, die Welt um mich herum vergessend. Auf den Bändern 6 und 7 begegnete ich einer jungen Frau, die 1975 an einer Überdosis Heroin starb und sich ebenfalls nichts sehnlicher wünschte, als Frieden zu finden. Auf Band 8 sprachen Clarissa Rimbaud und mein Onkel mit einem geistig verwirrten Kindermörder, der sich am 10. Oktober des Jahres 1923 in seiner Arrestzelle das Leben genommen hatte. Einem fünfzehn Jahre alten Flak-Helfer, der 1944 in den Trümmern einer bis heute verschütteten Stellung starb, begegnete ich auf meiner Reise ins Jenseits ebenso wie einer Frau, die vor 450 Jahren auf dem Scheiterhaufen verbrannte und auf den Ferro-Bändern meines Onkels wieder und wieder ihre Unschuld beteuert.

Sie ist im Feuer kaum zu verstehen. Ich fange beim Hören dieses Tonbands nur Fragmente auf, während Clarissa Rimbaud das in Schmerz getränkte Kauderwelsch ohne den geringsten Anflug von Unruhe übersetzt. Am Schluss der Aufnahme ist nur noch das Knistern des Feuers zu hören, eine Live-Aufnahme aus dem Mittelalter, als niemand wusste, dass Seelen eigene Wege gehen, wenn sie diese Welt gewaltsam verlassen.

Natürlich habe ich mich gefragt, wie das alles funktioniert.

Sicher ist lediglich, dass der Kassettenrecorder verändert wurde. Jemand hat ihn mit einem anderen Tonkopf versehen, vermutlich auf Clarissa Rimbauds Anweisung hin. Einer ihrer Freunde, ein Techniker aus England, soll das System entwickelt und erkannt haben, dass Ferro-Bänder die meisten Stimmen aus der Zwischenwelt einfangen. Wochen habe ich damit verbracht, im Internet zu recherchieren, aber bis heute ist es mir ein Rätsel, wie mein Onkel diesen Weg hier für sich entdeckt hat.

Bei allem, was er tat, suchte er immer nur nach einer ganz bestimmten Seele. Gefunden hat er sie auf Tonband 42, bei Bandmeter 13, datiert auf den 23. Oktober 1996. Das war das letzte Mal, dass Daniel auf den Aufnahmeknopf drückte. Das Rauschen ist stark und die Stimme nur bei voll aufgedrehten Lautsprechern zu verstehen.

Aber es besteht kein Zweifel: An jenem Tag war mein Onkel nach neun Jahren Suche am Ziel.

„Hört mich jemand?“

„Ich höre dich.“

„Vanessa?“

„Es geht mir gut.“

„Vanessa?“

„Sorgen (...) sind unbegründet. Ich habe gefunden (...), was ich suchte. Wir haben alles, was wir (...) brauchen. Du wirst mich finden, wenn es so weit ist. Ich bin am Ziel. Es ist hell. Sorgen sind unbegründet, bitte (...) lass mich los.“

„Vanessa!“

„Du wirst mich finden, wenn es so weit ist, hör mir zu, du wirst mich finden, wenn es an der Zeit ist. Nicht vorher –“

Der Rest der Aufnahme besteht aus Schluchzen.

Daniel muss außer sich gewesen sein, als er die Stimme seiner verstorbenen Frau nach all den Jahren wieder hörte, wenn auch verzerrt. Clarissa Rimbaud ist auf dieser Aufnahme nicht zu hören. Warum mein Onkel kein weiteres Band benutzt hat, um noch mehr von Vanessa zu erfahren, bleibt ein Rätsel. Oder gibt es weitere Aufnahmen, die mir der Notar, ebenfalls auf Anweisung meines Onkels, im nächsten Jahr mit einem Paket schicken wird, wenn ich die erste Welle verarbeitet habe? Ist das erst der Anfang oder schon das Ende? Was hat Vanessa meinem Onkel noch verraten, als er ihren Geist an der Angel hatte? Und wohin ist sie verschwunden? Reichte es, ihrem Mann zu sagen, dass er sich keine Sorgen machen sollte? Ich kann nicht glauben, dass mein Onkel es bei diesem Gespräch belassen hat. Wem ist Daniel nach Vanessa begegnet? Was hat ihm dermaßen Angst gemacht, dass er keine weiteren Aufnahmen wagte?

Auf diese Fragen muss es Antworten geben. Es ist an mir, das fortzusetzen, was mein Onkel nicht zu Ende bringen konnte oder wollte. Vor mir liegt ein altes Foto von Daniel und Vanessa. Sie stehen auf dieser Aufnahme am Grand Canyon. Niemand weiß, wer das Bild gemacht hat. Die beiden sehen mich an. Über das Gesicht meiner Tante zieht sich die Andeutung eines Lächelns. Vanessa und Daniel betrachten mich durch all die Jahre, und ich hoffe, dass sie zueinander gefunden haben. Daniel hat so lange nach ihr gesucht. Zwischen ihnen standen der Tod und zweiundvierzig Kassetten.

Ich weiß, dass mein Onkel viel Zeit und Geld investiert hat.

Clarissa Rimbaud hat sich den Brückenschlag fürstlich bezahlen lassen, da bin ich mir sicher. Aber das war meinem Onkel egal. Ihm ging es nur um ein Zeichen, einen Wink, einen Hinweis darauf, dass nicht *alles* zu Ende ist. Als er ihn bekam, war die Suche beendet.

Mag sein, dass er nur darauf gewartet hat, Vanessa eines Tages zu folgen. Aber selbst seine Einsamkeit, diese unglaubliche Leere, die ihn umgeben haben muss, war nicht stark genug, sich über Vanessas Bitte hinwegzusetzen. *Du wirst mich finden, wenn es an der Zeit ist. Nicht vorher.* Meine Tante wusste, dass ihr nur wenig Zeit blieb, ihrem Mann dies mitzuteilen. Sie war nur eine von vielen Seelen, die den Kanal in die Welt der Lebenden an diesem Tag nutzte. Sie hatte noch nicht einmal sechzig Sekunden, und ich glaube nicht, dass es zweite Chancen dieser Art gibt. Nicht nach dem, was ich in den letzten Wochen gehört habe.

Jetzt sitze ich an meinem Schreibtisch und halte Tonband Nummer 43 in meinen Händen. Es ist eine Ferro-Kassette aus einem Ramschladen um die Ecke. Ich habe sie beschriftet und werde das Tape gleich in den Recorder schieben. Niemand weiß, was mich erwartet, sobald die Aufnahme läuft. Aber ich bin gut vorbereitet. Fünfzig Leerkassetten liegen nebenan im Flur, alle auf Ferro-Basis.

Die Verkäuferin hat mich an der Kasse angesehen, als sei ich verrückt. Sie hat ihren Warenscanner gehalten wie eine Schusswaffe und mir einen Moment lang nachgeblickt.

Und hier endet sie, meine Geschichte – mit einer Frage, auf die es nach wie vor keine Antwort gibt: Was soll ein Mann suchen, der alles gefunden und wieder verloren hat?

24. Oktober

AUGEN

Meinen Augen entgeht nichts. Den größten Teil meiner Tage verbringe ich in einem schweren Ledersessel und blicke auf die Straße hinab. Etwa einhundert Meter weit kann ich vom Fenster aus sehen. Wenn ich mich erhebe, sind es noch mehr. Vor mir ziehen sich zwei Häuserzeilen bis ans Ende der Straße, sehr gepflegt. Die Menschen, die hier wohnen, haben es zu etwas gebracht, keine Frage. Rechtsanwälte, Ärzte und Professoren. Mein Sohn ist einer von ihnen. Er hat mich vor ein paar Wochen hierher geholt, weil er meint, dass ein Altenheim nichts für mich sei. Ich bin ihm dankbar für die Entscheidung, mir die Dachwohnung in seinem Haus zu überlassen. Man sorgt für mich. Morgens und abends besucht mich eine hübsche Krankenschwester, mittags der Mann mit Essen auf Rädern. Die Zeit dazwischen verbringe ich in der Regel alleine, denn mein Sohn ist oft unterwegs.

Er verkauft Versicherungen und Bausparverträge und hat noch immer keine Frau, von Kindern ganz zu schweigen. Hin und wieder lese ich ein Buch aus dem Regal nebenan. Mein Sohn füllt es mit Paperback-Bestsellern. Ich liebe Stephen King und mag Thomas Harris. Auch Tageszeitungen und Hochglanzmagazine liegen auf dem Tisch. Mein Sohn überläßst sie mir, wenn er sie durchgelesen hat. Hin und wieder spendiert er mir einen Playboy oder eine FHM – Sie wissen schon, wegen der Reportagen und Hintergrundberichte.

Viel Zeit verbringe ich damit, einfach nur aus dem Fenster zu schauen. Meine Augen sind noch gut genug, um die Straße ohne Brille zu überblicken. Ich sehe alles vor mir, klar und deutlich. Ich kenne den Takt der Menschen, die an der Straße wohnen, besser als jeder andere. Die meisten Nachbarn machen sich morgens auf den Weg zur Arbeit oder zur Schule. Zwischen sieben und neun herrscht Hochbetrieb. Dann wird es ruhiger, von der jungen Postbotin – die Frau ist stets im Dauerlauf unterwegs –, Handwerkern, Vertretern und der Müllabfuhr einmal abgesehen. Einmal in der Woche fährt ein Schrotthändler aus Bochum hier Streife, spielt jammernde Musik vom Band, sammelt Metall jeder Art und wird durch den Umstand, dass wir unsere Stahlkocher an die Chinesen verhökert haben, jetzt zu einem wohlhabenden Mann. Als sein Lastwagen neulich vor unserem Haus liegen blieb, holte seine Frau ihn ab. Mit einem schwarzen Porsche.

Um einen Blick in die Fenster nebenan zu werfen, benutze ich einen Feldstecher, der mir seit vielen Jahren gehört. Er stammt aus Kriegszeiten und ist gut in Schuss. Die junge Dame, die zwei Häuser weiter wohnt, ihren Mann seit Wochen betrügt und dabei auf die Verschwiegenheit von Gardinen verzichtet, habe ich mit dem Fernglas ebenso ausfindig gemacht wie die alte Frau auf der anderen Straßenseite, die wie ich den ganzen Tag am Fenster sitzt. Am Mittag kommen die Mädchen und Jungs von der Schule nach Hause, um vier beginnt die Rückkehr der Erwachsenen.

Mein Nachbar, der von seiner Frau betrogen wird, fährt einen dieser wuchtigen Geländewagen, die mindestens zwei Tonnen wiegen und ihren Teil dazu beitragen, dass die Eisberge schmelzen. Samstags wird das Ungetüm nach allen Regeln der Kunst gewaschen und poliert, während die Dame, die beim Sex auf Gardinen verzichtet, nebenan mit ihrem Lover telefoniert. Die beiden haben eine Tochter, die ein Faible für am Hintern knapp bemessene Jeans hat, jeden Morgen um acht zur Schule geht und sonntags lange schläft, bis sie müde ihre Vorhänge zurückzieht und mit einem Gesicht nach draußen schaut, als betrachte sie den Weltuntergang. Das Mädchen ahnt nichts vom Doppelleben ihrer Mutter.

Heute ist wieder einer dieser Samstage, an denen entlang der Straße Mittel- und Oberklassewagen gesäubert werden, um abends zu Kino- und Theateraufführungen in der Stadt zu rollen. Zwischen fünf und sechs haben viele Autos ihre Garagen verlassen. Auch die Eltern des Mädchens, das sonntags lange schläft, haben sich auf den Weg gemacht. Jetzt dröhnt Musik aus dem schicken Einfamilienhaus. Die Kleine nutzt die sturmfreie Bude, um mit ein paar Freundinnen Halloween zu feiern. Sieben oder acht sind um halb neun ins Haus geschlichen, mit verdächtig großen Taschen und Kartons in den Händen. Die meisten Fenster nebenan sind hell erleuchtet. Um neun kam noch ein Schwung, diesmal Jungs, gut gelaunt und ebenfalls mit flüssiger Fracht ausgestattet. Ein junger Mann, der augenscheinlich noch niemals eine Sporthalle von innen gesehen hat und in zehn Jahren ein ernst zu nehmendes kardiologisches Problem haben wird, trägt einen Bierkasten vor sich her, um am Samstagabend gemeinsam mit Günther Jauch und der Firma Krombacher den Regenwald zu retten. *Abi 2008 – Lizenz zur Intelligenz* steht auf der Heckscheibe des noch nicht abbezahlten Golfs, mit dem er angekommen ist. Ob sie alle bei ihrer Freundin übernachten?

Zehn Minuten später hat sich der erste Kanaldeckel bewegt. Er liegt ganz am Ende der Straße, ist fast schon außer Sicht. Der Griff zum Feldstecher gibt mir letzte Gewissheit. Stück für Stück hebt der Deckel sich aus seinem Stahlrahmen und rutscht über den Asphalt – angeschoben von verfaulten Händen. Pechschwarz sind die Finger, die das Gusseisen bewegen und dann wieder in der Dunkelheit des Kanalschachts verschwinden. Drei weitere Deckel wurden ebenfalls entfernt, und immer noch hat es niemand bemerkt. Wie auch? Es ist kurz vor zehn, und es dauert, bis die ersten Erwachsenen die Kinos und Theater verlassen. Nur die alte Dame vom Haus gegenüber hat die Sache mit den Kanaldeckeln ebenfalls beobachtet. Sie schreit und weint hinter dem verschlossenen Fenster. Wenn mich nicht alles täuscht, sitzt die Arme im Rollstuhl.

Jetzt kann ich sehen, wer oder vielmehr *was* die Deckel bewegt hat. Sie sind zu fünft und tot. Sie liegen neben den Schächten auf dem Asphalt, kriechen auf dem Bauch mit ausgestreckten Armen über die Straße und sammeln Kraft. Der Weg nach oben hat ihnen eine Menge abverlangt, aber jetzt sind sie am Ziel – nass und verfault. Sie haben keine Gesichter mehr und sind schwarz wie die Nacht. Mühsam gelingt es ihnen, sich aufzurichten. Sie wanken wie schlecht konstruierte Roboter über die Straße und rudern mit ihren Knochenarmen, um das Gleichgewicht zu halten. Mittlerweile sind es zehn Tote. Aus den Schächten steigen immer mehr. Woher kommen sie?

Ein paar Straßen weiter schrauben sich Rauchsäulen in den Abendhimmel. Sie sind so schwarz wie die Männer aus dem Schacht. Ich höre Sirenen, viele Sirenen. Aus dem Haus nebenan dröhnt noch immer Partymusik, lauter als jemals zuvor. Zu gerne würde ich die als Geister verkleideten Mädchen und Jungs warnen. Hier geht etwas Schlimmes vor sich.

Die Toten haben die schreiende, alte Frau entdeckt und schleppen sich zu ihr. Könnte ich ihr nur helfen, aber mein Sohn hat die Wohnung abgeschlossen, damit Papa nicht auf dumme Gedanken kommt. Ich weiß nicht, wo mein Junge steckt und hoffe, dass wenigstens er in Sicherheit ist.

Was mir fehlt, ist ein Telefon und die Kraft, die Tür aufzubrechen. Überall sind Rauchwolken. In der Ferne wird geschossen. Am Horizont drehen Armeehubschrauber ihre Runden. Die Toten, die in nassen Lumpen über unsere Straße kriechen, sind nicht mehr zu zählen. Sie haben lange auf diese Nacht gewartet. Mit vereinten Kräften öffnen sie immer mehr Schächte, reißen auch die letzten Kanaldeckel zur Seite und helfen dem Nachschub hinaus. Obwohl sie keine Augen haben, können sie sehen.

Drei Tote heben ihre Köpfe in meine Richtung. Sie wittern mich. Das Ehepaar mit dem schwarzen Monsterauto haben sie ebenso umgebracht wie die alte Dame, die noch immer in ihrem Rollstuhl sitzt, mit einem Liebesroman in ihren Händen, zwischen vielen tausend Glasscherben. Die Frau, die ihren Mann seit Wochen mit meinem Sohn betrügt und dabei schwarze Wäsche trägt, hat es aus dem verbeulten Riesenauto fast bis in den Vorgarten geschafft. Die Musik verstummt. Jemand schreit. Der junge Mann mit dem ausladenden Bauch stirbt zwischen Bier und Kartoffelchips. Glas zerbricht. Holz splittert. Die Oktoberparty ist beendet. Es stehen so viele Tote da draußen, so viele. Meinen Augen entgeht nichts.

25. Oktober

DER KOFFER

Jetzt weiß ich alles.

Zweiundsiebzig Stunden ist es her, dass ich den Koffer an mich genommen habe. Er stand vor mir, draußen im Park, mitten auf dem Weg, unter einer Kastanie. Weiß der Teufel, warum das verdammte Ding noch nicht einmal mit einem Schloss gesichert war. Ich trug es heim, in der Hoffnung auf wertvollen Inhalt. Der Griff ist mit Blut verschmiert und mit Knochensplittern gespickt. Drei Stückchen Mensch, von einem Handgelenk stammend, das durch Handschellen mit dem Griff verbunden war – bevor man Koffer und Träger mit einer Säge voneinander getrennt hat.

Der Koffer war leicht zu öffnen und enthielt Papier, sauber abgeheftet in zehn Ordnern, alle mit der Aufschrift „streng geheim". Schon beim ersten Blick in die Akten war mir klar, dass das hier von Bedeutung ist. Von großer Bedeutung. Einem Gang in den Stadtpark verdanke ich das geheime Wissen unserer Regierung und all der anderen Regierungen, die nach wie vor davon überzeugt sind, dass ihnen niemand auf die Schliche kommt. Doch sie haben die Rechnung ohne die Koffermänner gemacht. Dieser hier wurde im Stadtpark erledigt, mit einem schallgedämpften Schuss in den Kopf.

Keine Ahnung, wo der Besitzer des Koffers abgeblieben ist. Ich habe den Park seelenruhig verlassen, wie ferngesteuert und in dem Wissen, dass man mich beobachtet. Mag sein, dass die Leute, die an jenem Nachmittag draußen spazieren gingen, mich vor meinen Verfolgern bewahrt haben. Mag sein, dass ich einfach nur Glück hatte, den Koffer an mich nehmen zu können.

Jetzt liegt er vor mir auf dem Boden. Jeden der zehn Ordner habe ich studiert, Seite für Seite, Kapitel für Kapitel. Nicht eine Pause habe ich mir gegönnt – so unfassbar sind die Dinge, die ich zu lesen bekam. Einige Papiere wurden in großer Eile kopiert. Nicht alles ist lesbar, hin und wieder fehlen Seiten. Einige Passagen sind geschwärzt. Und das aus gutem Grund.

Drei Ordner sind mit amerikanischen Militärakten aus dem Zweiten Weltkrieg gefüllt. Die ersten Schriftstücke sind auf den 10. und 11. Juni 1944 datiert und entstanden während der erbitterten Rückzugsgefechte zwischen den Streitkräften der Alliierten und der deutschen Wehrmacht. Die Berichte sind nicht vollständig. Gerade auf den ersten Seiten wurden diverse Abschnitte unkenntlich gemacht. Aber das, was ich lesen und übersetzen konnte, reicht aus, um zu verstehen, was es mit dem Koffer auf sich hat: In der Nacht auf den 9. Juni 1944 wurde während der Kämpfe über der Normandie ein Flugzeug abgeschossen, das man zunächst für einen deutschen Aufklärer hielt. Eine Einheit amerikanischer Fallschirmspringer war zuerst an der Absturzstelle und nahm das Wrack, das in Flammen stand, unter deutschem Beschuss in Augenschein.

Zwei Offiziere, deren Namen nicht mehr zu lesen sind, haben die Maschine, die sich in einen Acker gebohrt hatte, beschrieben. Demnach handelte es sich weder um ein amerikanisches, britisches noch um ein deutsches Flugzeug. Die Bauart stellte die Soldaten vor ein Rätsel. Von abstrakt angeordneten Tragflächen ist die Rede, von fehlenden Hoheitszeichen und von der Tatsache, dass der Rumpf des Fliegers frei von rechten Winkeln war. Die fremdartige und glatte Beschichtung der Bauteile nährte den Verdacht, dass man es mit einer Geheimwaffe zu tun hatte. Sofort erging der Befehl, das feindliche Flugzeug nach dem Rückzug der Deutschen, die ebenfalls an die Maschine gelangen wollten, zu löschen, um es untersuchen zu können.

Die beiden Piloten verbrannten im Cockpit und waren nicht mehr zu retten. Wohl aber drei Männer aus dem Heck der Maschine, die in Sicherheit gebracht wurden, bevor das Flugzeug in einem Feuerball aufging. Bilder, die ein britischer Militärfotograf vom Wrack gemacht hat, und die dem Bericht beigefügt wurden, fehlen ebenso wie Angaben darüber, wohin man die Überlebenden gebracht hat. Fest steht nur, dass die Männer aus dem Flugzeug amerikanische Uniformen trugen und hinter den Linien der Alliierten mit Fallschirmen abspringen sollten. Als Gefangene brachte man sie fort, ohne dass einer der Männer ein Wort von sich gab.

Die Verhörakte steckt voller Widersprüche. Demnach verstanden die vermeintlichen Spione kein Wort – und das beruhte auf Gegenseitigkeit. Die Amerikaner holten einen Dolmetscher nach dem anderen in ihr Hauptquartier, ohne Erfolg. Das letzte Verhör – es wurde in der Nacht auf den 12. Juni 1944 geführt – endete im Chaos. Laut Akte gelang es einem Gefangenen, an die Pistole eines Wachtpostens zu kommen. Zuerst tötete er seine beiden Kameraden und dann sich selbst, wobei – und das wird in den Berichten betont – kein Tropfen Blut floss. Nach einer ersten Untersuchung der Toten in einem Feldlazarett wurden die Leichen, die selbst Tage später kein Anzeichen von Verwesung zeigten, in die Vereinigten Staaten gebracht und in einem Militärkrankenhaus obduziert. Den Bericht der Ärzte suchte ich in den Akten vergeblich. Gut möglich, dass ich ihn im Wust aus Papier übersehen habe – mir blieb kaum Zeit, um alles zu sichten.

Die nächsten Akten aus dem Koffer, ebenfalls aus US-Beständen, stammen aus den 60er, 70er und 80er Jahren, befassen sich mit der Tarnkappen-Technologie und der Frage, wie man Militärflugzeuge baut, die vom Boden und aus der Luft nicht zu orten sind. Genau ein solches ist den Amerikanern 1944 in der Normandie vor die Füße gefallen, aus purem Zufall. Die Technik aus Feindeshand, die man in Augenschein nahm, wurde zur Grundlage für weitere Forschung. In ihrem Mittelpunkt standen zum einen die Wrack-Fotos, die das Militär unter Verschluss hielt. Zum anderen griffen die Ingenieure bei der Rekonstruktion des Tarnkappen-Fliegers auf siebzig Wrackteile zurück, die man von der Normandie aus in einen Militärhangar in Maine geschafft hat. Dort werden sie bis heute aufbewahrt.

Aber dies ist nichts gegen das, was man mit den drei toten Spionen angestellt hat. Ihre Körper wurden zerlegt, um zu erkennen, dass man es nicht mit Menschen aus Fleisch und Blut zu tun hatte. In den medizinischen Dossiers, die nur in Teilen erhalten sind, ist von synthetischen Organismen die Rede – nach außen perfekt getarnt und mit bloßem Auge nicht von Menschen zu unterscheiden.

Das US-Verteidigungsministerium kam zu dem Schluss, es mit einem von langer Hand geplanten aber gescheiterten Spionageakt zu tun zu haben, dem eine bislang unbekannte und überaus moderne Technik zugrunde lag. Sie zu kopieren und für eigene Zwecke zu nutzen, wurde zum erklärten Ziel der kalten Krieger, die Anfang der 50er Jahre mit der Sowjetunion den nächsten Gegner im Visier hatten. Zunächst ging man davon aus, dass man es bei der Maschine aus der Normandie mit russischer Technik zu tun hatte, die der deutschen Wehrmacht durch Zufall in die Hände gefallen war. Beweise dafür fand man allerdings nicht, so sehr man auch die Geheimdienste auf den Fall ansetzte. Teams der besten Ingenieure aus den USA und aus Kanada wurden mit dem Nachbau des Tarnkappen-Fliegers betraut. Dabei haben die Amerikaner es geschafft, den wahren Ursprung ihrer Technologie bis heute geheim zu halten.

Die ersten Entwicklungen der deutschen Marine im Zweiten Weltkrieg und die Flugzeug-Prototypen der späten 70er Jahre verkommen zu Randnotizen angesichts der Erkenntnisse, die das Militär aus dem Normandie-Wrack gezogen hat. Die Maschine wurde zum Vater des B2-Tarnkappenbombers. Ihn präsentierte man der Welt im zweiten Irak-Krieg, um den Militärs auf die Schultern zu klopfen, chirurgische Schläge gegen alles Böse anzukündigen und jeden Gegner einzuschüchtern. Ein Ende ist nicht abzusehen. Der Zwischenfall in der Normandie hat den Amerikanern über Nacht einen gewaltigen Sprung ermöglicht. Wie groß mag im Pentagon der Jubel gewesen sein, als sich die erste eigene Tarnkappen-Maschine in den Himmel über Nevada erhob? Selbst den Abschuss einer F-117 im Krieg auf dem Balkan hat man hingenommen, im Wissen, dass deren Technik kaum zu kopieren ist.

Unterdessen kümmerten sich Mediziner in Boston, Dallas und London um die Kunstmenschen, deren Rekonstruktion sich als weitaus heikler erwies. Die Wende brachte ein sowjetischer Überläufer Mitte der 80er Jahre, der den Amerikanern unter Verschluss gehaltene Akten des Warschauer Paktes mitbrachte. Demnach war man in der Sowjetunion ebenfalls in den Besitz synthetischer Menschen gelangt, bei einer Festnahme im Februar 1977, allerdings ohne ein Flugzeug. Dieses Geschenk blieb den Amerikanern vorbehalten. Testflügen folgten Kriegseinsätze, allesamt streng geheim. Bis es aber gelang, einen künstlichen Organismus zu schaffen, der dem Vorbild aus der

Normandie-Maschine auch nur in Ansätzen entsprach, vergingen etliche Jahre – geprägt von herben Rückschlägen. Glaubt man den Akten, besitzt keine Macht bis heute auch nur eine einigermaßen funktionierende *Lösung*. Als solche werden die armen Teufel bezeichnet, die auf Labortischen das Licht der Welt erblicken, als Kombination aus Biomechanik, Elektronik und Leichenteilen. Das größte Problem liegt in der Imitation eines funktionierenden Herz-Kreislauf-Systems. Auch die Vorgabe, beim Bau künstlicher Menschen auf sichtbare Technik zu verzichten, stellt die Konstrukteure vor Herausforderungen.

So sind in den Akten aus dem Koffer immer wieder Berichte über Kunstmenschen zu finden. Die meisten Spione werden in Flughäfen gestellt, beim Versuch, unerkannt durch Kontrollen zu gelangen. Was sie ans Messer liefert, sind ihre Köpfe, vollgestopft mit Elektronik und Sensortechnik, gesteuert durch eine Prozessor-Einheit, die jeder synthetische Mensch im Hinterkopf trägt. Wie sie funktioniert, ist bis heute ein Rätsel. Niemand weiß, wer die Agenten geschaffen hat und welches Ziel sie verfolgen. Fest steht nur, dass sie seit Jahrzehnten im Einsatz sind und es auf militärisches Wissen abgesehen haben. Um Metalldetektoren zu umgehen und Agenten zu tarnen, benutzen ihre Erbauer immer bessere Kopfabschirmungen, aber keine Tarnkappe funktioniert bislang zu hundert Prozent.

Im Wettlauf mit den Amerikanern zieht die *andere Seite* – so wird sie in den Akten bezeichnet – jedes Register. In den Papieren des neunten Aktenordners fand ich eine Aufstellung, die um das Jahr 2000 verfasst wurde und von bislang sechsundfünfzig gefassten Spionen spricht. Einige Agenten haben versucht, Rüstungskonzerne zu infiltrieren, andere haben sich zum Militärdienst gemeldet, um einen Blick auf Waffentechnik zu werfen. 1992 schafften es zwei Agenten bis in die Pilotenausbildung der US-Air-Force, ein anderer wurde 1998 bei der Nasa in Houston aus dem Verkehr gezogen. Spione nach ihrer Festnahme zu verhören, führt zu keinem Ergebnis. Sobald Kunstmenschen Gefahr droht, schaltet sich ihr Gedächtnis und Sprachzentrum ab, und die Gefangenen versuchen nichts anderes mehr, als sich selbst zu töten – wie damals in der Normandie.

Im Herbst 1968 wurde die erste weibliche Kopie ausfindig gemacht, bei einem Kampfeinsatz in Vietnam, als ein US-Lazarett unter Feuer genommen und eine vermeintliche Krankenschwester durch Schüsse in den Kopf verletzt wurde. Beim ersten Golfkrieg fasste der Geheimdienst in Kuwait eine junge Frau, die als GI ihren Dienst auf einem Horchposten versah und durch Zufall enttarnt wurde, bevor sie sich mit ihrer Waffe umbrachte.

Der letzte Teil der Akten stammt aus der Zeit unmittelbar nach dem 11. September 2001. Den Angriff auf das World Trade Center brachte der US-Geheimdienst zunächst mit der *anderen Seite* in Verbindung, zumal es nach dem ersten Anschlag in den 90er Jahren Hinweise auf Agenteneinsätze am Tatort gegeben hatte. Als es dann allerdings gegen Bin Laden und El Kaida ging, erkannten die Amerikaner die Gunst der Stunde, das Netz der Überwachung durch permanenten Datenabgleich, Personenkontrollen und Metalldetektoren massiv zu erweitern, ohne dass jemand unbequeme Fragen stellte. Mittlerweile ist jede Einrichtung in den USA agentensicher und abgeschirmt. Mit Genugtuung beobachten die Amerikaner, dass die Nato-Partner mitziehen und sich ebenfalls abschotten. In Europa sind die engsten Verbündeten in den Abwehrkampf eingeweiht, um an den Schaltstellen ihrer Länder Vorkehrungen für die bevorstehende Konfrontation zu treffen.

Natürlich gab es immer wieder Versuche, das Schweigenetz zu durchlöchern und Informationen über den Vorfall in der Normandie nach außen zu tragen. Zwei Journalisten in England hätten es im Frühjahr 1999 auch beinahe geschafft – wären sie nicht bei einem Autounfall in London ums Leben gekommen. Ebenso wie ein ranghoher US-General im Ruhestand, der sich zu weit vorgewagt hat und im Oktober 2000 bei einem Spaziergang an Herzversagen starb. Die Akten zu diesen Todesfällen sind lückenhaft, und ich glaube, es gab noch weit mehr Morde, als im Koffer zu finden sind. Ich bin mir sicher, dass auch dieses Material hier einem Überläufer gehörte, der kurz vor dem Ziel außer Gefecht gesetzt wurde. Aber das spielt für mich keine Rolle. Ich habe den Koffer.

Jetzt liegt das Vermächtnis des Agenten vor mir. Ich frage mich, wer den Peilsender überwacht, der in den Koffer geschraubt wurde. Ist es der US-Geheimdienst? Oder schlagen die Briten zu? Seit heute früh stehen zwei schwarze Lieferwagen vor meinem Haus. Hin und wieder überfliegt ein Hubschrauber unser Viertel – in großer Höhe, aber gut zu hören. Weiß der Teufel, was die *andere Seite* vorhat!

Lebend bekommt man mich nicht. Das sagt mir eine Stimme in meinem Kopf. Sie ist mir seit Jahrzehnten vertraut und erklärt mir, was zu tun ist, bevor der Feind das Haus betritt und an die Akten gelangt. Niemand wird erfahren, woher der Fallschirm und die Uniform in meinem Kleiderschrank stammen. Sie sind alt und haben ihren Zweck erfüllt. Ebenso wie die beiden Schalldämpfer und die Knochensäge, die ich immer bei mir trage.

26. Oktober

DER TANK

„Du weißt, warum ich hier bin?"

Carsten Bauer warf einen Blick auf Michael Schumacher, der ihn von der Wand des Kinderzimmers aus betrachtete. Das Formel-1-Poster hatte schon bessere Tage gesehen, war eingerissen und klammerte sich mit letzter Kraft und Stecknadeln an die Raufasertapete. Links stand Schumacher ein Kleiderschrank zur Seite, daneben ein Regal, dessen Böden sich unter dem Gewicht diverser Taschenbücher nach unten bogen. Das Zimmer war so aufgeräumt, wie der Raum eines Zehnjährigen es nur eben sein konnte.

„Es geht um die Kinder, die Sie auf dem Feld gefunden haben?" Der Junge, der dem Kommissar gegenüber saß, rutschte auf seinem Stuhl hin und her. Bauer hatte bewusst darauf verzichtet, Jonathan im Präsidium zu vernehmen. Mit ihm in seiner vertrauten Umgebung zu reden, versprach angesichts dieser seltsamen Geschichte mehr Erfolg – wenn das Kind sich darauf einließ. Im Wohnzimmer nebenan saßen Jonathans Eltern und zwei Beamte in Zivil. Sie wechselten leise Worte, die gedämpft durch die Zimmertür zu hören waren. Der Junge sah den Polizisten fragend an. „Wie viele Kinder sind es?"

„Zwei Mädchen und zwei Jungen", sagte Kommissar Bauer, ohne Jonathan aus dem Blick zu verlieren. Das hier war eine Gratwanderung auf der Suche nach Antworten. Im Ermittlerstab hatte man lange über diesen Weg diskutiert. Der Junge wirkte angesichts der Dinge, die ihm widerfahren waren, erstaunlich gefasst. Bauer lockte Jonathan weiter aus der Reserve. „Wir wissen mittlerweile, wie die Kinder heißen und woher sie kommen."

„Sie sind nicht von hier, oder?"

„Nein." Der Polizist nickte. „Die Kinder wohnten weit weg." Einen Moment lang drifteten seine Gedanken ab. Heute früh war es Experten des BKA gelungen, das zweite Mädchen mit Zahnarztunterlagen und Röntgenbildern zu identifizieren. Die Eltern waren über das Schicksal ihrer vor zwei Jahren verschwundenen Tochter informiert. Ein Seelsorger kümmerte sich um die Familie.

„Wer hat die Kinder hierher gebracht?" Jonathans Blick verfinsterte sich. Der Junge betrachtete seine Hände, die er ineinander gelegt hatte. Noch immer war er die Ruhe selbst.

„Wir wissen nicht, wer die Kinder entführt hat", sagte der Kommissar zögernd. „Noch nicht."

Das war die Wahrheit.

Nach wie vor trat die Sonderkommission auf der Stelle, sammelte jede erdenkliche Information und hatte damit zu tun, Sensationsreporter auf Distanz zu halten. Bislang beschränkte man sich auf eine Zehn-Zeilen-Pressemitteilung. Lange war die Nachrichtensperre nicht mehr zu halten. Nur eine Frage der Zeit, und der Sturm würde losbrechen. Der Vorsprung vor der Boulevard-Meute wurde mit jeder Stunde kleiner. Bald würde sie Namen und Ermittlungserfolge fordern.

„Nach allem, was deine Eltern gesagt haben, bist du ein schlauer Junge, Jonathan. Und es gibt keinen Grund, an deiner Geschichte zu zweifeln." Der Polizist beugte sich vor. „Ohne deinen Hinweis hätten wir das Versteck nicht entdeckt. Ich bin hier, um dir zu danken – und weil ich wissen will, was du da draußen auf dem Feld genau gesehen hast."

„Das habe ich den beiden Polizisten schon gesagt. Die haben mich ausgefragt, als sei *ich* der Verbrecher." Röte stieg in Jonathans Sommersprossengesicht. Der Zehnjährige wirkte so konzentriert wie ein Läufer vor dem Startschuss. Carsten Bauer glaubte Tränen zu sehen, doch sie flossen nicht.

„Ich weiß, dass du meinen Kollegen eine Menge gesagt hast." Der Kommissar bemühte sich, Gelassenheit in seine Stimme zu legen. Kinder zu vernehmen, gehörte nicht zu seinen Stärken. „Du hast alles richtig gemacht, Jonathan. Wir glauben dir jedes Wort. Ich leite die Ermittlungen, und damit ich meinen Job gut machen kann, muss ich alles wissen."

„Sie denken nicht, dass ich irre bin?" Jonathan wischte sich mit dem Handrücken über seine Augen.

„Niemand denkt, dass du irre bist."

„In der Schule lachen mich alle aus. Es gibt Leute, die behaupten, dass ich verrückt bin."

„Wer dich auslacht, ist dumm", erwiderte Carsten Bauer. „Du selbst weißt am besten, dass du Recht hast. Das zählt. Wem hast du von deiner Beobachtung auf dem Feld erzählt, bevor du es deinen Eltern gesagt hast?"

„Drei Freunden, die mit mir unterwegs waren. Die haben es den anderen verraten, obwohl sie mir fest versprochen hatten, das nicht zu tun. Jetzt denken alle, dass ich irre bin."

„Ich denke das nicht." Der Polizist hoffte, mit dieser Taktik Erfolg zu haben. „Und glaub mir, ich hatte schon mit einer ganzen Menge *wirklich* irrer Leute zu tun." Das Kind nickte. „Erzähl mir, was du gesehen hast. Mich interessiert jede Einzelheit. Alles, woran du dich erinnern kannst. Ich behalte es für mich." Er wähnte sich am Ziel und nickte dem Jungen auffordernd zu. „Das verspreche ich dir."

Jonathan zögerte. Die Falten, die sich beim Nachdenken über seine Stirn zogen, waren Andeutungen und von feuerroten Haaren verdeckt. „Was wollen Sie wissen?"

„Wann du zum ersten Mal etwas beobachtet hast."

„Das war am Mittwoch", sagte Jonathan. „Ich kam aus der

Schule, war mit dem Fahrrad unterwegs und fuhr an der Wiese vorbei, als ich das Kind im Gras stehen sah."

„Du bist dir sicher, dass es ein Kind war?"

„Ganz sicher."

„Wie weit war es weg? Kannst du mir sagen, wie weit das Kind entfernt war?"

„Es stand mitten auf der Wiese. Da, wo das Gras hoch ist. Da, wo Sie alles gefunden haben."

„Genau an dieser Stelle?"

„Ja", sagte Jonathan. „Ich habe gesehen, wo der Bagger das Loch gegraben hat. Genau da stand das Kind."

„Junge oder Mädchen?"

„Ein Mädchen. Sie hat mir zugewinkt."

„Zugewinkt?" Der Kommissar schrieb etwas auf den Notizblock, der vor ihm lag. Beim Griff zum Kugelschreiber hatte er das Diktiergerät in seiner Tasche eingeschaltet. „Dann hat das Mädchen dich gesehen?"

„Sonst hätte sie mir nicht zugewinkt", rief der Junge verärgert. „Sie hat mich angeschaut."

„Wollte sie, dass du zu ihr kommst?"

„Ja, so war es." Der Junge hob zur Antwort beide Hände und deutete in Wellenbewegungen in seine Richtung. „Sie brauchte Hilfe."

„Und? Bist du hingelaufen?"

„Nein. Das war mir zu unheimlich. Sie sah nicht gut aus."

„Was heißt das – *nicht gut?*"

„Blass und krank. Es ging ihr nicht gut. Das habe ich sofort gesehen."

„Was hast du dann gemacht?"

„Ich bin nach Hause gefahren."

„Und das Mädchen?"

„War plötzlich weg."

„Lief sie fort?"

„Nein“, sagte Jonathan. „Sie war einfach weg. Verschwunden. Wie ein Gespenst.“

„Vielleicht hat das Mädchen sich einfach nur ins Gras geduckt. Hoch genug war es ja.“

„Das hätte ich bemerkt.“

Der Polizist nickte. „Und dann? Wann hast du das Mädchen wieder gesehen?“

Jonathan überlegte. Nebenan war das leise Schluchzen seiner Mutter zu hören, dazwischen das Gemurmel eines Psychologen. „Zwei Tage später. Ich fuhr an der Wiese vorbei und kam vom Fußball. Das Mädchen stand am Bretterzaun und verlangte von mir, dass ich anhalte.“

„Sie *verlangte* es?“

„Sie hat versucht, mich vom Fahrrad zu ziehen.“

„Und? Hat sie das geschafft?“

„Wie denn?“ Jonathan war verzweifelt. „Ihre Finger griffen durch mich hindurch.“

„Sah das Mädchen immer noch blass und krank aus?“

„Sie war fast durchsichtig. Keine Farbe im Gesicht. Ihre Sachen waren schmutzig, und sie hat an den Armen geblutet. Ich konnte durch das Mädchen hindurchsehen und bin weitergefahren, um meine Freunde einzuholen.“

„Du hast nicht angehalten?“

„Nein“, sagte der Junge. „Und *Sie* hätten das auch nicht getan. Das Mädchen sah schlimm aus.“

„Wie alt war sie?“

„So alt wie ich.“

„Dann hast du es deinen Eltern gesagt?“

„Zuerst meinen Freunden, dann meinen Eltern.“

„Haben deine Freunde das Mädchen auch gesehen?“

„Nein. Wir fuhren zurück, bis wir die Wiese sehen konnten. Das Mädchen stand wieder im tiefen Gras und winkte – wie beim ersten Mal. Aber die anderen haben sie nicht gesehen.

Sie wollte mir etwas zeigen. Jetzt weiß ich, dass es der Tank war."

Der Tank.

Der Polizist spürte das jähe Entsetzen, das sich bei diesem Wort in seinem Herzen breit machte. Dann dachte er an die Ereignisse, die jenem Schicksalstag gefolgt waren: Jonathans Eltern wählten die 110. Eine halbe Stunde später sah eine Polizeistreife sich auf dem verwilderten Gelände um. Laut Einsatzbericht weigerte der Junge sich beharrlich, das Feld selbst zu betreten – aus Angst, dem schwer verletzten Mädchen noch einmal zu begegnen. Das hohe Gras machte die Suche nach Spuren fast unmöglich.

Die Beamten wollten die Wiese wieder verlassen, als einer der Männer gegen einen Gegenstand stieß. Aus dem Gras ragte ein stählerner Riegel. Ihn freizulegen, kostete einige Minuten. Als unter dem Hebel ein Metalldeckel zum Vorschein kam, entschloss sich die Streife, Verstärkung anzufordern.

Wenig später kam die Feuerwehr. Nach zwanzig Minuten war der Deckel mit einem Schneidbrenner entfernt und ein Scheinwerfer in Position gebracht. Der Geruch, der den Einsatzkräften aus der Dunkelheit in die Nasen stach, verhieß nichts Gutes. Doch das war noch gar nichts gegen den ersten Blick in die Tiefe, der jedem der Männer die Sprache verschlug. Noch am Abend legte ein Bagger einen Tank aus Stahl frei, der im Erdreich der Wiese verborgen lag – fast fünf Meter lang, drei Meter breit und zweieinhalb Meter hoch. Man schuf Platz für die Leute von der Spurensicherung. Hinter Sichtschutzwänden gingen Männer in weißen Kunststoffanzügen an die Arbeit. Sie sollte sechzehn Stunden in Anspruch nehmen, bevor auch die letzte der vier Kinderleichen geborgen war – ohne den Fotografen, Reportern und Kamerateams, die sich in Begleitung ihrer Coffee-to-go-Becher jenseits der Absperrungen die Nacht um die Ohren schlugen, auch nur ein Motiv zu liefern.

Der Anblick der beiden Mädchen und Jungen in den Tiefen des Tanks sollte selbst langjährige Polizisten bis in ihre Träume verfolgen. Der Abgleich mit der Vermisstenkartei brachte erste Erkenntnisse und Namen. Auf allen Seiten wurde unter Hochdruck gearbeitet. Die beiden toten Jungen und eines der Mädchen wurden am Tag nach Öffnung des Tanks identifiziert. Die Kinder galten seit Jahren als vermisst, einer der Jungen bereits seit Oktober 1992, nachdem er auf dem Weg zur Schule spurlos verschwunden war.

All das ging Carsten Bauer durch den Kopf.

„Hast du eines dieser Mädchen auf der Wiese gesehen?“ Der Kommissar schob dem Jungen zwei Fotos zu – das eine in Farbe, das andere in Schwarzweiß, aus einer E-Mail stammend, die zwei Stunden alt war. „Erkennst du eines der Mädchen wieder?“

Jonathan senkte den Blick, holte Luft und betrachtete die Bilder. Das Farbfoto zeigte ein blondes, neun Jahre altes Mädchen mit rundem Gesicht und Zöpfen. Es lächelte in die Kamera und war offensichtlich in einem Studio fotografiert worden. Das Schwarzweiß-Bild dagegen stammte aus den Händen eines Amateurs. Darauf war ein zehn Jahre altes Mädchen mit schmalem Gesicht und langen, dunklen Haaren zu sehen. Der Polizist hatte seine Frage kaum gestellt, als Jonathans Zeigefinger nach vorne schnellten und das Farbfoto trafen.

„Das ist sie!“, rief der Junge. „Das ist sie! Das Mädchen stand auf dem Feld!“

Dem Kommissar war, als gebe der Boden unter ihm nach. „Bist du dir sicher?“

„Ganz sicher! Dieses Mädchen hier hat mir gezeigt, wo der

Tank ist! Ihre Haare waren dreckig und nass – aber das ist sie ganz bestimmt." Jonathan lehnte sich auf seinem Schreibtischstuhl zurück, so weit, dass die Rückenlehne unter Protest knirschte. Die Wangen des Jungen waren rot – wie von Ohrfeigen getroffen. Er schob die Fotos von sich. „Sie lag auch da unten im Tank, nicht wahr?"

Der Kommissar schwieg, als er die Fotos einsteckte. „Ich wünschte, ich könnte dir sagen, was du da gesehen hast." Er nickte Jonathan zu. „Ja, das ist eines der beiden Mädchen aus dem Tank."

„Dann habe ich einen Geist gesehen." War das eine Frage oder eine Feststellung? Carsten Bauer war sich nicht sicher. „Das Mädchen wollte, dass man sie findet."

„Es gibt keine Geister." Der Kommissar wusste, dass das alles andere als überzeugend klang. „Ich denke, dass es noch eine andere Erklärung gibt."

„Glauben Sie, was Sie wollen." Jonathan schüttelte den Kopf. „Ich weiß, was ich gesehen habe. Meine Mutter sagt, dass ich zum Arzt muss."

„Nur zur Vorsicht", erwiderte der Kommissar. „Wir wollen sicher sein, dass es keine Probleme gibt. Du hast alles richtig gemacht, hörst du? Ohne dich lägen die armen Kinder immer noch da unten."

„Aber warum habe nur ich das Mädchen gesehen?"

„Das weiß ich nicht, Jonathan."

„Wer hat die Kinder in den Tank gesteckt?"

„Das werden wir bald wissen."

Sehr bald. Zwei Tage nach Jonathans Vernehmung stürmte ein Sondereinsatzkommando das Wohnhaus eines fünfzig Jahre alten Mannes, nachdem er Carsten Bauer mit zwei Revolverschüssen in den Magen verletzt hatte. Der Kommissar war außer Lebensgefahr, als dem auf dem Bauch liegenden Schützen

Handschellen angelegt wurden. Bauer und seine Leute hatten nicht lange nach dem Hauptverdächtigen suchen müssen: Vor fünf Jahren hatte der Mann das ehemalige Firmengelände, auf dem sich der Wassertank aus den 70er Jahren befand, gepachtet und als Abstellplatz für Bauwagen benutzt. Ein Blick ins Vorstrafenregister gab der Sonderkommission letzte Gewissheit und führte Bauer gemeinsam mit zwei Kollegen an die Haustür eines Mannes, der seit seinem 15. Lebensjahr nicht nur mit inneren Stimmen, sondern auch mit einer furchtbaren Obsession zu kämpfen und diesen Krieg eines Tages verloren hatte. Im Schutz der Bauwagen hatte der Mann den Tank zum Versteck gemacht und nach der letzten Inanspruchnahme in einer Nacht verschweißt und mit Erdreich verdeckt.

Die Beweislast war erdrückend. Auf einer Festplatte des Verdächtigen fanden sich fast tausend Fotos seiner Opfer, akribisch archiviert und alles in den Schatten stellend, was die Ermittler jemals zu sehen bekommen hatten. Es folgten DNA-Tests und Vernehmungen. Doch erst beim dritten Verhör brach der Mann sein Schweigen: Nein, er habe keines der Kinder verletzen wollen, geschweige denn töten. Doch das Schicksal, so sagte der Mann, dem in seinem Haus ein großer Keller zur Verfügung stand, wollte es anders. Eine Aussage des Verdächtigen blieb Bauer lange in Erinnerung. Wieder und wieder hörte er sie sich auf dem Krankenbett mit seinem Diktiergerät an.

„Ich wollte die Kinder nicht der Erde überlassen, hören Sie? Ich wollte sie nicht einfach vergraben. Ich wollte, dass sie es trocken haben. Trocken und warm. Da kam mir der Tank gerade recht. Ich habe ihn durch Zufall entdeckt. Er war leicht zu öffnen. Ich dachte nicht im Traum daran, dass die Kinder da unten keinen Frieden finden. Ihre Seelen konnten den Tank

nicht verlassen, verstehen Sie? Sie haben alles versucht, in den Himmel zu kommen, aber die Stahlwand war zu hart. Begreifen Sie das? Die Kinder waren gefangen! Eingesperrt! Es gab keinen Weg nach draußen! Mit Holz und Erde haben Tote kein Problem. Ihre Seelen strömen einfach hindurch und machen sich auf den Weg in den Himmel. Aber mit Stahl kommen sie nicht zurecht. Stahl ist nicht durchlässig, verstehen Sie? Das habe ich nicht bedacht, als ich die Kinder da unten versteckte. Bis sie mir erschienen. Zuerst die Mädchen, dann die Jungen. Hat noch jemand ihre Geister gesehen? Wer hat Ihnen den Hinweis auf den Tank gegeben? Er war doch gut getarnt! Mich haben die Kinder jeden Tag und jede Nacht besucht. Sie standen vor meinem Bett. Aber ich traute mich nicht, den Tank noch einmal zu öffnen, um sie raus zu lassen. Ich hatte Angst. Große Angst. Gott sei Dank ist das jetzt erledigt. Richten Sie denen, die die Kinder befreit haben, meine besten Wünsche aus. Mir fehlte dazu die Kraft. Mir fehlte dazu der Mut, verstehen Sie? Jetzt weiß ich, was ich angerichtet habe. Ich hätte sie beerdigen sollen, wie es Toten zusteht. Jetzt sind die Geister fort. Ihr habt sie erlöst.“

Das Sondereinsatzkommando überwältigte den mutmaßlichen Mörder der vier Kinder und nahm ihm den Revolver ab. Als er am Boden lag, umringt von sechs Männern, begann er zu weinen. Er leistete keinen Widerstand. Im Moment des Zugriffs glaubte einer der Polizisten, aus dem Augenwinkel heraus etwas zu sehen: Vier totenblasse Kinder – zwei Jungen und zwei Mädchen – die die Festnahme aus sicherer Entfernung verfolgten und mit ausgestreckten Händen auf den Mann am Boden zeigten. So waren sie zu sehen, fahle Umrisse, die sich in Luft auflösten, als die Scharfschützen ihre Deckung verließen, die Waffen senkten und den Zugriff beendeten. Über seine Beobachtung zu sprechen, vermied der Polizist bis ans

Ende seiner Tage, aus Angst, man würde ihm nicht glauben. Und damit war er nicht allein.

27. Oktober

HÄNDE

Nur das Schicksal weiß, wie alt die Frau war, die uns gegenüber Platz genommen hatte – auf der anderen Seite des Zimmers, im Schein einer Kerze. Der Tisch, der uns trennte, war aus Eiche und mit tiefen Kerben überzogen. Sein Holz ließ ahnen, wie viele Menschen ihre Hände schon auf ihn gelegt hatten. Unzählige Kratzer liefen über die Tischplatte, durchsetzt mit Löchern, die Holzwürmer auf ihrer Reise hinterlassen hatten. So saßen wir da – meine Frau Vanessa, die Seherin und ich, Blicke tauschend. Das Hinterzimmer, in das die Dame uns geführt hatte, war spartanisch eingerichtet: ein Tisch, drei Stühle – ebenfalls aus uraltem Eichenholz – und die Kerze, an der Wachs in Strömen herab lief, um sich auf der Platte in wirren Bahnen zu verteilen.

Aus einer Laune heraus hatten wir an die Tür des alten Dorfhauses geklopft, angelockt durch ein verkratztes Messingschild an der Fassade. Eingraviert war ein Schriftzug in mehreren Sprachen, darunter Rumänisch und Deutsch: „Interesse an der Zukunft? Ich lese sie in Ihren Händen." Einen Moment lang standen Vanessa und ich am Treppenaufgang, unentschlossen. Als die Reisegruppe, mit der wir unterwegs waren, sich zur mächtigen, alten Wehrkirche oberhalb des Dorfplatzes bewegte und sich immer weiter von uns entfernte, fragten wir uns, ob wir es wagen sollten. In knapp einer halben Stunde würde unser Reisebus nach Hermannstadt weiterfahren, und wir hatten wenig Lust auf eine weitere Führung – so abgekämpft, wie wir nach dem Besuchsprogramm in Siebenbürgen waren. Zeit für ein *kleines Abenteuer*, fand meine Frau, und ich stimmte zu, ohne zu wissen, worauf ich mich einließ.

„Sie kommen aus Deutschland?“, fragte die alte Dame. Sie trug ein Kopftuch und betrachtete Vanessa und mich mit dunkelbraunen, fast schwarzen Augen. Sie sprach akzentfrei – mit einer Stimme, die dem verkratzten Tisch vor uns glich: rau und brüchig. Jedes Wort der Frau folgte einer unheimlichen Linie aus Entschlossenheit. „Und Sie sind sich ganz sicher, dass ich in Ihren Händen lesen soll?“

Vanessa ließ die Alte nicht aus den Augen. Ich spürte ihre Anspannung. Im Zimmer war es kalt. Ausgesprochen kalt. Beim Gedanken daran, dass es draußen, jenseits dieser Mauern, Ende September und immer noch fast zwanzig Grad warm war, zog sich eine Gänsehaut über meine Arme. Die Wahrsagerin wiederholte ihre Frage. Vanessa nickte.

„Und Sie?“ Jetzt beugte die Alte sich vor, faltete ihre Hände, über die sich verschlungene Adern wie Kanalleitungen zogen, und rückte näher an den Kerzenschein heran. Die Falten, die über ihre Stirn, Schläfen und Wangen krochen, warfen lange Schatten auf ihr Gesicht – ein ebenso geometrischer wie gleichgültiger Ausdruck von siebzig, achtzig oder vielleicht auch neunzig Lebensjahren. Gut möglich, dass es noch mehr waren. „Sie, junger Mann, sind sich ebenfalls sicher, dass ich in Ihren Händen lesen soll?“ So nickte ich, einen versteckten Blick auf meine Armbanduhr werfend. Zwanzig Minuten bis zur Abfahrt. „Dann soll es so sein.“

Die Hände der Seherin verließen sich, glitten langsam über die Tischplatte und erreichten die Hände meiner Frau. Ich spürte, dass Vanessa mit sich und dem Gedanken kämpfte, in letzter Sekunde aufzustehen, sich bei der Alten zu entschuldigen und zu gehen. Mit einem Mal wussten wir, dass das hier kein Jahrmarktbudenzauber war. Das hier war echt. Bis heute frage ich mich, ob wir uns der Macht dieser Dinge bewusst waren, als wir an die Tür neben dem Messingschild klopften und sahen, wie blassgrüne Farbe abblätterte und zu Boden rieselte. Bis heute frage ich mich, ob wir der Geister Herr werden, die wir in Siebenbürgen beschworen haben.

Langsam aber sicher führte die Frau Vanessas Hände zur Mitte des Tisches, und erst jetzt erkannte ich, wie lang die Arme der alten Dame waren. Sie sagte kein Wort, als sie die Handrücken meiner Frau auf die Holzplatte drückte und ihren Blick auf die Handflächen richtete. Vanessas Atemzüge verrieten nicht nur Anspannung, sie verrieten auch Aufregung. Die Hände der Alten mit denen meiner Frau vereint zu sehen, beunruhigte mich. Einen Moment lang flackerte das Kerzenlicht. Die Hände waren dunkel, Vanessas dagegen wirkten im Schein der Flamme strahlend hell, makellos und ohne den Eindruck vergangener Zeit. So hielten sie sich einander fest, Vanessa und die Seherin, schweigend, wartend – und irgendwann begann die Alte zu *lesen*. Die Blicke ihrer schwarzen Augen wanderten wieder und wieder über die Linien in Vanessas Handflächen. Noch schien die Seherin nicht gefunden zu haben, wonach sie suchte. Mit ihren Zeigefingern strich sie über die Handballen meiner Frau, ganz so, als wolle sie unsichtbare Figuren malen. Umso verblüffter war ich, als die Frau mit einem Mal zu uns sprach, klar und deutlich, immer noch in Vanessas Hände vertieft.

„Sie werden zwei Kinder bekommen. Ein Junge. Ein Mädchen. Beide werden gesund sein. Der Junge kommt in drei Jahren zur Welt, das Mädchen braucht etwas mehr Zeit. Nach ihrer Mutter zu urteilen, werden beide starke Lebenslinien haben. Sie werden glücklich sein mit ihrer Familie. Ich sehe außerdem einen starken Halt in Ihrem Leben, einen sehr, sehr starken Halt."

In diesem Moment drehte Vanessa ihren Kopf zur Seite und strahlte mich an.

„Hörst du?", flüsterte sie aufgeregt. Abermals flackerte das Licht. „Zwei Kinder."

Die Alte sprach weiter. Sie schien nicht zu hören, was Vanessa mir sagte, wie in Trance. „Das Leben meint es gut mit Ihnen. Ich sehe viel Liebe, alles in allem viel Liebe."

Sie hob ihren Kopf, nickte Vanessa zu und schloss mit der Andeutung eines Lächelns ihre Handflächen, indem sie die Finger behutsam ineinander legte.

Ich warf einen weiteren Blick auf die Uhr. Noch zehn Minuten. Jetzt war ich an der Reihe. Wieder glitten die Arme der alten Frau über den Tisch, und diesmal berührten sie mich. Die Hände waren warm, als sie meine Handrücken auf die Holzplatte zogen. Ich spürte jede einzelne Kerbe unter mir und hielt die Luft an. Vanessas Blick ruhte auf mir, bevor sie die Seherin beobachtete. Im Gesicht der Alten ging etwas vor. Wieder und wieder betrachtete sie meine Hände, aber diesmal war alles anders. Die Stille, die sich im Zimmer ausbreitete, hatte mehr Tiefe. Die Frau hob meine rechte Hand, ganz so, als brauche sie mehr Licht, um Konturen zu erkennen. Die Kerze strahlte ohne Bewegung. Draußen hörten wir unsere Mitreisenden, die sich im Gänsemarsch den Treppengang hinab zurück zum Bus bewegten. Noch immer betrachtete die Alte meine Hände. Die Falten auf ihrer Stirn wurden tiefer und tiefer. Ich hörte, dass Vanessa auf ihrem Stuhl hin und her rutschte. Schließlich hob die Wahrsagerin auch meine linke Hand ins Licht. Und dann sah ich etwas, was mir wirklich Angst machte: In den Augen der alten Frau standen Tränen. Ein dünner Faden aus Wasser floss über ihre Wangen und verlor sich in der Landschaft aus Falten. Die Seherin ließ meine Linke auf den Tisch zurückkehren, senkte den Blick, schloss meine Hände und schob sie von sich.

„Sie müssen gehen.“ Die Alte flüsterte, ohne mich anzusehen. Sie rang mit jedem Wort, noch immer auf den Tisch starrend – dorthin, wo meine Hände gelegen hatten. „Ihnen kann ich nichts sagen.“

„Was?“ Vanessa war fassungslos. „Wie meinen Sie das?“

„Ihnen kann ich nichts sagen“, wiederholte die Frau. Wieder lief eine Träne über ihr Gesicht, im Kerzenschein glänzend und Unheil verkündend. Nun war ich es, der las. Allerdings nicht in meinen Handflächen, sondern im Blick der Alten. Vanessa rief etwas, aber ihre Worte erreichten mich nicht. Alles, was von Bedeutung war, lag im Gesicht der Frau, die wie versteinert da saß und es vermied, uns anzusehen.

Was hatte sie in meinen Händen gesehen? Ich glaube, mich daran erinnern zu können, dass ich wie von Sinnen auf den Tisch schlug. Zur Antwort ertönte draußen die Hupe unseres Reisebusses. Die Zeit war um, wir mussten fort. Vanessa zog mich mit sich. Ich erinnere mich daran, wie sie mich aus dem Zimmer führte, als die Kerze auf dem Tisch wie von Geisterhand erlosch und die Alte in pechschwarzer Dunkelheit verschwand. Wir eilten durch eine Küche, durch einen Flur, ließen die giftgrüne Haustür hinter uns und schoben uns durch die schwitzenden Reihen im Bus, vorbei an fragenden Blicken und vorbei an Händen, an so vielen Händen, die auf Polstern, Landkarten oder in Schößen ruhten. Die Worte des Reiseführers hörten wir ebenso wenig wie den anspringenden Dieselmotor des Busses, der uns fortbringen sollte. So fuhren Vanessa und ich zurück nach Hermannstadt, ohne ein Wort zu sagen, immer wieder auf unsere Hände starrend.

Ein Jahr liegt das alles zurück. Wenn wir die unheilvollen Worte der Wahrsagerin schon nicht vergessen können, so haben wir sie zumindest verdrängt. Natürlich ist Vanessa davon überzeugt, dass *ich* der Vater ihrer beiden Kinder und ihr Halt sein werde, wenn die Zeit gekommen ist. Ich will alles daran setzen, dass sie ihren Glauben niemals verliert – obwohl ich es seit gestern besser weiß. Vor mir liegt ein Brief meines Arztes, schwarz auf weiß, flankiert von bedrohlichen CT-Bildern. Im Gegensatz zu meinen Händen kann ich den Befundbogen lesen, wieder und wieder, Zeile für Zeile, Wort für Wort. Nur das Schicksal weiß, wie viel Zeit mir noch bleibt.

28. Oktober

EDNÄH

Was hat sie gesehen? Was um Himmels Willen hat die alte Frau damals gesehen? Wieder und wieder kämpfte Vanessa mit dieser Frage. Sie wartete auf eine Antwort, blickte durch das Fenster der Beifahrertür und betrachtete den Sonnenuntergang jenseits der Wälder, die an den Bergketten Spalier standen. Das Taxi, in dem Vanessa vor Stunden am Flughafen in Hermannstadt Platz genommen hatte, quälte sich über eine Passstraße in den Karpaten. Viele Dörfer, die der Dacia durchquerte, waren verlassen – hinter kaum einem Fenster brannte Licht. Der Mann am Lenkrad war fast zwanzig Jahre älter als Vanessa und konzentrierte sich im Schein der tief stehenden Sonne auf die schlechte Straße. Er hieß Nikolaus, trug eine verkratzte Sonnenbrille, sprach kaum Englisch und verdiente mit dieser Tour soviel wie sonst in einer ganzen Woche. Die Frau aus Deutschland – sie reiste zur Überraschung des Fahrers ohne Gepäck – hatte am Taxistand nicht lange verhandelt und Nikolaus das Versprechen abgenommen, sie *danach* sofort wieder zum Airport zu bringen – selbst wenn die Tour bis tief in die Nacht dauerte.

Während Nikolaus den nächsten Schub US-Dollars erwartete, sortierte Vanessa ihre Gedanken, hin und wieder auf das Display ihres Handys blickend. *Keine Nachrichten sind gute Nachrichten.* Ihre Schwester hielt im Krankenhaus die Stellung und würde sich sofort melden, sollte es Neuigkeiten von der Intensivstation geben. Ihr Mann war nach der Operation ohne Bewusstsein. Der Eingriff hatte ihm die letzten Reserven abverlangt. Die Ärzte verschanzten sich sofort hinter Kardexbögen und Unverbindlichkeiten, sobald Vanessa am Bett ihres Liebsten auftauchte.

Ich weiß nicht, ob es klug ist, ihn jetzt allein zu lassen. Noch immer klangen Vanessa die Worte ihrer Schwester in den Ohren: *Was ist, wenn er aufwacht, und du bist nicht da?* Susanne hatte bis zuletzt versucht, Vanessa davon abzubringen, das nächste Flugzeug nach Rumänien zu nehmen. Warum sagte Susanne nicht, welcher Gedanke sie wirklich beschäftigte? *Was ist, wenn dein Mann stirbt, und du bist nicht da?*

Natürlich half es nicht, mit diesem Alptraum zu kämpfen – nicht jetzt, und auch nicht in Zukunft. Thomas hatte ihr die Diagnose lange verschwiegen. *Er wollte nicht, dass ich mir Sorgen mache. Und er wollte nicht, dass ich noch einmal an die alte Frau denke, die das alles kommen sah.*

Nur ihrer Schwester hatte Vanessa sich anvertraut und von der Begegnung mit der Wahrsagerin erzählt – damals, als die Welt noch in Ordnung war, auf ihrer Reise durch Siebenbürgen, wo einst ihre Urgroßeltern aufgewachsen waren. Wieder sah sie die alte Frau am Tisch sitzen, verhärmt und sie mit schwarzen Augen betrachtend, ein Relikt aus längst vergangenen Zeiten. *Sie hat uns Angst gemacht,* hörte Vanessa sich sagen, *mit allem, was sie in diesem Zimmer machte, hat sie uns Angst gemacht. Sie hat in meinen Händen gelesen, dass ich zwei Kinder haben werde – allerdings nicht von Thomas. Das hat sie uns verschwiegen. Als sie die Hände meines Mannes nahm, um auch in ihnen zu lesen, hat sie schlimme Dinge gesehen.* Den versteinerten Blick der Alten würde sie niemals wieder vergessen. Ohne ein Wort hatte die Frau die Hände ihres Mannes geschlossen, wie ein Buch, in dem man nicht lesen darf. *Ihnen werde ich nichts sagen.* Das war alles. Vanessa und Thomas waren aus dem Haus gelaufen, als sei der Teufel hinter ihnen her. Und vermutlich war er es auch.

Nikolaus wich Schlaglöchern und einem jungen Mann auf einem Pferdekarren aus. Hin und wieder riskierte er einen Blick auf seinen Fahrgast, doch selbst das schien die junge Frau nicht zu bemerken. Sie war angespannt und schien seit Tagen nicht geschlafen zu haben. Wieder und wieder blitzten Fragen auf, wie ein Wetterleuchten in ihren Gedanken: *Warum hat die Alte nicht gesagt, was sie in unseren Händen gesehen hat? Durfte sie es nicht, konnte sie es nicht, oder wollte sie es nicht? Was hat ihr dermaßen Angst gemacht? Gibt es wirklich ein Abkommen unter Sehenden, Linien von Krankheit und Tod für sich zu behalten? Wird Thomas die Klinik jemals verlassen, oder ist unser Weg hier zu Ende?*

Was immer es für Fragen waren, die Vanessa quälten – sie musste noch einmal mit der Frau sprechen, koste es, was es wolle. Sie musste sich noch einmal an den Tisch setzen und sie in ihren Händen lesen lassen. Diese Bitte durfte die Alte ihr nicht abschlagen. Vanessa war sich sicher, dass die Frau sich erinnern würde. Sie war bereit, ihr jeden Wunsch zu erfüllen, um zu erfahren, ob ihr Mann zu retten war. Wieder kamen Vanessa die Worte ihrer Schwester in den Sinn: *Du musst natürlich tun, was du für richtig hältst. Glaubst du wirklich, dass du die Frau findest?* Dessen war Vanessa sich nicht mehr sicher. Eine Zeit lang hatte sie mit dem Gedanken gespielt, Nikolaus einzuweihen. Würde er ihr glauben? Konnte er sie überhaupt verstehen?

Als das Taxi Birthälm erreichte, war es bereits dunkel. Auf ihrem Weg begegneten Nikolaus und Vanessa nur wenigen Menschen. Hin und wieder blickten Dorfbewohner ihnen nach, die vor ihren Häusern saßen und auf bessere Zeiten zu warten schienen. Endlich sah Vanessa die Türme der alten Wehrkirche, die sich über die siebenbürgische Ortschaft erhoben. Sie wies Nikolaus an, auf den Vorplatz abzubiegen und bis an den Treppenaufgang heran zu fahren, der zur Festung führte.

Der Fahrer nickte und manövrierte den Dacia über Kopfsteinpflaster, das alles daran zu setzen schien, sie nicht ans Ziel kommen zu lassen. Noch einmal sah Vanessa auf ihr Handy, legte es in die Ablage und steckte Nikolaus Geld zu.

„Wir sind da." Sie bemühte sich um Entschlossenheit.

Im Licht zweier Straßenlampen erblickte sie das alte Dorfhaus neben der Treppe. Sie hatte es kleiner in Erinnerung. Über die Fassade zog sich Verwahrlosung. Beim Blick auf die dunklen Fenster neben der Haustür spürte Vanessa nichts als Angst. *Hoffen wir, dass die Frau noch immer hier wohnt. Hoffen wir, dass sie mich hört, wenn ich klopfe. Hoffen wir, dass sie mich einlässt. Hoffen wir, dass sie mir sagt, ob Thomas noch eine Chance hat.*

Es kostete Überwindung, die Wagentür zu öffnen. Augenblicklich fuhr ein kalter Windstoß ins Auto, um daran zu erinnern, dass es Ende Oktober war. Nikolaus war die Ruhe selbst und nickte. Er stellte den Motor ab, kramte eine Zeitung aus dem Handschuhfach und zog den Zündschlüssel ab. *Alles in Ordnung*, gab er Vanessa damit zu verstehen, *wenn es sein muss, warte ich hier bis morgen früh. Was immer Sie vorhaben – geben Sie auf sich Acht.*

Dann war Vanessa draußen. Stille empfing sie. Der Souvenirladen auf der anderen Seite des Treppengangs war verschlossen. Hinter dessen Fenster brannte dünnes Licht. Vanessa ging auf das Haus zu, in dem die Ereignisse ihren Lauf genommen hatten. Auf halber Strecke schaute sie sich nach dem Taxi um und sah zu ihrer Erleichterung, dass Nikolaus im Schein der Innenbeleuchtung Zeitung las.

Ihnen werde ich nichts sagen, sprach die Alte in den Tiefen ihrer Erinnerung, *Ihnen werde ich nichts sagen.* Mit jedem Schritt nach vorne wurde es Vanessa klar: Das hier war ihre letzte Chance, die Wahrheit zu erfahren. Die Seherin sprach weiter: *Sie werden zwei Kinder bekommen. Einen Jungen. Ein Mädchen. Sie werden gesund sein. Der Junge kommt in drei Jahren zur Welt, das Mädchen braucht etwas mehr Zeit. Nach ihrer Mutter zu urteilen, haben beide starke Lebenslinien. Sie werden glücklich sein mit ihrer Familie. Ich sehe einen starken Halt in Ihrem Leben, einen sehr starken Halt.*

Was aber hatte die Frau in den Handflächen ihres Mannes erblickt? Vanessa stand vor dem Haus der Alten und spürte, wie die letzte Kraft sie verließ. Die Fenster und Türen waren vernagelt.

Das Leben meint es gut mit Ihnen. Ich sehe viel Liebe, alles in allem sehr viel Liebe.

Das Schild? Wo war das kleine Messingschild neben der Tür, das Thomas und Vanessa hierher geführt hatte?

Interesse an der Zukunft? Ich lese sie in Ihren Händen.

Verschwunden! Wie von Sinnen ließ Vanessa ihre Hände über das Mauerwerk rutschen. Sie fand noch nicht einmal die Löcher, in denen die Schrauben des Schildchens gesteckt hatten. Hinter sich hörte sie ein Räuspern.

„Entschuldigung?", fragte eine Frau in makellosem Deutsch. Vanessa fuhr herum. „Suchen Sie etwas?"

Die Rumänin auf dem Treppenabsatz war groß, hübsch und trug ein Kleid mit Blumenmuster. In ihren Händen hielt sie Prospekte für Touristen, die für das Schaufenster des Souvenirladens gedacht waren. Die Frau – sie war Anfang zwanzig – lächelte freundlich, aber bestimmt und sah Vanessa fragend an.

„Ich suche die Wahrsagerin.“ Vanessa klopfte sich Staub von den Fingern. „Sie war in diesem Haus und ist mir eine Antwort schuldig.“

„Eine Antwort?“, fragte die Frau mit den Prospekten.

„Sie liest die Zukunft.“

„Ah.“ Die Rumänin nickte. „Sie meinen die alte Elisabeth.“

„Ich kenne ihren Namen nicht. Hat sie hier gewohnt?“

Wieder nickte die Frau.

„Wo ist sie jetzt?“ Vanessas Geduld war aufgebraucht.

„Oben auf dem Friedhof.“

„Wann ist sie gestorben?“

„Das weiß ich nicht mehr. Zehn Jahre ist das mindestens her. Ich war noch klein.“

Die Worte trafen Vanessa wie ein Hammerschlag. „Sind Sie sicher? Wir haben sie vor kurzem gesehen.“

„Das ist unmöglich“, sagte die Rumänin. Misstrauen mischte sich in ihren Blick. „Das Haus steht seit Ewigkeiten leer.“

Vanessa wandte sich ab. *Seit Ewigkeiten.* Wie in Zeitlupe ging sie zum Taxi zurück. Nikolaus legte die Zeitung zur Seite, stieg aus – aber nicht, um ihr die Tür zu öffnen. In seinen Händen hielt er ihr Handy. Im Display stand der Name ihrer Schwester. Das Rufzeichen traf Vanessa mitten ins Herz.

29. Oktober

VOGELSCHEUCHEN

Die Sonne ging unter und benutzte das Meer jenseits der Klippen als gewaltigen Spiegel. Laura beobachtete die Nachglut des Tages, die am Horizont versank. Wind fuhr dem Mädchen durchs Haar, als sie dem Weg zum Gut der Kavanaghs folgte. Laura war in Eile. Die Farm ihrer Eltern lag weit draußen, und sie hatte noch zwei Meilen vor sich. Großmutter war krank. Sie wartete auf ihr Enkelkind, hinter einem großen Fenster – in ihrem Schaukelstuhl mit Blick auf die Felder. Seit Monaten ging Laura an jedem Donnerstag ins Dorf, wo das Päckchen mit Medikamenten gegen Großmutters Schmerzen wartete.

Seit zwei Wochen war sie siebzehn. Jetzt trug sie immer eine Handtasche, wenn sie das Haus verließ.

„Mein Gott, bist du groß geworden", hatte Tante Claire aus London gesagt und ihr die Tasche aus schwarzem Leder überreicht. „Wie die Jahre vergehen. Und, Laura? Hast du schon einen Freund?"

Der Weg, den Laura Kavanagh an jenem Abend nahm, war von Bruchsteinmauern gesäumt. Sie zogen sich durch Wiesen und Felder – wie Überreste alter Gemäuer, vor Jahrhunderten von unsichtbarer Hand errichtet. Laura suchte in der Handtasche nach Zigaretten, als sie eine Reihe Vogelscheuchen hinter sich ließ, die mit ausgestreckten Armen nur darauf zu warten schienen, dass es Nacht wurde. Auf ihren ausgestopften Körpern verschluckten Lumpen das letzte Licht des Tages. Gerade bei Anbruch der Dunkelheit sahen sie übel aus, fand Laura. Stroh quoll aus ihren Leibern. Sechs hatte Laura auf ihrem Weg gezählt. Drei weitere kamen jetzt hinzu. In die Felder hatte man sie gestellt – als stumme Verteidiger gegen alles, was Flügel hatte. Eine Vogelscheuche trug einen löchrigen Hut, der das Strohgesicht umspannte und es in Schatten tauchte.

Sie sehen gespenstisch aus. Laura fand, dass die Vogelscheuchen gerade abends bedrohlich wirkten. Die Leute im Dorf erzählten sich seltsame Dinge über sie. Vor allem in stürmischen Herbstnächten lebten die Schauergeschichten auf. Sie berichteten von Irrlichtern, Phantomen – und von Vogelscheuchen, die hin und wieder zu Leben erwachten. *Weil sie verhext sind, weil der Teufel in sie gefahren ist.* Laura kannte die Geschichten. Ein alter Mann hatte das Dorf vor vielen Jahren besucht und die Erzählungen festgehalten in einem Buch, das es nicht mehr zu kaufen gab. Auch Lauras Großmutter kannte die schwarzen Märchen.

Das Mädchen blieb stehen. Wenn man sie sich genau ansah, wenn man den Blick nicht von den Vogelscheuchen ließ, dann gewann man tatsächlich den Eindruck, dass sie sich bewegten. Ihre Arme ruderten. *Sie lernen laufen, sobald der Wind in ihre lieblosen Kleider fährt. Der Küstenwind, er spielt mit ihnen und weckt sie auf von Zeit zu Zeit. Er haucht ihnen Leben ein, gibt ihnen Atem, Herzschlag und so etwas wie eine Seele. Sie kennen jeden Winkel hier in der Gegend und wissen, wo sie dich finden, solltest du fortlaufen.*

Als Kind hatte Laura große Angst vor ihnen gehabt – gerade wegen der Geschichten, die man sich erzählte. Einigen Vogelscheuchen waren Sensen und Mistgabeln in die Prankenhände gebunden. Das machte sie noch bedrohlicher. *Meide sie. Bleib fort von ihnen, sie bringen Unglück.* Laura spie Zigarettenrauch aus und setzte sich auf eine Mauer. Noch immer hörte sie ihre Großmutter reden, und die Stimme in ihren Gedanken veränderte sich. *Kind, bleib fort von ihnen, bleib fort, bleib, bleib doch, Laura, der Wind erklärt alles. Bleib bei uns, der Wind ist Magie. Er greift uns unter die Arme – mit ihm im Rücken und mit dir an unserer Seite laufen wir bis ans Ende aller Tage. Bleib doch, Mädchen. Wir brauchen dich hier bei uns.* Laura sprang von der Mauer und lief, so schnell sie konnte. Sie ließ ihre Handtasche ebenso fallen wie die Hoffnung, dass die Augen sie täuschten. Niemand hörte Laura um Hilfe rufen. Niemand kam, um ihr beizustehen. Bald ging ihr die Luft aus. Sie war umstellt.

Dora Kavanagh saß am Fenster. Der Schmerz wollte kein Ende nehmen. Ihr Herz war so schwer heute Nacht. Sie sah zur Wanduhr und ahnte, dass sie vergeblich auf Laura wartete. *Ich hätte sie nicht gehen lassen dürfen. Es ist Oktober, und bald wird es dunkel.* Alle im Dorf wussten das. Erst morgen früh konnten sie nach ihr suchen. Erst morgen würden sie Laura finden, wie all die anderen Mädchen – niedergestreckt, draußen auf den Feldern. *Und, Laura? Hast du schon einen Freund?*

30. Oktober

IMMER NOCH

Als Anja das Büro in der dritten Etage betrat, erwartete sie der Bundespräsident. Er trug einen taubenblauen Anzug mit dunkler Krawatte, saß am Schreibtisch und machte ein staatstragendes Gesicht. Anja betrachtete das gerahmte Foto an der Wand, während nebenan Schreibmaschinen durch den Nachmittag ratterten. Unter dem Bundespräsidenten standen Aktencontainer aus Stahl, die dem Dienstzimmer etwas Erdrückendes gaben. Auf einem der Schränke summte ein von Nikotin verfärbter Ventilator. Der Luftzug ließ die Schweißperlen auf Anjas Gesicht trocknen.

Sie stand im Türrahmen, unschlüssig, bevor sie einen Schritt nach vorne machte und einen der Stühle zu sich zog, um sich an den Tisch zu setzen. Er stand in der Mitte des Zimmers und war mit schweren Aktenordnern gefüllt, die sich zur Decke streckten. Außer dem Bundespräsidenten war niemand hier. Anja fragte sich, ob es nicht besser sei, wieder hinaus auf den Korridor zu gehen, um auf die Beamten zu warten, die unbedingt mit ihr sprechen wollten. Der Gedanke erübrigte sich, als die Tür geöffnet wurde.

„Tut mir leid, dass Sie warten mussten", sagte der Mann, der sich an Anja vorbei schob, um ihr kraftlos die Hand zu drücken. „Hans Decker ist mein Name. Wir haben telefoniert."

Anja nickte und beobachtete den Kommissar auf seinem Weg zum anderen Ende des Tisches, wo er sein Jackett ablegte, es über einen der Stühle warf und sich setzte. Auch er hatte mit der Hitze des Tages zu kämpfen. Unter den Ärmeln seines Hemdes zogen sich dunkle Kreise bergab. Anja fragte sich, warum der Mann überhaupt eine Jacke trug. Das Rattern im Nebenzimmer war verstummt.

Der zweite Ermittler, der in das Büro kam, stellte sich als Andreas Zacher vor und trug ein Tablett mit Tassen und einer Metallkanne. Anja entschied sich für schwarzen Kaffee, während die Polizisten Unmengen Milch und Zucker in ihren Tassen versenkten.

„Es tut uns leid, dass wir Sie noch einmal sprechen müssen", sagte Andreas Zacher, der weniger schwitzte und das Gespräch führte. Sein Kollege schob derweil einen der Aktenberge zur Seite, um freie Sicht zu haben und bemühte sich um ein sparsames Lächeln. „Aber wir haben Fragen."

„Ich habe Ihren Kollegen alles gesagt, was ich weiß." Anja spürte, wie Hitze ihr ins Gesicht stieg.

„Daran haben wir keinen Zweifel." Kommissar Decker fuhr sich mit einem Papiertaschentuch über die Stirnglatze. „Sie stehen in keiner Weise unter Verdacht. Dennoch laufen unsere Ermittlungen weiter, wie Sie sich denken können. Der Mann, den wir im Flugzeug verhaftet haben, ist ein international gesuchter Verbrecher."

„Das weiß ich", sagte Anja. „Es war überall zu lesen."

Ihr kamen wieder die Bilder in den Sinn, die inzwischen sieben Tage alt waren. Anja dachte noch einmal an den dichten Nebel, der sich im hinteren Teil der Maschine ausgebreitet hatte. Sie hörte noch einmal das Krachen der zweiten Rauchgaspatrone, die weiter vorne gezündet wurde. Dann war es überall zu hören – das Schlagen schwerer Stiefel auf dem Boden der Gangway, gefolgt von vier oder fünf schwarzen Schatten, die sich im Flugzeug verteilten und mit vorgehaltenen Waffen durch den Nebel stürmten wie Gespenster. Die vermummten Männer des Sondereinsatzkommandos hatten das Ziel des Zugriffs schnell erreicht. Es saß zwei Reihen vor Anja und war im Nebel kaum zu erkennen.

„Keine Bewegung!"

Dann folgte das Klicken von Handschellen. Eine Frau weiter hinten schrie auf, als der Mann auf den Boden des Mittelgangs gezogen und nach Waffen abgesucht wurde.

Einer der Polizisten hob seinen Kopf, der unter einem flachen Helm steckte, und rief etwas in die Menge, die dabei war, sich in Panik zu erheben. *„Sitzen bleiben! Das ist ein Polizeieinsatz! Wir haben die Situation unter Kontrolle!"*

Dann wurde der Festgenommene abgeführt und durch die Schleuse nach draußen gestoßen, wo Panzerwagen mit Blaulicht warteten.

„Es geht uns um ein Detail bei der Beweisaufnahme." Kommissar Zacher bemühte sich, zuvorkommend zu klingen. „Das ist alles."

„Was für ein Detail?"

„Sie können sich vorstellen, dass wir nach einer Verhaftung alles Mögliche auswerten. Der Mann, den wir festgenommen haben, steht nicht nur im Verdacht, Waffen geschmuggelt zu haben. Wir gehen davon aus, dass er eine Verbindung zu den Attentätern von New York hatte."

„Auch das ist überall zu lesen."

„Schön, dass Sie sich auf dem Laufenden halten." Das war Hans Decker. Er schnitt Anja das Wort ab und beugte sich nach vorn. „Hören Sie sich erst mal an, was wir zu sagen haben."

„Alles in Ordnung." Andreas Zacher nickte und gab seinem Kollegen zu verstehen, dass er auf dem Regiestuhl saß. „Vor diesem Hintergrund suchen wir Hinweise, um an Verdächtige zu kommen, mit denen der Mann in Kontakt stand, bevor er ins Flugzeug stieg. Mittlerweile sind wir zur Erkenntnis gekommen, dass er allein unterwegs war und nach München wollte, um sich mit syrischen Kontaktleuten zu treffen. Wir stützen uns auf Videomaterial, das die Überwachungskameras im Flughafen aufgezeichnet haben."

„Ich verstehe." Anja nickte.

„Ausgezeichnet. Bei der Auswertung der Bänder hat uns etwas überrascht."

„Überrascht? Inwiefern?"

„Das wollen wir von Ihnen wissen. Deswegen sind Sie hier."

„Worum geht es?"

„Um eine klare Frage, auf die wir gerne eine ebenso klare Antwort hätten", erwiderte Kommissar Zacher. „Waren *Sie* allein unterwegs?"

„Aber ja." Anja wusste noch immer nicht, worauf die Männer hinaus wollten. „Niemand war bei mir."

„Sie haben alleine eingecheckt? Und Sie sind alleine durch alle Kontrollen gegangen?"

„Ja."

„Unser Problem ist das folgende." Der Polizist klang jetzt diplomatischer. „Es gibt da einen Widerspruch auf dem Videoband, den wir klären müssen."

„An Bord der Maschine befanden sich laut Buchungsliste einhundertzehn Passagiere", erklärte sein Kollege. „Auf dem Video haben wir jedoch einhundertelf Personen gezählt. Demnach waren Sie in Begleitung unterwegs."

„Was?", rief Anja ungläubig über den Tisch. „Wer soll denn bei mir gewesen sein?"

„Wir sind auf Sie gekommen, weil Sie bei Ihrer ersten Vernehmung gesagt haben, dass Sie allein gereist sind."

„Bin ich auch."

„Dann schauen Sie sich das mal an." Hans Decker erhob sich und ging zu einem verstaubten Fernseher, der auf einem Aktencontainer stand. Er drückte Tasten am Videorecorder, und der Bildschirm wachte auf. Zu sehen war eine Menschentraube um einen Serviceschalter, von oben gefilmt und ziemlich groß. Dreißig oder vierzig Köpfe, ein wenig unscharf, aber immer noch deutlich zu erkennen. Decker spulte vor. Dann sah Anja sich selbst durch das Bild laufen, aus vier oder fünf Metern Entfernung, ihre Handtasche in der einen und das Flugticket in der anderen Hand.

„Unser Mann war zu dieser Zeit noch nicht an Bord. Er hat die Maschine fünf Minuten nach Ihnen betreten." Andreas Zacher wies seinen Kollegen an, auf Zeitlupe zu schalten. Anja konnte sehen, wie sie der Frau am Schalter den Flugschein aus der Hand nahm, um zur Gangway zu gehen. Sie schritt in die Mitte des Bildes – an der Seite einer zweiten Person. Der Mann hatte sich aus der Menge am Schalter gelöst und ging mit gesenktem Kopf neben ihr.

„Anhalten", rief der Polizist. „Genau hier anhalten." Das Bild blieb stehen und ließ Anja erstarren. „Können Sie uns sagen, wer der Mann ist, der neben Ihnen ins Flugzeug geht?"

Als Anja schwieg, griff er auf den Tisch und gab ihr einen Computerausdruck. Sie betrachtete die Vergrößerung und bekam keine Luft mehr. Anja starrte auf die unscharfen Züge eines Gesichtes, das am PC bearbeitet worden war, um die Konturen deutlicher zu machen. Der Mann, der an ihrer Seite zu sehen war, weinte. Über sein Gesicht liefen Tränen.

„Ist Ihnen nicht gut?", fragte Hans Decker. „Möchten Sie etwas trinken?"

„Alles okay", sagte Anja, nachdem sie sich gefangen hatte. „Es geht schon."

„Und? Kennen Sie diesen Mann?"

Anja nickte.

„Bitte?" Kommissar Zacher horchte auf. „Ich verstehe Sie nicht."

„Ich kenne diesen Mann", flüsterte sie. „Er dürfte gar nicht da sein. Ich habe keine Ahnung, warum er auf dem Film zu sehen ist."

„Was? Wie meinen Sie das?“

„Wie ich es sage“, rief Anja. „Ich weiß nicht, was das zu bedeuten hat. Die Bilder sind wirklich echt?“

Die Kommissare sahen sich ratlos an.

Andreas Zacher ergriff das Wort, und zum ersten Mal klang er wirklich böse: „Wollen Sie uns auf den Arm nehmen? Das hier sind Beweismittel! Zweifeln Sie daran?“

„Keineswegs.“

„Dann verraten Sie uns, wer der Mann neben Ihnen ist. Wie heißt er?“

„Seine Name ist Richard“, flüsterte Anja, und über ihr Gesicht rollte eine Träne. „Mein Bruder. Er ist immer noch da.“

„Ihr Bruder?“

Anja nickte. „Ja, der Mann auf dem Film ist mein Bruder.“

„Und wo finden wir ihn?“ Andreas Zacher beugte sich vor.

„Sie wollen mit ihm sprechen?“

„In der Tat.“

„Das geht nicht.“

„Wie meinen Sie das?“

Es dauerte Sekunden, bis Anja antwortete.

„Er liegt auf einem Friedhof nicht weit von hier.“ Langsam gewann ihre Stimme wieder Farbe. Im Büro hätte man eine Stecknadel fallen gehört. Anja starrte auf das Fotopapier und gab es den Kommissaren zurück. „Er ist vor drei Jahren gestorben.“

31. Oktober

DAS MÄDCHEN AM STEG

Jan fasste sich. Noch immer stand er am Ende des Stegs und zitterte. Ihm war kalt, obwohl die Sonne schien. Das Wasser hatte sich beruhigt. Für seine Gedanken galt das nicht. Wie gebannt starrte er auf die dunklen Fluten. Sprachlos, verstört, nach Worten suchend. Doch selbst wenn er welche fand – was nutzte es ihm? Er war alleine hier draußen, das alte Bootshaus verlassen. Nichts zu hören außer dem Oktoberwind, der am Ufer mit Sträuchern und Baumkronen spielte. Bald würde er ein Gewitter hierher tragen. Bald würde sich ein Unwetter entladen, mit Wucht und vielleicht sogar mit Hagel – als Antwort auf die verstörenden Erlebnisse, mit denen Jan am Steg immer noch kämpfte.

Im Wasser hatte der strahlend blaue Himmel seine Entsprechung gefunden, einen Spiegel, durch den sich verschwommene Wolken zogen, durchsetzt mit Wellen. Wie tief war der See? Fünf Meter? Zehn? Oder sogar noch mehr? Jan hätte alles dafür gegeben, einmal auf den Grund zu sehen. Eine Woche lang hatten sie sich getroffen, draußen am Steg, als Jan nach der Schule sein Fahrrad an das verwitterte Bootshaus aus den 20er Jahren stellte und sich ans Wasser setzte. Das Mädchen mit den langen, schwarzen Haaren hatte ihn erwartet – am Ende des Anlegers, mit den Füßen im See, verträumt in die Ferne blickend, als halte sie nach etwas Bestimmtem Ausschau. Ihr Name war Frieda. Das hatte sie ihm verraten, mit einem verlegenen Lächeln. Sie war siebzehn und trug einen dunkelblauen Badeanzug von der Sorte, wie sie früher einmal modern war – schlicht, hochgeschlossen, nichts preisgebend.

So war Jan ihr begegnet, am Steg, ihre schmalen Hände auf die Holzplanken gedrückt. Mit einem Lächeln hatte sie ihn für sich gewonnen, an einem Nachmittag im Oktober – einem von der Sorte, die keinen Anfang haben und kein Ende nehmen. Gestern hatte Frieda ihn zum ersten Mal geküsst. Bewusst unbewusst. Zuerst auf die rechte Wange, dann auf die linke, Jans Gesicht in den Händen haltend, ein ebenso zartes wie unglaubliches Ritual – bevor er nach Hause musste. Das Mädchen hatte Jan mit stahlblauen Augen betrachtet, jeden Zentimeter zwischen Stirn und Kinn erkundet, bis sie einen weiteren Kuss in seine Verwirrung pflanzte, noch tiefer, noch intensiver, wohl wissend, was sie damit heraufbeschwor. Diesmal küsste Frieda ihn auf den Mund. Die Augen geschlossen, den Kopf nach vorne geneigt, hatte sie sein Schicksal besiegelt, sich seinen Händen allerdings widersetzt – mit leisen, aber bestimmten Worten: *Noch nicht*. Dann hatte das Mädchen am Steg sein Gesicht aus den Händen entlassen, nach und nach. Der Triumph in ihrem Lächeln verriet sie. Ein Beben zog sich bei dieser Erinnerung durch Jans Brust, eine seismische Irritation, die nicht in Worte zu fassen war. *Noch nicht.* Frieda wandte sich wieder dem Wasser zu, die Ruhe selbst, ihre Gedanken wie einen Schatz verbergend.

Sie hatte Jan nicht verraten, wo sie zu Hause war. Dagegen hatte er ihr alles offenbart, gesprudelt wie ein Wasserfall, während sie lauschte, versonnen nickte und ihm einen ihrer viel sagenden Blicke schenkte. Mit jedem neuen Tag verlor seine Vorsicht Bedeutung. Mit jedem neuen Geheimnis, das er ihr verriet, zog sie ihn mit sich. So etwas Unglaubliches hatte er niemals zuvor erlebt. Das war Neuland.

Jan hielt sich an das Versprechen, niemandem von diesen Treffen zu erzählen, selbst seinen Freunden nicht. Immer wieder ertappte er seine Blicke auf Wanderschaft. Bald würden seine Hände ihnen folgen. Bald würde es nicht mehr bei einem Kuss bleiben. Bald würden sie die letzte Grenze hinter sich lassen, hier unten am Steg, im Schutz des Holzbaus, in dem Boote aus mehr als acht Jahrzehnten aufgereiht standen. Generationen junger Leute hatten hier ihren Spätsommer verbracht, sie waren gekommen und gegangen. An seinen letzten Tagen begegnete Jan nur wenigen Menschen, und wenn, dann lagen ihre Boote seit Stunden draußen im See. Niemand schenkte ihnen Beachtung. Frieda und Jan waren nicht zu sehen.

Ihre Schultern waren blass und zart, zerbrechlich und fein, gerahmt von einer blauen Stoffbahn, die im Sonnenlicht alt und verblichen war. Hin und wieder strich Frieda ihr Haar in den Nacken, geschickt und schnell, wie tausendmal zuvor, jeden Handgriff beherrschend. Das Mädchen am Steg hatte nichts außer einem alten Badeanzug. Ein Fahrrad oder eine Tasche hatte Jan auf den Ablagefächern am Bootshaus vergeblich gesucht. Wie oft hatte er Frieda vom Anleger aus beobachtet, an eine der Holzwände gelehnt, von denen die Farbe abblätterte? Wie oft hatte er ihren Badeanzug mit Blicken zur Seite gestreift? Sich gewünscht, alles zu sehen und sie in seine Arme zu nehmen? Die Betäubung nach ihrem Kuss ließ nach, das Verlangen blieb. Jans Gedanken spielten verrückt. Sie liefen bergauf und bergab, ohne den Weg nach Hause zu finden. Sie hatten sich verirrt, und es gab nichts, was sie durch das Dickicht führen konnte. Die Kompassnadel drehte sich.

Als ihre Lippen sich trennten, hatte Frieda ihm gesagt, dass sie gehen muss. Jan erinnerte sich an jedes Wort. Sie schlugen wieder und wieder auf ihn ein. Er hörte Friedas Stimme, weit entfernt: „Willst du immer noch wissen, woher ich komme? Willst du immer noch wissen, wohin ich gehe? Gut, Jan, ich sage es dir. Ich sage es dir, weil ich weiß, dass du mich verstehst. Und weil ich weiß, dass ich endlich jemanden gefunden habe, der mir nach Hause folgt.“

Dann hatte sie ihn noch einmal geküsst, inniger als zuvor, tiefer als geahnt. Ihre Worte erreichten Jans Verstand in Fragmenten, vielfach gebrochen, zigfach verzerrt, kaum zu verstehen.

„Ich bin am 31. Oktober 1929 hier draußen ertrunken. Die Sonne stand hoch am Himmel, als es geschah. Ich rutschte aus, fiel ins Wasser, hier am Steg. Im Bootshaus hat mich niemand gehört, so laut ich auch rief. Ich konnte nicht schwimmen, niemand hatte es mir beigebracht. Dann zog es mich abwärts, in die Tiefe, die jetzt mein Zuhause ist. Ich starb unter blauem Himmel. Lange habe ich gewartet. Lange habe ich gehofft, dass die Einsamkeit ein Ende hat, dass ich endlich Frieden finde. Ich weiß, dass du der Richtige bist, und wenn du es ernst meinst, dann folgst du mir. Zeig mir, wie man schwimmt, Jan, bitte, zeig mir, wie man nicht untergeht. Ich werde alles tun, was du verlangst.“

Dann ging alles blitzschnell. Frieda zog ihre Beine aus dem Wasser. Sie erhob sich, ein verblichener Engel, der sich seiner Flügel bewusst wird. Sie sah Jan ein letztes Mal an und sprang mit ausgestreckten Armen in die Tiefe. Der See verschlang sie gierig. Wellen schlugen gegen die Pfosten des Stegs, ihr Klatschen war Beifall, verrückter Applaus ohne Sinn und Verstand.

Noch immer stand Jan am Steg, fassungslos, tapfer all jenen Gedanken trotzend, die sich daran machten, ihn mit vereinter Kraft zu bezwingen. Hatte er das alles nur geträumt? Wie viele Minuten waren vergangen? Zehn? Zwanzig? Oder sogar schon dreißig? Dort unten, tief im Wasser, wartete nichts als Liebe.

Wieder kam ihm ihr Anblick in den Sinn, am ersten Tag, als sie sich hier über den Weg gelaufen waren. Er hatte sich neben sie gesetzt und mit ihr auf den See geblickt, einer Eingebung folgend. Dieser Oktober würde alles verändern. Dieser Herbst würde ihm das geben, wovon die anderen Jungs nur sprachen.

Einen Moment lang glaubte er, Friedas Stimme zu hören. Ein Flüstern im Wind, durch die Jahre hindurch: *Wenn du willst, werden wir von nun an jeden Oktober hier draußen verbringen, du und ich am Ende des Stegs, wenn du nur glaubst, wenn du nur fest an uns beide glaubst. Nimm dir ein Herz und folge mir. Zeig mir, wie man schwimmt, bitte zeig mir, wie man schwimmt.*

Über den Horizont zogen die ersten Gewitterwolken, als Jan zum Bootshaus ging, Anlauf nahm und hoffte, dass er sich nicht täuschte. Dann stürmte er den Steg hinab, das Ufer hinter sich lassend, schneller, immer schneller, an einem Nachmittag Ende Oktober. Jan wurde niemals gefunden. Ebenso wie die vier anderen jungen Männer, die dem Mädchen am Steg in den vergangenen achtzig Jahren in den See folgten. Immer im zehnten Monat eines Jahres, immer an einem warmen Tag im Herbst, immer in der Hoffnung auf eine Umarmung, einen Kuss, eine Entsprechung – ohne wieder aufzutauchen.

Anhang

ELAINE

„Was für ein Wetter." May Channings blickte vom Schreibtisch auf und lächelte versteckt. Ihr Chef schlug seinen Regenschirm aus.

„San Francisco ertrinkt", erwiderte Henry Franklin. „Auf dem Marina Boulevard geht gar nichts mehr." Im Vorbeigehen schaltete er den altersschwachen Kaffeeautomaten ein, der auf einem Aktenschrank stand und sich mit einem Gurgeln zum Dienst meldete. „Post?"

May nickte. „Ist das eine Frage oder eine Befürchtung?"

„Beides", sagte Henry und suchte nach seiner Lieblingstasse, die er zum Leidwesen seiner Sekretärin nur hin und wieder spülte. „Sie haben alles sortiert?"

„Der Stapel liegt auf Ihrem Tisch. Horn schickt morgen einen Tischler zum Vermessen der Regalwände."

„Höchste Zeit. Die Bücher stapeln sich mittlerweile bis zur Decke. Sonst noch etwas?"

„Tanner fragt nach einer Kritik." May schob einen Stoß Papier in den Drucker und fuhr ihren PC hoch. „Seine Redaktion will was über den neuen Roman von Hyams."

Henry füllte seine Tasse und nippte. „Das habe ich befürchtet. Über John Hyams spricht die ganze Welt. Warum nicht auch ich? Sie haben doch hoffentlich abgelehnt?"

Die Straßen an der Bucht schienen sich an diesem Morgen in Flüsse zu verwandeln. Türme aus grauen Wolken zogen erhaben und schwer über San Francisco hinweg. Regen trommelte gegen die Fenster des Agenturbüros, in dem Henry über Rechnungen, Manuskripten und Rezensionsexemplaren brütete. Zwischendurch sah er Briefe durch, die an ihn als Literaturagenten adressiert waren und die May sortiert hatte. Eines der Kuverts fiel ihm sofort ins Auge – es war alt und vergilbt. Allem Anschein nach stammte es aus dem Bestand eines starken Rauchers, der sich bereits beide Beine weggequalmt hatte. Henry überflog den Absender, säbelte das Kuvert auf und zog einen akkurat gefalteten und von Hand geschriebenen Brief hervor. Ein Schriftzug aus schwarzer Tinte stach ihm entgegen. Über den Briefbogen zogen sich Kaffeeränder. Die kräftigen Buchstaben schienen nicht geschrieben, sondern in das Papier gestanzt zu sein:

Werter Mr Franklin.

Ich möchte Sie mit einem Namen konfrontieren, der Sie erstaunen wird. Sie sollten sich Zeit für einen Besuch in Landslide Junction nehmen. Ich werde Sie nicht enttäuschen.

Mit besten Empfehlungen

Taylor Collins,
Landslide Junction,
Oklahoma

„Der Brief liegt seit zwei Tagen hier." May ließ das Kuvert auf den Schreibtisch fallen. „Der ist verrückt, wenn Sie mich fragen."

Henry rieb sich das Kinn. „Überprüfen Sie diese Adresse trotzdem."

May nickte.

Wenig später erschien sie in Henrys Zimmer.

„Landslide Junction gibt es wirklich", sagte sie. „Eine Kleinstadt weit draußen. Zweitausend Einwohner, zwischen Oklahoma City und Tulsa." May seufzte. „Sie fahren doch nicht da hin?"

„Ich werde Collins anrufen."

„Ich habe versucht, an seine Telefonnummer zu kommen." May schüttelte den Kopf. „Ohne Erfolg. Entweder hat der Mann eine Geheimnummer oder kein Telefon."

„Ein Eremit?"

„Scheint so." Sie ging ans Fenster und blickte hinaus. Noch immer hatte das Unwetter den Norden Kaliforniens fest im Griff. Selbst im siebten Stock des Büroturms, in den Henry vor einigen Wochen mit seiner Agentur eingezogen war, zitterten die Fenster.

Sieben Tage gingen ins Land, bis ein weiterer Brief von Taylor Collins auf Henrys Schreibtisch lag.

Werter Mr Franklin.

Noch einmal möchte ich Sie bitten, mich zu besuchen. Ich habe einen phantastischen Fund gemacht und biete Ihnen ein letztes Mal die Chance, daran teilzuhaben. Mehr kann ich an dieser Stelle nicht verraten, ohne dass Sie mich für einen verrückten Kauz halten. Sie werden es nicht bereuen.

Hochachtungsvoll

Taylor Collins,
Landslide Junction,
Oklahoma

„Vielleicht sollte ich auf ihn hören."

„Sie sollten was?", rief May entsetzt.

Henry deutete auf das Kuvert. „Hinfahren und mit Taylor Collins sprechen. Ein langes Wochenende in Oklahoma. Würden Sie mich begleiten?"

May grinste schief. „Besten Dank", sagte sie. „Um nichts in der Welt."

„Was soll das denn heißen?" Henry bemühte sich, gekränkt zu klingen und las den seltsamen Brief ein weiteres Mal.

„Ich hielt Sie eigentlich für vernünftig, Henry."

„Und ich Sie für mutig", sagte er, faltete das Papier zusammen und steckte es zurück in den Umschlag. „Der hier ist kein Spinner. Das spüre ich." Er kaute an einem Bleistift, ebenfalls eine Unart, die May hasste. „Außerdem habe ich die Geschichte mit Fred Baker immer noch nicht verdaut. Der schreibt jetzt seinen dritten Bestseller. Nur – Briefe und Exposés sind nicht seine Stärke."

„Sie glauben, dass Collins ein Manuskript anbieten will?"

„Etwas in der Richtung." Henry zog seine Stirn in Falten. „Zu schade, dass ich Sie nicht für Oklahoma erwärmen kann."

„Vielleicht beim nächsten Mal", erwiderte May. „Ist Ihnen in den Sinn gekommen, dass Sie nicht nur Freunde haben?"

„Sie denken an einen enttäuschten Schriftsteller, der sich nach einem meiner fürchterlichen Verrisse rächen will? Und ich dachte immer, nur ich hätte eine blühende Phantasie."

„Ich habe kein gutes Gefühl bei der Sache", sagte May. „Warum schreibt der Mann nicht einfach, was er anzubieten hat?"

„Ich schätze Ihre Ehrlichkeit." Henry blickte aus dem Fenster. „Und ich verrate Ihnen was: In Tulsa wohnt ein guter, alter Freund, den ich besuchen werde. Wir haben uns seit Ewigkeiten nicht gesehen."

May schüttelte den Kopf und sagte, bevor sie das Büro verließ: „Die Sache gefällt mir trotzdem nicht."

Henry setzte sich auf eine Bank am Kennedy Drive. Der Golden Gate Park lag in der Abendsonne und duftete – nach dem Regen der vergangenen Stunden – nach feuchter Erde. Henry blickte einer Joggerin mit hübschem Heck nach, deren MP3-Player selbst aus zwei Meilen Entfernung noch zu hören war. Sein Kopf dröhnte. Er nahm eine Schmerztablette und ging zurück zu seinem Porsche, der an der Fulton Street stand. Ihm war kalt. Auf halbem Weg begann es wieder zu regnen. Henry suchte unter dem Dach einer Bushaltestelle Deckung.

Eine alte Frau hockte in einem der Schalensitze und schaute ihn mit funkelnden Augen an. „Sie scheinen es eilig zu haben“, sagte die Dame. Sie trug eine orangefarbene Öljacke und schmutzige Gummistiefel. „Warum lassen Sie die Engel nicht in Ruhe weinen?“

Henry sah die Frau überrascht an. „Warum sollte ich?“ Er bemühte sich um ein Augenzwinkern. „Ich habe meinen Schirm im Auto vergessen.“

Die alte Dame – ihre Zähne schimmerten zu perfekt, um echt zu sein – lächelte, rieb sich die faltigen Hände und beobachtete ihn. „Das ist die schlechteste Ausrede, die ich jemals gehört habe. Warum lassen Sie die Engel nicht in Ruhe weinen? Ihnen allein gelten die Tränen, die sie vergießen. Haben Sie das immer noch nicht begriffen?“

Großer Gott, rumorte es in seinen Gedanken, *zum krönenden Abschluss des Tages noch eine verrückte, alte Hexe. Womit habe ich das verdient?*

„Wie kommen Sie auf diesen Unsinn?“, rief die Frau aufgebracht, als habe sie Henrys Gedanken gelesen. „Sehe ich aus wie jemand, der den Verstand verloren hat? Das ist nicht Ihr Ernst, Henry!“

Er fuhr zusammen wie vom Blitz getroffen. *Sie kennt meinen Namen, verdammt, woher kennt die Alte meinen Namen?*

„Äh“, stammelte er.

„Uns bleibt wenig Zeit“, sagte die Fremde. Ein Donnergrollen rollte durch die Straßenschlucht.

„Woher kennen Sie mich?“

Die Alte schloss ihre Augen, senkte den Kopf und begann zu weinen. Neben der Sitzbank gurgelte im Abfluss am Rinnstein Regenwasser. „Bitte nicht fluchen“, schluchzte sie. „Jedes böse Wort schmerzt.“ Sie griff nach seiner rechten Hand, zog sie zu sich und starrte auf sie nieder.

Henry rollte mit den Augen. „Oh nein“, seufzte er. „Hören Sie, für so etwas habe ich keine Zeit. Woher kennen Sie mich?“ Die Hände der Frau waren warm, sehr warm. *Fieber, verdammt, sie hat Fieber.*

„Shhht!“, rief die Fremde. Sie schien Henry nicht zu hören. Während sie seine rechte Hand hielt, kreuzte ihr Zeigefinger unruhig über deren Innenfläche. Ganz so, als habe sie eine Landkarte vor sich, die es zu studieren galt, murmelte sie leise vor sich hin. Endlose Sekunden vergingen, bis sie abließ. Mit traurigen Augen sah sie Henry an. „Ich bin gekommen, um Sie zu warnen“, flüsterte sie und blickte auf die Straße.

„Warnen? Wovor? Wer sind Sie, verd...“

„Shhht!“, raunte die Frau. „Tun Sie es nicht.“

Henry verlor die Beherrschung und stand auf. „Was meinen Sie um Himmels Willen?“

„Das wissen Sie besser als ich.“ Die Frau schien jetzt wirklich böse zu sein. „Ich habe Ihnen schon viel zu viel gesagt. Eigentlich dürfte ich gar nicht hier sein!“ Dass die Alte jetzt ohne Unterbrechung weinte, jagte Henry Schauer über den Rücken. „Oh Henry“, rief sie. „Tun Sie es nicht, hören Sie? Sie sind im Begriff, einen großen Fehler zu machen, und ich bin geschickt worden, um Sie zu warnen, solange es nicht zu spät ist.“

Henry ging auf und ab, ohne die Frau auch nur eine Sekunde aus den Augen zu lassen. „Wer hat Sie geschickt? Hören

Sie, meine Geduld ist jetzt langsam zu Ende." Er suchte in den Taschen seines Mantels nach Zigaretten, fand sie aber nicht.

„Sie sind in Gefahr." Die alte Frau schlug sich die Kapuze der Öljacke über den Kopf und verließ den Unterstand, leise vor sich hin summend. „Ihre Hände verheißen nichts Gutes." Das rief sie über ihre schmalen Schultern hinweg, als sie durch eine Pfütze stapfte und das Wasser unter ihr platschte. „Ich habe Sie gewarnt."

Henry blickte der Öljackenfrau ratlos nach.

Klein und eingefallen schlurfte sie den Boulevard entlang, ohne sich noch einmal umzudrehen. Zwei Straßen weiter heulte eine Sirene. *Ihre Hände verheißen nichts Gutes.*

„Ist das die Frau?", fragte May in das Schweigen hinein.

Henry nickte und faltete die Zeitung zusammen. „Ich wusste sofort, dass mit der Alten etwas nicht stimmt. Ihre Hände waren kochend heiß. Mein Gott – sie war krank und murmelte lauter wirres Zeug. Es wäre besser gewesen, sie zur Polizei zu bringen."

„Sie hätten es nicht verhindern können." May las die Schlagzeile des Einspalters über dem Foto noch einmal: *Geistig verwirrte Frau bei Unfall auf der Sutter Street getötet.* „Im Krankenhaus haben sie erst am nächsten Tag gemerkt, dass die alte Dame ausgebüxt ist."

„Sie hat seltsames Zeug gesagt", erwiderte Henry, ohne sich vom Fenster abzuwenden. „Und ich Dummkopf lasse sie ziehen!"

„Ihnen hat sie ja auch nicht erzählt, dass sie auf dem Weg zur Schule ist." May sah ihn nachdenklich an. „Das hätten selbst Sie einer verwirrten, alten Frau nicht abgenommen. Oder?"

„Aber woher kannte sie meinen Namen?"

„Aus der Zeitung, aus einer Ihrer Rezensionen. Woher sonst?"

„Ein seltsamer Zufall. Die Alte schien mich zu kennen, May,

verstehen Sie? Sie wollte mich warnen." Wieder erinnerte Henry sich an die Augen der Frau. *Ihre Hände verheißen nichts Gutes.*

„Böses Omen", sagte May mehr zu sich als zu Henry. „Sie sollten noch einmal über Ihren Ausflug nach Oklahoma nachdenken."

„Das ist nicht Ihr Ernst", stöhnte er. „Und ich dachte immer, dass nur ich abergläubisch bin."

Dass Henry sich auch nach diesem Vorfall für einen Flug nach Oklahoma entschied, hatte weniger damit zu tun, dass er später einen weiteren Brief von Taylor Collins auf dem Schreibtisch fand, sondern vielmehr damit, dass er seinem Freund Dick schon vor Monaten einen Besuch in Tulsa versprochen hatte. Henry fragte sich, ob er ihn überhaupt wiedererkennen würde nach all den Grabenkämpfen der vergangenen Wochen.

Am Telefon hatte sein alter Kumpel aus dem College keinen Zweifel daran aufkommen lassen: „Natürlich freue ich mich, dass du endlich mal vorbeischaust. Tracy ist ganz wild darauf, dich kennen zu lernen, nachdem ich ihr erzählt habe, was wir in Las Vegas angestellt haben. Und du hast wirklich nur geschäftlich in Oklahoma zu tun? Oder steckt eine Frau dahinter?"

„Ach, Dick!" Henry musste bei diesen Worten schief grinsen. „Im Gegensatz zu dir bin ich erwachsen."

Will Rogers Airport, Oklahoma City, zwei Tage später.

Die Maschine landete gegen neunzehn Uhr und gab beim Aufsetzen ein dumpfes Poltern an ihre Passagiere weiter. Die Crew entschuldigte sich per Bordsprechanlage. Henry schnallte sich ab, warf seinen Mantel über und stand als einer der Ersten auf. Seit Stunden brachen über den Bundesstaat Regenfluten und Sturmböen herein und verwandelten die Menschen jenseits der Sicherheitsschleuse in Läufer, die ihre Regenschirme Härtetests unterzogen.

So auch am Haupteingang, wo Henrys Leihwagen stand. May hatte die Schlüssel hinterlegen lassen. Es dauerte eine geschlagene Viertelstunde, bis Henry sich einen Weg durch die wartende Menge bahnen und das Kuvert mit den Fahrzeugpapieren in Empfang nehmen konnte. Im Auto suchte er unter dem Sitz nach der Einstellautomatik, da es sich bei seinem Vorgänger offenbar um einen Wookie gehandelt hatte.

Henry fuhr durch das tosende Unwetter, als er das Navigationsgerät einzuschalten versuchte. Zwei Mal fuhr er bedrohlich nahe dem Gegenverkehr in die Schusslinie, bis er den Hebel für die Scheibenwischer fand und freie Sicht hatte. Er nahm die Interstate und spielte mit der Digitalanzeige des Autoradios, bis er eine Station fand, die von Sturmwarnungen absah. Sie spielten stattdessen ein verkratztes „Love me tender" von Elvis Presley.

Nach einer halben Stunde schien das Unwetter seinen Höhepunkt erreicht zu haben. Der Lincoln wurde von heftigen Böen hin und her gestoßen. Henry kam ein Erlebnis aus Pfadfinderzeiten in den Sinn: Ein Zeltlager in den Rocky Mountains, dreißig Jungs, Playboy-Hefte in den Rucksäcken, ein Sturm wie dieser hier und ein brüllender Campchief, der nicht ins Zelt konnte, weil der Eingang von innen mit Perlonschnur zugenäht war.

Das wild umherfliegende Laub war vielleicht auch in den Rocky Mountains gewachsen, vom größten Sturm seit Jahren überwältigt und über hunderte von Meilen hierher getragen worden. Der Sturm wollte kein Ende nehmen. Der Chandler City Lake lag vor ihm. Henry suchte wieder einmal nach seinen Zigaretten, in der Erwartung, im nächsten Moment ein Schild mit der Aufschrift „Bates Motel" am Straßenrand zu erspähen, und zum Smalltalk mit Norman und seiner mumifizierten Mutter eingeladen zu werden.

Die Frau am Motel-Empfang schaute Henry müde an, zupfte an einem bunt gesprenkelten Kostüm, das Hugo Boss an einem schlechten Tag entworfen hatte und zog an der Leine einer überaus angriffslustigen Labradorhündin, die lauthals anschlug.

„Shhht, Maggy“, rief die Frau. „Ruhiiig – der tut dir nichts!“ Sie saß mit rundem Rücken über einem Romanheft. *Die Nacht der fliegenden Bestie, Teil II.* Ihr Haar spannte sich zurückgekämmt über ihren Kopf – und schrie nach Wasser und Seife. Noch immer zog sie wie von Sinnen an der Hundeleine. Maggy war mittlerweile bis auf einen Meter an Henrys Beine herangekrochen und fletschte die Zähne. „Nehmen Sie es ihr nicht übel, Mister – sie ist noch klein. Eigentlich möchte sie nur spielen. Shhht, Maggy – oder du kommst in den Keller. Sei ein braves Mädchen, ja?“
Die Augen der Frau waren schwarz umrandet. Ihr Lächeln war aufgesetzt und roch nach Kaugummi. Mit breiten Händen stützte sie sich an der Holztheke ab. „Was kann ich für Sie tun?“

„Ein Zimmer für die Nacht“, sagte Henry. „Draußen ist die Hölle los.“

Die Frau nickte, drehte sich um und studierte das Schlüsselbrett. „Sie hätten mal im November 1992 hier sein müssen, Mister. Da war was los. Die haben sogar die Nationalgarde zum Aufräumen geschickt – in der Stadt gab es sechs Tote.“ Dann konzentrierte die Frau sich auf ihre Arbeit. „Auf Zimmer fünf schläft ein frisch verheiratetes Paar – wenn Sie wissen, was ich meine. Damit fallen vier und sechs weg. Aber die zwei ist noch frei. Allerdings fehlt der Fernseher. Der ist zur Reparatur. Zwei Jungs aus Kansas wollten das Ding in der Dusche zu einem Aquarium umfunktionieren.“

Henry nickte ungeduldig. „Ist schon okay. Ich will nur schlafen."

„Fein", sagte die Frau und füllte den Reservierungsbogen aus. „Sie kommen nicht aus der Gegend?"

„Richtig." Er unterschrieb die Anmeldung und reichte ihr seine Kreditkarte. „Wie weit ist es bis Landslide Junction?"

Die Frau musterte ihn. „Eine halbe Stunde." Sie nickte und gab ihm sein Plastik zurück. „Sie wollen zu Taylor Collins, nicht wahr?"

Henry konnte sein Erstaunen nicht verbergen. „Kennen Sie ihn?" Er hörte es in der Ferne donnern.

„Flüchtig." Die Motelfrau verschränkte die Arme. „Hier kommen hin und wieder Leute vorbei, die zu Taylor wollen. Viele Städter, die auf alte Wagen stehen. Er ist Autohändler. Und nebenbei managt er hier in der Gegend die Friedhofsverwaltung."

„Eine ansprechende Mischung."

„Die Sache mit den Friedhöfen liegt in seiner Familie", erklärte die Frau. „Collins muss jetzt fast neunzig sein. Schon sein Urgroßvater war Totengräber. Das erzählt er jedem. Ebenso, dass er im Krieg gegen die Deutschen gekämpft und dabei zwei Finger verloren hat. Taylor ist ein lebendes Fossil."

Henry nahm seine Schlüssel. Das seltsame Lächeln der Motelfrau und das Trommeln des Regens auf dem Bungalowdach sollte ihn in dieser Nacht auf seinem Weg in den Schlaf begleiten. Er träumte von einer zähnefletschenden Labradorhündin namens Maggy, die ihn durch einen englischen Garten verfolgte und es auf seine Knochen abgesehen hatte.

Am Ende von Landslide Junction – einem Nest mit zwei Tankstellen, einem Kino und einer alten Methodistenkirche, deren Anstrich abblätterte – lag die Storage Road. Die gewundene Straße führte Henry in ein Tal, das mit Spuren des Sturmes überzogen war. Auf dem Asphalt lagen Äste. Er ließ den Wagen bergab rollen und rang mit Böen, die immer noch stark zupackten. Die Zufahrt am Ende des Weges war von Randsteinen gesäumt, die in militärischer Ordnung Spalier standen. Henry hielt an und suchte sein Handy. „May – ich bin's", rief er, als die Verbindung nach San Francisco zustande kam. „Ich kann Sie kaum verstehen und bin auf dem Weg zu Taylor Collins. Das Motel, das Sie mir aufgeschrieben haben, war übrigens entsetzlich." Er lächelte ins Telefon. „Wollen Sie mich umbringen?"

„Manchmal schon", tönte es vom anderen Ende. „Sie hätten ja weiterfahren können."

„Ach, May", seufzte Henry. „Warum nehmen Sie alles so ernst?"

„Das sagt der Richtige. Vorhin hat Ihre Exfrau angerufen. Sie hat den Hund einschläfern lassen. Er ist ihr vor das Auto gelaufen, sagt sie."

Henry zitterte vor Wut. „*Sagt sie*", fauchte er. „Sarah schreckt vor nichts mehr zurück."

„Sie klang ziemlich fertig."

Henry nickte mit finsterem Blick. „Auf dem College hat Sarah Theater gespielt. Das beherrscht sie."

„Melden Sie sich, wenn Sie mit Collins gesprochen haben. Die Sache ist mir nicht geheuer."

„Wenn ich in zwei Stunden nicht angerufen habe, verständigen Sie die Polizei, okay? Wissen Sie eigentlich, dass Sie ein Angsthase sind, May?"

„Wissen Sie eigentlich, dass Sie den Verstand verloren haben?", erwiderte sie, bremste sich aber. „Manchmal zumindest."

Henry warf das Telefon auf den Beifahrersitz. *Sarah hat den Hund umgebracht,* dröhnte es durch seine Gedanken. Am Ende des Weges erhob sich eine verwahrloste Villa. Ein Heerlager unterschiedlichster Autos war davor abgestellt und verlieh dem einst stolzen Anwesen das Flair eines Supermarktparkplatzes. Henry betrachtete Preistafeln aus blauer Pappe, die hinter die Windschutzscheiben gehängt worden waren. Die Umrisse eines alten Autokrans in der Nähe des Hauses ließen ihn erschauern und einen Parkplatz in sicherer Entfernung suchen. Er stellte den Motor ab, warf einen Blick auf den Hof und ließ noch einmal den Scheibenwischer über das Glas rutschen. Nach fünf Minuten – er rauchte in Ruhe eine Zigarette – stieg Henry aus und überließ sich dem Tosen des Windes.

Die Villa hatte in der Tat bessere Tage als diesen hier gesehen. Henry ging hinter das Gebäude, als er eine Stimme zu hören glaubte. Der Sturmwind drückte ihm den Mantelkragen in den Nacken. Vorsichtig wich er Pfützen und Rinnsalen aus. Auch hier erwarteten ihn zahllose Autos – allerdings die einer anderen Preisklasse. Zwischen den Limousinen lief ein großer Mann hin und her. Vor einem ausgebrannten Buick blieb er stehen und stocherte mit einer Eisenstange im Zentrum eines Regensees herum. Der Mantel des Mannes sah wie eine Kutte aus Kunststoff aus und reichte bis ins Wasser. Platschend bewegte er sich von einem Bein aufs andere und stieß Flüche aus.

Henry machte sich bemerkbar. „Hallo? Mr Collins?“

Der Kuttenmann schaute auf, ließ die Eisenstange ins Wasser fallen und stapfte durch den Morast in Henrys Richtung. Die Gummistiefel teilten den Brei aus Regen, Erde und Geäst, ungeachtet dessen, dass der Unrat umherspritzte und sich in Schlangenlinien auf dem Regencape verteilte. Mit mechanischen Bewegungen verließ Taylor Collins den See und baute sich vor Henry auf. Einen guten Kopf größer, blickte er auf seinen Besucher herab und reichte ihm die Hand. „Henry Franklin, nehme ich an.“ Der Regen lief Taylor über den kahlen Kopf und ließ sein Gesicht aussehen, als sei es lackiert und gewachst. Kantige Wangenknochen arbeiteten unter Wasser. „Freut mich, dass Sie den Weg hierher gefunden haben."

„Durchnässt, wie Sie sehen", erwiderte Henry.

„Vom Regen stirbt man nicht." Taylor wies ihm den Weg zum Haus. „Wir sollten reingehen und Cognac trinken."

„Gute Idee. Ich hasse Wasser."

„Das Element Gottes", brummte Taylor. „Gerade dabei, den Ablauf zu verstopfen und meinen Fuhrpark zu überschwemmen. Sollten Sie mal einen rostfreien Wagen mit gutem Motor suchen, dann kommen Sie hierher. Oklahoma ist reich an Schätzen."

Henry folgte Taylor über eine Treppe zur Haustür. Er spürte den Regen selbst durch den Mantel.

„Meine Zeit und meine Geduld sind begrenzt, Mr Collins. Gute Gründe dafür, dass wir schnell zur Sache kommen."

„Eile spricht nicht für Intuition." Durch einen stickigen Flur bewegten sich die beiden ins Haus. „Sie haben allen Grund, hier zu sein, Mr Franklin. Etwas Geduld – ich werde Ihnen eine unglaubliche Geschichte erzählen."

„Wissen Sie, wie lange ich unterwegs war?" Henry sah sich um.

„Das weiß ich." Taylor lächelte dünn. „Ich werde Sie nicht enttäuschen."

Das Haus war schlicht eingerichtet. Die Männer nahmen in einem Kaminzimmer auf knirschenden Ledersesseln Platz. Während der Regen gegen die Fenster schlug, öffnete Taylor ein Barfach und ließ das Klirren vieler Flaschen durch den Raum hallen. Mit zwei Gläsern kehrte er zurück und stellte sie auf den Tisch.

Henry nickte. „Kommen wir zum Geschäft."

Taylor hielt inne, stellte sein Glas ab, zog die Augenbrauen hoch und grinste das seltsamste Grinsen, das Henry jemals zu Gesicht bekommen hatte. In unheimlicher Präzision bewegten sich die unterschiedlichsten Stimmungen über das Gesicht des alten Mannes – beherrscht von dunklen Augen, die sich an Henry hefteten. „Ich höre, man hat Sie auf mich vorbereitet. Wahrscheinlich hat man Ihnen erzählt, dass ich ein verrückter Autoverkäufer und Totengräber bin, nicht wahr?" Henry vermied es, dem etwas hinzuzufügen. „Die Leute mögen es nicht, wenn jemand aus der Gegend Geld verdient. Und dann auch noch ein Kauz. Aber in gewisser Weise haben sie Recht."

„Warum haben Sie diese Briefe hier geschrieben?" Henry legte die Umschläge zwischen die Cognacgläser und beobachtete die Reaktion in Taylors Gesicht.

Der alte Mann nickte. „Das werde ich Ihnen sagen. Aber zuvor sollten wir einen Schluck nehmen. Zum Wohle." Taylor trank in schnellen Zügen.

„Neben meiner Arbeit hier und in der Friedhofsverwaltung organisiere ich Versteigerungen. Die Menschen kommen von weit her, um Antiquitäten bei mir loszuwerden. Viele alte Möbel, scheinbar wertlos, aber wenn man gute Handwerker kennt, ist das kein Problem, Mr Franklin. Schreibtische, Schränke, Stühle, Betten – die Städter schleppen alles an. Und Bücher – jede Menge Bücher. Ich kaufe die besten auf und bringe sie mit Gewinn wieder unters Volk. Im Laufe der Jahre habe ich so manche Privatbibliothek – bitte verzeihen Sie mir diesen furchtbaren Ausdruck – zu Spottpreisen bekommen. Von Leuten, die entweder in finanzieller Not oder an Literatur und allem, was auch nur entfernt damit zu tun hat, nicht interessiert sind. Wahre Trennungsdramen haben sich hier schon ereignet. In Härtefällen gebe ich nach und zahle gut. Wissen Sie – mit der Zeit habe ich gelernt, zwischen Menschen in Not und Geizkragen zu unterscheiden. Und das Geschäft läuft. Gestern habe ich eine medizinische Abhandlung aus dem Jahr 1805 für 250 Dollar nach Winnipeg verkauft. Reich illustriert, mit hunderten von Skizzen – etwas angelaufen, aber sonst in erstklassigem Zustand."

„Für den Fall, dass Sie mir alte Bücher anbieten möchten, lassen Sie mich sagen, dass ich in keiner Weise interessiert bin", erwiderte Henry. Der Cognac brannte sich seinen Weg nach unten.

Taylor nickte. „Wenn Sie mir die Freiheit lassen, fortzufahren, werden Sie hören, dass es hier um weit mehr geht. Wo war ich stehen geblieben?" Er runzelte die Stirn. „Ah – 1805. Nun – das eben erwähnte Buch stammte aus einer Sammlung, die ich von einer alten Dame gekauft habe. Das war vor einigen Wochen. Besser gesagt war es ihr Sohn, der mit einem Lieferwagen hierher kam und mir einen Bücherschrank präsentierte. Das alles für nur fünfhundert Dollar. Ich sah mir die Sachen an – größtenteils Bücher aus den 20er und 30er Jahren. Nicht schlecht. Es sei an der Zeit, sich von den Schwarten zu trennen, sagte der Mann, denn seine Mutter habe nicht im Sinn, diese Kostbarkeiten ignoranten Erben zu überlassen. Mein Name habe einen guten Ruf, was alte Bücher angeht, und sei die richtige Adresse, um sie an Leute zu bringen, die ihren Wert wirklich zu schätzen wissen. Solches Geschwafel höre ich ständig. Eigentlich ging es dem Mann nur um Bares. Wahrscheinlich lag seine Mutter auf der Intensivstation, und es galt, ihre Bücher rechtzeitig zu versilbern, bevor sie Verwandte auf den Plan rufen. Ich handelte den Mann auf vierhundert Dollar herunter und brachte den Berg aus Büchern in meine Werkstatt. Der Schrank war morsch. Ich habe ihn zerhackt." Taylor hielt inne und schien einen Moment lang nachzudenken. „Bei der Durchsicht der Bücher sortierte ich Gutes von Schlechtem. Übrig blieben drei vergilbte und mit Messingschlössern versehene Schwarten. Für die übrigen Bücher fanden sich im Internet Interessenten, und nach wenigen Tagen hatte ich einen guten Teil davon verkauft. Bislang habe ich an diesem Bücherschrank ein kleines Vermögen verdient, Mr Franklin. Beim Aufräumen fielen mir wieder die drei Exemplare in die Hände. Ich knackte ihre Schlösser – kein Problem. Was zum Vorschein kam, waren Tagebücher mit Eintragungen aus den Jahren 1829 bis 1861, sowie ein Lebenslauf des Schreibers. Der Verfasser der Tagebücher hieß Graham Barnes und lebte von 1798 bis 1861 hier in Oklahoma als Kolonialwarenhändler. Wie die Tagebücher in den Besitz der alten Dame gekommen sind, war nicht zurückzuverfolgen. Für unsere Geschichte, die jetzt beginnt, ist das nicht von Bedeutung. Einige Einträge sind kaum noch lesbar."

„Sie haben die Tagebücher gelesen?"

„Studiert." Taylor ließ ein kaltes Lächeln über sein Gesicht huschen. „Ich habe die Tagebücher Wort für Wort studiert. Und genau aus diesem Grund sitzen Sie nun in Oklahoma und wünschen sich nichts sehnlicher, als dass der alte Sack endlich zur Sache kommt. Ich sehe, dass der Cognac Ihren Geschmack trifft. Noch einen?"

Henry sollte die Flasche an diesem Sturmabend bis zur Hälfte leeren.

„Am 22. April des Jahres 1798 kam Graham Barnes in Baltimore zur Welt. Ich beziehe mich auf den letzten Teil des dritten Tagebuchs, der, wie ich Ihnen bereits sagte, in desolatem Zustand ist. Das Papier ist verblichen und rissig. Einige Seiten liegen lose im Umschlag. Barnes hat den Lebenslauf kurz vor seinem Tod verfasst. Viele Passagen sind nicht mehr zu entziffern."

„Darf ich die Bücher sehen?", fragte Henry.

„Sicher." Taylor erhob sich, schlurfte ins Nebenzimmer und kam mit einer Papiertüte zurück. Andächtig zog er die Lederbände hervor und ließ sie auf den Tisch sinken. Nebenan schlug eine Standuhr. Henry öffnete das erste der grauen Bücher und sog den Duft der Seiten ein.

„Barnes' Eltern waren auf Geschäftsreise in Baltimore, als die Wehen einsetzten. Er wurde im Haus seines Onkels geboren. Von Beginn an war der Junge von schwacher Konstitution. Mit fünf Jahren wurde er erstmals von asthmatischen Anfällen heimgesucht. Er war zwölf Jahre alt, als seine Eltern ihn auf eine lange Reise nach Europa und Nordafrika mitnahmen. Grahams Vater war ein angesehener Kolonialwarenhändler in Oklahoma City und pflegte Kontakte nach Kairo, wo er Gewürzlieferungen orderte. Über seine Zeit in Ägypten schreibt Graham, dass ihn der Totenkult und die alten Bestattungsriten bereits als Junge zu interessieren begannen – das wird später sehr wichtig werden. 1813 kehrte die Familie Barnes in die Vereinigten Staaten zurück. Ärzte stellten fest, dass das ägyptische Klima dem Jungen bei der Überwindung seines Asthmas geholfen hatte. Im Abstand von jeweils zwei Jahren wurde er zu Kuren in die Schweiz und nach Deutschland geschickt. Gleichzeitig begann Barnes senior in Oklahoma City damit, seinen Sohn auf die Übernahme des Geschäftes vorzubereiten. Mit neunzehn Jahren vertrat Graham seinen Vater zum ersten Mal während einer Geschäftsreise in den Fernen Osten und erledigte für ihn die Korrespondenz mit Kairo. Das Geschäft blühte. Doch 1823 war kein gutes Jahr für Barnes. Im Mai starb sein Vater, und seine Mutter erlitt einen Nervenzusammenbruch, von dem sie sich niemals wieder erholte. Graham wurde zum alleinigen Inhaber des Geschäftes, das er konsequent auszubauen begann. In den Jahren 1825 bis 1829 hielt er sich wieder einmal in Europa auf, diesmal in Irland und England. Offenbar betrieb er dort Ahnenforschung. 1830 verlobte Barnes sich mit der Tochter eines Richters in Oklahoma City. Die Hochzeit platzte, was in den Aufzeichnungen nur undurchsichtig beschrieben ist. Barnes war die Angelegenheit offensichtlich peinlich."

„Wer weiß, welcher Teufel ihn geritten hat."

Taylor nickte. „Graham Barnes hebt 1840 als ein besonderes Jahr hervor. Sein Leben lang dem Lesen von Büchern verschrieben, trifft er 1840 zum ersten Mal auf diesen Mann hier." Er schob Henry ein Portrait zu, das einen bärtigen Mann mittleren Alters zeigte. „Sie sehen richtig, Henry. Edgar Allan Poe. *Tales of the Grotesque and Arabesque.* Nach eigenem Bekunden las Graham das Buch vierzehn Mal, bis er in seiner Begeisterung Poe einen Brief nach Philadelphia schickte. Wohlgemerkt – Barnes hielt dies für wichtig genug, um es seinem Tagebuch anzuvertrauen. Der Brief an Poe blieb allerdings ohne Antwort, was Graham zutiefst bedauerte. Seinem Interesse schadete dies jedoch nicht. Im Gegenteil: Mit Hingabe verfolgte er Poes Geniestreiche der folgenden Jahre – *The Murders in the Rue Morgue* und *The Mask of the Red Death.* Es war Poes Perfektion, die Barnes faszinierte. Aber lesen Sie den Eintrag selbst."

Henry vertiefte sich in das Tagebuch.

„Sie haben über Poe promoviert, nicht wahr?" Das sagte Taylor nach einigen Sekunden, wissend, dass das Feuer längst entfacht war.

„Erzählen Sie weiter", murmelte Henry.

„Der Huldigung an Edgar Allan Poe folgen Seiten, die kaum noch zu lesen sind. Bruchstückhaft wird deutlich, dass Graham sich mit dem Gedanken anfreundete, mit Hilfe eines Teilhabers in Providence ein weiteres Geschäft aufzubauen. Die ersten Vorbereitungen wurden jedoch von Barnes' Krankheit torpediert, die von Zeit zu Zeit durchbrach. Wieder verbrachte Graham ein Jahr in der Schweiz. In den Jahren 1844 und 1845 war es schließlich so weit: Der Name Barnes wurde in Providence bekannt. Allerdings stand er diesmal nicht für Erfolg.

Das neue Geschäft ging nach einem verheerenden Feuer in einem der Lagerhäuser ein. Für Graham ein herber Rückschlag, er hatte zwei Jahre seines Lebens in ein Fiasko investiert. Seitenlang beschäftigt er sich mit Providence. Das war Hintergrund für ein Ereignis, das Barnes' Leben in den nächsten und letzten Jahren bestimmen sollte."

„Und das alles lässt sich in diesen Bänden hier nachlesen?" Henry blieb skeptisch.

„Ich habe Ihnen angeboten, sich vom Inhalt der Bücher zu überzeugen." Taylor sah ihn entschlossen an. „Es ist nichts – aber auch gar nichts – dem, was Barnes damals in seine Tagebücher geschrieben hat, hinzugefügt worden."

„Und weiter?"

Taylor nickte angespannt. „Im September 1848 reiste Barnes nach Providence, um, wie er es nannte, einen *geregelten Rückzug* zu organisieren. Zeit für anderweitige Verpflichtungen blieb ihm nicht. Das Geschäft in Oklahoma übertrug er Partnern. Anfang Dezember erfuhr Barnes zufällig, dass Providence einen prominenten Gast erwartete – wenn man in einer Zeit ohne Fernsehen und Internet überhaupt von Prominenz sprechen konnte. Am 6. Dezember hatte Edgar Allan Poe seine sagenumwobene Vortragsreise über das Poetische Prinzip begonnen, die ihn am 20. Dezember auch nach Providence vor mehr als zweitausend Zuhörer führen sollte. Ich habe das Datum überprüft. Poe war im Dezember 1848 tatsächlich in der Stadt."

Henry schaute von den Tagebuchseiten auf. „Er traf Hochzeitsvorbereitungen in Providence. Die Frau hieß Helen Whitman. Poe sprach von Seelenverwandtschaft, nachdem sie ihm Gedichte geschickt hatte. Er verfiel wieder einmal seiner Trunksucht und nahm Opium. Whitman ließ Poe fallen, nachdem sie erkannte, dass ihm nicht mehr zu helfen war. Im Nachhinein verteidigte sie ihn aber in der Öffentlichkeit. Den Vortrag besuchten viele nicht wegen des *Poetischen Prinzips*. Sie wollten Whitmans skandalumwobenen Verlobten zu sehen bekommen."

„Das kann schon sein", sagte Taylor. Er klang zufrieden. „Graham Barnes war unter den Zuhörern des Vortrags, und bestimmt nicht aus letztem Grund. Barnes wäre dumm gewesen, hätte er diese Chance nicht genutzt. Er schreibt von Fügung: Ausgerechnet der Zusammenbruch seines Geschäfts in Providence ermöglichte ihm einen Wunschtraum – ein Gespräch mit Edgar Allan Poe von Angesicht zu Angesicht."

Henry stutzte. „Barnes ist ihm persönlich begegnet?"

„Ja", sagte Taylor.

„Wissen Sie das mit Sicherheit? Graham könnte sich ein Treffen mit Poe zusammengesponnen haben."

„Mit Ihrer Erlaubnis lese ich den Eintrag vor. Wir kommen jetzt zur Sache." Taylor schlug zielbewusst eines der Tagebücher auf.

Providence, 20. Dezember 1848. Poes Vortrag hat meine Erwartungen übertroffen. Durch Zufall kam es danach zu einer Begegnung im Earl House. Poe war ruhig und diszipliniert, als ich mit ihm sprach. Und er war in Begleitung mehrerer Männer. Trinkgesellen und seltsame Gestalten. Ich begab mich in ihren Kreis und unterhielt mich mit Poe, als um uns herum gezecht wurde. Das Gelage seiner Freunde zog ihn zunehmend in Mitleidenschaft. Poe erzählte mir von finanziellen Problemen und bat mich um Geld für seine Sache. Befremdet wollte ich die wilde Runde verlassen, als Poe mich zurückzog und mir offenbarte, er habe eben erst ein Manuskript verfasst, das für einen Tauschhandel, wie er es nannte, geeignet sei. Im Rausch nannte er mir eine lächerliche Summe, und ich schlug ein. Poe folgte meinem Wunsch, mir das Manuskript im Nebenzimmer zu zeigen. Ich nahm die Seiten in Augenschein. Von

Zweifeln an meiner Aufrichtigkeit gemartert, nahm ich die Schrift entgegen und gab ihm das Geld. Diesen Anblick werde ich niemals vergessen: Poe strahlte mich an und begab sich mit hängenden Schultern wieder in den Kreis der immer wilder zechenden Gesellschaft, als sei er nicht eine Minute lang fort gewesen. Das letzte, was ich von Edgar Allan Poe sah, waren leere Augen, die starr in die Menge gerichtet waren. Das Genie richtet sich zugrunde.

„Und? Was soll ich davon halten, Mr Collins? Können Sie mir das verraten?"

„Ihre Entscheidung." Taylor beugte sich vor und trank. „Für Barnes muss eine Welt zusammengebrochen sein, als er Poe in dieser Verfassung traf."

„Und sich auf den Pferdehandel mit ihm einließ. Vorausgesetzt, dass er sich überhaupt ereignet hat."

„An der Echtheit der Aufzeichnungen besteht kein Zweifel."

„Auch am Inhalt?"

„Barnes schrieb sporadisch. Immer wieder liegen Unterbrechungen zwischen den Einträgen. Manchmal Monate, manchmal Jahre."

„Was nichts über den Schreiber aussagt."

„Sie denken, dass Barnes an Geltungssucht litt? Ein Tagebuch ist in dieser Hinsicht ein denkbar schlechtes Medium, Henry."

„Angenommen, Barnes traf in Providence tatsächlich auf Poe, und es kam zum Deal zwischen den beiden – was geschah mit dem Manuskript?"

Taylor seufzte schwermütig. „Über Titel und Inhalt steht leider nichts in den Büchern. Ich werde das Gefühl nicht los, dass wichtige Seiten fehlen. In den Passagen, die ich lesen konnte, erwähnt Barnes das Manuskript noch an zwei Stellen. Einmal, als er von Poes Tod im Oktober 1849 erfuhr."

„Tief betroffen – versteht sich", sagte Henry.

„Die Last, Poe im Moment geistiger Umnachtung ausgenutzt zu haben, hat Barnes verfolgt wie ein Alptraum. Er betrachtete es als Schande, auf Poes versoffene Offerte eingegangen zu sein. Aus Scham war es sein Entschluss, das Manuskript unter Verschluss zu halten."

„Scham? Er hätte es Poe auch zurückgeben können", sagte Henry.

„Natürlich betrachtete Graham den Text als sein Eigentum. In einem späten Eintrag berichtet er davon, dass das Manuskript einzigartig ist. Datiert auf die Zeit zwischen dem 8. und dem 15. Dezember 1848, muss Poe es unmittelbar auf seiner Vortragsreise verfasst haben. Offenbar hat er das einzige Exemplar an Barnes verhökert – ohne zu wissen, was er da eigentlich tat."

„Vielleicht der frühe Entwurf einer Geschichte, die Poe später noch einmal niedergeschrieben hat. *Mellonta Tauta* oder *Hop Frog* – beide erschienen 1849 kurz vor Poes Tod in Baltimore."

„Ach, Henry", seufzte Taylor. „Graham Barnes verfolgte alles, was auch nur im Ansatz mit Poes schriftstellerischer Arbeit zu tun hatte. Selbst über dessen Tod hinaus. Wäre Graham dieser Geschichte irgendwo anders begegnet, er hätte das seinem Tagebuch anvertraut."

„Sie sagten doch, dass die Bücher nicht mehr vollständig sind."

Taylor schüttelte energisch den Kopf. „Das bezieht sich in erster Linie auf seine Geschäfts- und Reiseberichte. Alles andere ist Spekulation. Nein, Henry – Sie sollten sich mit dem Gedanken anfreunden, dass wir es mit einem unbekannten Text zu tun haben. Poes Nachlassverwaltern ist er ebenso entgangen wie den Erben der Familie Barnes. Es gab keinen Briefwechsel zwischen Barnes und Poe, den man hätte zurückverfolgen können. Die Tagebücher als einziger Hinweis auf das Manuskript verschwanden nach Barnes' Tod in einem Schrank und wurden vergessen. Vermutlich war ich der erste Mensch, der nach Graham einen Blick zwischen diese Buchdeckel hier werfen konnte."

Taylor deutete auf die abgegriffenen Tagebücher, die vor ihm lagen. Henry legte sich Wörter zurecht. „Sollten wir uns auf dieses Spiel einlassen – sollten wir alle Zweifel vergessen und uns mit Ihrer abstrusen Theorie anfreunden – wo ist Poes Manuskript jetzt?"

Taylor sah Henry mit festem Blick an. „Damit kommen wir zum letzten Teil meiner Geschichte."

„Was heißt das?" Henry blickte auf die Uhr. Mittlerweile saß er dem alten Mann seit einer Stunde gegenüber.

„Zurück ins Jahr 1849." Taylor warf einen besorgten Blick nach draußen und lauschte dem Sturm. „Poe starb am 7. Oktober um fünf Uhr früh im Washington College Hospital in Baltimore. Barnes erfuhr davon und zeigte sich in seinen Aufzeichnungen vom 12. Oktober tief getroffen. Er ließ ein ganzes Jahr bis zu seinem nächsten Eintrag vergehen."

„Und dieser drehte sich nicht um das Manuskript – richtig?"

„Richtig", erwiderte Taylor. „Barnes hatte ein Verhältnis mit einer zwanzigjährigen Generalstochter aus Oklahoma City. Etwas pikant und in unserer Absicht unwichtig. Dem Tagebuch nach zerbrach das Verhältnis nach einem halben Jahr. Barnes entging mit knapper Not einer Aufforderung zum Duell mit dem heimgekehrten Verlobten des Mädchens – einem angesehenen Offizier und ausgezeichneten Scharfschützen. Barnes widmete sich ausschließlich dem Geschäft, vermied es aber tunlichst, noch einmal eine Dependance zu gründen. Providence hatte ihn kuriert. 1857 war er wieder in Ägypten, 1861 in Europa. Im Mai jenes Jahres kehrte Barnes schwer krank in die Staaten zurück. Lungenentzündung. Im Dezember schrieb

Graham seinen letzten Eintrag ins Tagebuch – kurz bevor er starb."

Oklahoma City, 27. Dezember 1861. Ich werde das neue Jahr nicht mehr erleben. Habe Tarrot & Sons mit Anweisungen versehen. Poes Manuskript bleibt bei mir. Ich habe es behandeln, versiegeln und zu Tarrot bringen lassen. Sie werden es an meine Seite legen – mit dem Ehrenwort der Gentlemen.

„Damit dürfte klar sein, wo das Manuskript ist."

Henry holte tief Luft. „Verrottet. Seit Jahrzehnten. Ich werde jetzt besser nach Hause fahren und das hier vergessen ..."

Taylor unterbrach ihn abermals. Seine Worte dröhnten aufgeregt durch das Zimmer. „Aber Henry! Tarrot & Sons führten zwischen 1855 und 1902 das bedeutendste Bestattungsunternehmen in der Gegend. In strenger Ordnung wurden seit 1858 Auftragsbücher und Karten geführt. 1907 brannte das Archiv aus, wobei die Auftragsbücher gerettet und in die Keller der Stadtbibliothek ausgelagert wurden. Für mich war es kein Problem, die Unterlagen über alle Beisetzungen des Jahres 1861 und 1862 zu finden."

„Und?", fragte Henry.

Taylor winkte ab. „Graham Barnes wurde am 2. Januar 1862 beerdigt. Anstatt der üblichen vier waren acht Sargträger bestellt. Anscheinend galt es, ein großes Gewicht zur Gruft zu bringen. Graham hat den Auftrag persönlich an das Bestattungsunternehmen gerichtet, da er außergewöhnliche Wünsche an seine Beisetzung band. Seine Instruktionen gingen laut Auftragsbuch Anfang Dezember bei Tarrot ein. Leider ist der Brief an das Unternehmen nicht mehr erhalten. Die Korrespondenz wurde von den Auftragsbüchern getrennt aufbewahrt und ist beim Feuer 1907 verbrannt. Am Vormittag des 3. Dezember – einen Tag, nachdem Barnes' Auftrag eingegangen war, bestellte Tarrot bei einer Firma in Oklahoma City Marmorplatten und bezahlte ein Vermögen dafür. Es besteht kein Zweifel daran, dass sie für Graham gedacht waren."

„Ein Sarg aus Marmor. Daher acht Träger."

„Richtig. Er hat sich in einen Sarkophag betten und mit Poes Manuskript beerdigen lassen. Das Papier muss ihm alles bedeutet haben. Eine Form von Liebe."

„Oder Wahnsinn", erwiderte Henry. „Wenn der Sarkophag stabil gebaut war ..."

Taylor nickte angespannt. „Dann ist er bis heute unversehrt. Und mit ihm das Manuskript."

„Möglicherweise."

„Möglicherweise? Ich habe das Grab bereits gefunden." Taylor warf ein Lächeln über den Tisch. „Es wird nicht viel Arbeit machen – es liegt keine zwanzig Meilen von hier."

„Sie wollen das Grab öffnen?"

„Haben Sie einen besseren Vorschlag? Sollten wir das Manuskript finden, dann ist das *die* Sensation."

„Und ich bin Ihr Zugpferd?"

„Der gute Geist an meiner Seite – Henry. Das klingt besser. Mit mir weiß niemand etwas anzufangen. Ist es jedoch Dr. Henry Franklin, der Edgar Allan Poes verschollenes Manuskript aus dem Hut zieht, dann wird dem nichts im Wege stehen. Ihnen wird man abnehmen, dass Sie das Manuskript in einem staubigen Archiv gefunden haben. Begreifen Sie nicht? Ein paar Meilen von hier liegt ein Schatz begraben, der nur auf seine Entdeckung wartet! Hinter dem Haus steht ein Jeep mit Werkzeug. Wir könnten uns sofort auf den Weg machen."

„Sie haben an alles gedacht, nicht wahr?"

„Sie werden lediglich einen Vertrag unterschreiben, der mir meinen Anteil zusichert."

„Und wenn ich nicht mitmache?"

Taylor schüttelte den Kopf. „Sie werden mitmachen."

„Ich brauche Zeit", sagte Henry. „Ich muss nachdenken."

„Das dürfen Sie. Sofern Ihnen das Graben unangenehm ist, arbeite ich alleine. Ich brauche nur eine helfende Hand. Es wird nicht viel Zeit in Anspruch nehmen."

„Vorausgesetzt, wir werden nicht entdeckt und in eine geschlossene Anstalt eingeliefert."

Taylor lächelte. „Keine Angst, Henry. Der Kommunalfriedhof liegt seit dreißig Jahren brach. Ein abgelegenes Feld weit draußen – verwahrlost und einige Meilen von den nächsten Häusern entfernt. Die Grabsteine sind von Gras überwuchert, und viele Leute wissen noch nicht einmal, dass es in dieser Gegend überhaupt einmal einen Friedhof gegeben hat. Arbeiten wir vorsichtig, wird niemand merken, was wir gemacht haben. Selbst ich habe auf dem Gelände lange nach dem Grab suchen müssen."

Henry stand auf. „Ich werde mich morgen früh bei Ihnen melden."

Taylor erhob sich ebenfalls und ging ans Fenster. „In der Stadt gibt es ein Motel, das Sie nicht verfehlen werden, wenn Sie der Straße folgen. Das Angebot steht."

Durch das Motelzimmer zog sich der Duft von Mottenkugeln. Henry stellte seine Reisetasche auf einen Sessel, öffnete die Fenster und setzte sich an den Schreibtisch vor dem Bett. Neben dem Telefon lagen eine Bibel und frische Handtücher. Es war einundzwanzig Uhr. Nach dem zehnten Rufton hörte er ein leises Rascheln in der Leitung.

„May? Ich bin's – Henry."

Für Sekunden blieb es still. „Meine Güte – die Verbindung ist ja noch schlechter als vorhin", seufzte May in der Ferne. „Und? Was ist mit diesem Verrückten?"

Henry suchte wieder einmal nach Zigaretten. „Ich werde ein paar Tage hier bleiben." Er überlegte, ob er May etwas verraten sollte, verwarf den Gedanken aber ebenso schnell, wie er gekommen war. „Die Sache ist zu kompliziert, um sie am Telefon zu besprechen. Wenn ich zurück bin, erfahren Sie alles."

„Er hat Ihnen tatsächlich etwas anzubieten", sagte May.

„Taylor hat ein wertvolles, altes Manuskript aufgetrieben."

„Legal?"

„Sie könnten beim FBI arbeiten, May. Wissen Sie das?"

„Und Sie für die Mafia", erwiderte sie. „Gibt es wenigstens eine Festnetznummer, unter der ich Sie erreichen kann?" Henry diktierte ihr eine Zahlenreihe in den Hörer, die er vom Display seines Telefons ablas. „Passen Sie auf sich auf. Ich habe ein ungutes Gefühl bei der Sache. Und den Eindruck, dass Sie mir alles, aber nur nicht die Wahrheit sagen."

Henry erstickte seine Zigarette und spie Rauch durch das Zimmer. „Ich werde Sie einweihen, sobald ich zurück bin."

„Wir haben hier wieder ein Unwetter", sagte May. „So viele Stürme hat es noch nie gegeben. Man überlegt, die Golden Gate Bridge zu sperren."

„Hat Sarah sich noch einmal gemeldet?"

„Die Sache mit dem Hund liegt Ihnen schwer im Magen, was? Nein, sie hat nicht mehr angerufen."

Henry dachte nach. „Sagen Sie ihr unter keinen Umständen, dass ich unterwegs bin, hören Sie? Wahrscheinlich ist es ganz gut, dass ich im Moment nicht in San Francisco hocke. Sonst hätte ich Sarah bereits den Hals umgedreht."

„Sie glauben nicht, dass das mit dem Hund ein Unfall war?"

Die Sache mit dem Hund. Das klingt gut, May, das klingt wirklich gut.

„Sie hat Shakespeare immer gehasst." In ihm brodelte es. „Mich hat ohnehin gewundert, warum sie ihn unbedingt behalten wollte. Hätte ich Dummkopf das nur früher begriffen."

„Reden Sie nicht so einen Unsinn, Henry", sagte May. „Ich kann nicht glauben, dass sie dem Hund etwas antut, nur, um Sie zu provozieren."

Da kennen Sie Sarah nicht. Sie würde noch ganz andere Dinge anstellen, um mich zu verletzen.

Ein Scharren ging durch die Verbindung. Dann teilte eine Frauenstimme ihm freundlich aber bestimmt mit, dass die Leitung unterbrochen sei. Der Sturm hatte einige Netze zur Westküste in Mitleidenschaft gezogen. Henry legte auf, duschte und ging zu Bett. Eine halbe Stunde lang sah er fern. CNN zeigte Bilder toter US-Soldaten im Irak, deren verkohlte Leichen an einer Brücke hingen und als Zielscheiben dienten.

Er schlief ein und träumte schlecht. Zweifel verfolgten ihn: *Sie werden die Schrift und das Papier prüfen. Sie werden Fachleute darauf ansetzen und Gutachten erstellen. Sie werden es mit anderen Manuskripten vergleichen und Schlüsse ziehen. Gnade Dir Gott, sollten Graham Barnes oder Taylor Collins Lügner sein. Sollten sie allerdings die Wahrheit sagen, ist die Sensation perfekt: Zu Edgar Allan Poes 200. Geburtstag eine Neuausgabe seiner wichtigsten Werke – gekrönt mit einem bisher verschollenen Text und Anmerkungen des Herausgebers, der das unglaubliche Glück hatte, diesen literarischen Schatz zu heben.*

Vor seinen Augen tauchte das Gesicht einer jungen Frau auf, von dem, in kaltem Weiß gemalt, nur die Lippen und das Kinn zu sehen waren. Den Rest nahm eine schwarze Hutkrempe ein. Die Frau hielt ihren Kopf gesenkt, über einem Ausschnitt, der ins Bodenlose lief. Henry wollte ihr Gesicht berühren, ihr in die Augen sehen. Er wünschte, er könnte ihr in die Augen sehen, aber die Frau schaute nur nach unten. May – das war May! Sie trug ein Trauerkleid – und ihre Umrisse verschwammen in der Nacht, in der dunklen Nacht ...

Das Telefon riss Henry um Mitternacht aus zerwühlten Bettlaken. Es war Taylor. „Ich höre, Sie haben das Motel gefunden."

Henry rieb sich die Augen. „Ich denke, ich werde der Sache auf den Grund gehen. Das wollten Sie doch hören, oder?“

Er hörte den alten Mann lächeln. „Eine kluge Entscheidung. Kommen Sie morgen Abend. Wie Sie sicher gesehen haben, gibt es an der Tankstelle einen Supermarkt. Da bekommen Sie Gummistiefel in Ihrer Größe. Alles andere übernehme ich. Angenehmen Abend noch, Henry. Morgen wissen wir mehr.“

Taylor legte auf. Henry saß am Schreibtisch und starrte in die aufgeschlagenen Seiten seines Adressbuchs. Draußen heulte der Wind und hämmerte Regen gegen das Fenster. Der Wunsch, noch einmal in San Francisco anzurufen, verflog ebenso schnell wie seine Müdigkeit. Von dieser Stunde an sollte Henry das Gefühl begleiten, am Telefon sein Todesurteil gesprochen zu haben.

Es war um drei Uhr früh, als Dick Thorn in Tulsa die Augen öffnete und horchte. Tracy lag dicht neben ihm – nackt und warm. Der Sex, den sie vor Stunden gehabt hatten, schwirrte durch seine Gedanken. Er rieb sich das Kinn und lauschte dem Regen. *Hört das denn niemals auf?* Er setzte sich auf die Bettkante und warf einen Blick auf Tracy. Sie schlief tief und fest. Mit den Zehenspitzen stieß Dick gegen die Handschellen, die vor der Schlafzimmertür lagen, gleich neben dem hauchdünnen Krankenschwester-Kittel, auf den er nach Sonnenuntergang abfuhr – warum auch immer. Nur ihm zuliebe zog sie sich ab und zu dieses Zeug hier über, wenn es darum ging, ihre ganz persönliche *Emergency Room*-Episode in den Kasten zu bekommen. Noch immer stand die Videokamera im Standby-Modus auf ihrem Stativ neben dem riesigen Kleiderschrank, auf den Tracy bestanden und der in etwa das Volumen eines Hochseecontainers hatte. Nachher würden sie sich ihren kleinen, schmutzigen Krankenhausfilm gemeinsam ansehen, um gleich danach die nächste Notaufnahme vorzubereiten.

Dick schlich zur Toilette und brauchte zwei Minuten, bis er durch den Flur zurück zum Schlafzimmer wankte. Er lief barfuß, darum spürte er den Luftzug. *Kalt hier*, summte es. *Die Haustür.* Dick blieb stehen, gähnte und schaltete das Licht ein. *Es zieht,* murmelte seine innere Stimme. *Die Haustür steht offen.* Mit einem Mal war Dick hellwach. *Tracy, ich glaube, wir haben Besuch.* Tagsüber ließ seine Frau die Haustür oft angelehnt, wenn sie im Garten oder in der Garage zu tun hatte. Einmal hatte sie sich ausgesperrt und ihren Mann dazu verdonnert, endlich ein neues Schloss einzubauen. *Es zieht, verdammt! Es zieht wie Hechtsuppe! Die Haustür! Sie steht sperrangelweit auf!*

Der Flur führte in einen Korridor, an dessen Ende die Haustür lag. Dick schlich voran, nachdem er aus dem Wohnzimmerschrank das alte Gewehr seines Vaters geholt hatte. *Manchmal ist es besser, so ein Ding im Haus zu haben, mein Junge.*

Dick hatte Tracy schlafen lassen und Patronen aus dem Schubfach genommen. Mit der Waffe im Anschlag schritt er durch den Flur. Sein Herz hämmerte einen wilden Takt, der sich unerbittlich einen Weg durch Dicks Brust und Hals suchte. *Ist da jemand?* Er krümmte den Zeigefinger am Abzug, als ihm von der Veranda aus ein eisiger Wind ins Gesicht blies. *Ich werde einfach stehen bleiben, abdrücken und demjenigen, der mich auf der anderen Seite der Haustür erwartet, den Kopf von den Schultern schießen. Ich werde einfach abdrücken.*

Seit Monaten hatte die Polizei in Tulsa es mit einer Serie von Einbrüchen zu tun, die auf das Konto von Junkies gingen. Der jüngste, den sie bis jetzt geschnappt hatten, nachdem er einen Wachmann erschossen hatte, war dreizehn. Dick starrte zur Haustür. Der Luftzug ließ die Mäntel und Jacken an der Garderobe hin und her schaukeln. Auf dem Fußboden lag Laub. *Kalt,* zischte es wieder – noch aufgeregter als vorhin. *Niemand zu sehen.* Dick spähte über den Gewehrlauf in seinen Händen hinweg, als er hinter sich Schritte hörte.

„Schatz?“ Tracy stand an der Schlafzimmertür und schien Kilometer entfernt zu sein. „Dick?“ rief sie, und jetzt lag Angst in ihrer Stimme. „Was machst du da?“

„Shhht!“, raunte er. „Alles okay ...“

Nichts ist okay, lärmte es durch seine Gedanken, als er sich zusammennahm, zur Haustür stampfte, den Zeigefinger immer noch am Abzug, um nach draußen zu schauen. Der Anblick einer Strumpfmaske hätte Dick weit weniger Angst eingejagt, als das, was er vor dem Haus zu sehen bekam.

Sie war fast zehn Meter von der Veranda entfernt und schlurfte zur Auffahrt – eine Gestalt mit hängenden Schultern und seltsamem Gang. Vom Sturm geschüttelt, in einer Öljacke und viel zu großen Gummistiefeln, schluchzte die kleine, alte Frau, die ihm den Rücken zugewandt hatte, so laut und herzzerreißend, dass selbst Tracy es hören konnte. Klagend entfernte sich die Erscheinung im Regen und verschwand zwischen zwei Ahornbäumen. Fast einhundert Jahre alt, schaukelten die Riesen im Wind – mit hölzernen Armen und schlichter Botschaft.

An diesem Abend nahm May den Aufzug, um in den zehnten Stock zu kommen, wo ihr Appartement lag. Als sie vor dem Fahrstuhl wartete, ging ihr Henrys seltsamer Anruf durch den Kopf. Mit einem Ruck öffneten sich die Türen, sechs oder sieben Leute kamen ihr aus der Kabine entgegen. May schob sich mit ihren Einkaufstaschen an einem Mann mit Halbglatze vorbei, der im Gehen eine Zeitung wie ein Handtuch zusammenfaltete. Der Fahrstuhl roch nach Menschen. May lehnte ihre Taschen an eine Metallwand und schaute auf die Konsole. Sie drückte die *Zehn* und stellte erleichtert fest, dass sie alleine nach oben fahren würde. *Im Regen riechen sie alle gleich.*

Die Türen des Fahrstuhls sausten gleichgültig aufeinander zu, als sie am anderen Ende der Eingangshalle eine alte Frau erblickte, die zum Lift hastete. Dem Umstand, dass die Fremde eine Öljacke trug, maß May keine Bedeutung bei. Instinktiv griff sie nach der Konsole, um die Türen wieder zur Seite schnellen zu lassen – doch es war zu spät. Donnernd trafen sich die Türwände, und die Kabine trat mit einem Ruck den Weg nach oben an. Eine Einkaufstasche rutschte zur Seite. Konservendosen rollten über den abgenutzten Teppichboden der Kabine. May hob sie auf. *Drei, vier, fünf.* Die rote Leuchtanzeige zählte langsam mit.

Als Kind hätte sie ihren Fuß um nichts in der Welt in einen Fahrstuhl gesetzt. Schuld daran war ihr Großvater, der May von einem Unfall in Chicago erzählt hatte. Auf tragische Weise waren in einem Hochhaus drei Kinder ums Leben gekommen, die in einem Aufzug stecken blieben: Kurzschluss an einer Außenleitung und ein Kabelbrand, der den Fahrstuhlschacht erfasste. Die Mädchen waren erstickt. Die Feuerwehr fand sie zusammengekauert in der Kabine, aus dem Leben gerissen. Die Wartungsfirma hatte sich vor Gericht zu verantworten. Zwei Monteure wurden freigesprochen. Der dritte hatte sich vor Prozessbeginn auf einer Restauranttoilette in Los Angeles eine Kugel in den Kopf geschossen.

Die Indianer wissen, warum sie nicht mit Aufzügen fahren, sondern die Treppen des weißen Mannes benutzen. Sie glauben an böse Geister, May. Das war jetzt viele Jahre her. Mays Großvater hatte für seine Schauergeschichte Strafpredigten einstecken müssen, als seine Enkelin noch Wochen später von Alpträumen verfolgt wurde. *Sie haben die Mädchen im Fahrstuhl gefunden, wie neben einem Lagerfeuer eingeschlafen – darauf wartend, dass man sie weckt.* Inzwischen wusste May, dass es sehr wohl Indianer gab, die Aufzüge benutzten.

Sechs, sieben, acht.

Und sie wusste auch, dass es keine bösen Geister gab. In genau diesem Moment – etliche hundert Meilen entfernt war Dick Thorn auf dem Weg zu seiner Haustür – ging in der Kabine das Licht aus.

Ruhig bleiben. Mays Blick schnellte zum einzigen Licht, das in der Kabine zu sehen war. Die Leuchtziffern zeigten eine *Neun.* Es war weniger die Gewissheit, allein in der Dunkelheit zu sitzen, die May Angst machte, sondern vielmehr der Anblick dieser Zahl. Der Fahrstuhl war kurz vor dem zehnten Stock stehen geblieben.

Ruhig bleiben! May tastete sich voran und stieß ihre Taschen um. Unter ihr raschelte Folie und Papier, als sie zur Schalttafel wankte, die Hände nach vorne ausgestreckt. *Wie neben einem Lagerfeuer eingeschlafen.* May schwitzte. Für den Bruchteil einer Sekunde, nur für einen Moment, glaubte sie, den Geruch von etwas Verbranntem in der Nase zu spüren. *Es brennt, oh Gott, hier brennt doch was!* Sie schluchzte. Panik stieg auf wie eine Luftblase, die sich vom Grund eines Sees erhebt – giftiges, tausend Jahre altes Gas nach oben bringend, um es gurgelnd ins Sonnenlicht zu entlassen. Sie stieß an die Schalttafel und sah, dass ihre Finger vor der roten *Neun* wild hin und her tanzten.

Die Indianer wissen, warum sie nicht mit den Aufzügen des weißen Mannes fahren. May fluchte leise. *Hier brennt was, gottverdammt, hier brennt doch was!* Ihre rechte Hand schlug gegen die Tafel, und sie fühlte, dass mehrere Tasten unter ihrem Druck nachgaben. Es blieb bei *Neun.* Sie sammelte sich. *Alarmtaste – hier muss es eine Alarmtaste geben,* raunte ihr die innere Stimme zu. Zentimeter für Zentimeter arbeitete Mays Zeigefinger sich abwärts. Zwischendurch gab die Konsole ein verärgertes Pfeifen von sich, als sie zwei Tasten gleichzeitig drückte.

Immer noch *Neun*. Jetzt roch es in der Kabine wieder nach Menschen. Entsetzt schlug May mit der Faust auf die Anzeige. Ganz gleich, ob es sich um einen Wackelkontakt, einen elektrischen Impuls oder einfach nur um Glück handelte – mit einem Mal stand sie wieder im Licht der Deckenbeleuchtung und dankte Gott zwischen den Einkäufen, die auf dem Boden verstreut lagen.

„Na also", seufzte sie, wieder gefasst. Als die *Zehn* erschien, hatte May alles aufgesammelt. Die Türen glitten zur Seite und entließen ein laut schlagendes Herz in den Feierabend. Nach einem Bad hinter fest verschlossenen Türen träumte May zweieinhalb Stunden lang von verbrannten Kindern.

Hunderte Meilen ostwärts unterschrieb Henry einen Vertrag, der Taylor einen stattlichen Anteil an den Einnahmen zusprach – vorausgesetzt, sie fanden Poes Manuskript wirklich.

Der alte Mann lächelte kalt und steckte den Kugelschreiber mit den drei Fingern seiner linken Hand ein. „Damit eines klar ist: Das wird kein Spaziergang. Ich habe Ihnen einen Regenmantel besorgt."

„Wie sieht es mit Licht aus?"

„Wir haben Stablampen", sagte Taylor. „Sie haben doch nicht etwa Angst vor der Dunkelheit?" Sein Blick verfinsterte sich. „Es wird schwer sein, so tief in die Erde vorzustoßen. Das Wetter ist gegen uns und der Boden voller Wasser. Haben Sie mal einen Schützengraben ausgehoben, Henry?"

„Das hier ist mein erstes Grab", erwiderte er. „Sie scheinen ja in Übung zu sein."

„Sparen Sie sich Ihren Sarkasmus." Taylor zog sich eine Armeeweste über. „Niemand zwingt Sie. Sie folgen mir aus freien Stücken."

„Und Sie versprechen sich zu viel von der Sache." Henry folgte ihm über die Veranda zum Wagen. „Was ist, wenn der

Sarg beschädigt und das Manuskript längst vernichtet ist? Außerdem könnte es sein, dass das Papier nur eine Fälschung ist – längst verwaschen oder schon seit Jahren verschwunden – mein Gott – Ihre Erwartungen müssen sich erst einmal erfüllen."

Sie stiegen in den Jeep. Taylor überprüfte noch einmal die Ausrüstung auf dem Rücksitz. „Ohne Einsatz kein Preis, mein Freund. Sie sollten das wissen." Er startete den Geländewagen und ließ an der Front vergitterte Scheinwerfer aufflammen.

Henry schlug die Beifahrertür zu. Vor ihm stand ein Paar Gummistiefel, das er im Fußraum mühsam gegen seine Schuhe eintauschte. Schweigend folgten sie einer einsamen Landstraße, die vom Regen der vergangenen Tage gezeichnet war. Dann quälten sie sich über Feld- und Waldwege. Die Landschaft war nur noch in Schemen zu erkennen. Die Stoßdämpfer ächzten durch die Nacht. Henry hörte Schlamm gegen die Karosserie prasseln.

Taylor schob sich eine Zigarette in den Mundwinkel und bot ihm Feuer an. „Jetzt sagen Sie bloß nicht, dass Sie das Rauchen aufgeben wollen", wetterte er, als Henry ablehnte.

Sie überquerten die Brücken zweier Flussläufe, die zu reißenden Strömen angeschwollen waren. Eine Viertelstunde später ließ Taylor den Wagen ausrollen und stellte die Scheinwerfer ab. Er griff in eine Tasche auf dem Rücksitz und reichte Henry eine schwere Flasche Whisky. „Die letzten Meter gehen wir zu Fuß. Aber trinken Sie erst einmal das hier. Hält warm."

Henry keuchte bereits nach dem ersten Schluck – ganz so, als habe er einen Liter Tabasco durch seinen Hals geschickt.

„Ich wusste, Sie mögen das Zeug." Taylor stieß die Fahrertür auf wagte sich als erster in den schneidenden Wind. Aus dem Stauraum des Jeeps lud er eine Spitzhacke, zwei Spaten, eine Stoffrolle und einen Rucksack, in dem Stablampen und Scheinwerfer lagen. Taylor schulterte die Tasche und nahm die Spaten an sich. Der Wind war kälter, als er gedacht hatte, so dass Henry erst nach zwei weiteren Zügen aus der Whiskyflasche an den Start ging. Der scharfe Duft des Alkohols betäubte seine Gedanken. Er nahm die Spitzhacke und die Stoffrolle. In seinem Magen brannte es.

„Im Rucksack ist noch eine Flasche." Taylor entließ ein dünnes Grinsen in die Nacht, das im Licht der Stablampen den Anschein einer Grimasse hatte. Fast schon väterlich berührte er Henrys Schultern und führte ihn in die Dunkelheit. „Der Friedhof wurde beinahe einhundert Jahre lang genutzt. Heute kommt niemand mehr hier hin."

Henry nickte, aber seine Gedanken waren ganz woanders. „Wofür ist die Stoffbahn hier?"

„Sie halten sich nur mit praktischen Fragen auf, was?"

„Das liegt am Alter", sagte Henry, und Taylor lächelte noch einmal sein kaltes Lächeln, ohne ihn eines Blickes zu würdigen. Sie liefen einen verwilderten Hügel hinauf. Das Gestrüpp war hartnäckig und von Dornen übersät. Henry trug sein Gepäck zeitweise über dem Kopf. So folgte er Taylor, der alles war – nur nicht achtundachtzig Jahre alt.

„Wir werden das Grab mit der Stoffbahn umspannen und das Licht des Scheinwerfers so gut es geht damit abschirmen."

„Okay", sagte Henry. „Es ist wirklich nicht die erste Aktion dieser Art, die Sie hier starten, nicht wahr?"

Taylor fuhr herum und packte Henry so fest am Kragen seines Mantels, dass ihm die Luft weg blieb. Die Finger des Alten schraubten sich in den Stoff, der unter dem Druck zu knacken begann. Sie taumelten rückwärts ins Buschwerk. Im umher irrenden Licht der Taschenlampen glänzten die Augen des Alten gefährlich. Henry bekam es mit der Angst zu tun.

„Hören Sie mir zu, Henry Franklin aus San Francisco." Angewidert ließ Taylor ab. „Dass Sie hier sind, verdanken Sie meinem guten Willen. Ich habe Sie für den Job ausgesucht, und ich bin davon überzeugt, dass Sie ihn trotz vollgeschissener

Hosen gut machen werden – in meinem und in Ihrem Sinne. Ich habe schon Gräber geöffnet, als Sie noch mit der Rassel am Weihnachtsbaum spielten! Sparen Sie sich Ihre Fragen. Und sparen Sie sich Ihren Großstadtsarkasmus, bis wir wieder im Auto sitzen. Okay?“

Henry nickte stumm. Er hatte Taylors Nerv getroffen. Das, was nun geschah, war für den alten Mann Routine. Ein Ritual, das er auf unzähligen Friedhöfen praktiziert hatte. Taylors Hände waren von dieser Arbeit gezeichnet. *Oh nein, das hier ist wirklich nicht sein erstes Grab.* Der Alte hob seine Ausrüstung auf und stieg über die Reste einer Bruchsteinmauer. Was sich dem Licht ihrer Stablampen zeigte, war vergessener Boden – ein Wald aus Büschen, Farn und verkrüppelten Bäumen. Riesen schienen vor vielen tausend Jahren Findlinge ins Erdreich gestoßen zu haben. Verwitterte Monumente aus Stein, auf denen sich Moos ausgebreitet hatte.

Taylor sah sich um. „Die meisten Grabsteine sind umgefallen und nur noch schwer zu finden. Auf den ersten Blick gibt es keine feste Ordnung. Die Mauern sind der einzige Orientierungspunkt. Es hat Stunden gebraucht, bis ich den richtigen Stein gefunden habe. Fast zwanzig andere habe ich abgerieben, um die Namen darauf lesen zu können.“ Taylor hustete und nahm einen Schluck aus der Flasche. „Vor drei Jahren hat die Polizei hier eine Halloweenparty beendet. Zehn junge Leute im Vollrausch, die sich auf dem Friedhof ausgetobt und einige Steine versetzt haben – Halbstarke aus Landslide Junction. Meine Sorge, dass sie damals auch Barnes' Grabstein erwischt haben, erwies sich jedoch als unbegründet. Ich musste das Ding halb frei graben, bevor ich es lesbar machen konnte. Ich bin fast wahnsinnig geworden.“

Sie *sind* wahnsinnig geworden, sprach Henry in Gedanken und folgte dem Alten auf seinem Weg in die Tiefen des Friedhofes, über den der Wind ein eisiges Regiment hielt.

„Die Leute aus Landslide Junction meiden den Wald hier, solange ich denken kann“, hörte er Taylor sagen. „Man erzählt sich viel Mist über diese Gegend.“

„Das kann ich mir vorstellen“, sagte Henry. Sein Licht fiel auf einen Grabstein, der umgefallen zu seinen Füßen lag.

In liebender Erinnerung
Victoria Ashburn

Henry stieg über die Buchstaben hinweg und stieß ein weiteres Mal mit Taylor zusammen.

„Gar nichts können Sie sich vorstellen“, rief der alte Mann. „Sie denken immer noch, dass das hier ein Spaziergang ist! Haben Sie Angst vor Gespenstern, Henry? Sie als Stadtmensch müssten doch über solche Dinge erhaben sein, oder?“

„Wollen Sie mir Angst einjagen?“ Henry schaute sich um. „Keine Sorge – ich folge Ihnen auch so. Sie müssen mich nicht beeindrucken.“

Taylor knurrte heiser. „Wissen Sie – wenn Sie jemanden in Landslide fragen, was es mit dem Wald hier auf sich hat, wird man Sie mit großen Augen anstarren. Die Leute haben nicht nur Angst vor diesem Fleck Erde hier, Henry, sie *fürchten* sich vor ihm. Der Friedhof bereitet ihnen noch die geringsten Kopfschmerzen – es geht um etwas ganz anderes. Um etwas, das einem wirklich Angst machen kann, vorausgesetzt, man lässt sich darauf ein.“

„Spannen Sie mich nicht auf die Folter“, sagte Henry. „Was möchten Sie mir erzählen? Etwas über Hexen, die Kinder kochen? Oder von Vampiren, die es auf Jungfrauen abgesehen haben?“

„Unsinn“, rief Taylor. „Ich bin nicht der Spinner, für den Sie mich halten. Vielleicht ist es besser, Sie mit dem Spaten hier zu erschlagen und da vorne zu verscharren. Darin habe ich

Übung.“ Und wieder lachte Taylor. „1944 habe ich das dreimal so gemacht, bevor die Deutschen mir bei Amiens zwei Finger wegschossen und die Army mich mit einem Transportflieger nach Hause schickte – gemeinsam mit hundert gefallenen Kameraden in Holzkisten.“

„Was ist mit der Gegend hier?“ Henry wandte sich Taylor zu, als dieser sich schnaufend auf einen Grabstein setzte und eine Zigarette nahm. Die Glut warf Schatten in seine Falten. „Erzählen Sie.“

„Sie glauben es ja doch nicht.“ Taylor reichte Henry sein Feuerzeug. „Wir sollten uns an die Arbeit machen.“

Henry ließ sich nieder. „Sie sind unfair.“

„Mag sein. Wir haben nicht ewig Zeit.“ Taylor erhob sich. „Außerdem sind wir gleich da.“

Das Grab war mit Laub, Moos und Farn bedeckt. Taylor und Henry standen sich an einem zur Seite geneigten Stein gegenüber. Der Alte ließ seine Ausrüstung fallen und kniete nieder. Die Lichtkegel der Taschenlampen wanderten über die Inschrift des Grabsteins. Jeder Buchstabe ließ Henrys Herz schneller schlagen.

Ruhe in Frieden
Graham Barnes
1798 – 1861

„Noch Zweifel?“, fragte Taylor triumphierend. „Selbst der Grabstein ist ein Prachtstück, sieht man von der Verwitterung ab.“

Henry schaute sich nervös um. Sie standen neben einer Mauer und waren von Sträuchern umzingelt. Selbst auf dem Grab wuchsen Büsche, die Taylor mit einem Seitenschneider bearbeitete. „Nein“, sagte er. „Keine Zweifel.“

Taylor war in seine Arbeit vertieft, sorgfältig und vorsichtig mit den Werkzeugen hantierend. Der Alte atmete rasselnd, keuchte und grinste, als Henry unschlüssig mit der Spitzhacke das Gras vor sich zu teilen versuchte. Erst der Lärm, den Henry machte, rief ihn auf den Plan. „Noch nicht, noch nicht – junger Mann“, rief er über seine Schultern. „Versuchen Sie erst einmal, diese vier Stangen in den Boden zu stecken. Sie haben doch sicher schon einmal einen Windschutz aufgebaut?“

„Ja“, erwiderte Henry. „Am Strand. Bei Tag.“

Taylor nickte. „Na wunderbar. Jetzt tun Sie es eben bei Nacht und auf einem Friedhof – okay?“

Henry baute den Sichtschutz auf. Der Stoff umspannte eine Parzelle, die auf jeder Seite mehr als vier Meter maß. Taylor lief innerhalb des Vierecks umher und hob das Werkzeug über die Bahnen. Henry befestigte den Sichtschutz mit Stahlklammern, als hinter den Stoffwänden ein Scheinwerfer aufflammte und den Boden ausleuchtete. Wind verfing sich in den Bahnen und entließ ein Rascheln in die Nacht. Noch einmal versicherte sich Henry, dass sie auf dem Friedhof allein waren. Zögernd stieg er auf das Grab, um es in den nächsten Stunden nicht mehr zu verlassen.

„Wir heben das Gras ab und legen es zum Schluss wieder auf das Grab zurück. Niemand wird sehen, dass hier gearbeitet wurde, Henry. Und jetzt genehmigen wir uns noch einen verdammten Schluck, bevor wir Graham Barnes einen Besuch abstatten.“

Taylor hockte sich auf den Rucksack, zog die Flasche hervor, öffnete sie mit einem geschickten Acht-Finger-Handgriff und setzte sie gierig an seine Lippen.

Henry beobachtete, wie das Licht des Scheinwerfers Armeen aus Käfern und Würmern an den Rand der Stoffbahnen lockte. Die Whiskyflasche schob sich in sein Blickfeld, und er nahm einen Zug. „Glauben Sie bloß nicht, dass ich das gerne mache“, murmelte er und beobachtete, wie ein Nachtfalter am Glas des Scheinwerfers verdampfte. Der beißende Geruch von etwas Verbranntem drang in ihre Nasen.

„Möchten Sie lieber im Wagen warten?“, fragte Taylor. „Das ist Ihre letzte Chance.“

Henry schüttelte den Kopf. „Wie tief liegt der Sarg? Was denken Sie?“

„Keine Ahnung.“ Taylor trank weiter. „Vielleicht zwei Meter. Ich habe Werkzeug für den Fall, dass der Sarg verschraubt ist. Sind Sie kräftig?“

„Ich habe früher mal Baseball gespielt“, sagte Henry. „Aber das hier wird andere Qualitäten verlangen, befürchte ich.“

„Das wird es.“ Taylor erhob sich. „Das wird es ganz bestimmt.“

Mühsam machten die Männer sich daran, ins Erdreich einzudringen. Taylor trug Stücke der Grashaube hinter die Stoffwand und ließ sie fallen. Das Rasseln seines Atems nahm immer bedrohlichere Züge an. Ab und zu hielt er inne, um das Geräusch mit Alkohol fortzuspülen. Bald schon schmerzten Henry die Schultern. Der Boden unter seinen Füßen glich einem Acker. Die Erde war steinig, und jeder Spatenstich nahm alle Kraft in Anspruch. Eine halbe Stunde später hockten sie in einer knietiefen Grube. Unermüdlich drangen Taylor und Henry weiter vor. Spaten und Spitzhacke zerstießen jeden Widerstand. Während der Alte mit präzisen Schlägen die Erde pflügte, hebelte Henry Abraum über die Grube. Regentropfen zischten am kochend heißen Glas des Scheinwerfers.

„Es darf nur nicht regnen“, sagte Taylor. „Nicht heute Nacht.“ Er reichte Henry abermals die Flasche. Wieder kippte er das brennende Zeug in sich hinein – befürchtend, gleich über den Sichtschutz springen und sich an der Friedhofsmauer entleeren zu müssen. Ein solches Gefühl hatte er zuletzt auf der Abschlussfeier in Harvard gehabt. Henry vermied den Blick auf seine Uhr. Am Scheinwerfer war ein Kratzen zu hören – und mit einem Mal erlosch das Licht ebenso wie das versoffene Einverständnis mit diesem Raubzug hier. Henry wankte und stieß an den Rand der Grube. Der Spaten verließ seine Hände und schlug neben ihm auf. Er spürte klamme Nässe am Hosenboden. Nur der Wind war zu hören.

Und Taylor: „Verdammt."

Henry starrte in die Richtung, aus der der alte Mann den Fluch ins Dunkel geschickt hatte. Neben sich hörte er die Whiskyflasche den Erdhügel hinab rollen. „Was ist los?"

„Keine Panik", murmelte Taylor auf der anderen Seite der Grube. „Die Birne am Strahler ist durchgebrannt."

„Na, wunderbar", rief Henry. „Und was machen wir jetzt? Kerzen anzünden?"

„Wissen Sie noch, wo Sie Ihre Taschenlampe abgelegt haben?"

Die Taschenlampe. Henry tastete sich durch die Dunkelheit. Seine Hände wischten über weiche Erde. Immer wieder stieß er gegen die Wand der Grube, bis er den Kunststoffmantel der Lampe zu fassen bekam. Er atmete durch und ließ den Lichtstrahl frei.

„Sehr gut." Taylor nahm Henry die Lampe ab, stieg über den Rand des Lochs und machte sich abermals am Rucksack zu schaffen. Mit einer Pappschachtel stapfte er zum Scheinwerfer. Als er dessen Gehäuse aufschraubte, gab Taylor Henry zu verstehen, dass er sich soeben alle acht Finger verbrannt hatte. „Verdammt!" Dann stand er wieder im Licht des Scheinwerfers und stieg in die Grube zurück. „Die Ersatzbirne habe ich immer dabei."

Sie gruben weiter und standen bis zu den Hüften in der Erde, als Henrys Spaten auf festen Grund stieß. Kurz zuvor hatte

Taylor den Strahler bis an den Rand des Lochs geschoben und ihn angewiesen, die Grube zu verbreitern. Seine Handflächen waren von Blasen überzogen. Jeder Spatenstich schmerzte.

„Ein Widerstand", rief Henry aufgeregt. „Da ist was!" Er stieß weiter zu. „Ist das die Sargplatte?" Er scharrte hastig mit dem Spaten, doch Taylor schüttelte den Kopf.

„Nein. Nur ein Stein. Auf meiner Seite bin ich tiefer. Sie sind zu langsam."

„Und Sie sollten beten, dass wir das finden, was Sie mir versprochen haben." Henry deutete mit dem Spaten vor seine Füße. „Was wir machen, ist Grabschändung. Aber nur halb so sinnvoll wie bei Frankenstein."

Taylor hielt inne. „Ich habe Ihnen nichts versprochen."

„Das ist es ja", schnaufte Henry. „Ich frage mich langsam, was ich hier mache. Und ob es das alles wert ist."

„Jetzt gibt es kein Zurück." Taylor warf Steine über den Grubenrand. „Sie hätten sich das früher überlegen müssen."

„Erzählen Sie mir von der Gegend, Taylor. Mir wird langweilig."

Taylor lachte, diesmal aufrichtig. „Wahrscheinlich sollte ich wirklich etwas sagen, denn aus Ihrem Mund ist ohnehin nur dummes Zeug zu hören. Sind Sie eigentlich geschieden?"

„Warum?" Henry bückte sich, um einen Stein aus der Grube zu heben.

„Alle Menschen in Großstädten sind geschieden", erwiderte Taylor. „Warum sollte das bei Ihnen anders sein? Ihre Frau hat Schluss gemacht, nicht wahr?"

Henry zeigte sich unbeeindruckt. „Warum interessiert Sie das?"

„Weil man Ihnen den Verlust anmerkt, Henry. Er steht Ihnen mitten auf die Stirn geschrieben."

„Gut zu wissen."

Taylor grub weiter. „Wissen Sie was, Henry", rief der alte Mann. „Diese Gegend hier steht auch für einen Verlust."

Henry verdrehte die Augen. „Was Sie nicht sagen."
„Im Oktober 1912 ist in diesem Wald eine Schulklasse aus Landslide Junction verschwunden." Taylor beobachtete, dass Henry inne hielt. „Dreizehn Kinder und ihre beiden Lehrerinnen. Sie waren auf einer Wanderung, um Pflanzen und Waldvögel zu finden. Wie vom Erdboden verschluckt. Man hat wochenlang nach ihnen gesucht."
„Fein", nuschelte Henry. „Eine Schauergeschichte."
Taylor zeigte keine Regung. „Das einzige, was man damals gefunden hat, waren Schuhe, ein Taschenspiegel und Schultaschen. Die Suchtrupps haben den halben Wald umgegraben. Nach drei Wochen gaben sie auf. Eine Tragödie."
„Aber das ist nicht alles, oder?" Henry warf einen weiteren Stein fort.
„Nein, das ist noch nicht alles." Taylor nickte. „1956 ist einer meiner Freunde hier draußen verschwunden. Er hat Bäume gefällt."
„Und Sie glauben, er ist tot?"
Taylor zuckte mit den Schultern. „Damals habe ich den Halbstarken ihre Halloween-Party hier draußen verdammt übel genommen. Für diese flaumigen, kleinen Dummköpfe war das nur eine Mutprobe. Jeder in Landslide kennt die Geschichte von den verschwundenen Kindern."
„Hat man die Randalierer bestraft?"
Taylor schüttelte den Kopf. „Die Sheriffs haben es bei Standpauken belassen, weil sie wussten, dass sie so etwas garantiert nicht noch einmal tun." Sein Atem ging schwer. Erst nach zwei Zügen aus der Flasche sprach er weiter. „In jener Nacht begegneten sie meinem verschwundenen Freund und den Kindern."
„Hier? Auf dem Friedhof?" Henry setzte sich auf den Rand der Grube und suchte wieder nach Zigaretten.
„Sie glauben nicht im Ernst, dass wir dann hier wären, oder?"

Taylor war in seinem Element. „Nein, draußen im Wald. Zwei Partykids hatten sich von der Gruppe abgesetzt und sind nach Norden gelaufen. Die Polizei hat ihren Weg zurückverfolgt, als ein Mädchen in der Vernehmung sagte, da draußen Stimmen gehört zu haben. Stimmen von Kindern."

„Stimmen?"

„Sie haben gesungen. Die verschwundenen Kinder haben diesen armseligen Halloween-Gestalten ein paar Lieder mit auf den Weg gegeben. Auf dem Friedhof gelang es der Polizei, die Teenager zu stellen. Zwei Mädchen beharrten darauf, draußen im Wald Stimmen gehört zu haben."

Henry nickte. „Kein Wunder. Sie waren betrunken."

„Unsinn", rief Taylor. „Eines der Mädchen hat sich nach der Vernehmung die Pulsadern aufgeschnitten. Aber die Kleine wurde früh genug gefunden. Später gab sie an, es aus Angst vor den Stimmen getan zu haben. Aus Angst – verstehen Sie? Glauben Sie jetzt, dass das hier kein Spaziergang ist, Henry? Auch die Indianer erzählen sich seltsame Geschichten über diesen Wald. Einer Sage nach lebt hier draußen seit Jahrhunderten ein böser Geist, der es auf Skalps abgesehen hat. Er soll das Land um Landslide Junction in einer Neumondnacht verflucht haben, als Bleichgesichter den heiligen Boden für sich beanspruchten. Nachdem die Schulkinder 1912 verschwunden waren, sollen Schamanen in diese Gegend gekommen sein, um den Wald auf eigene Faust abzusuchen. Aber auch sie konnten die Vermissten nicht zurückbringen. Manchmal werde ich das Gefühl nicht los, dass die armen Mädchen und Jungen immer noch darauf warten, erlöst zu werden."

Henry schaute von seiner Arbeit auf. „Nicht schlecht, die Story", sagte er leise. „Das macht die Sache erst richtig spannend."

Im Westen stand May vor ihrem Spiegel im Badezimmer. Sie war müde. Und sie dachte an Henry. Das Gespräch am Telefon hatte sie mit seltsamer Unruhe erfüllt. Dann diese furchtbare Geschichte im Fahrstuhl. May fühlte Angst durch ihr Herz kriechen. Sie betrachtete sich. *Da draußen geht etwas vor sich*, hörte sie ihre innere Stimme sagen, *und Henry steckt mittendrin.* May bemühte sich um Ruhe, doch ihre Gedanken durchkreuzten alle Versuche, etwas Frieden zu finden. *Henry hat mir nicht die Wahrheit gesagt.* Seit Wochen spürte May, dass ihre Gefühle für ihn stärker wurden. Sie erinnerte sich an die alte Frau im Regenmantel, die sie im Foyer gesehen hatte. *Ein Omen,* tönte die innere Stimme. Draußen donnerte es leise. Was immer vor sich ging – sie musste noch einmal mit Henry sprechen. *Er hat mir etwas verschwiegen. Ich muss noch einmal mit ihm sprechen, denn Henry ist in großer ...*

May starrte in den Spiegel, der beschlagen war und ein Wort zeigte, das sie gedankenlos auf das Glas geschrieben hatte, mit dem rechten Zeigefinger, geführt von unsichtbarer Hand –

Gefahr

So erreichst du gar nichts, heulte Mays innere Stimme. Der Wind stieß hinter ihr das Fenster auf und ließ den Vorhang wie eine Fahne flattern. Ein eisiger Hauch schoss May in den Rücken.

Als sie das Fenster schloss, stieß Henry in Oklahoma auf festen Grund. Und diesmal nicht nur er.

„Allmächtiger."

Henry scharrte wie besessen Erde beiseite. Sein Spaten kreischte an glatten Flächen entlang. Zentimeter für Zentimeter hoben die Männer die letzten Steine aus der Grube. Eine

Lehmschicht lag als letztes Hindernis zwischen ihnen und dem Ziel.

„Das ist der Deckel.“ Taylor kniete sich hin und wischte Abraum an den Rand der Marmorplatte. Zum Vorschein kam derselbe Schriftzug, der auf dem Grabstein zu lesen war.

Ruhe in Frieden
Graham Barnes
1798 – 1861

„Wir müssen die Grube verbreitern“, murmelte Taylor. „Wir kommen nur von der Seite an den Sarkophag heran.“

Eine weitere Stunde verging. Es war den Männern kaum noch möglich, Abraum nach draußen zu befördern. Die Erdberge waren zu hoch. Taylor und Henry standen bis zu ihren Schultern in der Grube. Verdreckt und frierend leerten sie auch die zweite Flasche Whisky, die Henry an den Rand der Ohnmacht zu bringen drohte. Um vier Uhr früh hatten sie die matt schimmernde Oberfläche des Sargs freigelegt. Verrostete und geplatzte Glieder einer Kette mischten sich in den Berg aus Erde.

„Damit hat man den Sarg damals herabgelassen.“ Taylor hustete und trank. „Seile waren nicht stark genug.“ In seiner Stimme schwang Freude und Entsetzen mit. Der Deckel des Sarkophags lag der Länge nach vor ihnen.

Ruhe in Frieden

Diese Inschrift war noch breiter und größer. *Beinahe gewaltig*, dachte Henry. Mit einem Mal kam May ihm in den Sinn. *Keine Angst, nur keine Angst zeigen!* Taylor suchte nach Schrauben. Mit der Taschenlampe in den Händen schritt er nervös über die Marmorplatte und ihren Schriftzug. Sicher war zu jener Stunde lediglich, dass die Dinge, die unter der Platte ruhten, seit Jahrzehnten keinen Lichtschein mehr gesehen hatten.

„Schauen Sie nur“, flüsterte Taylor. „An jeder Seite des Sarkophags sind Eisenstifte eingelassen. Wir müssen nicht weiter graben, Henry. Den Rest erledigt das Werkzeug. Geben Sie mir bitte den Rucksack.“

Der alte Mann machte sich vorsichtig an die Arbeit. Die Metallstifte liefen fast von alleine aus den Kanten der Sargplatte.

„Wir sollten aus dieser Story ein Drehbuch machen“, flüsterte Henry und blickte ins Scheinwerferlicht. Es hätte ihn nicht gewundert, in diesem Moment über der Grube leichenblasse Schulkinder zu erblicken.

Taylor war beeindruckt. „Die Verschlussbeschläge sind kaum gerostet – wir haben es mit einer ausgezeichneten Arbeit zu tun. Sehen Sie nur, Henry: Die Sargkanten waren sogar noch mit Holz verkleidet. Graham Barnes hat sich seine letzte Ruhestätte ein Vermögen kosten lassen.“

Und wieder rutschte ein Metallstift zur Seite.

„Er war ein Feigling, wenn Sie mich fragen.“ Henry hockte am Rand der Grube und sah zu, wie Taylor die letzten Sicherungen entfernte. „Mag sein, dass er es auf eine Nacht wie diese hier angelegt hat.“

Taylor schüttelte den Kopf. „Wohl kaum. Der Mann war lange Zeit in Ägypten, Henry – vergessen Sie das nicht. Es ging ihm um Ewigkeit. Und um seine Angst vor nasser Erde. Mit seinem größten Schatz an der einen und Horus an der anderen Seite stand er nach seinem Tod vor Osiris’ Thron. Sie sollten sich mit dem Jenseits der alten Ägypter beschäftigen.“

„Hoffen wir, dass der gute Graham nicht lebendig begraben wurde.“ Henry schritt über den Sargdeckel.

„Sie sind schon als Zyniker zur Welt gekommen, was? Bringen wir es zu Ende.“ Mit diesen Worten fiel der letzte Stift.

„Es wird ernst, Henry", rief der Alte angespannt. „Sind Sie bereit?"

Taylor ging ans andere Ende der Platte und fasste die Kanten mit breitem Griff. Henry beugte sich vor. Seine Hände waren klamm.

„Eins", rief Taylor angestrengt. Sie atmeten durch. „Zwei."

Henry starrte in das kalte Lächeln seines Gegenübers. Mit einem Mal ließ ein Geräusch sie zusammenfahren. Henry kippte nach hinten und rutschte gegen das Erdreich. Neben dem Grab zirpte sein Handy durch die Nacht.

„Oh nein." Taylor rollte die Augen. „Das darf nicht wahr sein!"

Henry machte sich daran, aus der Grube zu steigen. „Moment ..."

„Sie werden jetzt nicht telefonieren!" Taylor klang unberechenbarer denn je. „Verdammt!"

Henry fuhr herum und wies ihn mit ausgestrecktem Zeigefinger an, jetzt besser zu schweigen.

„Das darf nicht wahr sein! Wer um alles in der Welt ..."

Inzwischen hatte das Handy sich fast zwanzig Mal gemeldet. Henry durchwühlte den Werkzeugstapel und fluchte.

„Kommen Sie zurück", rief Taylor aus der Grube. „Wir haben nicht ewig Zeit!"

Henrys Herz schlug schneller, als er das Telefon endlich in den Händen hielt. In diesem Moment hörte es auf zu klingeln. Er starrte auf das Display. Keine Rufnummer. Henry steckte den Apparat ein und stieg in das Grab zurück. „Zu spät."

May legte auf und setzte sich aufs Bett.

Auch sie hatte eine schlaflose Nacht hinter sich. Im Traum war sie durch die Straßen einer fremden Stadt geeilt, und jede Frau, der sie begegnete, trug eine blutverschmierte Öljacke.

„Drei!“, rief Taylor.

Die Platte kam in Bewegung. Zentimeter um Zentimeter. Ein Ruck ging durch Henrys schmerzende Schulter, als er mit aller Kraft anhob. Die Grube, die einem ausgefransten Bombenkrater glich, bot kaum Spielraum. Er stieß gegen den Trichterrand. Der Deckel des Sarkophages verließ seine Verankerung. Henry sah, dass Taylors Wangen rot anliefen. Über seinen Hals und seine Schläfen zogen sich gezackte Adern.

„Kippen!“, stöhnte er. „Nach links kippen! Schaffen Sie das?“

„Ich denke schon“, rief Henry. „Meine Güte, ist das schwer ...“

Sie hielten die Platte in Höhe ihrer Hüften, setzten sie am Rand der Grube ab und stellten sicher, dass sie nicht umfallen konnte.

„Fangen Sie!“ Taylor warf Henry ein flaches Bündel zu. „Habe ich ganz vergessen.“

Henry schnappte das Päckchen und riss einen Mundschutz aus dem Beutel. Unbeholfen zog er das Gummiband um seinen Hinterkopf – unentwegt auf das starrend, was sich ihnen aufgetan hatte.

„Allmächtiger.“

Der Innenraum des Sarkophages war mehr als einen Meter tief. Die Wände der Kammer glänzten im Licht der Taschenlampen. Henry spürte heiße Luftstöße, die der Mundschutz beim Ausatmen gegen seine Nasenflügel warf. Der Geruch, der aus dem Sarkophag in den anbrechenden Morgen kroch, bot das mit Abstand Fürchterlichste, das Henry jemals widerfahren war.

In der Klinikpackung lag noch ein Paar Gummihandschuhe, die Taylor sich überzog. Über den Rand des Mundschutzes blickte er zuerst zu Henry und dann in den Innenraum.

„Nehmen Sie die Handschuhe“, befahl er mit gedämpfter Stimme. „Wir müssen vorsichtig sein.“ Beide starrten nach unten.

In den Resten seines Leichentuchs lag Graham Barnes – bestattet im Januar 1862, die Hände über seine Brust gefaltet und eben erst aus der Dunkelheit gekommen. Die Haut des Toten hatte sich in rostfarbenes Leder verwandelt, das sich straff über die Knochen seines Schädels und seiner Hände spannte. Der Kopf war kahl. Grahams Leichentücher waren dunkel und über den Holmen, die einst Beine waren, zerfallen. Henry suchte im Halbdunkel nach Barnes' Augen. Doch das Einzige, das er ausfindig machte, waren pechschwarze Höhlen, die starr in den Himmel gerichtet waren.

„Gott vergib uns." Taylor schnaufte.

Henry zitterte. „Taylor?" Als er sah, dass der alte Mann am Kabel des Scheinwerfers zog, um ihn besser fassen zu können, war er erleichtert. Dann schoss grelles Licht in die Grube. Henry war vom Halogenstrahl geblendet.

„Der Leichnam ist präpariert worden", hörte er Taylor flüstern. „Sonst wäre er nicht so gut erhalten."

Ihre Blicke trafen sich in der oberen Hälfte des Sarkophages. Am Kopfende lagen die Überreste eines Bündels, das einst aus heller Seide bestanden hatte.

Taylor nickte und wartete, bis Henry in einer Position stand, die es ihm erlaubte, die Platte einen Moment lang alleine zu sichern. „Schaffen Sie das?", fragte er besorgt, ohne vom Anblick des Toten abzulassen. „Das Ding ist schwerer, als ich dachte."

Henry nickte. „Wenn Sie nicht stundenlang brauchen. Sie können loslassen."

Taylor ging wieder in die Knie, seine Gelenke knackten, und er griff in die Tiefen des Sarkophages. Andächtig hob er die Arme und hielt das Bündel in den Händen. „Er hat die Wahrheit geschrieben. Graham hat tatsächlich die Wahrheit geschrieben!"

Vor Henrys Augen schälte der alte Mann den Bauch einer

Weinflasche aus den Tüchern. Das matte Glas verschluckte das Licht der Lampe und ließ nur Umrisse erkennen. Die Männer standen sich reglos gegenüber. Wind pfiff über die Erde jenseits der Grube. Henry spürte, dass unter dem Mundschutz die Luft knapp wurde. Dann bemerkte er, dass sie kein Scheinwerferlicht mehr brauchten. Die Sonne ging auf.

„Und? Habe ich zuviel versprochen, Henry?“ Taylor stieg zum Rand der Grube und verstaute die Weinflasche im Rucksack.

„Freuen Sie sich nicht zu früh. Wir werden sehen, was in der Flasche steckt. Lassen Sie uns jetzt besser verschwinden ...“

„Ihr Wort in Gottes Ohr. Da ist eine Menge Papier eingerollt worden.“ Er deutete auf die Tasche. „Wir haben, was wir wollten.“

„Aber es gehört uns nicht.“ Henry hielt die Sargplatte umschlossen und bemühte sich, dem Anblick des mumifizierten Leichnams standzuhalten.

„Werden Sie bloß nicht sentimental.“ Taylor zupfte am Mundschutz. „Vorhin waren Sie noch Feuer und Flamme.“ Er deutete abwärts. „Graham wird uns das nicht übel nehmen. Nichts ist für die Ewigkeit. Sehen Sie nur, wie kunstvoll man seinen Körper in den Sarkophag gebettet hat. Ein Meisterwerk.“

Henry schnaufte und ließ die Marmorplatte ein Stück zur Seite kippen, so dass Taylor Mühe hatte, sie festzuhalten. „He, was soll das?“, donnerte er. „Wenn wir nicht aufpassen, zerbricht das Ding.“

„Ich habe genug gesehen. Meine Vorstellung von Meisterwerken ist eine andere.“

Sie ließen die Grabplatte herab und gaben Graham Barnes die Dunkelheit zurück. Taylor verriegelte den Sarkophag, Henry schaufelte im Takt. Die Sonne stand hoch am Himmel, als die Männer den Friedhof verließen und zum Wagen schlichen.

Auf der Rückfahrt sagten sie kein Wort. In Taylors Küche spülte Henry einen halben Liter Kaffee hinunter und spürte, dass die Wirkung des Alkohols nachließ.

Taylor aß mit großem Appetit. „Haben Sie keinen Hunger?“, fragte er schmatzend. Im Radio sang Billy Idol „To be a lover“.

„Ich esse später.“ Henry schaute aus dem Fenster auf den Schrottplatz.

„Wir haben es geschafft.“

„Ich bin hundemüde.“ Henry rieb sich die Stirn. „Freude wird sich erst einstellen, wenn feststeht, dass wir wirklich ein Manuskript aus Edgar Allan Poes Hand gefunden haben.“

Die Weinflasche lag schwer in Henrys Händen, als Taylor sie ihm aus dem Rucksack reichte.

Am Schreibtisch nahm der Alte die mit Wachsfäden überzogene Flasche an sich und hielt sie ins Licht einer Leselampe. Das Glas glänzte. „Viel Papier.“ Henry betrachtete den Glasbauch. „Ein Wunder, dass alles unversehrt ist.“

„Sie haben den Sarkophag selbst gesehen. Das Ding wird noch an Ort und Stelle liegen, wenn wir beide zu Staub zerfallen sind.“

Taylor ließ mit einer Feuerzeugflamme das Wachs auf dem Flaschenhals vorsichtig schmelzen. Der Abstand zwischen Korken und Flaschenboden entsprach der Länge eines Unterarms samt Handfläche. Taylor holte eine Zange. Langsam aber sicher verließ der Korken den Flaschenhals, der mehr als einhundert Jahre sein Zuhause gewesen war. Ein bitterer Duft empfing die Männer, als sie sich über die Flasche beugten.

„Das Papier ist mit einer Chemikalie behandelt worden. Riechen Sie das?“ Er reichte Henry die Flasche.

„Scheint ein Konservierungsmittel zu sein.“

„Ja, das glaube ich auch.“ Taylor drehte die Flasche hin und her. Die Papierrolle im Glasbauch war trocken und schlug dumpf gegen die Wandung. Ein hauchdünner, schwarzer Lederriemen hielt die Manuskriptbögen umschlossen. Als Taylor die Weinflasche kippte, rutschte die Rolle auf den Tisch.

Flaschenpost, kam es Henry in den Sinn. *Was ist das hier? Was war Graham dermaßen wichtig, dass er es mit ins Grab genommen hat?* Dann war es an ihm, das Papier behutsam zu umschließen und den Lederriemem über die vergilbten Bögen zu ziehen. Nebenan schlug die Standuhr.

Raues Papier. Mit Tinte beschrieben. In kräftigen Lettern eine Überschrift auf der ersten Seite:

ELAINE

„Und? Ist das Poes Handschrift?" Taylor klang wie ein aufgeregtes Kind, das zum ersten Mal in seinem Leben einen Weihnachtsbaum bewusst wahrnimmt. „Den Titel kennen Sie nicht, was?"

„Nein, ich kenne ihn nicht", erwiderte Henry. „Ich habe einen Freund in Philadelphia, der auf alte Handschriften spezialisiert ist. Ich werde ihn um ein Gutachten bitten, wenn ich wieder zu Hause bin. Der Mann ist absolut zuverlässig."

„Sie haben keine Zeit mehr zu verlieren, Henry. Machen Sie sich auf den Weg. Am besten jetzt gleich."

Henry sah Taylor verblüfft an. „Sie wollen das Manuskript nicht selbst lesen?"

„Meine Güte – wie konnte ich das vergessen?" Taylor zog einen Fotoapparat aus einer Schublade. Er verteilte die fünf Manuskriptbögen mit großer Vorsicht über den Schreibtisch und ließ den Auslöser der Kamera wie ein Maschinengewehr rattern. „Mikrofilm. Diese Kamera hat mal einem KGB-Agenten gehört. Er soll damit Luftaufnahmen der U2 abfotografiert haben." Er lächelte. „Ich werde mir das Manuskript beizeiten zu Gemüte führen. Nicht jetzt. Ich bin zu müde. Wir sollten uns Ruhe gönnen."

Henry warf einen Blick auf die Spionagekamera. „Die Bilder sind Ihre Versicherung gegen einen Vertragsbruch, nehme ich an."

Taylor nickte. „Sollten Sie wider Erwarten von den Pflichten mir gegenüber Abstand nehmen, wird eine große Zeitung Abzüge aus diesem Kasten hier erhalten. Dazu noch einen Bericht, wie Dr. Henry Franklin, der sich mit fremden Federn schmückt, wirklich an diesen Sensationsfund gelangt ist. Genügt Ihnen das als Drohung?"

„Ich werde Sie nicht enttäuschen."

„Das habe ich keine Sekunde lang bezweifelt. Machen Sie sich an die Arbeit und bringen Sie unseren Fund groß raus. Wir können eine Menge Geld verdienen, wenn Sie es gescheit anstellen. Und Sie werden es gescheit anstellen, nicht wahr?"

„Nicht, wenn die Schrift sich als Fälschung erweist. Ich habe keine Lust auf eine Nummer wie die Hitler-Tagebücher, wenn Sie verstehen, was ich meine. Außerdem gibt es noch diverse juristische Fragen zu klären. Ich hoffe nur, wir liegen richtig." Henry strich über den Papierstoß.

„Rufen Sie mich an, wenn Sie das Gutachten haben." Taylor legte die Manuskriptbögen aufeinander und schob sie in eine Aktenmappe aus Leder. „Viel Glück in San Francisco."

„Sie hören von mir."

Taylor führte seinen Besucher zur Haustür. „Hat Ihnen der Anblick auf dem Friedhof zugesetzt?"

„Das werde ich niemals vergessen."

„Ich habe Sie zu nichts gezwungen." Taylor lächelte abermals sein kaltes Lächeln. „Was denken Sie? Ist das Poes Handschrift?"

Henry nickte und knöpfte seinen Mantel zu. „Zu neunzig Prozent. Viele seiner Entwürfe kenne ich im Original, was nichts heißen soll. Es gibt keine hundert Prozent, bis wir eine Schriftanalyse haben. Ich hoffe nur, das alles war seinen Preis wert."

Taylor beobachtete, wie Henry den Mietwagen startete und über den Hof zur Straße fuhr. Müde ging er ins Haus zurück, wo er Grahams Tagebücher zurück ins Regal stellte und dem Schlag der Standuhr lauschte. Halb zwölf.

Henry saß im Motelzimmer und las das Manuskript. Die Handschrift war unverkennbar. Er war ihr im Laufe der Jahre in zu vielen Archiven, Museen und Bibliotheken begegnet. Mit wachsender Anspannung studierte Henry jeden Satz, nahm sich Passagen noch einmal vor, fuhr sich im Text fest, wiederholte und übersprang. Und immer wieder tauchte ein Name auf: Elaine.

Das Papier erzählte die tragische Geschichte eines jungen Mannes namens Jaques Foudray, der in Begleitung seiner Cousine einer herrschaftlichen Gesellschaft in einem ebenso herrschaftlichen Schloss beiwohnte. Gastgeber des Hauses war ein altes Ehepaar, das sich seinen Gelüsten hinzugeben pflegte und den armen Foudray dadurch in Bedrängnis brachte, dass es um die verbotene Liebe zwischen ihm und seiner Cousine wusste. Wie es das Schicksal wollte, trafen die vier ungleichen Menschen nach ausufernden Feierlichkeiten in einem Turmzimmer hoch über den Dächern des Schlosses zusammen. Poe beschrieb die Vorbereitung einer Seance, die um Mitternacht stattfinden sollte. Foudray und seine Cousine Elaine saßen auf der einen, die greisen Eheleute auf der anderen Seite eines Symboltisches, der über und über mit Zahlen und geheimnisvollen Ornamenten versehen war. Zu viert nahmen sie sich einander bei den Händen. Die Dame des Hauses fiel in Trance. In entsetzlichsten Windungen erhob sich die Madame und rief mit einem Mal den Namen Elaines durch das Zimmer.

Sie tat dies aber nicht mit ihrer eigenen Stimme, sondern klang wie Antoine – Foudrays Schwester, die zwei Jahre zuvor an Gelbsucht gestorben war. Über die Lippen der Madame stießen schreckliche Drohungen in Elaines Richtung. Durch den Mund des Mediums verlangte der Geist von Antoine Foudray die Freigabe ihres geliebten Bruders.

Elaine – in ihrem Entsetzen versteinert, fuhr vom Seance-Tisch auf und taumelte in Todesangst, wobei sie so unglücklich fiel, dass sie aus dem Dachfenster in die bodenlose Tiefe des Turmhofes stürzte. Im gleichen Augenblick musste Jaques Foudray erkennen, dass er und seine Cousine einem teuflischen Schwindel aufgesessen waren: Die Madame entpuppte sich als maskierte Schaustellerin, die in der Rolle der Hausherrin die vermeintliche Geisterbeschwörung angezettelt hatte. Der Hausherr hatte die Dame an den Hof bestellt und sie in der Stimmlage der verstorbenen Antoine unterwiesen, bis sie täuschend echt klang und für die Absicht, Jaques Foudray durch einen Rat aus dem Jenseits von seiner Cousine zu trennen, geeignet schien. Der verschlagene Plan war aufgegangen.

Jaques Foudray und der diabolische Hausherr lieferten sich auf den folgenden Manuskriptseiten einen erbitterten Zweikampf, der zugunsten des Alten auszugehen drohte. Doch im Moment größter Bedrängnis durchfuhr die Stimme der toten Elaine das zerschlagene Turmzimmer. Der alte Mann erlitt einen Herzanfall, und im nächsten Moment stand der Symboltisch wie von Geisterhand entzündet in Flammen. Das Feuer griff um sich. Erstarrt verfolgte Jaques das unerbittliche Zerstörungswerk. Erst als die Geisterstimme seiner Cousine ihn eindringlich zur Flucht aufforderte, verließ er den brennenden Turm, dessen herabstürzenden Trümmern er nur knapp entkommen konnte.

Henry war müde. Die ganze Geschichte klang zu phantastisch – angefangen mit Taylors Briefen, bis zu dem, was in der vergangenen Nacht geschehen war. Er lag auf dem Bett und ergab sich dem Schlaf. Wieder sah er im Traum das Gesicht einer Frau hinter der Krempe eines schwarzen Hutes. Doch diesmal hob sie ihren Kopf, um ihn anzusehen. Es war May. Sie blickte ernst, trug eine durchnässte Öljacke und war achtzig Jahre alt.

May spürte zunächst nur Erschütterungen. Dann schlug sie die Augen auf und wähnte sich auf einem Schiff, das im Wind hin- und herschaukelte. Sie hörte die Sirene der Ambulanz und sah zwei Männer in weißen Kitteln, die neben der Trage hockten und ihr eine Infusion setzten. Der Rettungswagen legte sich in eine Rechtskurve und donnerte wie ein Panzer durch Schlaglöcher. May spürte, dass sie fixiert war. Einer der Notärzte trug einen akkuraten Kinnbart und bemerkte, dass sie aufgewacht war.

„Alles okay", sagte er und nahm ihre Hand. „Sie haben Glück gehabt. Wir bringen Sie ins Krankenhaus. Machen Sie sich keine Sorgen. Sie waren bewusstlos." Der Kunststoffbeutel der Infusion pendelte über ihnen hin und her. „Schlafen Sie jetzt."

May nickte und schloss ihre Augen, um sich der Erinnerung zu stellen. *Großer Gott – ich muss mit Henry sprechen. Ich brauche ein Telefon. Ich muss ihn warnen.*

Das Handy riss Henry aus dem Halbschlaf. Benommen streckte er vom Bett seinen rechten Arm aus und fischte das Telefon vom Teppich. „Ja?"

„Ich bin's – Dick."

Henry setzte sich auf und suchte im Kleiderberg neben dem Nachttisch nach seiner Uhr. Ohne Erfolg. „Dick", murmelte er. „Du willst sicher wissen, wann ich nach Tulsa komme."

„Gar nichts will ich wissen, Mann", fuhr Dick ihm ins Wort. „Hör zu – wir haben nicht viel Zeit."

„Was ist los?"

„Wenn ich das wüsste. Verdammt!" Henry hörte, dass sein Freund nicht alleine war. „Wir haben eine grauenhafte Nacht hinter uns."

Damit sind wir schon zu dritt, Leute. „Es hat nichts mit mir zu tun, oder?", fragte Henry. „Oder bereite ich euch jetzt schon schlaflose Nächte?"

Du bist in Gefahr, kroch es von der anderen Seite in seinen Kopf. „Ich weiß nicht, woher ich es weiß, aber du bist da in irgendetwas hineingeraten."

Henry stutzte. „Hast du eine Glaskugel zu Hause?"

„Henry", rief Dick. „Ich meine das ernst!"

„Du hast schlecht geträumt."

„Und du hast gestern Nacht irgendetwas angestellt. Du durftest das nicht tun."

„Was durfte ich nicht tun?" Henry rauchte und ließ die Asche auf den Boden rieseln.

„Weiß ich nicht, mein Gott! Ich weiß es nicht! Letzte Nacht war jemand in unserem Haus – eine alte Frau. Sie steckte in einer Regenjacke. Heute früh haben wir dann entdeckt, dass jemand unser Abschlussfoto von der Wand genommen und verbrannt hat."

„Verbrannt?" In Henry arbeitete es. „Du hast den Einbrecher nicht erkannt?" Ihm stockte der Atem.

Warum lassen Sie die Engel nicht in Ruhe weinen? Ihnen allein gelten die Tränen, die sie gerade vergießen. Haben Sie das immer noch nicht begriffen?

„Es hat etwas mit Feuer zu tun, Henry. Es muss irgendetwas mit Feuer zu tun haben."

„Mit Feuer?"

„Am besten, du kommst sofort nach Tulsa."

„Das kann ich nicht. Noch nicht."

Dick war außer sich. „Meinst du etwa, ich habe mir das ausgedacht?"

„Unsinn", rief Henry. „Aber ich kann beim besten Willen nicht weg. Ich habe noch etwas zu erledigen."

„Wo steckst du?"

„Wenn ich das wüsste. Ich melde mich, sobald ich weiß, was los ist."

„Verdammter Sturkopf. Pass auf dich auf, okay? Bei dir ist etwas im Gange. Und es ist nichts Gutes."

Taylor legte die Vergrößerung der Mikrofilm-Aufnahmen zur Seite. Auch er hatte schlecht geschlafen. Im Gegensatz zu Henry war der alte Mann die Ruhe selbst. Er dachte über das Manuskript nach, das er gerade gelesen hatte und stellte sich vor, wie es sei, aus einem Turm ins Bodenlose zu stürzen. *Und das Feuer griff nach dem Kartentisch, bis auch er in hellen Flammen stand.* Das war eine seltsame Geschichte, die Graham Barnes ihnen überlassen hatte. Taylor mochte sie nicht. Henry würde daraus ein einträgliches Geschäft machen. Das hatte Taylor am Glanz seiner Augen gesehen, als sie das Manuskript zum ersten Mal in den Händen gehalten hatten. Der alte Mann fragte sich, ob es klug gewesen war, Henry das Original zu überlassen. Seine einzige Versicherung waren diese Abzüge hier.

Und das Feuer griff nach dem Kartentisch, bis auch er in hellen Flammen stand. Poes Satz wollte nicht aus Taylors Kopf verschwinden. *So stand Jaques am Fuße des Turmes, von tiefster Angst ergriffen, denn uneingeschränkt herrschte auf den Zinnen über ihm ein Gott aus Hitze und Tod.* Taylor trank seinen siebten Kaffee und betrachtete die schwere Weinflasche, aus der sie das Manuskript geborgen hatten. Wieder und wieder setzte er seine Nase an den Flaschenhals und sog ihn ein, diesen seltsamen Geruch, der weit mehr war als ein simples Konservierungsmittel.

Dann dachte Taylor noch einmal an das, was er jenseits der Friedhofsmauern erblickt hatte, als sie zurück zum Wagen gegangen waren – für den Bruchteil einer Sekunde. *Glauben Sie an Geister, Henry? Glauben Sie an Seelen, die keinen Frieden finden? An die armen Schulkinder, die nach wie vor durch den Wald irren, um nach Hause zu kommen? An meinen Freund, der ihnen verzweifelt folgt? Ich habe sie alle da draußen gesehen. Sie haben uns beobachtet.*

Und Taylor dachte an jenen Eintrag in den Tagebüchern, den er Henry verschwiegen hatte, als es darum ging, ihn für die Sache zu gewinnen. *Graham hat das Manuskript verfluchen lassen – von einer alten Frau in der Nachbarschaft, die behauptete, eine Hexe zu sein. Er wollte sicher gehen, dass jeder bestraft wird, der seine letzte Ruhe stört und sich den Schatz aneignet.* Taylor war überzeugt davon, dass Graham diese Drohung ganz bewusst in seinen Aufzeichnungen hinterlassen hatte – für den Fall, dass sie eines Tages in falsche Hände gerieten. Auf einem Schrottplatz in Oklahoma zum Beispiel.

Es war die Stimme Elaines, die dem armen Jaques durch alle Glieder fuhr und ihm das schreckliche Schwindelgeschäft, dem er in dieser Nacht erlegen war, offenbarte.

Es klingelte.

Taylor ließ von der Weinflasche ab und schlurfte zur Veranda. Wer mochte das sein? Durch das Milchglas der Haustür sah er die verschwommenen Umrisse einer Öljacke, die vom Wind hin und her geschüttelt wurde.

Das Handy zirpte seine Melodie durch Henrys Motelzimmer. Er stürmte halbnackt aus dem Bad. „May, Allmächtiger. Was ist los?"

„Schlechte Nachrichten", flüsterte sie. Neben ihrer Stimme drang das Pfeifen von Messgeräten durch die Leitung.

„Was ist passiert? Wo stecken Sie?"

May schluckte. „Sie müssen sofort zurückkommen. Heute früh gab es Feuer."

„Feuer?“, fragte Henry fassungslos. „Wo denn?“

„In Ihrem Büro und in Ihrer Wohnung. Die Polizei sucht nach Ihnen. Ich habe denen gesagt, dass ich nicht weiß, wo Sie sind. Noch kaufen sie mir das ab. Ich bin im Krankenhaus. Nachher kommt jemand vom FBI.“

Henrys Magen rebellierte. Das Gefühl, dass sein Herz in Stücke gerissen wurde, legte sich auf seine Brust. Er spürte ein scharfes Stechen. „Großer Gott.“

„Ich bin okay, Henry. Ich war im Büro, als es losging. Mit einem Mal hat es überall gebrannt. Und da war diese Frau ...“

Henry setzte sich. „Welche Frau?“

„Das ist es ja“, rief May mit bebender Stimme. „Das ist es ja, warum ich Angst habe. Kommen Sie zurück, und ich erzähle es Ihnen.“

„Welche Frau haben Sie gesehen?“

May zögerte. „Sie trug einen seltsamen Mantel.“ Henry hörte, dass jemand in Mays Zimmer kam. Ärzte. Sie sprach noch leiser. „Es war die alte Frau aus der Zeitung, Henry. Diejenige, die auf der Straße getötet wurde. Sie ist mir begegnet. Ich habe von ihr geträumt!“

Wirre Bilder flogen durch Henrys Verstand. Mit einem Mal war alles wieder da. *Ihre Hände verheißen nichts Gutes.* „Woher wissen Sie das?“

May war außer sich. Jetzt weinte sie. „Ich weiß es einfach. Sie stand plötzlich vor mir! Henry – ich muss Schluss machen. Kommen Sie nach Hause. Bitte ...“

Er überlegte. „Wann sind die Feuer ausgebrochen?“

Er hörte das Rascheln von Papier am anderen Ende. Dann wieder Mays Stimme – klar und deutlich. „Alle zur gleichen Zeit“, sagte sie. „Wer hat das getan? Henry, Sie wissen doch, wer das war, oder? Ihre Exfrau hat ein Alibi. Das weiß ich von einem der Polizisten.“

„Ich mache mich auf den Weg, sobald ich kann.“

„Was heißt das?“ May war entsetzt. „Henry! Jemand hat es auf Sie abgesehen – und ich soll Sie warnen.“

„Ich weiß, May. Und deswegen muss ich noch etwas erledigen.“ Er schaltete das Telefon aus.

Henry stieg aus der Dusche und trocknete sich ab. *Es war die Stimme Elaines, die dem armen Jaques durch alle Glieder fuhr und ihm das schreckliche Schwindelgeschäft, dem er in dieser Nacht erlegen war, offenbarte.* Er musste noch einmal zu Taylor. Und er musste Elaine mitnehmen. *Das Feuer griff nach dem Kartentisch, bis auch er in hellen Flammen stand.* Henry steckte das Manuskript in die Ledermappe. Dann zog er sich an. Er wollte gerade seinen Koffer schließen, als der Geruch aus der Weinflasche wieder in seine Nase drang – intensiver und eindringlicher als jemals zuvor. Er raubte Henry den Atem und verteilte sich über das Motelzimmer. *Das Papier ist mit einer Chemikalie behandelt worden. Riechen Sie das? Scheint ein Konservierungsmittel zu sein.*

„Das glauben Sie doch wohl nicht im Ernst?“ Hinter ihm flüsterte es. Henry drehte sich langsam um. Auf dem Bett saß eine alte Frau in Öljacke. Sie schenkte ihm ein warmes Lächeln und sagte: „Hallo, Henry.“ Im Gesicht der Alten zeichneten sich Sorgenfalten ab. „Es tut mir leid.“

Einen Moment lang sagte Henry gar nichts. Er hatte genug damit zu tun, sich zu erheben und seinen Gast nicht aus dem Blick zu lassen. Die Augen der Frau funkelten wild. Die Erscheinung hielt die Hände im Schoß gefaltet – als wolle sie beten.

„Was tut Ihnen leid?“ *Kein Zweifel – es ist die Frau von der Bushaltestelle. Sie ist es wirklich!*

„Warum haben Sie nicht auf mich gehört?“, fragte die Alte. „Warum haben Sie das nur getan? Sagte ich Ihnen nicht, dass Sie die Engel weinen lassen?“ Die Öljackenfrau wischte sich eine Träne aus dem Gesicht. Bei jeder Bewegung knirschte ihr Mantel. „Sie hätten das nicht tun dürfen."

„Sie meinen das hier?" Henry deutete auf das Manuskript, das er fest umschlossen hielt.

Die Frau nickte weinend. „Habe ich nicht gesagt, dass Ihre Hände nichts Gutes verheißen? Man hat mich geschickt, um Sie zu warnen. Jetzt ist es zu spät. Meine Aufgabe ist nun eine andere."

Es durchfuhr Henry wie ein Blitz.

Kein Konservierungsmittel. Im Zimmer roch es nach Benzin. Es tropfte vom Mantel der alten Frau auf den Boden. Unter dem Bett hatte es sich in einer Pfütze gesammelt.

„Wer sind Sie?" Henry fragte das in der Hoffnung, wertvolle Sekunden zu gewinnen. Er schob sich vom Bett weg. „Warum lassen Sie mich nicht in Frieden?"

„Warum haben Sie nicht auf mich gehört?"

„Ich weiß nicht, was Sie meinen." Henry spürte, dass sein Rücken an die Wand stieß. *Die Tür – verdammt – ich muss zur Tür!* „Warum verfolgen Sie mich?"

Die Öljackenfrau schien sich gefangen zu haben, wischte Tränen aus ihrem Gesicht und warf einen Blick durch das Zimmer. Dann deutete sie mit knochigen Fingern auf das Manuskript, das Henry in der Mappe in Händen hielt. Sie klang verletzt. „Das gehört Ihnen nicht. Sie haben es aus geweihter Erde gestohlen."

„Ich bin mir keiner Schuld bewusst."

„Das ist es ja! Sie haben nicht die Folgen Ihres Handelns bedacht, und dafür werden Sie einen hohen Preis zahlen."

„Ich verstehe nicht, was Sie meinen."

„Oh doch!", zischte die Alte. „Sie verstehen sehr wohl, was ich meine. Ich habe Sie nicht umsonst gewarnt."

Henry dachte nach. Er zitterte. *Die Indianer erzählen sich seltsame Geschichten über die Wälder hier*, hörte er Taylor sagen. *Einer Sage nach lebt irgendwo da draußen ein böser Geist, der es auf Skalps abgesehen hat.* „Lassen Sie mich in Frieden."

„Zu spät", erwiderte die Alte. „Sie hätten das Papier niemals in die Hand nehmen dürfen."

Er soll das Land um Landslide Junction in einer Neumondnacht verflucht haben, als die Bleichgesichter den heiligen Boden für sich beanspruchten.

„Wer sind Sie?", fragte Henry. *Zeit – ich muss Zeit gewinnen.* Er hatte die Tür fast erreicht.

Die Frau lachte. „Mein Name ist Elaine."

Stichflammen verwandelten die Alte in eine Feuersäule. Die Decke des Zimmers wurde zu einem pechschwarzen Feld.

„Es tut mir leid!", heulte die Erscheinung, ihre brennenden Arme nach Henry ausstreckend. „Es tut mir sooo leid!" Mit erhobenen Händen stieg sie aus dem brennenden Bett und wankte auf Henry zu. Die Hitze des Feuers war unglaublich. Zwei Fenster des Motelzimmers zerplatzten, als die Vorhänge in Flammen aufgingen.

Henry spürte sein Gesicht nicht mehr. Er stürmte durch den Flur und riss die nächste Tür auf. *Sackgasse.* Er stand wieder im Badezimmer. Ohne einen weiteren Gedanken zog er die Tür hinter sich zu und schob den Riegel vor. Fassungslos stand er vor schneeweißen Kunststoffwänden, die sich in eine Falle verwandelt hatten. Jenseits der Tür ertönte ein grauenvolles Knistern. Das Feuer klopfte an.

„Aufmachen!"

Rauchschwaden drangen durch den Türschlitz in die Nasszelle. Das einzige Fenster war in die Decke eingelassen. Henry stieg auf den Rand der Dusche und stemmte es mit aller Kraft nach oben auf. *Da kommst du niemals durch,* dröhnte es in seinem Kopf. *Viel zu hoch! Viel zu eng!* Die Tür gab unter kräftigen Schlägen nach. Auch sie hatte Feuer gefangen, und es war nur noch eine Frage der Zeit, bis sie kein Hindernis mehr war. Beißender Rauch ließ Henry husten. Er streckte sich nach der Dachluke aus, um Luft zu bekommen.

„Aufmachen!"

Henry ordnete seine Gedanken. *Ein böser Geist,* drang es als Echo durch seinen Kopf. Er legte die Mappe mit dem Manuskript zur Seite, drehte den Wasserhahn bis zum Anschlag auf und verstopfte den Abfluss mit einem Handtuch.

„Aufmachen!"

Henry sah kaum die Hand vor Augen. Das Waschbecken lief über und ließ einen Wasserfall auf den Fliesenboden prasseln. Die Tür zitterte. *Das Feuer griff nach dem Kartentisch, bis auch er in hellen Flammen stand.*

„Aufmachen!" Die Flammen streckten ihre Finger hungrig durch das Holz. Als Wasser durch den Türrahmen strömte, ertönte auf der anderen Seite ein lautes Zischen, aber das Feuer arbeitete unbeirrt weiter. „Aufmachen!"

Henry sprang unter die Dusche. Er fuhr zusammen, als ein eiskalter Wasserstrahl über seinen Kopf lief und sein Hemd durchnässte. Er starrte zur Tür des Badezimmers, riss eines der Handtücher vom Halter und hielt es solange ins Wasser, bis es bleischwer in seinen Armen lag. Sekunden vergingen. Die Tür fiel zur Seite. Die Feuersäule stand im Rahmen, gestikulierte und machte einen Schritt in Henrys Richtung. Die Hitze griff nach seiner durchnässten Kleidung. Er wischte sich die Augen, um im nächsten Moment das Handtuch auszubreiten und mit voller Wucht ins Feuer zu schleudern. Ein markerschütternder Schrei drang aus dem brennenden Gesicht. Für einen Augenblick starrte Henry in den Flammen auf einen glühenden Totenschädel.

Mit einem Aufschrei wich die Frau aus Feuer zurück. Henry stürmte zur Tür. Das Motelzimmer brannte lichterloh. *Nach rechts!* Das befahlen seine letzten klaren Gedanken. Er hoffte, dass er nicht abgeschlossen hatte. Die Feuersäule warf das Handtuch wutentbrannt zur Seite. Henry hastete auf den Korridor. Er hatte das Feuer überlistet. Umso schrecklicher tönten die Flammen, als sie ihm auf seinem Weg nach draußen folgten – kraftvoller und schneller als jemals zuvor. *Es hat etwas mit Feuer zu tun,* hörte er Dick sagen. Der Motelkorridor maß fast zehn Meter. Henry eilte an Zimmertüren vorbei und rang nach Atem. Er bog mit letzter Kraft um die Ecke und hatte nun die Haustür im Blick. Vor ihm standen zwei Putzfrauen mit Wäschewagen – Henry anstarrend, spanisch stammelnd.

„Aus dem Weg!" Er stieß die Frauen nach vorne. „Machen Sie, dass Sie rauskommen! Hier wird es gleich sehr heiß!"

Hinter der Abzweigung knisterte es, und als die ersten Flammen gierig über die Decke krochen, um Henrys Verfolgerin den Weg zu bereiten, stürmten auch die Putzfrauen los. Dicht vor der Tür hielt er inne. Die Frauen verschwanden nach draußen. Vor ihm war eine Feuerlöscherbucht in die Wand eingelassen. *Und so stand Jaques am Fuße des Turmes, von tiefster Angst ergriffen, denn uneingeschränkt herrschte auf den Zinnen über ihm ein Gott aus Hitze und Tod.* Warum nicht? Henry trat mit aller Kraft gegen die Abdeckung aus Plastik. Sie gab nach. Er brauchte drei Anläufe, bis er am Ziel war.

„Es tut mir sooo leid!", tönte es dicht hinter ihm.

Henry war nicht mehr imstande, die Anweisung auf der Metallflasche zu lesen. Er stieß gegen die Wand und riss den Ventilschlauch aus der Verankerung. Das Gewicht des Feuerlöschers zog ihn mit einem Ruck nach unten. Die Säule aus Flammen hatte ihn fast erreicht und eilte auf ihn zu. In den Feuerzungen war das Gesicht der alten Frau zur Fratze geschmolzen. Achtlos schmetterte sie die Wäschewagen zur Seite und setzte sie in Brand.

„Es tut mir sooo leid!"

„Mir auch!“ Henry drückte ab. Ein Strahl aus Löschschaum zischte in die Glut. Der Teppich, der sich auf die Flammen legte, war weiß und sauer. Henry umklammerte den Feuerlöscher und kniete nieder, um noch besser zielen zu können. „Das hier ist für dich!“

Der Löschschaum brannte in seinen Augen und verwandelte den Flur in eine Winterlandschaft. Die Feuersäule wand sich mit Gebrüll unter Henrys Beschuss und starb mit einem Laut, der wie ein Gurgeln klang. Er ließ den Schlauch erst los, als der Feuerlöscher leer war und die Angreiferin am Boden lag.

Hinter ihm klopfte es hektisch an der Haustür. Die Spanierinnen riefen nach ihm. Henry warf das Gerät fort und bahnte sich einen Weg durch den beißenden Rauch. Dort, wo die Feuersäule besiegt worden war, türmten sich weiße Massen in die Höhe. Er nahm allen Mut zusammen und durchwühlte den Schaum auf der Suche nach der Öljackenfrau. Sie war verschwunden. Neben der Haustür fand Henry einen zweiten Feuerlöscher. Mit ihm im Anschlag eilte er noch einmal in sein Zimmer, um das Manuskript zu holen. Vorbei an schwarzen Wänden und verkohlten Türen, hinter denen panische Stimmen schrien, rannte er über das Schlachtfeld, das die alte Frau hinterlassen hatte. Im Nachbarzimmer zerschlug jemand ein Fenster, um ins Freie zu gelangen.

Henry rutschte auf den Fliesen der Nasszelle aus und stieß gegen einen Frisierspiegel, der in tausend Scherben zerbrach. Die Ledermappe lag noch immer auf dem Regal. Henry riss sie an sich – betend, dass das Feuer nicht zurückkehrte. Mit dem Manuskript in der einen und dem Feuerlöscher in der anderen Hand verließ er das Motel. Draußen empfingen ihn Frauen in Putzkitteln. In der Ferne dröhnte eine Sirene, die rasch näher kam. Verdreckt und erschöpft warf Henry den Feuerlöscher beiseite. Mit hohlem Donner schlug er auf den Asphalt. In seinen durchnässten Hosentaschen suchte er nach dem Autoschlüssel. Auf dem Weg zum Wagen wichen alle Menschen, denen er begegnete, entsetzt zurück. Ganz so, als komme er aus einer anderen Welt.

Henry kam noch nicht einmal bis zum Ende der Storage Road. Ein junger Mann in Feuerwehruniform stand jenseits der Absperrungen und blickte mit verschwitztem Gesicht durch das Fenster der Fahrertür. Jenseits des Hügels stieg eine gewaltige Säule aus Rauch in den Himmel über Landslide Junction.

„Brauchen Sie Hilfe?" Der Feuerwehrmann, der sein Funkgerät wie eine Waffe in den Händen hielt, sah Henry ratlos an.

„Was ist mit dem Haus da vorne?"

„Feuer", sagte der Mann knapp. „Sie können hier nicht durch."

„Das sehe ich. Ich muss zu Taylor Collins."

„Das geht nicht. Die Straße ist gesperrt."

„Lassen Sie mich durch."

„Ich habe Ihnen doch gesagt ..."

„Wo ist Taylor Collins?"

„Ich kann Ihnen nichts sagen", erwiderte der Feuerwehrmann ruhig, aber bestimmt.

„Was ist mit ihm?" Henry griff nach dem Mann.

Zwei Polizisten hinter der Absperrung wurden auf das Handgemenge aufmerksam und näherten sich dem Wagen. „Was ist da los?"

„He!" Der Feuerwehrmann schüttelte Henry ab. „Taylor Collins ist verbrannt. Und jetzt zeigen Sie mir Ihren Ausweis – bitte."

„Nicht nötig." Henry setzte den Wagen zurück und verschwand jenseits der Stadt.

Die Reifen hatten sich festgefahren. *Es hat etwas mit Feuer zu tun. Es muss irgendetwas mit Feuer zu tun haben.* Henry stieg aus und machte sich auf den Weg in den Wald. Die Sonne war fast untergegangen. *Er war lange Zeit in Ägypten, vergessen Sie das nicht. Es ging ihm um Ewigkeit.* Mühsam bewegte Henry sich durch die anbrechende Dunkelheit zum Friedhof hinauf. *Die Gegend hier steht für einen Verlust.* Auf der Mauer saß eine Schulklasse. Die Kinder lachten, als er sie hinter sich ließ. Dann erfüllte ihn Mays Stimme. Henry hörte sie, er rief ohne Verstand nach ihr, und wenn er jemals Liebe empfunden hatte, dann empfand er sie jetzt in diesem Augenblick, als er alles ungeschehen machen wollte. Alles war mit einem Mal so einfach. Henry hielt die Mappe mit Poes Manuskript. Elaine war bei ihm. Hacke und Spaten lagen schwer auf seinen Schultern. Ihm blieb keine Zeit.

Nachwort

JENSEITS DER SCHREIBMASCHINE

Hungry Hill: Die Geschichte um den „hungrigen Berg" stammt von einer Irlandreise vor einundzwanzig Jahren. Erst später fand sie den Weg aufs Papier. ***Schacht der Toten:*** Die Urfassung entstand um das Jahr 1988, Erinnerungen an ein Marvel-Horror-Comicheft folgend, das mich als Junge lange beschäftigt hat. Die ***Geisternacht*** wurde erstmals als Anhang im *Marterpfahl* veröffentlicht. Inspiration war der Dachboden mit Taubenschlag in meinem Elternhaus. Als ich klein war, habe ich ihn immer wieder erkundet – auf der Suche nach Kartons mit längst vergessen geglaubtem Spielzeug. Und sehr zum Leidwesen meiner Eltern und meiner Oma, denen ich vom Speicher stets jede Menge Staub und Arbeit mitbrachte. Irgendwann begegnete ich dort oben einem Gespenst. Aber das ist eine andere Geschichte.

Loch Ness: Tauchte vor vier Jahren mit Macht an die Oberfläche und zog den Verfasser ohne Ausrüstung sofort in die Tiefe. Meine erste Begegnung mit dem Ungeheuer hatte ich Anfang der 80er Jahre in einem Wald in Stüter – einen Kopfhörer auf den Ohren und ein Europa-Hörspiel im damals nagelneuen Walkman, beides ein Ostergeschenk. „Das Ungeheuer von Loch Ness" mit dem unsterblichen Horst Frank als Sprecher macht mir Angst. Bis heute. ***Sand*** hieß einst „Meilenstein 343" und ist eine Verbeugung vor Stephen King, dessen Kurzgeschichten mich zum Schreiben brachten. Die erste Fassung entstand Anfang der 90er Jahre, ebenso wie ***Die Kinder von Nonstrom:*** Sie finden seit 1990 keinen Frieden und entstammen als Idee einem Archivfoto aus der Hattinger Zeitung: Es zeigte traurig dreinblickende Mädchen und Jungen aus den 20er oder 30er Jahren. Und eine alte Ordensschwester, die mich vom Bild aus dermaßen streng musterte, dass mir nur übrig blieb, ihr diese Geschichte hier zu widmen. ***Der Kongress:*** Eine Short Story neueren Datums, ein Aufruf zur Blutspende und Plädoyer gegen Flugangst. Die Idee dazu kam mir – wie sollte es auch anders sein – an Bord eines Fliegers. Wer steigt seit dem 11. September 2001 noch unbekümmert in ein Flugzeug?

Invasion: Titel der Urfassung 1988 war „Die Geschichte des Holzfällers". Nach ihrer Überarbeitung führt sie nun die Storys *Novembernacht* (aus dem Band *Schattenland*) und *Hunger* (aus dem Band *Absurd*) fort. Gut möglich, dass eines Tages ein Roman daraus wird. Bis es soweit ist, beobachte ich den Himmel – immer in dem Wissen, dass wir alles sind, nur nicht allein. Den ***Koffer*** und den ***Smaragd*** fand ich bei Arbeiten am *Marterpfahl*. Seitdem besitze ich einen zweiten Textrechner, den ich *niemals* online schicken werde, solange ich bei Verstand bin. ***Zimmer mit Ausblick:*** Die Idee zu dieser Geschichte kam nachts in einem kanadischen Seehotel, in einem Zimmer mit viel zu dünnen, viel zu dünnen Fenstern. ***Der lachende Mann*** verfolgte den Verfasser erstmals Anfang der 90er Jahre, lange vor Filmen wie „The Sixth Sense" und „The Ring" – ebenso wie ***Ich weiß was kommt***. Kinder sehen weit mehr, als wir denken. Bis ihre Gabe eines Tages verblasst, weil sie erwachsen werden und nichts mehr sehen können außer dem, was ihre Augen ihnen offenbaren. Die Stimmung in *Ich weiß was kommt* erinnert mich im Rückblick an einen Mehrteiler im Fernsehen, der mich als Kind erschreckte und in seinen Bann zog: *Das Haus der Krokodile* mit Thomas Ohrner nach einem Roman von Helmut Ballot. Was geschah mit Cäcilie? Die ***Wölfe*** griffen 1988 an, in einer meiner ersten Schauergeschichten, gemeinsam mit ***Vogelscheuchen*** und ***Der See***. Ein Gruß an Lektoren, Verleger und Agenten als Formbriefversender in Deutschland: ***Irrtum*** entstand beim Abheften von Verlagsabsagen. Lesern droht bei der Lektüre ausdrücklich keine Gefahr. Meistens jedenfalls. ***Ezras Garten*** und ***Der Turm*** sind Verwandte aus den 90er Jahren, während die Urfassung von ***Wasser*** nach drei Besuchen auf Norderney entstand. Nichts geht über einen Sturm an der Nordsee und *Die kleine Meerjungfrau* von Hans Christian Andersen. ***Staub*** und ***Ferro*** sind etwa vier Jahre alt, während die Urfassung von ***Drachentod*** 1990 unter dem Arbeitstitel „Carvan" verfasst wurde. *Ferro* kam mir beim Stöbern in einem Stapel alter Musik-Kassetten aus den 80er Jahren in den Sinn. ***Langemark:*** Der Langemark-Mythos des Ersten Weltkriegs war Thema meiner Magisterarbeit bei Professor Hans Mommsen. Das Schlachtfeld in Flandern habe ich im Zuge der Recherchen 1996/1997 besucht. Heute bezeichnet Propaganda einen Krieg bevorzugt als Friedensmission. George Orwell hat sich auch in dieser Beziehung nicht getäuscht: Krieg ist Frieden, Freiheit ist Sklaverei, Ignoranz ist Stärke. Und der Große Bruder liebt uns nach wie vor.

Immer noch entstand kurz nach Abschluss der Arbeiten an der Short Story-Sammlung *Absurd*, während ***Die Treppe*** Ende der 80er Jahre noch „Tagebuch" hieß und lange Zeit brach lag. ***Augen***: Inspiration war ein Blick vom Hiddinghauser Balkon auf die Kanaldeckel in unserer Straße. Der Rest, liebe Nachbarn aus diesen Jahren, ist frei erfunden. ***Der Tank*** entstand etwa zur gleichen Zeit. ***Hände*** und ***Ednäh*** sind das Ergebnis einer „Pressereise mit Biss" nach Transsilvanien. Danke noch einmal dafür, liebe Sonni. ***Das Mädchen am Steg*** hat mich lange Zeit begleitet. Es erinnert mich an eine sehr alte „Löwenzahn"-Folge, in der es um ein geheimnisvolles Mädchen auf dem Grund eines Sees ging. Sie entpuppte sich als versenkte

Statue und jagte mir vor der Mattscheibe damals eine Heidenangst ein. Danke, Peter Lustig. Ich konnte nicht wissen, dass ich im Laufe der Jahre noch einigen Mädchen am Steg begegnen würde. Gefolgt bin ich keinem. ***Elaine*** liegt hier in einer modernisierten Fassung vor. Die vor zehn Jahren beim Klaus Bielefeld Verlag veröffentlichte Erzählung ist nicht mehr lieferbar. Grundlage ist eine Short Story aus den Jahren 1992 bis 1994. Sie war Teil des *Schattenland*-Manuskripts und wurde als Erzählung später separat im gleichen Verlag veröffentlicht – während die *Schattenland*-Geschichten *Hardsons letzter Song* bis zur *Absurd*-Sammlung und *Der lachende Mann* bis zu diesem Buch hier warten mussten. Und auch Edgar Allan Poe begegnete ich zum ersten Mal in Form eines beängstigenden Hörspiels, das mir meine Mutter Ende der 70er Jahre überließ: „Der Untergang des Hauses Usher" zählt bis heute zu meinen Favoriten und hat mein Faible für unheimliche Literatur geprägt. In einer Zeit übrigens, in der ich Hausaufgabenhefte dazu benutzte, meiner Phantasie freien Lauf zu lassen – lange, bevor die erste Schreibmaschine den Weg zu mir fand und der Kreis sich schloss. Wie von Geisterhand.

DANKE

An alle Leser, die mir seit November 2007 in den „Sommer der Indianer“ gefolgt sind. Klaus Bielefeld, Monika Wunderlich und Jörg Kaegelmann als meine Verleger. Ich danke meinen Eltern und meinen Geschwistern für die Unterstützung beim Schreiben dieser dunklen Geschichten – und auch allen, die aus diesen Zeiten nicht mehr bei mir sind. Noch einmal nein, ich hatte keine schwere Kindheit. Und ich schreibe auch nicht bevorzugt auf Friedhöfen und in Kellern. Meiner lieben Patentante Else danke ich für ungebrochenen Optimismus, meinem Patenonkel Dieter und seiner Familie für so manchen turbulenten Kindergeburtstag in den 70er Jahren. Meiner Familie und meinen Freunden danke ich für jede Menge Unterstützung und Kraft. Meinem Freund Steffen für die Übernahme einer dreidimensionalen, todlangweiligen und kaum zu bewältigenden Hausaufgabe für den Kunstunterricht, damit ich in Ruhe am Wettbewerbsbeitrag für das Treffen Junger Autoren 1986 arbeiten konnte – Weltuntergang 1999 forever! Meinem Zahnarzt danke ich für motivierende Worte durch den Mundschutz und den Polizeibehörden meiner Heimat für extravagante Erinnerungsfotos. Schalke 04 danke ich für Stolz in schweren Zeiten und den ungebrochenen Glauben an die Deutsche Meisterschaft. Meinem Freund Jörg danke ich als Marterpfahl-Powerseller (dafür kommst du eines Tages in die ewigen Jagdgründe, versprochen) und meinen Friseurinnen für kurze Behandlungen ohne Skalpierung. Christian, Sabine und Ralf danke ich für ein schönes Treffen (nicht mehr ganz so) junger Autoren im November 2007 in Berlin und Neuruppin – bei Brandenburgs besten Seiten. Dieses Buch widme ich allen Oktoberkindern und Eva.